暗夜中的绽放

ANYE ZHONG
DE
NUFANG

北宋女词人魏玩

艾子 著

河南文艺出版社

·郑州·

图书在版编目（CIP）数据

暗夜中的怒放:北宋女词人魏玩/艾子著. --郑州:河
南文艺出版社,2023.6

ISBN 978-7-5559-1444-0

Ⅰ.①暗… Ⅱ.①艾… Ⅲ.①传记小说–中国–当代
Ⅳ.①I247.5

中国国家版本馆 CIP 数据核字（2023）第 063341 号

选题策划	俞 芸	
责任编辑	俞 芸	
书籍设计	张 萌	
责任校对	梁 晓	

出版发行	河南文艺出版社	印　张	23
社　　址	郑州市郑东新区祥盛街 27 号 C 座 5 楼	字　数	307 000
承印单位	河南新华印刷集团有限公司	版　次	2023 年 6 月第 1 版
经销单位	新华书店	印　次	2023 年 6 月第 1 次印刷
开　　本	700 毫米 × 1000 毫米　1/16	定　价	48.00 元

印厂地址　郑州市经五路 12 号

邮政编码　450002　　电话　0371-65957864

人 物 表

魏　玩：字玉汝，襄州邓城县人

曾　布：字子宣，抚州南丰县人

老夫人：魏玩祖母

魏庆襄：魏玩父

妙　音：魏玩母

魏庆馨：魏玩姑母

罗致敬：庆馨丈夫，襄阳城罗员外次子

魏　泰：魏玩弟弟，字道辅

喻　氏：魏泰妻

米　芾：字元章，襄州人，书法家

陈缙民：襄州通判，老夫人侄儿

陈夫人：陈缙民夫人，曾布姑母

魏　诚：魏府管家

柱　子：魏诚长子，后魏玩的管家

刘　妈：魏玩乳娘

雪梨、青杏：魏玩陪嫁丫头

莹　莹：魏玩少年好友，三圣庵师太，佛名净颜

崔　光：颐元堂掌柜

郭郎中：颐元堂郎中

罗　晞：魏玩表弟、庆馨儿子

罗　霄：汴京质库掌柜，襄阳城人，罗晞堂兄

曾　继：魏玩长子

曾　缨：魏玩次子

曾　缫：魏玩三子

曾　纡：魏玩四子

曾季雅：魏玩长女

曾季书：魏玩次女

曾季真：魏玩三女

曾季仪：曾布四女，扶柳所出

卢　氏：魏玩大儿媳

王扶柳、蒋氏、绿蕊：曾布小妾

朱夫人：曾布母

吴　婶：朱夫人老仆

曾晔、肖氏：曾布大哥、大嫂

曾巩、晁氏：曾布二哥、二嫂

曾牟、付氏：曾布三哥、三嫂

曾宰、吕氏：曾布四哥、四嫂

曾肇、强氏：曾布弟、弟媳

汪　恺：曾布好友

肖嫂子：继儿乳娘

桐　花：莹莹服侍丫头

曾　七：曾布管家

德洁、王安国：曾布三姐、三姐夫

德　克：曾布七妹

德　耀：曾布八妹

德　操：曾布九妹

胖妈妈：百花楼老鸨

司马子衿：令狐知州之女，丈夫崔龙平

梅似锦：丈夫张英

胡文柔：丈夫李之仪

钱采葛：丈夫胡宗绪

钱采薇：丈夫陈再复

孟　钿：丈夫丁西林

张灯影：丈夫沈括

季芳树：丈夫吴嗣忠

目 录

第一章
远　嫁

汉水漾漾，如诗吟叹，如歌传唱。

这是北宋嘉祐元年六月初二的清早，晨光初现，汉江亦渐渐苏醒。两个白脸官差快步上了一艘泊在樊城官码头、足有十五丈长的大船，不一会儿，就在船头挂出一个皮纸糊的红灯笼来，灯笼上写着"襄州公务"四个大字。

襄州是块风水宝地，历史久远，钟灵毓秀，当时属于天下十八路之一的京西路，治所就在襄阳古城。古城自东汉末刘表治荆州始，就一直是州、道、府、县的官署所在，自然建得高大巍峨，风光无限。襄州下辖襄阳、邓城、宜城等六县，均分布在汉水两岸。六个县中，除襄阳县本身附郭州城外，数北岸的邓城县离古城最近，只二十华里。樊城是邓城县的一个集镇，因临着江，又和古城遥遥相对，上下游聚来的人和货物，川流不息，倒比县城还显得热闹。

大船是州里到江南西路买粮的。去时空着，可以带人、走货，所以常有人租了用。倒不是图便宜，而是乘官船，一则安全，二也显得排场。

今日租船的不是普通人，是襄州通判陈缙民的夫人。陈夫人娘家在抚州南丰。她在邓城县为娘家侄儿曾布提了一门亲，女方姓魏名玩，字玉汝，年方十八，是缙民姑母的孙女、襄州税监官庆襄的女儿，生得极其俊俏。二人八字合，双方也满意，现在婚期已近，就租了船送女方去抚州成亲。所以一大早，抬嫁奁的，装船的，送人的，闹哄哄地站了一码头。魏家的管家还拿着纸笔，在船头一一核对着物品。因是喜事，陈夫人早叮嘱人将船上的灯笼换作了红纸糊的，几十抬嫁奁也用红绳系着，在船上放好，只等新娘上船了。

太阳慢慢升起来了，开始往空中漫射出金光。虽然在水边，也感到热了。有人就拿了手当扇子，一下一下地扇着。魏玩穿一身粉色丝质销金裙，头上又有盖头蒙着，也香汗淋漓。祖母、爹娘，以及来送的长辈都话过别了，此刻，她正低声和一个着绿绸衣裙的小娘子说话。

这小娘子是魏玩的好友，姓秦，乳名莹莹，长相清丽，家也住在邓城，爹爹现任着达州知州。魏、秦两家是世交，魏玩比莹莹大一岁，下面又只有一个弟弟，平日便把她当妹妹看了。听船公在催，莹莹忙掏出一个玉色丝帕包着的手镯，送给魏玩，不乐道："那是个什么地方，姐姐偏要远去受苦，还把我也扔下。让我一个人孤单单地活着吗……"说着说着竟带了哭腔。

周围的人听得，扑哧一下全笑了。魏玩的祖母揽过她，亲昵道："好孩儿！你是堂堂秦家的千金，多少人供你使唤哩，咋说自己孤单？傻不傻啊？"

曾布几天前才从抚州赶到襄阳，是年二十有二，来后就在襄阳城他姑父的官邸里住着。此刻，也跟在穿着喜庆的烟霞银罗花绡纱衣裙的姑母身后，往船上去了。他头上一顶崭新的玉色幞头，穿着件灰色长身直裰，腰里一条深色丝绦带，甚是精神。他有一年未见到魏玩了，心里早已将她想了千百次。今日送别的人多，未敢拢近，但远远一瞥，见着她体态比过去更婀娜，风姿更绰约，心里早已喜开了花，只盼着这船早日开拔。

巳牌时分，吉时到。船公扯起大篷帆，只听扳舵吱呀一声，船便悠悠去了。船上船下的人挥手告别，泣声、呼喊声一片。

下汉水，转长江，渡盱江，水上足足走了半个月，送亲的队伍终于在抚州南丰县上了岸。许是老天眷顾，抚州天气竟没有想象中的热。在城里打了尖，陈夫人与送亲的上宾商议，曾布按惯例带嫁奁和铺床的回家，明日一早再到客栈迎亲，其他人俱到城里最大的客栈住下。

太阳落山前，新娘的嫁奁从县城送到南源曾家来了，随嫁奁还来了两个铺守洞房的阔夫人，那气势，把整个庄子都镇住了！大伙儿在村口看热闹，见抬嫁奁的队伍那个长呀，前面的都进了院子，后面的还逶迤在庄子外。待进了曾家，一下将两间房都堆满了。嫁奁还全是描金的，大大小小，高高矮矮……这阵势，皇天爷，什么时候见过？谁人见过？这小娘子怎么这样富？别不是长得丑，娘家才拼命陪嫁奁吧？……

庄子上的人家兴奋了半宿。抚州本是吴楚胜地，名郡才乡，诞生过许多诗书大族，曾家便是其中之一。只可惜传到曾巩这一代，已彻底败了，连家都从城里搬到乡下。谁想到，他家还是个书生的五郎曾布，也不知走的什么狗屎运，竟从外地讨回一个官宦人家的娘子来！是故他们就着月光，叽叽喳喳议个不停：

"整整五十抬哩，怎地这样有钱？"

"啧啧！听说陪嫁了四个人，送亲的也来了十几个，七大姑八大姨，连管家和家丁都来了。"

"倒了这些年霉，也该过几年宽展日子了。"

"还不是五郎人才好。"

"是命好……"

不消说，曾家更热闹。一家人几乎一夜未眠。新娘的嫁妆送过来了，新娘的舅娘、姑母也跟着过来铺床，又彻夜守着，主人家哪能睡得好？

是故太阳一闪边，曾家的当家人、四十多岁的朱夫人就把儿女们都叫了起来，要他们把场院和各屋里再打扫一遍，尤其是东边这个场院，务必要拾掇得清清爽爽。

曾家的房子是乡间常见的川字屋，已见得陈旧了。三栋房屋并列，排成一个川字，中间夹着两个场院。新房布置在最东边一幢。待会儿，新娘要从东边这个场院入洞房，看热闹的也都要在这个场院待着。朱夫人要强，曾家虽说现在败落了，但诗书传家的名声尤在，起码在干净和整洁上，绝不能让人在背后说。

曾布也是天快亮时才合眼。他小寐半个时辰，就又醒了。透过窗棂，见外面渐白，又听见窸窸窣窣的脚步声，紧接着一个沙哑的男人打招呼的声音，知道礼官已经起来了，就一骨碌爬起来，穿上衣服，往院中去了。

朱夫人看了儿子一眼，心情复杂。她嫁到曾家二十多年，虽然名义上有六子九女，但自己生养的，只两子六女。曾布是长子，在她心中的分量，不用细说。眼瞅着儿子大了，到了娶亲的年龄，她就央了媒婆，将自己满意的那几家，挨个上门去提，无奈他总是相不中，特别是南丰城里自己邹表弟家的三娘子，他只看了一眼，就断然拒了。这次倒好！只不过送姑母去了一趟襄州，就相中了魏家的小娘子。想到自己的一片苦心儿子没领，他看中这个魏家女子，又根本没征求自己的意见，真是儿大不由娘。这样想着，脸上不由得现出几缕复杂又落寞的表情来。

这当儿，曾巩整理好衣衫，从西院走了过来。他是曾布同父异母的二哥，年已四十，生得高大魁梧，唇方口正，额阔顶平。曾巩早已文名远播，奈何时运不济，父亲和大哥曾晔先后去世，他就成了曾家的主心骨。家里所有事宜，大到春秋祭祀，小到播种收割，无不用心，弟弟妹妹的婚事更不必说。现在见了母亲这个表情，赶紧走了过去，先请了安，接着道："娘，我知道这几年您为五弟操碎了心，无奈缘分未到。襄州这

暗夜中的怒放

门亲，姑母一提就妥，只能说他的姻缘动了，命中注定。母亲就欢喜些吧！"说完，拉起曾布就往西院昭告先灵去了。

曾布在一旁听得这话，忙冲二哥感激地一笑。因曾巩文名远播，众人力邀他在城郊办书院，开门授徒，曾布便跟了二哥读书。在曾布的心里，二哥亦兄亦师亦父。曾布知道，这桩亲事，姑丈缙民怕自己不方便说，特地写信告诉了二哥，诸如魏家在襄州邓城县并不是普通人户。他们原本并州人氏，后来凭着祖传的一手油漆手艺，入籍襄州，至第三代出生，赶上宋朝开国，朝廷崇文，便苦读经书，陆续有人考取功名，一跃成为邓城的高门大户等，粗说了脉络。特别细说了目前的情况，也就是魏家第四代，以魏嘉木为代表，进士及第后，先后在抚州、潭州、集庆做过官，只可惜五旬不到，就患上恶疾，不治而亡，留下未亡人陈氏、两个儿女及一份不薄的家产。这未亡人陈氏，便是缙民的嫡亲姑母，娘家江州德安县，是赫赫有名的"义门陈"之后，系魏嘉木在抚州任上所娶，曾被封集庆郡太君，现年已六旬，人皆称老夫人。嘉木之子庆襄，任着襄州的监税官，女儿庆馨，嫁在襄阳城里的罗员外家，经营着生意。庆襄膝下一子一女，儿子名泰，字道辅，时年六岁，还是个顽皮幼童；女儿魏玩从小受祖母教导，既品貌端庄，又聪颖好学，能力和智慧顶得上一个男儿。自己一见倾心，姑母才替曾家做主，提了这门亲。

二哥从姑丈那儿得知上述这些情况后，当即首肯。娘和另外几位哥哥本来嫌襄州远的，但也没再说什么。

曾家小祠堂设在西院的一间房里。曾家祖籍鄫国，西汉末年开始南迁，唐僖宗乾符年间占籍南丰。是故小祠堂里供有入籍南丰后几位世祖及曾祖、祖父和父亲的牌位。

兄弟俩打开门，等光线照进来一些，先给祖宗牌位上了香，又跪下拜了三拜后，曾巩一撩长衫站了起来，从旁边的小桌上取过早准备好的酒，斟了一杯，一脸庄重地对随后站起来的五弟道："今喜逢佳期，愿往迎尔相，承我宗事。勖帅以敬，先妣之嗣。若则有常。"

曾布口里答道："诺。唯恐弗堪，不敢忘兄命。"然后接过酒饮了。

如此三遍，再给祖宗们拜了三拜，合上门，兄弟俩便往东院里来。礼官早捧着崭新的纱帽和绣了水波彩纹的绯色喜服等着曾布，待他一过来，就帮他穿戴好，又催着他和几个接亲的坐上牛车往南丰城去迎亲。这当儿，汪恺骑着马，带着四个同样骑着马的歌伎来了。

汪恺和曾布同龄，身材挺拔，衣着华丽。他本是抚州的富家子弟，为人慷慨，爱交友，因也在曾巩门下读书，与曾布是同窗好友。曾布大喜，他有心助兴，便自作主张请了四个歌伎，图个"事事如意"。

婚礼上请歌伎唱曲儿助兴，这些年颇为时兴。富裕人家甚至有请一二十个的。曾家拮据，没这个开支，见汪恺大包大揽，也就依了他。这四个歌伎，年龄从十五六岁到二十四五不等，一色儿的柳眉俊眼，肌肤似雪。她们中间，年龄大点儿的两个，穿着紫色的双蝶细花绸子戏服，小点儿的，又穿着同样的粉色双蝶细花绸子戏服。再看她们手上，两人拿的箫，一人挎个细腰鼓，一人拿个觱篥，全都骑在马上，看起来既俏丽又妖娆。

礼官穿了件簇新的玄色交领长衫，腰间一根红色的绦带系着。他是曾巩的好友，一向博学伶俐，又诙谐有趣，听说曾家有喜，便主动过来帮忙。现在由安国陪着，前前后后地忙着。

安国是曾巩的三妹夫，曾布的三姐夫，生得粗壮结实，浓眉大眼。今天小舅子大喜，特地从临川过来祝贺。礼官和安国见来了几个衣着艳丽的歌伎，先是一愣，接着都大笑起来，连夸汪恺办得妙。礼官因昨日到这里帮忙，熬了夜，嗓子竟先哑了，正担心今天说词唱诗不响亮，没想到就来了几个能解围的妙人儿，忙招手让她们下马。

日上三竿了，天渐渐热燥，树上的蝉，亦不耐烦地声声嘶叫起来。满院的人正焦急地等待着，一阵笙箫细乐，突然从村头传来。小孩儿一听，噔噔噔地往外跑，不大一会儿，又簇拥着新郎、花轿、乐班及接送亲的人群进来了。

院中顿时骚动起来，所有的目光俱停在新人身上。细乐声中，新娘子被人从小轿上扶了下来。众乡亲见新娘一袭销金大袖的红嫁衣，头上顶着满用金丝线绣花的红盖头，太阳光下，炫人眼目，又异香扑鼻，两个服侍丫头也浓妆艳抹，彩衣飘飘，恍若仙子下界，一时都有些眩晕。守在大门口干瘦的阴阳先生，倒没忘记将怀里花斗里盛着的五谷豆、彩果往地上抛撒。

"哎！听说连日常看的书，还有铜盆、净桶都带来了。"

"光衣服就装了十几箱，绸子就有好几百块。啧啧！"

…………

站在人群里的陈夫人听了这话，抿着嘴笑了。庄户人家的消息可真够快的！新娘的嫁妆单子她看过，除了全套奁具外，另有银钱一千贯、书籍一百卷、文房四宝两全套。除此外，还有新婚夫妇用的纺织品，计有销金红缬两匹，开门利是彩两匹，玉红文虎纱两匹，官绿公服罗两匹，画眉天孙锦两匹，另外还有六种样式不同的籍用官绿纱条、籍用紫纱，扎顶髻的带子，十六件刺绣品，男女各三十套四季用丝绸衣服及一百块绸子。当时看了单子，说实话，她心里的震惊，就像被人按住了穴道。

新娘要跨马鞍了。马鞍放在地上一块褐色麻布上。这麻布超长，从场子中间直抵上房门首，便于新娘脚不沾土。按习俗，新娘须在一个手举铜镜、倒退着走路的妇人的引导下跨过去，意味着今后的日子安安稳稳。

满院子的人都伸长了脖子。新娘正待抬脚，却听送亲的队伍中，一个圆脸高髻的阔妇人大声质疑："慢！怎么能用这种东西，厚实点的青布条都没有吗？"

曾布的八妹和九妹，十四岁的德耀和十二岁的德操，此时也挤在人群里看热闹。德耀昨天已经被满屋的嫁奁惊呆了，此刻先见了两个衣着华丽的侍女，已暗自咂舌，又见到被扶下轿来的新嫂嫂，满披精致的绫罗，体态袅娜，恍若天姬，更震惊了。她正呆呆看着，德操突然碰碰她的胳膊，仰着尖尖的小脸问："八姐八姐，她们说的是啥意思？"

德耀回过头，嘘了一声，悄声道："新娘子脚不能落地，要踩着红毡布走路。送亲的嫌我们家穷……"

德操听了，伸长脖子，看清了地上是块旧麻布，小脸顿时变得通红："嫌穷别嫁呀，哪个请她来的……"

德耀一听，吓得赶紧捂了她的嘴。等姐妹俩再抬头，新嫂嫂已走完了布条，也跨过马鞍了。

接下来就是坐虚帐了。坐虚帐是新娘子在一当中悬挂着帐子的房间里，稍事休息。谁想曾家没准备，说乡下没这么多规矩，跨过马鞍，就可以直接拜堂了。新娘的圆脸舅娘更不乐了，晃着满头的钗簪不让新娘再迈步："规矩不全，分明就是要委屈新娘！"舅舅也板了脸，气氛一时有些僵。

陈夫人此时正在偏屋吃茶，见德操气呼呼地跑过来，问了何事，便急忙向外走去。这事说小也小，说大也大，女方家的要求不过分，只是曾家拮据，连结婚的花费，都不知是怎么筹措的，实在讲究不起这么多。但场面上的事，向来说不清，眼下没有别的办法，只有拿出她通判夫人的面子，劝双方各让一步了。心里这样想着，人已到了新娘的舅娘身边，正要开口，却见那个大点的侍女走了过来，咬着舅娘的耳朵道："主子交代，凡事由曾家做主。"陈夫人一听，抿了嘴，仍回偏屋去了。

接下来新人该进门了。不料大门已被人堵了，两个同窗带着些乡亲，正笑嘻嘻地你一句我一句地唱着"拦门诗"。

暗夜中的怒放

仙娥缥缈下人寰，咫尺荣归洞府间。

今日门阑多喜色，花箱利市不须悭。

拦门礼物多为贵，岂比寻常市道交。

十万缠腰应满足，三钱五索莫轻抛。

一堆孩子也跟着起哄。

礼官见了，朝歌伎一努嘴。就见一个紫色戏服的歌伎眼波一荡，大大方方唱道：

从来君子不怀金，此意追寻意转深。

欲望诸亲聊阔略，毋烦介绍久劳心。

洞府都来咫尺间，六前何事苦掩拦。

愧无利市堪抛掷，欲退无因进又难。

趁她唱的当儿，礼官从袖子里取出早已准备好的利市包，往空中一扔，人们争先恐后地捡拾起来，大门打开，新人从容进得屋去。

厅堂里红烛高照。按说这里应该满屋布置，包括桌围、椅帔都应该由红色的绸绢装扮起来，但由于家贫，曾家只剪了两个喜字贴在墙上，外加几对龙凤红烛。早有人将准备好的同心结拿给新人牵了。二人立在堂前，看热闹的纷纷往里挤，大家都想看新娘的芳容了。

屋中一片静寂，曾布从礼官手中接过一个秤杆，轻轻将新人的盖头撩起。众人踮起脚，屏住呼吸，只见新娘长身玉立，丰肌清骨，延颈秀项，好一副绰约风姿。雪白的肌肤上，眉修鼻端，一对凤眼羞答答地垂着，嘴角微现梨涡，真是月貌花容。与清俊挺拔的曾布站在一起，好看得像一对璧人。一屋子人眼睛都亮了。

拜神灵，拜长辈，夫妻对拜后，新娘拉着彩带，引新郎倒退着入了洞房。看热闹的妇人也跟着一拥而进。她们既想看"撒帐",又眼馋那满屋的嫁奁,还想再多看几眼。

撒帐是礼官往床上抛撒米、钱、水果、糖果等。穿紫衣的歌伎随着礼官的抛撒,吟起了撒帐词:

> 撒帐东,帘幕深围烛影红。佳气郁葱长不散,画堂日日是春风。
> 撒帐西,锦带流苏四角垂。揭开便见嫦娥面,输却仙郎捉带枝。

自打被扶下花轿,魏玩就觉得自己完全像个傀儡人儿一样任人摆布,脑子里更乱哄哄的。现在乍听到这吟喜词,全身突地打了个激灵。这声音莺啭鹂啼的,好似莹莹,不由得凝了神去听:

> 撒帐南,好合情怀乐且耽。凉月好风庭户爽,双双绣带佩宜男。
> 撒帐北,津津一点眉间色。芙蓉帐暖度春宵,月娥苦邀蟾宫客。
> ……

正听得出神,突然被轻轻碰了一下,接着一个酒杯递了过来。魏玩回过神,伸手将酒杯接过,看见是只核桃大的紫金杯,上面用红、绿丝线拦腰打着"同心结"。这是要行合卺礼、喝交杯酒了。她刚浅浅地饮了一口,又听那歌伎唱道:

> 玉女朱唇饮数分,盏边微见有杯痕。
> 仙郎故意留残酒,为惜馨香不忍吞。

这声音和故人实在太像了!魏玩不免又有些走神。按规矩,新人喝完酒,要一同将酒杯丢到地上。魏玩被这歌声一扰,差点忘了这茬。好在有人轻轻地碰了她一下，提醒她，她浑身一颤，慌忙将酒杯扔了，只听"当"的一声，酒杯掉地后又跳起来。礼官见了，拍着手大声宣布："好彩头，好兆头。曾家子嗣众多，瓜瓞绵绵。"在场的人一听，皆大笑着走出洞房，到西院里吃席、听曲儿去了。

新房里，两只青花瓷的骑兽烛台上，龙凤红烛已经燃了好几个时辰，把底座的狮子头都滴红了。

魏玩静静地坐在床沿上。现在，闹哄哄的吆喝声、谈笑声、唱曲儿声渐渐远了，她能够从片刻的宁静中听到从墙脚发出的小虫子唧唧的鸣叫，不禁稍微松了一口气，脑子里就全是曾布了。

魏玩低着头，垂着眼帘，耽想着曾布的模样。身材适中，五官清俊，眼眸黑亮。她早已认识却又时常感到陌生。他俩之前只见过三次面。第一次相见，在两年前，他是随表伯父缙民到魏家的客人。那时他一对剑眉，一双朗目，鼻梁挺直，嘴巴方阔，头戴软纱唐巾，身着灰麻直裰，看着朴素，却掩盖不住眉宇间的蓬勃之气，已生了好感。第二次，是自己带着侍女在院子里荡秋千，正荡到半空，感觉全身轻盈得像只燕子，飘飘欲仙时，小丫鬟一声尖叫，原来他竟和表伯母一起，站在垂花门处，悄悄地打量自己。四目相对，她清晰地看见他眼中的一道亮光，当下心如鹿撞，跳下秋千就逃也似的溜了。此后，这个人便时常在脑子里出现，让她莫名地烦躁。第三次是一年前，表伯母来魏家提亲，祖母应允，二人又见了一面，他便留在脑子里挥不去了。她兴奋，也不安。她自幼好强，天资聪颖，又看多了唐传奇话本，对未来的夫君，自然想争个"凤凰于飞，和鸣锵锵"。但他到底是个什么样的人，能否与自己和鸣于飞？这常使她夜不能寐，辗转思量。

现在，二十日的长途跋涉，明白自己是为他而来，她对他，便有了依恋。她压制着扑通扑通的心跳，竭力透过盖头，看到了他的装扮、身量的同时，觉得自己也看到了他的内心，已觉欣慰。不是吗？刚才因为听那唱词，她走了神，是他的体贴和细心，才避免了自己出洋相。

想到这里，她激动起来了，完全忘了姑母和舅娘的忠告，悄悄撩起了盖头，朝那个人看去。一瞥间，她发现他今天在喜服的装扮下，身量比过去显得结实、魁梧了许多，浑身散发出一股成熟的气息；清俊的脸上，不见丝毫疲惫，现着愉悦、幸福的神情，一双细长的眼睛里，两团亮光，也正投向自己。

她的心怦怦跳了起来，脸也热得发烫。一种渴望的心情涌到嗓口，迫使自己想和他说上两句话。但长辈们"女儿家啥时候都要矜持一些"的劝告又在耳边萦绕，便赶紧低下了头。正有些害羞和不知所措，心里边却蓦地升起昨天和贴身侍女定下的方案，顿时有了主意，轻轻叫了声：雪梨！

曾布送走最后一位客人，掩上门，知道这洞房属于自己和魏家小娘子了。她是自己在襄州选中的，也是这个世上除了娘和姐妹外，唯一在自己梦里出现过的妇人。在梦里，她总是衣衫鲜艳、笑靥明丽，但也总羞怯地避着自己，那受惊的小鹿一般迅速离去的样子，好几次让他从梦中惊醒，怅然若失。现在，她就身着大红嫁衣，顶着盖头，端坐婚床，羞答答地等着自己，一时竟有些不敢相信。

桌上的烛苗倏地抖了一下，曾布意识到，该去新娘身边揭盖头了，但他定了定神，倒没急着过去。老话都说千里姻缘一线牵，自己的这个千里姻缘到底是怎么牵上的呢？

还得感谢姑母姑丈！曾布心里感慨，他自小读书，自然知道襄州是千年古郡，又有诸葛亮、张柬之、孟浩然这些先贤，早想前去一游。恰好姑母往襄州探亲，需一个得力的人相送，他便趁机去了。到了一看，果然卓尔不群、风景异殊。姑丈有心，特意带他游了岘山，看了堕泪碑，讲了羊祜在襄阳的故事。游览到兴处，在岘首亭上，姑丈眺望着襄阳城，吟诵了韩愈的诗歌《送李尚书赴襄阳八韵得长字》。他默默听着，慢慢就体味到了诗人的心境。说来不敢相信，当他听到其中的两句，"帝忧南国切，改命付忠良""富贵由身致，谁教不自强"时，心底竟升起了一股原来从没有过的豪迈。真好生奇怪！

他尤其记得游隆中回来的那个晚上。夜风习习，万籁俱寂，只有满天的星光，闪闪烁烁。他抱着双臂，站在院中仰望星空时，不免就浮想联翩起来。老人们说，刘表、孔明、张柬之这样的人，都是星宿下凡。他们亡了，不是真亡，而是回到了天上。那么，哪一颗星宿是他们？盯着看了一阵儿，他又想到读书的意义。其实不管是王侯将相、名臣显宦，还是刺客游侠、文人隐士，能被后人所知，均是借助了史书。没有史书，后人断不会知道他们的名讳。这些人，要么有匡扶江山社稷的丰功伟绩，要么有盖世的才华，那么自己将来会和他们一样，青史留名吗？还有那个已见过两次面的魏家小娘子……

那晚想到这些时，他突然被自己的想法吓了一跳！在此之前，他对功名还没有这种强烈的渴望，也更没有去操心过一个小娘子的命运。后来躺在床上，他思来想去，最后意识到，是襄州历史上先贤的故事，感染并激励了他，让他的心智骤然开启。而对魏氏女的牵挂，已不言而喻……

现在，这个踏江而来、被满屋的嫁奁包围着的、身上散发着让他感到神秘又亲切的襄州气息的小娘子将永远属于他了。想到这，曾布不可抑制地激动起来。

雪梨和青杏在旁边伺候着，见曾布朝她家主子走了过来，顿时紧张起来。在这当儿，只听魏玩轻咳一声。雪梨顿了顿，深吸一口气，往前一步："相公稍等，我家小主子早知相公学问精深，尚有一事不明，想请教下你。"

曾布心里一惊，以为是今日婚礼仪程上有让新娘不满的，此刻要发作，只好硬着头皮，强作镇定道："先别忙着夸赞。把事说出来，我听听。"

雪梨抿嘴一笑："那就听题。琉光之下数条香，众星捧月，请对下联。"这是前天在抚州城上岸后，晚上住进旅社，魏玩见客房的桌上置铜炉一座，炉中插有安息香十余条，上悬挂一大光琉（长明灯）时，得到的上联。当时主仆俩一合计，正好拿来考考曾郎的学问，免得以后让他小觑了。

曾布听是这事，当即"呀"了一声。他只听说过一些士人家庭里，夫妻之间就像好友一样吟诗作赋，唱酬应和，万没想到还有新婚之夜考夫婿的。如果自己今天答不上来，岂不从此要被她轻看？便正了正衣冠，认真思索起来。但他越紧张，思绪就越凝滞，搜肠刮肚了好一会儿，竟应对不出。

房中一时陷入沉默，只听见曾布走来走去的脚步声。这样过了差不多小半个时辰，他正觉不妙，忽见一直守在主子身边的青杏大概是站得太久，发钗散了，此刻竟走到桌前，对着镜子打量起来，一不留神就打了个呵欠。曾布脑子里顿时一亮，大叫："有了，有了。宝镜之中一口气，寸雾障天。"

青杏反应过来，刺溜一下回到主子身边。雪梨含笑睇了她一眼，再将头凑近魏玩，又听一阵耳语，便扮了个鬼脸，碰碰青杏，带上门出去了。

曾布心里吃吃笑着，待她二人出了房间，便朝魏玩走来。

魏玩坐在床边，瞥见曾布朝自己走来，不免又期待又紧张。想到自己的一生就要交给他，心里顿时升起一种难以名状的复杂情绪，决定还要考他一考。就不待他靠近，将身子往后轻轻一闪，道："我这里也有一联，还望郎君赐教：秋月如盘，人在冰轮影里。"

曾布聪明过人，一听便知魏玩心意。秋月可指中秋月，那是团圆之夜，平日独居的嫦娥仙子，此时也有了吴刚相伴。此句是巧妙表达心意，他心里亦有了下联。但他自被魏玩这一番考，已开始领略夫妻间的乐趣，便也想逗她一逗，就故意唉声叹气了好一阵后，又站在房中，愣不吱声，只盯着魏玩，见她实在憋不住，脸上现出不安时，突然上前一步，握了她的手，得意道："原来是'春山似画，鸟飞锦帐围中'，可难为我了！"

魏玩一听，才知上了他的当，不由得羞红了脸，任由他将身子揽了过去。

第二章
新　婚

新婚宴尔，只恨良宵苦短。但魏玩牢记着母亲的教诲："女孩儿在家是千金之体，一旦成了媳妇，可就天翻地覆了，公公婆婆晨昏定省、恭敬侍候，丝毫不能怠慢。对夫婿得体贴，对妯娌小姑得殷勤问候，夫家上上下下哪个都不能得罪，受埋怨了，你连分辩都不能。"清晨即起，带着重礼，先向婆母请安，又到各房里见了哥哥嫂嫂，最后是小叔小姑，一日下来，人大多识得了。此后，每日一早起来就去给婆母请安。白日里，带着雪梨几个，或伺候曾布，或熟悉家务，一天不闲。婆母见她模样俊俏，礼节周全，又眼里有活，倒也欢喜。

且说送亲的队伍在这里待了四五天后，就要回襄州了。这天刚过未时，他们又来到南源。朱夫人见了，忙将他们迎进上房，领队的舅舅却摆摆手，谢绝了，只让柱子搬几把小凳子过来，就在场院里坐了。魏玩知道舅舅体胖，素来怕热，且抚州又比襄州闷热许多，便依了他们，吩咐雪梨和青杏沏了茶送上。

魏泰这次也跟着长辈一起来送亲。他是年只八岁，胖胖的小身子上，着一件暗绿的丝质长袍，腰系一条枣红色丝绦带，脚蹬一双皂色的皮鞋，整个一个富家公子的打扮。因还正是玩的年龄，他先拿乌溜溜的眼睛扫了一圈儿，见大人们都在说话，没人搭理自己，便从袖笼里取出一个大红的蹴鞠，踢了起来。只见他先拿在手上轻轻颠着，然后一个高抛，蹴鞠就落到地上，那一瞬间，他飞起一脚，接了，再抛到空中。这样一连抛接了两三个回合，就把躲在门边的德操和另外两个五六岁小孩儿的眼神勾住了。舅舅见状，伸脚将球截住，捡了起来，又瞪了他一下，令他在凳子上坐好。

魏诚把魏玩叫到一边，掏出一个扁扁的布包，低声道："曾家的情况，小主子还得遭些罪。这是老夫人嘱我在这里替你买下的两百亩地，也充作嫁妆，预备着你将后过日子。"说完从包里拿出一张地契，递到魏玩手中。

魏诚是魏家的老管家，深得魏玩祖母的信任，这次也来送魏玩出嫁。魏玩吃惊地接了过来，见地契上已写着曾布的名字。

魏玩在娘家衣来伸手，饭来张口，一年四季，吃穿用度，从没操过心，也未有难熬的日子。这到曾家才几日，已感到处处不适，人似乎整个儿悬着。先说这个地方，到处有山，起起伏伏的，和邓城一展平阳大不一样；再就是说话，也听不太明白；最不习惯的还是饮食，完全不对胃口。恍恍惚惚觉得这四五天，比四五年还长。有时又觉得有曾布朝夕相伴，又比四五个时辰还短。现在听了魏诚这番话，想到以后将独自待在这里，再也没有祖母、爹娘疼她，一下子慌了，说话就带了哭腔：

"你们这么快就要走？这地？怎么？……"

"老夫人早就有这个准备了。你姑母家不是每年都往这里贩山货嘛，有些门路。早托人请了得力的牙侩，觅得这些好田。又通融了里长，我这次来，忙了几日才办妥手续。按官府规定，已登到户主他二哥名下。这边我也补了嫁妆单子，一会儿会交给你婆母收下。快别哭了，让你爹娘知道，也要流泪了。"

魏玩的眼泪早涌了出来。听魏诚这样说，赶紧取出帕子拭了拭。姑母见状，过来轻声嗔道："你自己想要的远嫁！"然后抚抚她的背，"天下女子远嫁的多了，想想你祖母。结了婚就是大人了，再不许人前流泪了。有雪梨几个陪着呢，慢慢就习惯了。"原来，姑母曾有意将魏玩牵线给她夫家的大侄儿罗霄，庆襄夫妇也同意，却被祖母和魏玩双双拒了。

"这两百亩地，一年可打八百石粮食，若吃一半卖一半，就按中等粮价，管你们小两口，外加雪梨四个，也绰绰有余。只是农忙时要请人，这个你不会，到时让柱子干行了，我都交代他了。"魏诚将这笔账细细算给魏玩听后，又将柱子几个叫了过来，虎着脸道："你们几个，可不能让小主子受苦。亏了她，你们也没好果子吃。"

柱子是魏诚的长子，自小在魏府长大，比魏玩年长了四岁。他和雪梨、青杏以及魏玩的乳娘刘妈此番随着魏玩来南丰，临走时，老夫人有言：四人算作陪嫁。

魏玩的眼泪止不住又流了出来。她怕人看见，忙低下头，使劲将眼泪擦了。

曾布在一旁默默看着，也有些动容。又说了会儿话，一行人起身告辞，再怎么也留不住，只好将他们送到村头。魏玩心里不舍，这下见他们越走越远，最后只有弟弟的胖手挥了两下，就再也看不见了，顿觉心像被挖了一块，眼泪唰唰直往外淌。青杏年方十四，从未出过远门，此刻也哇哇大哭起来，把雪梨和刘妈的眼泪也勾了出来。

曾布瞥了一眼魏玩，见她白净的脸上，泪珠连成了线，鼻子还不停地一抽一抽，不禁心疼起来，悄悄将她的手握了。魏玩回过神来，娇羞地瞥了他一眼，想甩开他的手，可哪里甩得动，曾布面上不动声色，手里却暗暗用着劲。雪梨眼尖，碰了碰柱子和青杏，几个人故意远远地落在后面。

下人都在，魏玩害羞，又挣不脱，只好被他拽着，往路口的一条小岔道走去。岔道约有两人宽，左边一溜植着树木，绿荫匝地，右边临着一道渠，齐岸的水，哗哗流着，显得甚是清幽。渠不宽，隔不远就拦着一个箦笼，这是庄户人用来网鱼的。小小的鱼儿游进了箦笼，感觉不对劲，就使劲跳了起来，银白的肚皮一闪一闪的，让魏玩忘了刚才的伤感。

往前走了一段路，左边的小山丘上现出一个凉亭，上面写着碗大的两个字——荷风。魏玩正思忖这二字如何得来，眼前猛地一亮。只见百步开外，一片偌大的池塘，堤上岸柳袭烟，水中莲叶田田，又有芙蓉点缀其间，接天映日。轻风拂过，满池的绿叶拥着粉花随风起舞，池中顿时起了一道无边的碧浪。好一幅出尘的美景！

魏玩的离别之痛刹那间烟消云散。她只在邓城的鏖战岗一带，见过这么多的荷花。但因平素祖母管得严，很少在人多时去玩。不像现在，池塘边上有人，池塘里也有人，正摇着小船，在采莲蓬。

曾布见魏玩一脸羡慕，有心要讨她欢喜，便笑着问她："要不，我们也去采？"

"好呀！"魏玩脱口而出，却猛又觉得不妥。自己才结婚几天，还穿着婚服，再看远处已有人指着自己窃窃私语了，便羞怯地一低头，转身欲走。

没想到曾布一把抓住她的手，笑道："别怕！有我哩！"说完便强拉着她继续往前走。柱子三个，相互挤个眼，高兴地跟上了。

这是庄子里的荷塘。眼尖的村民见曾家五郎带着新娘子过来，早给他们备了一只采莲的小船。待他们走近，就招呼他们上来，然后，用力一划，船就往湖中去了。

池塘里水面透润，荷荫清凉。魏玩已顾不上羞涩了。她立在船上，四处打量，见那些密匝匝的荷叶，长出水面的，似一把把翡翠伞；伏在水上的，则像一个个碧玉盘。它们中间，莲花有的含苞，有的怒放，时而还送出阵阵清香。魏玩兴奋不已，玩兴大发，伸手就采了一朵莲，拿在手里玩赏起来。

雪梨见了，也想去采，可惜胳膊短了些，老也够不着。柱子见了，冷不防将脚使劲一跺，船立马往一边歪了。雪梨反应不及，大叫一声"啊呀"，就一头栽了出去。曾布一把拽住，总算只打湿了一片衣袖。

雪梨惊魂未定，举起拳头就朝柱子身上打。柱子干了坏事，也不吱声，只抱着肩膀，傻笑着，左一跳右一跳躲那拳头，引得船也摇晃起来。魏玩站立不稳，一个趔趄，差一点歪倒。雪梨见得，慌忙扭身将她抱住。这船本身不大，又失去平衡，到处乱撞，竟把四周密密的荷花撞得纷纷飘落。曾布见她俩身上，顷刻间蒙上了一层粉纱，阳光下，竟漫射出柔媚的金光，衬得二人越发玉面花容，不禁暗喜，伸手将魏玩揽了。

晚上，躺在床上，曾布因今天太累了，搂着她闹了一阵儿后，便睡了。魏玩想着白日，怎么也睡不着。那万千片荷叶、千万朵荷花，是她嫁到这儿后，见到的最怡人的景致。她脑子里跳出唐人的那句"荷叶罗裙一色裁，芙蓉向脸两边开"来，越发觉得心中荡漾不已，就赶紧起身下床，举了蜡烛，移到桌边，取了纸笔，移动手腕，一首《菩萨蛮》写出：

> 红楼斜倚连溪曲。楼前溪水凝寒玉。荡漾木兰船。船中人少年。
> 荷花娇欲语。笑入鸳鸯浦。波上暝烟低。菱歌月下归。

曾布在床上翻了一个身，手没摸到人，一下醒了。睁开眼睛，见外间有烛光，便蹑手蹑脚地过来，见魏玩正在写着什么，就将脑袋凑过去，竟是一首词，读了一遍，有点儿不敢相信，睁大眼睛上下打量起娘子来。

魏玩脸红了，推了他一把。曾布将纸拿在手上，又扫了一眼，嘴里道："这是娘子写的吗？这是娘子写的吗？"

魏玩笑笑。想魏家也是官宦世家，祖上以读书、藏书为乐，百年来，家中早收藏了上千卷图书。自己自幼年起，便在祖母和先生的指导下，读完了《诗》《礼》《孝经》《女诫》等书，又遍读了唐人诗歌、传奇，赋诗填词也渐已入行。不过相比诗，自己更爱填词。一则因它长短不齐，结构上更显活泼；二则词能唱，又都是古人定下来的调子。在固定的调子内，不同的人可以填出不同的内容，就像是同题比赛似的，着实有趣，所以闲暇时常填上一首两首。

曾布见她一脸矜持，猛然想到她带来的整整五箱书，什么《孝经》《论语》《孟子》《礼记》《春秋》，还有《文选》《初学记》《六帖》《韵对》《音义》《尔雅》《尔雅释文》等等，又想起邓城她家那间藏有三千余卷书的"汉北山房"，忙拍了一下自己的头，赞道："娘子果然好才学！想象丰富，意境也优美、清丽。不过……"

魏玩听曾布夸赞，正开心，突又听他转了口气，便问道："不过怎的？"

曾布将词放到桌上，低头想了一会儿后，字斟句酌："诗词是性灵之作，用心深了，便会得到妙句，当不得真。我明日就回书院去了，家务事，还望你多帮娘。"

魏玩点点头。这几日，曾布的介绍，以及雪梨、青杏四人打听来的消息，她对曾家的情况已了解了八成。曾布的父亲年轻时曾任过多地知县，奈何他不善应酬，人又迂直，最后竟被革职，赋闲家中十年。家大口阔，坐吃山空，艰难苦楚不必细说。好容易时来运转，得朝廷重新任用，却在赴任路上，溘然长逝，留下婆母及同父异母的六子九女，且半数还未成人，一时家里天塌地陷一般。众子女中，四个大些的儿子均已成家，陆续有了孩儿，也都各自开了小灶。与曾布一母同胞的，除他和曾肇两个男丁外，头上的三个姐姐已嫁人，脚下还有三个未出阁的，七妹、八妹和九妹。

这一大家共三十余口，却没有什么进项。家里原本还有百十亩地，这些年坐吃山空，已陆续卖掉不少，现在只剩下二十多亩了。种些粮食、菜蔬，勉强够全家人吃半干半稀的饭，至于茶、盐、药、衣料等，却要靠曾巩开书馆，还想法四处贩卖自家产物，赚些差价买回。农忙时，全家人一起下地；劳作之余，兄弟几个还依着祖训，日夜苦读，以图东山再起。由于经济拮据，婆母身边，只有一个伺候她多年的老仆吴婶帮忙干些粗活。但一个人哪里忙得过来？所以，三个小妹分了工，帮吴婶做饭，或洗衣扫地。

魏玩盘算着将后的日子。她嫁过来，家里一下子就增加了五口人，不说别的，连吃饭的地方都嫌小了。至于干农活，雪梨、青杏虽说都是下人，但从未挨过农活儿，指望不上多少，只有柱子要辛苦些了。

"吴婶那一块儿，以后刘妈可以帮忙。家里的浆洗补连、拾掇打扫，雪梨和青杏帮着，这样可以把八妹九妹替下，让她俩多读些书。至于柱子，平时可以干些使力气的活，也可以跟着你服侍。"魏玩一口气说了这些，顿了顿，又道，"明日先带我去地里看看。"

曾布听了，暗暗吃惊。他没想到魏玩这么短的时间就对家中情况了如指掌，而且安排得样样在理，不禁欢喜，偏过头来要亲她，魏玩却将身子一闪，又用手指指窗外。

曾布脸热了一下，遂对魏玩正色道："你才嫁来几天，到田间去做什么？"

魏玩莞尔一笑，并不言语，径自往床上去了。

曾家的地并不远。第二日一大早，曾布和魏玩给母亲请了安，又草草喝了点稀粥后，便往田里去了。走了半个时辰，曾布指着脚下的一个充作界碑的石桩："从这儿，到那儿。喏，山岗那边，"他的手往远处一指，"就是我们家的口粮田了，一共二十三亩。"

魏玩先看了眼青石界碑，上面写着"曾"字，字迹已有些漫漶，又

　暗夜中的怒放

顺着曾布所指，打量起来。田地的西边是条小径，北边临着一个馒头状的小山岗。因是夏天，此刻太阳升得老高，可以清楚地看见，远处的田里，稀稀落落的一些稻子，无精打采地站着；近处，是一种类似家乡竹节草的菜，一拃多高，嫩绿嫩绿的，倒长得欢。

魏玩蹙了蹙眉，有些不解。来的路上，好多地里的稻谷都长得根根粗壮，密不透风。

"水边地都卖了，只剩下这些坡田，实在种不好。这是蕹菜。"曾布低声道。

魏玩恍然大悟。

"蕹菜只种了这两块？"

"种那么多干吗？并不好吃，还不如白菘。"

魏玩听曾布这样说，倒一下想起邓城大街小巷叫卖的紫菘了，心里动了一下，但未说什么，只让曾布带着，往自己的嫁田去了。

嫁田要继续往前走，再转过一道小土岗。这里是另一番景象。魏玩按着柱子的指点，见这田宽广得看不到边，褐色的地里，稻谷已经熟透，黄灿灿的，一直向远处延展，中间有一道水渠弯弯曲曲地伴着，真可谓柴方水便。

这地原本是城中一富户的。他家遭了灾，也嫌这片离城远，就将它卖了，没想到却被里正牵线给了魏家。富户卖之前已将稻子种上了，讲好收割后，就把田还过来。

却说曾布几个一早出门，就被人盯上了。他们一出村口，九妹德操就跑到母亲房中，大声道："娘，娘，五哥到哪里逛去了？咋不带我？"

正过来给婆母请安的大儿媳肖氏听了，嘴一撇："还说是好人家的女儿，怎的这样不知道规矩？才进门几天，就让夫君领着乱跑，以后还得了？"说完拿眼睛瞟婆母。

七妹德克正在母亲房中帮着收拾屋子。她比曾布小四岁，和魏玩同龄，团团脸，身子微丰，尚未婚配。听大嫂这样说，不由得蹙紧眉头，瞪了九妹一眼。九妹不解其意，嚷道："他们出去玩，你瞪我干吗？"又看着肖氏，问道，"大嫂，五嫂是到哪里逛去了？"

"谁知道到哪里逛去了。"肖氏哼了一声，阴阳怪气地说，"听说这弟妹识文断字，自然是游山玩水去了哟。"说完身子一扭，挑开门帘走了。

朱夫人黑着脸，一言不发。九妹知道闯了祸，赶紧溜了。七妹边收拾着屋子，边愤慨道："五嫂出去走走有什么大不了的？值得她这样背后褒谈？不就是嫌五嫂给她的礼物不如给二嫂三嫂的多吗？她怎么不想想，她大房的人比二房三房少得多哩？况且她今日穿的这身紫绸衣衫，还是五嫂送的哩！"

朱夫人听了，一言未发。她知道，德克说得没错。不光肖氏，就连自己身上穿的这身墨绿色双绣绸衣，德克身上的缕金百蝶穿花云缎裙，还有德操身上的翡翠色撒花绢裙，俱是魏玩嫁来后以新妇的身份送给大家的。但她越发不能拿这来说话。在这个大家庭，言语稍有不慎，轻者会让人心生嫌隙，重者会直接引起纷争。她嫁到曾家时，易占已有四个儿子，最大的曾晔比她还大两岁，另外三个曾巩、曾牟、曾宰也只比她小了十来岁。在曾家二十年，易占撒手西归，她成了这个家里唯一的长辈。虽说是长辈，但四个儿子中，老大两口子年龄比她大，大儿媳又事事都要占个先，一张嘴不饶人；三儿媳付氏，仗着娘家富裕，话里话外，都在表功；其他的也各有个性，她少不得受些冤枉气。日子一长，几个儿媳在她面前说什么，她都不怎么表态了。

听德克说完，她仍没有言语，只是轻叹了一口气，起身往厨房走去。

厨房在院子的西南角，是间偏厦，也很旧了。风一大，便能听到墙皮扑簌扑簌往下掉。它一分为二，一半做了灶屋，一半支了一张桌子，几把凳子，没客人的时候，全家就在这里吃饭。

吴婶快五十了，围了条蓝花围裙，正在灶上忙碌。

朱夫人扫了一眼，锅里正咕嘟咕嘟煮着稀饭，锅沿上，一碟子咸菜丝、一盘煮白菘，这是家里每日的早餐。

"你一个人在忙?"朱夫人冲着吴婶弯着的背影问道。

"哎呀! 夫人什么时候进来的，吓我一跳。"吴婶猛地回过身来，顿了顿，又没好气道，"可不是我一个人怎的? 人家是照顾自家小娘子的，哪管别人。"

朱夫人看着吴婶花白的头发，嘴张了张，却没说什么，只默默地在椅子上坐了。

魏玩几个在地里转了一会儿后，曾布因明日要回书院，还得买些书，也心疼魏玩在乡下憋了这些天，又赶巧天阴着，不热，便提出再到城里去转转。

南丰县城不大，但恰逢双日，是当地的热集。提着篮子叫卖吃食的，挑着担子叫卖蔬菜的……倒也颇为热闹。

四人随了曾布走。青杏凡见到卖吃的，都要停下问上一番，柱子则挨个儿打听各种蔬菜的价格。走了一会儿，因关心的东西不同，几个人便兵分两路，各自逛去了。

书肆在城中心一处两人高的牌坊后面，门额上一块黑底金字的木匾，上面写着"林家书肆"四个字。魏玩随曾布走进，见书店不大，却收拾得干净整齐，木柜上满摆着书，有《论语》《史记》《经典释文》《老子》，还有郭象注的《庄子》《文苑英华》《韵略》等等，种类并不比襄州书肆的少。魏玩随手拿起一本，翻了两页就舍不得放下，原来是"上图下文"形式的《道德经》，她之前竟没有见过。曾布凑过来看了看，道："喜欢就拿上。这书好像是建阳版的。"店主一听，喜形于色："看来相公是个真正的读书人！这正是建阳版的书。建阳版的书刻印精美，是书中珍品，就是不看，收藏也是极好的。夫人若喜欢，我这店里还有几本。"说完又拿来几卷《齐民要术》，也是图文并茂的。

雪梨也识得些字，看这书主子喜欢，就要付账。魏玩道，别慌，就又踱到另一排书柜前，仰了头去看。找到一卷淡黄封皮的《诗品》、两卷温庭筠的《花间集》，又看到两卷柳永的《乐章集》，心里顿时一喜。

魏玩是从好友莹莹那儿知道柳永这个人的。那是几年前的一个冬日，北风呼呼刮着，魏玩正在家中暖阁里看书，莹莹突然来了。还未坐定，就叽叽喳喳讲起她才去过的汴京来，什么夜不闭客的商户、满街满巷的货物、随处可见的丽人，还有勾栏里的杂耍、说书、唱曲儿等，那种繁华热闹，真叫人舍不得离开。说到激动处，莹莹又拿出一卷薄薄的手抄书来。魏玩接过，见封皮上写着"柳三变词作"几个字，也不知是何人，就随意翻开。未想只看了一眼，再也收不回眼珠，只觉得纸上的字，长了钩子一样，把人的眼珠儿都钩住了。如那句"自春来，惨绿愁红，芳心是事可可"，还有"梦觉透窗风一线，寒灯吹熄。那堪酒醒，又闻空阶，夜雨频滴"……真是清新俊逸，又别开生面。

当时莹莹见魏玩看得眼珠儿一错不错，就得意道："这是我娘从别处得来的。我也喜欢。"说到这儿，又压低声音，"听说这个人写的歌，在汴京红透了。"说完轻声唱了两句：

　　望处雨收云断，凭阑悄悄，目送秋光。
　　晚景萧疏，堪动宋玉悲凉……

莹莹天生一副好嗓子，平日说话就好似鸟语，唱起歌来，更是黄鹂一般，婉转动听至极。魏玩正听得迷，莹莹却不唱了，悄悄道："娘说这是勾栏女子唱的，不让我学。"说完扮了个鬼脸。

魏玩自从莹莹那里知道柳永的大名，处处留心，后来就在襄阳城的书肆里觅到一卷《柳公乐章》。现在见有他的雕版书卖，自然心花怒放。那边曾布挑了一本新出的《国子学试卷》，一本《九经书疏》。店主殷勤地把书擦拭干净，雪梨便付了钱，把书拿上走了。

几个人还是清早喝了点稀粥，到现在，几个时辰过去，已经饿得饥肠辘辘。魏玩不好意思说，曾布边走边翻他新得的书，也不说吃饭的话，雪梨地方不熟，对曾布也还惧着，正觉无计可施，柱子带着青杏气喘吁吁地走了过来，一迭声地道："可找着了。找了好几圈儿。主子们……中午就吃书？"

曾布这才醒悟过来，赶紧指了个不错的餐馆。柱子冲在前头，到楼上张罗了个小阁子，让魏玩、曾布二人进去，他和雪梨、青杏在楼下散台坐。魏玩笑笑，从雪梨手里拿了一本书就上楼去了。

魏玩自从离开襄阳，先在船上半个月，吃饭只能是凑合，到曾家又半个月，有客没客，均是抚州风味，咸鲜辣居多。襄州菜比这里清淡，魏玩不习惯，吃饭只算点个卯。嘴里寡淡，背地里靠回味家乡菜解馋，已不知偷偷滴落了几多泪。

俗话说，人是铁饭是钢。魏玩虽然年轻，也经不住这么长时间的煎熬。这下闻得菜香，蓦地就想起家乡的美食清蒸槎头鳊和月英醉黄酒。它们一个用汉江里的名鱼，一个用上好的糯米发酵而成，味道鲜美醇厚，极其可口。这香味似曾相识，魏玩的眼眶一下竟湿了。

店小二肩搭一条手巾进来，口齿伶俐地报起了菜名。魏玩饶是小时候听祖母说过抚州土话，还是大半听不懂，便沉默不语，看着曾布。

曾布已知魏玩对南边的饮食不习惯，便打断了店小二的话："我且问你，你家可有不酸不麻的菜？"

"哎呀客官，这里是东京赫赫有名的长庆楼的分店。我家主子，祖籍西京，也不吃酸和麻，所以小店大半的菜品，吃奶的小儿都吃得。您二位可算来对了。"

曾布听了，便令他将不酸不麻的特色菜品拣几样送来，又给楼下的一男二女送一份。小二打着喏退下，阁子里顿时安静下来。

曾布初为人夫，正沉浸在两性相悦中。见阁子里无人，便将手伸过来，替魏玩取摘了面纱。见她粉脸上两朵红晕，兼黛眉如画，再看细长的凤眼里，似有水波滚动，一时有些痴醉，喉结上下滑动。魏玩被他呼出的气息灼着，有些羞涩，便娇嗔地白他一眼，随手拿出才买的《花间集》，佯装看了起来，看着看着，突然掩了嘴笑。曾布好奇，也探了头来看，见是首温庭筠的《菩萨蛮》：

> 水晶帘里玻璃枕，暖香惹梦鸳鸯锦。
>
> 江上柳如烟，雁飞残月天。
>
> 藕丝秋色浅，人胜参差剪。
>
> 双鬓隔香红，玉钗头上风。

曾布颇为纳闷："这有什么好笑的?"

魏玩脱口而出："浅俗。"

曾布新婚，才领略男女风情，看到"水晶帘里玻璃枕，暖香惹梦鸳鸯锦"一句，已联想到洞房光景，正觉得恰如其分，却听娘子说"浅俗"，顿时一脸不解："温八叉写男女之情，素有盛名。娘子如何说他浅俗?"

魏玩愣了一下。自己受祖母指点，六岁诵诗学琴，七岁学赏画，已大体懂得雅俗。她所说的"浅俗"，乃见这词全是容貌饰物和房中陈设用品的描写，根本不见人的情绪。且这些饰物和房中摆设，什么玻璃枕、鸳鸯锦，藕色、红色、绿色……一股脑儿地堆在一起，实在艳俗。不过这只是她个人的看法，还不敢让别人认同。现在明白曾布的意思，脸红了，一时与他也有些说不清，又听见小二敲门的声音，便收了书，准备起饭。

五个人一顿饭食，连吃带休整，又花了一个时辰。魏玩惦记着回家，几个人都吃得太饱，全身倒没了力气，柱子早去找了辆牛车，一起坐了回家。

第二日一早，天刚蒙蒙亮，曾布就起了床。他今日要回书院了。魏玩随后也起了身，洗漱完毕，往婆母房中请安，却见门敞着，室内空无一人。

这么早，能到哪里去？魏玩心里嘀咕着，刚回到自己房中，雪梨就猫一样溜了进来，压低声音道："糟了，家里断炊了。刚才听九妹在外面嘟哝，说要卖了南山的地哩！"

"卖地？"魏玩大吃一惊。

"是哩。听说牙人一大早都来了，现在看地去了。"

魏玩恍然大悟。她略一思忖，便让雪梨唤了刘妈进来。刘妈和吴婶在一起时间多，或许知道些情况。

"老天爷！我们初来乍到，哪知他家日子过得大窟窿小眼儿。你想想，就靠那二十亩薄地，一年也打不下几粒粮食，哪能管这一大家人的开支？老天爷！五郎六郎要读书，几个小娘子要吃饭穿衣。听吴婶说，往年还凑凑合合，今年花销太、太大了……"刘妈长得慈眉善目，张口闭口"老天爷"。

魏玩自然明白她最后一句话的意思，但万没想到已经到了断炊的地步。她忆起婆母这几日愁眉不展，又想到近日家里每天两顿饭都是以杂粥为主食，还以为是南方习俗，却是家里揭不开锅了。

魏玩心里沉重起来。她想起了曾布的叮嘱，便让雪梨把柱子找来，议了一番。柱子去了。

几个人饿着肚子。雪梨懂事，脸色平静，青杏哭丧着脸，又不敢说什么。魏玩想着心事，加上自嫁进来一直吃不太习惯，倒没觉得饿。

日上三竿的时候，柱子坐着一辆牛车回来了，车上驮着两包大米和几条新鲜的猪肉。大米每包最少也有百八十斤。刘妈见了，眼睛眯成一条缝儿，不断念叨："老天爷！老天爷！"颠起脚把猪肉从柱子的手里接过来，又颠颠送进了厨房。

过了一会儿，朱夫人带着吴婶和德克从田里回来了。刚走进院子，就闻到满处窜的香气儿，和吴婶对视一眼后，朱夫人快步进了厨房，见刘妈正戴块碎花头巾在灶台前忙活。沿锅边放着几个瓷菜盘，上面都用陶碗扣了，锅里还咕嘟咕嘟响着，散发出浓浓的香气。朱夫人将锅盖揭开，一团白汽腾地升了起来，锅里，正煮着排骨。

朱夫人吃惊不小。刘妈喜滋滋道："多亏了玩儿，有好吃的了。"

魏玩此刻正在房中，听到院子里有人说话，连忙走了出来，见婆母和吴婶一起看她，便心中明白，但也不想多说。自定下曾家这门亲事后，祖母就耳提面命，教给她不少持家之道。丰年如何储蓄，富日子怎么过，穷日子怎么过等。现见了婆母，忙福了礼，道："娘辛苦了，都怪儿媳眼拙。地千万不要卖，我来想办法。现在快吃饭吧。"

八妹九妹还是小孩儿，闻得饭香，早已欢呼雀跃，奔到桌上坐了。朱夫人心头一酸，看了魏玩一眼，啥也没说。

第三章
有　喜

大宋的秋闱一般八月底举行，十月放榜。曾布大婚，前前后后耽搁了不过一个多月，便回到书院，日夜苦读，直到考完试才回家，人瘦了十斤不止。

转眼到了十月初八，按惯例这天放榜。曾布记着这个日子，清早一起来，便约了哥哥，去城里看榜书。

榜书贴在十字街钟楼的墙上。他们到时，榜书刚刚贴出，下面学子围得水泄不通，都仰了头看。几个人怎么也挤不进去，正着急，汪恺煞白着脸从人群里钻了出来，原来他落榜了。有人看见曾家兄弟，顿时高声嚷了起来：解元来了！解元来了！兄弟几个愣了一下，使劲挤进去，果然名字都找着了，曾布得了第一。

魏玩得知他兄弟几个都过了，特别是曾布，竟是第一，喜出望外。但见兄长们个个脸色凝重，无一丝喜色，心中疑惑，便问曾布。曾布叹口气道："还不是怕省试不过，遭人耻笑。"

原来，曾家兄弟已不是头一回通过了。大哥曾晔三年前过了解试，但省试未过，悲伤之余，死在回家的路上。二哥曾巩前后共通过了两次解试，但省试一次也未过。他兄弟这样的经历，被乡间的一些泼皮编了顺口溜唱，说什么"落杀曾家两秀才，一双飞去一双来"，真羞煞人也。

魏玩已知曾布兄弟个个满腹经纶，特别是二哥曾巩，说是学富五车也不过分，以为科举及第对他们来说，轻而易举，现在听说了这些事，才知道学问多，并不意味着能轻松及第，很多时候还得看运气，心情便又沉重起来。她忐忑不安地对曾布道："你可不要受那些混账话的影响。"说完又打起精神道，"以后你就到书院专心读书吧，需用什么，让柱子给你送。"曾布听得，过来贴着她的耳朵："柱子什么都能送？"魏玩一听，脸唰地红了，白了他一眼，嗔道："说正事儿哩，好没正经。"

说归说，笑归笑，曾布也知考试不易，晚上便与魏玩商定：仍旧住书院里，一旬只回来一晚，从家里拿些吃的用的。

时光飞逝，自曾布在书院潜心攻读，魏玩便在家里服侍婆母，并帮着照顾六弟、七妹、八妹等几个，转眼半年过去。其实自八月底嫁田收回来后，柱子就雇人将地里全都种上紫菘。这个品种当地不见，是襄州独有的，长势旺，产量高，味道绵长；又从乡邻那里捉了五头猪崽，新砌了猪圈，雇了村里的一个人喂，他和刘妈时不时地帮帮忙。按照柱子的想法，紫菘成熟后，每日可摘了出售，卖不完的可以喂猪，猪粪又可以肥地。猪长大后，卖几头，留两头家里吃，便什么都有了。

果然，听说南源一带有罕见的紫菘，陆续有城里的酒楼来订货了，价钱开到三文钱一斤，一亩地就能卖六千文，刨去雇人、肥料、种子的开销，仍剩余不少。

本来，刚过门头两天，魏玩瞧家里困顿，还决定曾布读书、生活，以及她和柱子几个人的日常花费，俱从自己的小箧子里出。但不久后，家里就到了要断炊的地步，地里又青黄不接，便月月从嫁资里另外拿出十贯银钱，交给婆母，用作全家的日常生活开销。朱夫人先是顾着自尊不肯，但见魏玩一片诚心，也没别的指望，便也接了。现在，地里渐渐有收入了，魏玩便与柱子合计，仍将紫菘、养猪赚的钱交给婆母管。肖氏知道后，又说些风凉话，魏玩一笑了之，也不理她。家里渐次丰裕。

春闱的时间是年后的正月初几，曾巩决定带弟弟们早日进京，定在立冬那天出发，这样赶在小雪前就可到汴京了。

魏玩替曾布收拾行李，想着新婚第一个年，两个人却要分开过，不禁有些心酸。曾布见了，拥着她道："娘子别难过。明年春闱早，顺利的话，殿试完我就回来了。你在家照顾好娘和弟弟妹妹。"

其实魏玩不只舍不得他离家，还担心他考试不顺，所以心里甚是焦灼。突听他张口就是"殿试"，倒吓了一跳，不过立马也兴奋起来，望着他道："这个自不待言，正是我的本分。你且安心备考，家里有我，断不会让娘和弟妹们受委屈……"

二人正说着，突听外面有人喊"五哥——五哥——"，细细的声音。曾布忙去开门，却是九妹德操，听见开门声，已小兔子一样蹿到院子中间了。因动作急，小脸红扑扑的。魏玩探头见得，便伸手叫道："九妹进来。进来和你五哥说话。"德操却站那儿不动，只细细的声音叫道："五哥你出来，你出来。"

夫妻俩被德操的样子逗笑了。曾布走了出去，德操便踮起脚，冲着他的耳朵，窃窃私语一番。曾布便随德操去了。

魏玩知家中人多事杂，为避是非，除与婆母商量些事外，从不打听任何家长里短。曾布走后，就叫了雪梨，让她把两件还未完工的绣品从针线匣子里取出来。白色的丝帕，一块绣着一匹枣红色的骏马，一块绣着一面迎风招展的旌旗。雪梨边绣边自言自语："绣花绣花，应该绣花和蝴蝶的。主子有学问的人，让绣的这些玩意儿，也不知啥意思……"

魏玩不理她，埋头绣自己的。

曾布这一去就是好几个时辰，吃晚饭也没回家。魏玩正好抓紧把绣品完工，还要给他准备路上用的东西，倒也足足忙了几个时辰。

曾布回来,时间已晚。见房中一支蜡烛烛光摇曳,桌上几个包袱已扎紧,魏玩还在忙碌,好生感动,忙凑近魏玩,告诉她,二哥把他们兄弟叫去,主要告诉大家赶考不易,要做好准备。

魏玩倒没在意,淡淡道:"进京能有什么不易?"

"行走本来就辛苦,每日还要温习功课。有的人孱弱,路上腿疼脚疼,或受风寒,或染了瘴气,如果实在撑不下去,半路就得回来;若再遇上突生重病,坐船晕船过桥坠马,或遇强人剪径,把命丢了都有可能……"

魏玩一听,打了个哆嗦,脸色唰地变得煞白。她停了手中的活儿,紧张不安地看着曾布。

"终于进了考场,还有更多的折磨。二哥说,考试的场所都比较简陋,所谓寒余雪飞,单席在地,数百人夹坐,蒸熏腥杂……如果运气不佳,考号或是临近茅房的底号,或是狭窄不堪的小号,或是临时搭建的简陋席号,几天下来,黑发都能给你考白了。"

魏玩听得心怦怦跳,惊呼道:"这是考科举还是关押罪犯?难怪祖上有功名的子弟都不去考试,只走恩荫这条道哩。"

"是啊!这些苦,不是每个人都能承受的。"曾布叹道。

魏玩听他叹气,感觉心被什么使劲地击了一下,隐隐作痛。她低下头,思忖片刻,突然对曾布道:"还是让柱子跟你一起去吧。"

曾布听了,吃了一惊!他自小贫寒,从未敢想出门带个下人。有人服侍当然好,但家里事多,魏玩跟前没了柱子,哪里成?魏玩见他眼睛一亮一暗,知他所想,便道:"你也不必推辞。我在家,身边还有刘妈、雪梨几个。你们这一行,数你最小,哥哥们有事,少不得都要唤你,就不知要占用多少温习功课的时间。孰轻孰重,我掂得清。"

曾布听了,觉得也是这个理儿,就半推半就地答应下来。原以为柱子会不愿意去,谁想他从襄州的繁华地儿来到南丰乡下,饮食不惯,语言不通，早已痛苦不堪，现在突然让他去东京，喜得连连磕头。

第二日是个大雾天，漫天罩地，浓得拨不开，三五步远已看不清人影。全家人一大早起来，吃过早饭，将曾巩几个送到村口。乡邻们知道今天曾家兄弟进京赶考，也到村头来送，嘴里说些吉祥话。

眼看着起程的时间到，突听"砰"的一声，曾巩已率着三弟曾牟、五弟曾布，跪在了朱夫人面前。曾巩的娘子晁氏因要跟着回京兆府娘家，此刻也跪了。朱夫人的眼泪流了出来，哽咽道："这次你们兄弟几个，若有一个高中，便是上天眷顾，祖宗庇佑，我也知足了。"一席话说得大伙儿心里像压了块石头。

魏玩眼中已没有别人，只呆呆地看着曾布，见他脸颊清俊，双眸明亮，举止沉静，心中自是万般不舍，待他起身后，想要将两块才绣的丝帕都给他，想想，只拿出一块，另从身上掏出一块自己正用着的，一并塞给他，又叮嘱一番，方依依惜别。

曾家此番进京赶考的并非只曾巩兄弟三人，还有他们的堂弟曾阜、曾宄，及妹婿无咎、彦深。他们约好各自从家里出发，然后在县城集合。一行人一路奔波，紧赶慢赶，终于在十月底到了汴京。目之所及，但见雕车竞驻，宝马争驰，金翠耀目，罗绮飘香，京师的繁华让曾布大开眼界。

曾巩来过几次，在汴京已是轻车熟路，他率众弟在西汴河靠延庆观的一条窄巷里找了间小邸店住了，嘱咐自即日起，除了必要的听课外，不得出门，整日埋头苦读才是。

柱子一路跟随，小心侍候，既跑腿又付钱，着实省了曾布不少事。住下第二日，柱子见这地方实在简陋，又从掌柜那里打听到离考院远，便动起了心思——因走时魏玩曾交代他，吃的住的，钱都可不论，唯一一条：有利于考试。遂一个人外出瞎逛，逛着逛着，就到了通向浚仪桥的大街。

柱子站在街头，朝北边一条整洁肃静的巷子看去。见里面的房屋鳞次栉比，好几家门前皆竖着"邸店""旅舍"的牌子，来往的人，多青衫方巾，便伸手拦了一个提着竹篮卖煎饼馃子的十几岁小儿，买了他两个馃子后，向他打听起这条巷子来。

"客官竟然不知？这巷子大名早丢了，人人都叫它高中巷。每年一到这时，就住满了各地来考试的学子们，所以才有我这好生意。"说到这儿，把竹篮往空中一举，"你看，满满一篮，半个时辰就卖完了。"

"那这儿离贡院有多远？"

"近了！喏，巷子走完，向右边一拐，再往北走上几十步，就是贡院的东门了。吃个馃子的时间。"

柱子一听，暗暗高兴，赶紧谢了小儿，往巷子里面去打探。

原想着这街上既然有这么多客栈，有钱还没住的地方？可天下之大，有时竟真无落脚之处。挨着问了一遍，皆已客满，只有巷尾一处别宅，主人是人称刘观察的，因环境幽静，价格不菲，尚有几间空着，可以住上七个人。但曾布一行十人，怎住得下？只好死了心，往回走。

柱子闷闷不乐地回到旅舍，曾布兄弟已各在房间温习功课了。柱子走回自己的那间，想躺下休息，可哪里能行。因这旅舍的一楼是卖吃食的角店，生意好得出奇，人来人往，猜拳吹牛，声音直往耳朵里钻。又加上这角店操作间的烟囱没装好，黑烟呼呼直往楼上灌，房间里满是油烟味儿，不由得暗暗骂起人来。正生气，忽听外面有人争吵，声音越来越大，忙开门出去，吵闹声从楼下传来，原来是曾阜，因四处闹哄哄的，影响他学习，便冲到一楼找店家，却被一番讥笑，气得叉着腰在那里和店家理论，曾牟、王彦深在一边调解。

柱子见情势糟糕，想了想，转身来到曾布房中，把刘观察别宅的事说了一遍。曾布听说有这么近便的地方，也高兴，忙问价格。

"单租一间房一晚一百文，五间房一起租四百文。"

暗夜中的怒放

曾布听了，倒吸一口凉气。房间不够他有办法，大不了两人一间，还能督促学习。只是这价也太贵了，是这里的数倍！

二人正议，外面又传来一阵急促的脚步声，有人在拉拉扯扯，接着又听曾阜大叫："凭什么？银钱已交过，我们往哪里走？告官去！"二人忙奔了出来。原来店家理论不过曾阜，欺他是外地的穷学子，便要起无赖，横竖要撵他众兄弟走。

众兄弟一见急了，一起冲上去和店家理论，乱成一团。柱子退到一边，看这店家和几个小二均凶神恶煞的，便悄悄扯了曾布的衣袖，对他耳语道："这怕是个野店，有些凶险，主子不如带哥哥们赶紧离开。那边店又安全又幽静，是读书的好地方，只是贵些，不如现在过去住上，我明天再去找便宜的。"

曾布听柱子说得在理，又见这里乱得糟心，实在住不下去，也知柱子会算账，是魏家陪嫁给魏玩当管家的，既敢说这话，自然有底，便和他合计道："我们一行十人，那里五间房，可两人一间。你与我共一间吧。"柱子一听，惊得跪了下去，连声道谢。

曾布便将众兄弟叫来。大伙儿早被店家气饱，一听有去处，连声说好，当下收拾起东西来。此刻曾巩并不在店，他一早出去拜访好友李觏李泰伯去了，曾布便挥笔写了一个字条，交给也在这里投店的另一位抚州考生，嘱他务必交到二哥手中。交代完，又结了一晚的钱，众兄弟提着行李扬长而去。

刘观察别宅果然幽静。当晚，众兄弟睡了个好觉，连日来的辛苦一扫而光。吃过早饭，曾巩也大步流星地赶来了。他昨日去拜访李泰伯，硬被留下住了一宿，又听到许多传闻，这下兴奋地看着众兄弟，朗声道："还记得为兄平日让你们多学两汉的朴实文风，脱离现今的太学体否？昨天听闻，翰林学士欧阳修极有可能知礼部贡举。"

众兄弟一听，喜出望外。这些年，虽然太学体的文章十分流行，但二哥却不以为然，相反极力赞同欧阳修发起的复古之风，说欧阳修的文采风流天下人倾倒，他师法韩愈，刻意矫正文风，简直是天下读书人的福音。未想到，机会一下子就来了。

却说自曾布走后，魏玩便无精打采起来。她让雪梨到城里买回两张"九九消寒图"，仿那式样，画了张图，共两百个格子，代表两百天，从曾布离家那天算起，一天在上面画去一格。过了十几日，刚端起饭碗，突然一阵恶心，接着就呕吐起来。雪梨吓了一跳，赶紧端来清水让她漱了口，扶她上床躺下，又从乡里请来一个郎中，隔着帐子给她拿了脉，竟是有喜了。魏玩听了，一时有些恍惚。

自第二日开始，魏玩便闻不得茶饭，更进不得厨房。每天勉强吃点东西，大多又吐了。人也没有精神，走路像踩了云，只好在床上躺着，昏昏沉沉地，读一阵儿书，想一阵儿曾布。想在襄州的初识，想嫁来后，两情相悦，池塘赏莲、村口赏景、城里购书、房中谈笑、论诗……多么恩爱。现在，那人却不知在何处，也不知是否夜夜牵挂着自己。有时想得烦了，又看一会儿书。之前在城里买的书，陆续都看完了，晏殊的蕴藉、柳永的炽烈皆给了她极深的启发。之后打发人上城里购过几次，皆是掌柜推荐的当今正风行的，计有《文苑英华》《韵略》《李善文选》《新雕诗品》及巾箱本的《五经》等。

日子很快到了年底。因家里一下子走了三个男人，这个年就过得极其简单。正月初一早上，魏玩照例撑着身子来给婆母请安，却见婆母面色惨白地斜躺在床上，见魏玩进来，一骨碌坐起来，伸手将她拉住，颤着声，说昨儿夜里遇到仇鬼了。这当儿，大儿媳肖氏也来请安。听了这话，眉毛拧成一团，道："娘，哪儿来的仇鬼？你莫是烧糊涂了？"说着将手伸过来探婆母的额头。

朱夫人却将头一偏，瞪着眼睛，兀自说道："你们知道吗？考场上自古有三类鬼，一类是天地神明，是帮助考官维持秩序主持公道的。二类是考生的祖先鬼魂，来考场给儿孙坐镇打气的。三是恩仇二鬼，它们是与考生有仇的，到考场上是要兴风作浪的。它们出动时，举着黑旗，一面跑还一面叫，有冤的报冤，有仇的报仇……"

魏玩听得毛骨悚然。她自小到大，从没听说过这样的事。但现在婆母说得有鼻子有眼，又事关曾布的前途，也不敢不信。

肖氏听完，双手在身上一拍，大哭起来："原来窍儿在这儿啊，我的命苦啊！那些厉鬼找到了曾晔，让他死在半路上，临死连一句话都没留给我呀，呜呜呜……"

朱夫人本来被梦魇着，肖氏一哭，倒慢慢清醒过来。魏玩怕大嫂太难过，便劝她道："大嫂节哀！娘正操心着几个哥哥，你这一哭，她更怕要担心了……"

肖氏听了，立即不哭了，拿眼睛上上下下扫视了魏玩好几番，突然气愤愤道："哼！老话说隔层纱，差的差，果然不假。曾晔考试时倒没人替他操心，我又不懂，现在五弟赶考去了，五弟媳又是金枝玉叶，这当娘的，就把啥规矩都想起来了……"说完拂袖而去。

朱夫人听得这话，坐在床边，气得身子乱抖，嘴皮颤着，半天发不出声来。魏玩心里怪大嫂好没道理，但念她到底寡居着，思夫心切，才出言不逊，不能计较，便赶紧托了婆母的一只胳膊，又拿手替她在背后轻轻抚摸，好一会儿，朱夫人才平静下来。

日子一天天往前，已是阳春三月了，魏玩仍是吃不下饭，沾水就吐，脸上整日无血色。婆母早已免了她早晚请安问候，每日只躺在床上，脚下放着个汤婆子暖身子。雪梨见她人瘦了一圈儿，昔日戴着正好的玉镯，现在都嫌大了，只好将镯子收起，用帕子包好，放到箱子里，背地里找刘妈商量。

刘妈虽然年纪大，却是个没主意的，听雪梨说了，也六神无主，便去央朱夫人请郎中来看。朱夫人自己生养上十个儿女，都不费事，先不以为意，现见魏玩这样艰难，也担心起来——五个月还害口，是不是还有其他怪病？便让两个大点儿的儿媳帮着请了郎中来。

郎中来后，先拿脉，又看舌苔，也说不出来什么，又不敢随便用药，只说要多吃，多养神将息。肖氏站在郎中身边，听得这话，便朝身边的三弟媳付氏丢了一个眼神儿，阴阳怪气地说："五弟妹是个娇贵身子，不似我们，仆人命。"

是晚，魏玩靠在床上，昏昏沉沉，恍惚间，房门突然砰一声被撞开，接着是几个满脸横肉的衙役，手持木棒分列门口。魏玩大吃一惊，正待问怎么了，就见柱子满脸血迹地冲了进来，背后背着曾布，也是满脸血污，当下惊叫一声，双眼睁开，才知是场噩梦。忙抚着胸脯，定了定神，犹自心跳不止。

此时月色横窗。推开窗户，但见月色满天，稀星数点。坐了一会儿，觉得有些困倦，关上窗子，还想接着再睡，但哪里睡得着，满脑子都是曾布。他随众兄进京已有五个月了，并未寄回只言片语，也不知情况如何。魏玩知他身不由己，但自己是个新嫁娘，独自在他家，语言不通，饮食不惯；二人新婚宴尔，且两情缠绵，现在她又怀了他的孩儿，心里只有拿他去想去怨。想乏了，再昏昏沉沉睡去，梦里又全是曾布在家时的欢乐情景，等一醒来，却孤单依旧，眼中不禁滚下泪来。

这样熬煎了一夜，清晨醒来，觉得满腹的幽怨实在无处发泄，只好将案头的书拿来翻了看。看着看着，似有所感，便起身下床，让雪梨准备了纸笔，先写了一首七言《春望》。品味了一番，觉得并不解意，就团成团扔掉，又填了一首《武陵春》：

> 小院无人帘半卷，独自倚阑时。宽尽春来金缕衣。憔悴有谁知。
> 玉人近日书来少，应是怨来迟。梦里长安早晚归。和泪立斜晖。

四月将尽，魏玩的肚子已明显鼓了起来，那张格子纸已画去多半，赶考的人依然没有消息。这日，魏玩正躺在床上沉沉睡着，忽然听到外面隐约有马蹄子的嗒嗒声，又听到两声嘶鸣，好像有人下了马，同时几声大叫："喜报！喜报！"接着就嗡嗡地嘈杂起来，说话声、跑步声混杂。魏玩心有所动，撑了腰想坐起来，可哪里有力气？正在这时，青杏咚咚咚跑了进来，脸通红，手乱比画，大声道："中了，都中了！"

　　魏玩坐在床上，怔怔地看着她。

　　"都中了，都中了。喜虫儿来了。"青杏语无伦次。

　　魏玩浑身一震，顿时来了精神，一骨碌就下了床。青杏赶紧替她将衣服和头发顺了顺，就搀着她向院子走去。已有好几匹马拴在场沿边，咴儿——咴儿——地打着响鼻。还有马嗒嗒地从远处跑来。院子里挤满了人，婆母和几个嫂嫂被五六个壮汉围了，团团给她们打拱。又有两三个着褐色长袍的汉子，正忙着在场院里挂起几道长帖。

　　魏玩心里已知何事，激动得有些眩晕，但事关重大，还是强忍着，也顾不得避众人的视线，只让雪梨扶着，往那刚升挂起来的两丈多高的金花帖子前站了。见一溜三条帖子分别写着：

　　"捷报贵府相公曾讳布京报春闱四甲赐进士出身。"

　　"捷报贵府相公曾讳巩京报春闱五甲赐同进士出身。"

　　"捷报贵府相公曾讳牟京报春闱六甲赐同进士出身。"

　　魏玩逐字看完，眼里渐渐模糊了。挂报榜的喜虫儿见她服饰考究，是位夫人，立即朝她围了过来，团团拱手，讨要喜钱。

　　魏玩心里欢喜，身上也有了力气，便要雪梨扶着回房中取钱。几个喜虫儿一步不离地跟着。眼看走到房门口，魏玩突然看见窗户边，四五个持着木棒的人，正边对着窗户指指点点，边窃窃私语着什么。

　　魏玩心里一紧，立即想起长辈讲过的科考报喜的恶习来。说他们讨喜钱不算，还砸人门窗，名曰"改换门庭"，实则工匠随行，通过修整再赚一笔。魏玩越看越觉不妙，当下快速盘算起来：眼下家里并没有得力的男人。曾肇才十岁，在城里读学，更不济事。该如何是好？

喜虫儿吵吵嚷嚷地跟着魏玩，引得木棒一伙的目光，也朝魏玩投来，拱着手讨喜钱。魏玩见他们一哄而上，又惊又怕间，忽生一计，遂闭了双眼，高叫一声，身子软软地朝地上倒去。

院子里顿时鸦雀无声。众人目光都朝魏玩投来。雪梨不知是计，一把抱住，慌作一团。刘妈也跑了来。喜虫儿万没料到会遇上这事，吃了一惊。眼见那妇人脸色煞白，眼睛紧闭，像是受了什么刺激，还挺个大肚子，原来是个双身人，心里暗暗叫苦，害怕出了事脱不了干系，遂相互一使眼色，窜了。

小半根香的工夫，魏玩慢慢睁开眼睛，自己已在床上，婆母和几个嫂嫂正围在身边。众人见她醒来，都口诵阿弥陀佛。魏玩强坐了起来，想起刚才的一幕，不由得抚着胸口悄悄笑了。

自喜虫儿报喜后，来家里恭贺的人渐渐多了起来。言谈中，竟又得知，曾家此次不独曾巩、曾牟、曾布三兄弟中了，连堂弟曾阜、二女婿王无咎、四女婿王彦深也一榜中了。"一门六进士"的美誉早已传遍汴京，全家人更是心花怒放。

朱夫人带着几个儿媳，见天接待上门贺喜的人。肖氏头两天躲在家里，不愿见任何人，第三日，突然一反常态，跑前跑后比婆母还要仔细。这样一连十多日，几个儿媳早累得人仰马翻，独独朱夫人，精神矍铄，口才也变得流利无比，没一日不把客人说得频频点头、佩服不已的。

魏玩因身子渐沉，所以只陪了一日，便又卧床休息了。她依然茶饭不香，发榜快一个月了，曾布兄弟都还没回家。古人写诗称："春风得意马蹄疾，一日看尽长安花。"他们心想事成，苦尽甘来，在汴京多逗留些日子也属正常。

魏玩因身子不好，人越来越瘦，雪梨和刘妈便整日守着她。醒时，陪着说些闲话解闷；睡了，便忙一阵儿针线活儿。这日，她又呕吐，二人手脚忙乱地帮着清理干净后，刘妈见她头发松散，一支金嵌翠玉的发钿也歪了下来，便伸手去替她戴好，却一下看到她瘦得细伶伶的脖子上的一道道青筋，当即抽泣起来。

"我没事，乳娘不要担心。雪梨扶我坐会儿。"

雪梨听了，忙把魏玩扶起来靠床坐好，又将被子往上拉拉，将她肚子盖好。正忙碌，只听"哐啷"一声，一道亮光随之跃进屋里。魏玩抬头，一个熟悉的身影站在明亮的光影中，曾布回家了。

几个人都愣了。魏玩鼻子一抽，眼泪扑簌簌落下。刘妈和雪梨赶紧退了出去。曾布走到床边，将她揽在怀里，泪水将对方的衣服都弄湿了碗大一块，始才松开。

魏玩因曾布回家，精神好了一些，可以吃点儿饭菜了。但与正常的孕妇比，情况仍很糟糕。这日，安国夫妻陪着陈夫人来曾家道喜。未见着魏玩，问起，方知魏玩月份重了，便往她房里去探望。一进门，仿佛大白天见了鬼一般，失声叫道："天爷爷！别人怀娃都要胖上几十斤，你怎的瘦成这样了？这娃日日吃你肉吗？"

魏玩叫了声姑母，想下床，但只抬了下胳膊便又呕吐起来。勉强下得床来，福了礼。雪梨便将前后的情况都说了一遍。

陈夫人见了，蹙着眉头，暗暗思忖："这如何是好……如何是好？得想个万全之策才是……"她把曾布叫了进来："妇道人家头胎怀孕，虽说有些艰难，但从未见过像她这样的。幸亏你回来了，都想了什么法子没有？"

曾布回家不过几日，又从未经过这种事，只听母亲和嫂嫂们说女人怀孕都是这样，郎中也来看过，所以哪里想了什么法子。现在见姑母一脸严肃，才知情况不妙，也惶恐起来。

陈夫人见雪梨眼里虽含着泪，却一次次地去瞟魏玩，便知她肚里有话，遂悄悄朝曾布努了努嘴。曾布会意，大声道："雪梨，主子这个样子，你可有好法子？"

雪梨刚一张嘴，就见魏玩吃力地瞪了自己一眼，忙把头低了，不再吭声。

曾布盯着雪梨："大胆！未必有什么瞒着我不成？"

雪梨听了，扑通一下跪在地上，再不管主子，竹筒倒豆子一般说了个干净。原来，祖母来信说，魏玩这是害喜和水土不服搅在一起了，她当年也经历过。靠药不行，要想人无事，怕是得回原籍，让胃口先好起来。小主子本来知道这些，但不让说，怕官人为难……说到这儿，雪梨哽咽了，低下了头，泪花在眼眶中打转。

曾布听了，如梦初醒。陈夫人点着头道："这就对了。"说完出了房，与朱夫人商议起来。因人在抚州，怕是无法，只有曾布陪魏玩冒险回襄州，看能否躲过一劫。

几人分头行动起来。曾布先修书一封寄到邓城，未敢说魏玩身体如何，只说是思念爹娘，准备近日启程回家；安国夫妻带了下人到城里联系往襄州的官船；雪梨几个收拾回家用的东西。临睡前，曾布读到魏玩写的《减字木兰花》，看着里面的"肠断泪痕流不断"句，再瞥一眼床上瘦弱的她，泪光闪烁，也更信服娘子的才学。

三日后，汪恺亲自带了牛车来接，八九个人一道，动身前往城里。汪恺夫妇一直把他们送上官船方回。

第四章
归　宁

邓城小井巷魏家。庆襄夫妇一接到南丰来信，就抢着拆了来看。

庆襄看着看着，脸就凝重起来，眉头挽成一团。他夫人妙音着急，抢了过来，看完，也觉得这事有点儿蹊跷。他们之前已知女儿怀孕，也得知曾布中举，心里早已乐开了花。现在，这信上说魏玩马上要回襄州，掐指一算，她已怀孕七月，即将生育，哪有往娘家送的道理哩？那又是为何？难不成是出了什么差池？……

自女儿远嫁后，妙音一颗心整日悬着。这下更是又急又气，把信使劲掼到庆襄身上，斥道：

"别人都舍不得女儿走远，偏你们魏家怪，非要找那千里之外的，还说什么先吃苦后成才。殊不知，穷人家的孩儿要成才，自然比家境好的要多吃苦，心计也自然多，一旦得势，作起恶来，只怕手腕儿也多。"

庆襄也疼女儿，只是被娘子这样数落，觉得没脸面，不禁狠狠骂道：

"真是个头发长见识短的混账老婆。穷人家的孩子，若能成才，必定饱读诗书，深受教化，怎会干出什么混账事？"

妙音听了，冷笑一声："你们男人眼里的出格事儿是啥？我眼里的和你不一样。我看到多少受皇封嘉奖的，私底下一样狎妓淫乐。这才是真混账哩！"

庆襄说不过娘子，仍强自辩着："当初还不是她祖母撑腰，我哪里做得了主。"说完，又安慰娘子，"别再瞎琢磨了，自己养的女儿自己心里没数？她会让你操心？"

妙音听了，心里好受了一些。过了几日，一家人正忐忑不安，看门的飞报，说小主子到了。一家人连忙起身去迎，雪梨已扶着魏玩蹒跚着进来。祖母、妙音见魏玩人已瘦脱了形，肚子却像一个锅倒扣着，耸得老高，当下抱着哭成一团。庆襄也视线模糊，直催下人速去襄阳城请最好的郎中来。

说了让人不敢相信，魏玩回家昏睡了一觉后，便有了些精神，胃口也有了，直喊饿。老夫人赶紧让下人做了好吃的端上，又亲自拟了膳食单子，用白纸写了，贴在厨房的墙上。规定除了兔子、雀子、鳖肉、螃蟹不能吃外，鸡鸭鱼肉，包括她爱饮的月英醉、高香茶，每天又要她多吃开花馒头、大枣和栗子，这样没几天，魏玩的脸色就红润起来，人也渐渐胖了。

曾布心里的石头终于落地了，便由着魏府上下精心伺候魏玩，自己天气晴好时，带着魏泰，四处游玩，下雨天，就待在房里，给全家讲些汴京的见闻，皇宫如何壮观，街上如何热闹，大相国寺如何香火鼎盛……个个听得入迷。他又讲自己在汴京结识的朋友，吕惠卿，泉州人，干练、麻利；苏轼、苏辙兄弟，眉州人，儒雅、俊逸，同科进士……听到这儿，庆襄突然插嘴道："那他们就是一门两进士喽。"

"其实还少了一位。他们的爹爹苏洵，也赐了进士，算是一门三进士。"

"哦。还是姐夫家厉害些。你们可是一门六进士。"魏泰突然摇头晃脑道。

一家人愣了一下，旋即大笑起来。曾布望着魏泰，笑道："这说法不实。我的两位姐夫不该算在曾家。道辅，厉害不厉害有时不能用多少来衡量。他家虽只三人，但光苏轼一个，就才华过人，早晚会青史留名。他写的《论刑赏忠厚论》，听说礼部贡举欧阳公见了，欢喜异常，有意点为第一，又怕是我二哥所作，要避师生之嫌，才点了第二。我还听说殿堂策试贤良结束后，官家兴冲冲地对皇后道，吾今又为子孙得太平宰相两人，说的就是他兄弟二人。"

在座的听了，个个一脸倾慕。

一个月忽而过去。七月初二这天早上，魏玩突然腹痛，妙音赶紧着人将城里的接生姥姥请到家里，折腾到日落西山，终于生了，是个女儿。收拾完毕后，妙音将襁褓抱出产房，递给曾布："贤婿看看，就是这个小东西，也恁折磨人了！"

曾布小心翼翼地将女儿接过来抱在怀里。老夫人在一旁打趣道："你这个娃娃，真有福哦。舅舅的分痛礼还没准备好，你就来了。"

魏泰边踮起脚看外甥，边口中念念有词："外甥外甥听话，就在邓城住下……"

魏泰话音刚落，庆襄就瞪了他一眼，斥道："你个贪心的！这是你姐夫的命根子，能由你留在邓城？"

一句话把在场的人都惹笑了。曾布也微耸着肩大笑。

女儿的名字，曾布很快就想好了，但魏玩不喜欢。过了几日，两人各自在纸上写出一个名，曾布写的是"清惠"，魏玩写的是"季雅"。曾布眼前一亮，又见下面还有一首打油诗：刘表荆州治，三爵美酒樽。尤爱季雅巧，倾倒魏家人。只得拊掌称好。

魏玩添女的消息很快传了出来。魏府是大户人家，亲戚众多，早将新姑爷一门六人一科上榜的事传得沸沸扬扬。于是来送祝米的连日未绝，都想沾点姑爷的福气。

魏玩现在最想见的人其实是莹莹，却一直未见到她，便猜测她或许是嫁人了。一日，去问祖母。谁想祖母一听此言，顿时一脸忧戚，长吁短叹。原来，莹莹的爹爹在任上因贪没赈灾款，被人告发，抄了家，就在魏玩出嫁后没几日，府上所有女眷皆被官府流放异地。只莹莹在事发前被她舅舅悄悄接走，躲过一劫。

魏玩听了，差点晕了过去，半晌无话。不过年余，秦家竟有这么大的变故！莹莹身为罪臣之女，将后的日子怎么过？自己欲和她再见一面，只怕是今生休想了。

曾布因急着要往汴京参加吏部的"流内铨"——因各地官员的缺额有限，举子们就算中了进士，想要做官，也还得通过吏部的典选和注拟。这样待女儿满月后，又勉强住了一旬，就一家三口，带着众仆，告别祖母、双亲以及魏泰，乘船南下了。

却说自魏玩走后，朱夫人在家，对她真是朝思暮想。既盼她早日给自己生个大胖孙儿，又怕她身子顶不住，出了事，影响曾家的运势。算着时间，该生了，却又没有半点音信，不知人是死是活，越发坐立不安。正日日牵着肠挂着肚，一天午后，才打了个盹儿，魏玩已抱着一个白白胖胖的婴儿，在一群人的簇拥下，往她房里来了。她眨了一下眼，泪水便不管不顾地涌了出来。

季雅是朱夫人的第一个嫡孙。因魏玩怀上她，曾布兄弟就一举成名，朱夫人便觉得季雅是曾家的福星了。心里这样想，紧紧地将她抱着，眼睛一刻也不离。众人见她这个样子，都笑了起来。魏玩赶紧让雪梨将从襄州带来的礼物拿了出来，朱夫人看也不看，仍抱着婴儿，对魏玩道："休息两日，陪我去南台寺还愿。"

魏玩不甚明白，几个嫂嫂七嘴八舌说给她听。原来，魏玩回襄州期间，婆母曾到南台寺观音菩萨前许了重愿，祈求要保佑她母子平安。魏玩听了，心里大为感激。这边，雪梨已将带来的礼物襄州特产库路真漆

　　　　　暗夜中的怒放

盒、特制孔明菜、上好的高香茶等，分了几份，送给几个嫂嫂，皆大欢喜。

南台寺离曾家有十几里地。过了几日，一大早，吃过早饭，朱夫人便和魏玩乘了两顶轿子，几个丫鬟随着，又有两个小厮担了白米、香油、细布、米酒，以及沉檀、马牙香，一起往南台寺进香还愿。

魏玩这是第一次去，有些好奇，路上便不时撩开轿帘，向外打量。因天色尚早，空中的雾霭还未散去，薄纱一样，笼着四野。走了好几里后，田地渐渐没了，树木越来越密，温度倒清凉许多。越往前，树木越密，森森的绿荫，蔽着日头。再往前几里，眼前陡然一亮，树木少了，一块方圆几十丈的平地上，卖香表的、卖鞭炮的、卖长明灯的，步行的、坐轿的，熙熙攘攘，人头攒动。平地的西头，拾阶而上，是一条长长的进香道，半山腰处，一个红色的山门在密林中若隐若现，那便是南台寺了。

魏玩一下想起家乡的云居禅寺来。云居禅寺在隆中山里，离诸葛草庐不过百十步。那里四周虽被隆中山环绕，中间却天赐一块偌大的平畴。于是凡进香日，说书的、耍拳的，挤挤挨挨；烧香的、闲游的，鱼贯而入，热闹非凡，煞是吸引人，是襄州最负盛名的佛家场所，一年四季，梵音袅袅，游人并不比诸葛草庐少。她每次去，都是陪母亲，有一次莹莹也随行。

此时已日上三竿，来进香的人不少。魏玩下了轿，扶着婆母，随了众香客，沿台阶而上。台阶上浓荫匝地，清幽宜人，刚走了十多步，突然传来几声女人的惨叫。魏玩吃了一惊，忙扭了头四顾，惨叫声像被风吹跑了，周围只有进香人的谈笑声。

魏玩扶了婆母再走。不过十来步，惨叫声再次传来，这次比上次大了一些，雪梨似乎也听见了，也探头去四顾。魏玩疑惑，敛声静气，竖起耳朵，那声音却又没了，四周仍是上香人走路、说话相混的声音。

魏玩心里不解,暗道怪哉!正欲抬了脚再走,惨叫声再次响起。这次十分真切,似乎是人拼尽身上所有的力气在喊,中间还清清楚楚地夹杂着一声"碗姐姐——"。

魏玩不禁汗毛倒竖,脊背发凉,再顾不得婆母,踮了脚尖四处打量,只见那块大平地的边儿上,一株枝丫繁茂的大树上,嘎嘎乱叫着飞出一群黑白相间的鸟儿来。魏玩直觉有事,盯着那棵大树,就见树冠下,一顶被几个大汉围着的青色小轿前,一片桃红的裙角一闪,轿子就被飞也似的抬走了。

魏玩望着一溜烟儿远去的轿子,突然慌乱起来。这声音那么熟悉,又脆又尖,像谁哩?才一想,就浑身一凛:莹莹!只有莹莹戏称她"碗姐姐"。她们一起玩耍的时候,莹莹总是嘻嘻笑着,脆脆地叫她"碗姐姐——"。

但莹莹的笑声总是一团一团的,今天这种凄惨的叫声,魏玩从没听到过。是莹莹吗?魏玩的心一下乱了。

"阿弥陀佛!也许是谁家的婢女要跑,被主家抓了回去。我们走吧。"婆母也看见了青色的轿子。魏玩将信将疑,扶了婆母继续朝山门走去。

俗话说:穷在闹市无人问,富在深山有远亲。自曾布兄弟中进士以后,来曾家拜访的人就未断过。婆媳俩进香回家的第二日,汪恺骑了马,陪他的世伯、州城里的贺员外礼诚也来曾家祝贺。

贺家本是曾巩、曾牟、曾宰三兄弟的生母吴氏的娘家亲戚。吴氏的二姐嫁给了礼诚的哥哥礼让,曾巩兄弟便也随着姨家的表兄弟们称礼诚叔公。贺家在州城里,是数得上的富人,家有良田万亩,奴婢上百,曾巩幼年时曾借住在他家读书。礼诚这次来,带了足足六担礼物,说曾家"一门六进士",他就凑个六六大顺。他戴顶式样考究的四方平定巾,穿着件葛金色丝质长衫，足蹬一双四缝鼠皮鞋，一进门就拱着手往朱夫人跟前走，连连检讨自己家穷事多，手下人又不得力，每件都得自己应付，难免冷落了老亲戚，听说曾家有喜，早该来贺，又怕别人说自己是势利眼儿，所以犹豫许久，今儿个特来请罪，想法做些弥补。

朱夫人听了，微微一笑，接过话来："看你这就说得恁远。当年太夫人和曾巩兄弟几个，没少在你府上叨扰。老话说，家家都有本难念的经。你家大口阔的，自然应酬多些，能想着我们，就是情义。今儿个又不嫌路远，已是情重了，我们哪里还能怪罪？"

贺员外虽与曾家连着亲，但几乎没接触过朱夫人。听了这番话，不禁感慨："有这样知书达理的母亲，也难怪晚辈们个个出众。"心里越发把主意打定了。

吃了几盅茶，又扯了一阵儿闲话，趁着没别人，贺员外摇着扇子，突然低声同朱夫人道："既是亲戚，我也不藏着掖着。今儿见这住处朴素，倒叫我突然有了一念：嫂夫人有没有想过搬到州城去住？"

朱夫人听了，当下一震。住到州城她何尝没想过？谁不知道州城里比县城好，县城又比乡下好？但家道中落，想也白想，且这贺员外毕竟是吴氏的亲戚，自己也不能失了志气，便笑道：

"州城是不错。但乡下风景好，日日都能采菊东篱下，悠然见南山哩。"

贺员外虽家里富有，但读书不多。听朱夫人回绝，还夹带着一句诗词，也不知如何作答，只好红着脸讪笑着，抽空又瞟了汪恺一眼。

汪恺也早觉得曾布住得太偏，相互来往不便，这下见世伯看他，就悠悠地跟朱夫人道：

"伯母，这样的乡村美景晚辈也喜欢。只是以后曾肇上学就恁辛苦了。他可不如子宣有福，能有二哥那样的名师……"

汪恺还未说完，朱夫人就愣住了。曾肇今年才十岁，正是求学的年龄，现正在乡下的一个私塾读书。原来想的他再大一点，就转到他二哥的书院去读。倒没有想到他二哥这一中举，很快就会授官，再不会授课了。

贺员外见朱夫人沉默不语，知道被汪恺说中了要害，便接话道："汪恺说得极是。乡下私塾哪比得了州里的？几个哥哥都已中了进士，接下来就看曾肇一台戏了，可不能耽误了他。"

汪恺和贺员外这一唱一和，朱夫人听了，只觉得心里有猫爪在抓。住在哪里还有这一层考量在里头，之前自己怎么就没想到？但又一转念，也不怪自己！买宅子可不比寻常买肉买盐，之前家里的日子过得顾头顾不了尾，哪还敢想买宅子！现在虽说几个儿子都有了功名，但还没有一个赴任，又哪里掏得出大几百上千的钱银？眼里的亮光便黯淡下去，讷讷道：

"州城……只是……"

贺员外听了，当即一拍胸脯："嫂夫人只要乐意回城，宅子的事我来操心。"说着把身子往朱夫人那边倾了倾，压了压声音，说他因去年才盖了新房，老宅空着，刚好派上了用场。又说他认识些得力的人，不出俩月，定将老宅收拾得焕然一新。

朱夫人心思细腻。听得这话，暗想定是刚才情急之下流露的心声被贺员外窥破，脸上便有些挂不住，婉辞道："买房子修房子可不是仨瓜俩枣的钱，我可不能要。"

贺员外一听，脸都白了，抱了双手直打拱："好嫂子，曾、贺两家本是亲戚，就如至亲骨肉一般，你怎么这样见外？不论别的，好歹看着我那死去的哥哥嫂嫂的面儿上，把这事应承下来，万不能让我没脸。"

朱夫人本性要强，她又填的吴夫人的房，所以才有了推辞的话。未想到贺员外急得，倒把他死去多年的哥哥嫂嫂都抬了出来。人心在上，死者为大。便知他也是一片真心，思忖再拒难免伤人，又想着三个儿子一旦入仕，还怕还不上他的人情？便半推半就地答应下来。

转眼到了年底。那贺员外说话算话，果真将老宅收拾得焕然一新。朱夫人携了曾牟、曾宰两家来看，见三进的院子，大大小小二三十间房，全重新捡过瓦；白罢泥的细粉将墙刷得雪白；又加固了房梁；地面新铺了石片；门窗都新换了雕花儿的，用朱红的漆涂过；还给各房里配了箱柜。再看大门两侧，新刻了一副木对联，用的是曾巩祖父致尧的一句诗，"宾友尽为文苑客，子孙多是帝门生"，黑漆底，姜黄字，上面还撒了金粉，阳光一照，熠熠闪光，不由得大为欢喜，嘱曾牟、曾宰带了厚礼去谢贺员外，又找人排了搬家的吉日，就在冬月十八。这时曾巩也携娘子从汴京回来，一大家人便热热闹闹地搬了进去。

这宅子比乡下的高档，魏玩感觉总算有了个像样的家，便待箱笼俱搬进来后，细细布置起来。卧房旁是间正房，在墙上挂了幅她新得的李成的《晴峦平远图》，又在画下的条几上放了一只白釉细颈花瓶，里面插了两枝红梅。靠窗的桌上放了嫁到南丰后买的几十卷书，另有笔墨纸砚和一副双陆棋。里面的床上悬了崭新的秋香色绸幔，床角放了熏笼。过了几日，又花十贯钱从街上买了架四扇的雕花髹漆屏风，在床前摆了，欢欢喜喜过了春节。

二月将尽时，曾布的任命到了，授了宣州的司户参军。魏玩心里欢喜，又万般不舍。问得抚州到宣城有千余里，又听说当今社会虽然太平，杀人越货的仍不在少数，便决定让柱子跟去伺候。柱子体格壮，识得几个字，做事也稳妥。

柱子却不愿意。他扑通一下跪在地上，头如捣蒜，话如爆竹："主子别让我先走。我不走。不走……"

雪梨和青杏在旁边听了，挤眉弄眼："嘻嘻，好个聋子对对子。宣州，先走。那襄州，就是想走了。嘻嘻，想走，想往哪里走？"

柱子被她两个取笑，又窘又恼，脸一下涨红到脖子根，突然灵机一动，就哼哼两声，奚落道："真叫头发长见识短。不晓得这个地方的那个字，和官人表字相同，要避开。"接着又朝魏玩捣蒜一般："爹让我服侍你，给你管好家，我哪儿也不去。"说完，在地下咚咚咚磕了三个响头。

魏玩听了，心头热乎乎的，忙让他起来说话："看你恁壮的身板，恁大双脚，咋一辈子只准备待在井沿大的地儿？你想想，官人可曾去过宣州？可管理过上万黎民？他这一去，就这样重的担子，要不要个贴心人照顾他？我倒想跟着，可家里又离不开。你去，便是代替我了。跟了官人，既能学认字，又能见世面，可不两好？"

柱子见主子掏了心窝子，知事情已难改变，只好不再说话，默默磕个头退下，临出门时，眼神复杂地瞥了雪梨一眼。雪梨愣了一下，立马醒悟过来，脸顿时涨得通红，心头像有小兔子乱撞。

分别在即，离情纷繁。是晚，曾布应酬回来，见魏玩仍就着烛光忙个不停，心里突生不舍。他深知妇人带孩子的苦。小时候，父亲各地游宦，常把他们姐弟都丢在家里。他难得见到娘的笑脸。现在他也走上父亲的老路了。虽然家里的日子比过去好了许多，但这一走，养育孩儿的辛苦，终究是留给娘子一个人了。

"明天一早我就走了……"

"嗯。"

"娘，还有孩子，都丢给你了……"

"嗯。"

曾布听魏玩言语简单，全不似平时，心中疑惑，偷偷瞥她一眼，见一泓清泪已经贮在她的眼眶里，欲落未落，似只要再一句温柔的话，或一个体贴的动作，都会将它碰落，禁不住心里一酸，轻轻揽了她入怀。果然，魏玩刚看了他一眼，就哽咽住了，泪如泉涌，说不出话来。

曾布心里揪成一团。但他已入仕，这一天是必然，就温存地亲了魏玩脸颊一口，轻声道："别哭了汝儿，我年底就回来了。"

魏玩一下停了哭泣。结婚以来，他这是第一次这样称呼她。这样一声称呼，让她感到新鲜不说，还把两个人之间的隔膜都消去了。说来也怪，虽说二人已结婚生子，但真正在一起生活也不过半年，他又净在读书、赶考、应酬，是故自己心中还有一种奇怪的隔膜。现在，隔膜消失了，她感到一种骨头和肉生生分开的锐痛。

曾布见她脸色略有舒展，想要继续逗她开心，忙又假意讨好道："要不和我一起去任上？"

魏玩听了，头猛一抬，盯着他问："说话可算数？"

曾布一见她当真，傻了："娘子……随……随我一起，暂且还……还等上两年……"

未想魏玩却朝他一笑："谁要跟你去哩！你也不想想，我再不孝顺，也不会丢下娘，跟着你逍遥。再者，我这个水土不服的毛病，到千里之外，不知又会闹出什么事儿哩！你且放心去吧，只有一桩，柱子跟去，你和善一些，得空多指点他，将来做事也更得力些。"

一席话毕，曾布喜出望外，身子一弯，双手连作长揖："感谢娘子体谅。"

魏玩却将嘴一撇，嗔他道："不要欢喜得太早，早晚我会跟你去的。不过不是这几年，也不是宣州这些地方，而是等你能到汴京……"

正这当儿，朱夫人进来了，听了魏玩的话，忙道："阿弥陀佛！这话张狂得，说不得的。"

曾布和魏玩都笑了起来。

要说曾家这算否极泰来。自二月底曾布上任后，接二连三地，曾巩、曾牟都授了职，一个是太平州的司法参军，一个是衢州安仁县令，家里越发显赫起来。朱夫人也再不用为衣食操心，心里牵挂儿子，没事就找魏玩聊聊宣州，婆媳关系越发融洽。

一日，魏玩正和雪梨逗季雅打连连，朱夫人的丫鬟慌慌张张跑来，说朱夫人夜里突然病了，咳嗽了一夜，现在下不了床，还不住地叫唤。魏玩忙起身，随着丫鬟往婆母房中去。

房门虚掩着，丫鬟推开门，魏玩才迈进一条腿，一阵浓郁的花香，就将她熏得差点倒退出来。婆母爱养花，屋子里纵啥都没有，也会有几盆花。

鼻孔奇痒。勉强忍住，往床前走去，一照面，魏玩竟吓了一跳。前两日还额胖脸展的婆母，一夜间老了十岁，满脸皱纹，还潮红得可怕。

德操一头扑到母亲身上，哭了起来："娘，你这是怎么了？撞见了什么不吉利的东西？可怎么办才好啊？"

朱夫人大口喘着，有气无力："人又没死，你……倒是……号什么号……"

妯娌几个一听，都有些慌了，七嘴八舌地说要去请郎中。

朱夫人躺在床上，听到议论，喘着气说：

"我……不要紧，别……请郎中，要请……就把皮……皮坊街……马婆子请来……"

这马婆子乃远近闻名的巫婆，生得矮小，却百伶百俐。尤其一双眼睛，荷叶上的水珠一样，见天转得飞快，仿佛能看穿人的五脏六腑，倒也衬得起她干的职业。

马上有人飞奔出门请去了，不过一刻钟，一个四十开外的婆子，梳一个巴巴髻，着一件月白的窄衫，一条黑色窄脚裤，偏在鬓上簪了朵粉色的芍药，提着一个包袱，颠儿颠儿地旋进了曾家大门，边旋边大声道："哎呀呀，夫人真是有福的人。一向地，我哪有闲情儿在家里待着哩？哪天不是东家请了西家请？可巧今儿也不知怎的，硬是没有出门，原来是心里有灵应！夫人放心，我们这行不是靠脸子吃饭，是我手头上的活儿比哪个干得都好一些，所以大伙儿又都给我脸……"说着人就到了床前，一见病人，失声大叫起来："皇天！咋病恁狠，出气烧灶样，脸上烧霞样！"

众妯娌本来心里沉重，现见了马婆子这身打扮，又听她一番自吹自擂，又偷偷笑了起来。

朱夫人见马婆子来了，想坐起来，哪想刚一动，就剧烈地咳嗽起来，只把腰都咳得弓了起来。马婆子皱着眉前后打量了好一阵儿，茶也不吃，扭身对房中的人一挥手道："都出去都出去，留两个帮忙的就行了。"

魏玩从未见过妇人作法。在家乡襄州，大小事都是端公上门。她心里好奇，便悄悄往墙角站了。只见马婆子先在床角地上插了根桃木棍儿，接着在案上放了一个白瓷碗，对着碗烧香、祷告一番后，开始满屋疾走，忽而上蹿下跳，忽而拳打脚踢。这样闹腾一番，一个时辰过去了，就从随身携带的包袱里抓了把白色的粉面子，绕床撒了一圈，再取出四个麻布的小囊子，在床的四角分别挂了，拍拍手道："好啦，包老夫人高枕无忧！"然后又叮嘱了一番，接过赏钱去了。

原以为作了法，朱夫人会渐渐好起来。未承想，第二日更严重了，中间还昏迷了两次。大嫂、三嫂又要着人请马婆子，曾肇不依，双方僵持不下。魏玩见状，只好将他们叫到自己房里，商量道："娘这情形，是否请个能把脉的郎中来瞧？"

曾肇年方十一，还是个弱冠少年，但已颇有主见。他素不信那些旁门左道，便恨恨道："我早这样想。只是母亲不信郎中，偏信那婆子。"

大嫂和三嫂对视一眼，不说话。二嫂晁氏道："我赞同六弟的。只是不知哪里有好郎中。"

魏玩道："二嫂问得好。一般郎中怕是不行。我知道一个，专治各类疑难杂症，只是名气差些……"

曾肇一听，大叫："这世上欺世盗名的多了。五嫂既认定他行，不如快快请了来！"

众人点头。魏玩道："不瞒几位嫂嫂，这个郎中，姓郭，是城里颐元堂的。只是这药铺是我家亲戚所开，故要与大家敞开了说……"原来这颐元堂是魏玩姑母庆馨家的生意。魏玩姑母姑丈当年送魏玩出嫁，到抚州城玩耍时，发现药材品种既齐全又便宜，便留了心，回襄州后，差了人手过来，采买当地的药材运到襄州，又将襄州的土漆、山药贩到这里，赚个差价。没想到购销两旺，干脆在当地开了诊所，延聘了一位郭姓的郎中坐诊，专治疑难杂症，很有一套。

大嫂和三嫂听了，对视一眼，恰被曾肇看见。他呼一下站了起来："五嫂担心个啥？古人云，举贤不避亲。你若怕，就说这郎中是我找的好了。"

几个嫂嫂俱被他这个样子逗笑了。魏玩对他的勇气赞赏不已，忙遣了雪梨去请。

不大一会儿，郭郎中就提着个木篚子匆匆赶来了。他人精瘦，脸颊却红润，下巴上一小撮山羊胡子。雪梨将他领往朱夫人房中，刚一进门，他就朝天连打了好几个喷嚏，一扭身，就看见墙角处有盆一人多高的夹竹桃，花正盛开着，粉嘟嘟的，怕有二三十朵，当下便有了数。看了舌苔，拿了脉，又问了病人这几日的症状，安慰几句，退出房，走到屋外，便微笑着对魏玩、曾肇几个说：

"老夫人无恙。"

"敢问先生是什么病症？"

"老朽诊断应为花粉中毒。"

"花粉中毒？还有这病？"曾肇极为惊讶。

郭郎中并不多说，只微微一笑："小相公若信我，且将夫人房中的花全部搬走，门窗大开，昼夜通风换气，明日便可见分晓。我再开两剂固本的药，让人抓了煎服。"说罢写好药方，告辞而去。

一屋子的人面面相觑，将信将疑。这是哪来的庸医，诊断出什么花粉中毒，真是闻所未闻。他开的药，若是吃出个好歹怎么办？但不听他的，又听谁的？罢罢罢，且暂遵医嘱，将花移走，门窗通风再说。

众人心里都没底，只说试一试。没想到只半日，朱夫人就坐了起来，脸也褪了通红，直说口渴。一家人围上去，又惊又喜，方知原来花粉也能要命。但朱夫人一向爱花，年年房中皆有，都未有啥症状，为何偏今年就有了？魏玩细想，大概一是原来的房子多半破旧，毒都从门窗缝里飘散了；二是夹竹桃是今年才添的品种，原来从未种过。说与众人听，都觉得有理。因是这夹竹桃捣的鬼，便七手八脚将它毁了。

忙完这一切，魏玩想着旋着走路又上蹿下跳的马婆子，蓦地想起唐人柳宗元的几句诗："血虫化为疠，夷俗多所神。衔猜每腊毒，谋富不为仁。"忍俊不禁。

第五章
救　人

　　自郭郎中来后，朱夫人一日好似一日，很快就可下地走动了。魏玩暗想，虽说已无大碍，但毕竟中过毒，恐怕得再服几剂调养的药才好，便在一日下午，带着雪梨往颐元堂去。

　　抚州城内的街道呈棋盘状分布，最热闹的地方是大十字街。它的东边是钟楼，西边是鼓楼，西大街就连着鼓楼，是城里最繁华的地方，客栈、酒楼、药铺、金银铺、书肆、布庄……应有尽有。

　　颐元堂开在西大街上，两开间的门脸，挂了副木刻的对联：

　　　　术绍岐黄，妙药扫开千里雾。
　　　　艺传卢扁，金针点破一云天。

　　显示它是家药铺。

　　魏玩头戴帷帽，和雪梨一起，穿过两条街道，再经过一溜店面，便到了颐元堂。半人高的木柜后面，郭郎中站在两个素面净手的小伙计间，正捻了一撮药，放在手心细细嗅着。见到魏玩，忙放下药，擦了手，过来致礼。魏玩也道了万福，说明来意后，随郭郎中进了一间小阁子。

小阁子专为上门病人施针而设，里面有一张桌子、两把凳子，靠墙的角落还有一张窄床，铺着素净的单子，床边挂着一张麻布帘。魏玩在桌前坐了，正等郭郎中开方子，忽听外间脚步杂沓，又有浓香扑鼻，眨眼间，一个一身粉色衣裙的胖妇人已经旋风般冲了进来，把几个人都唬了一跳。胖妇人并不看魏玩，只一把攥住郭郎中的手，呼天抢地："要死人了呀郎中，快看看吧，救人一命，胜造七级浮屠呀。"说完朝门外大叫，"快扶进来。快扶进来。"

魏玩一听不妙，赶紧起身靠墙边避让，就见两个粗壮的中年婆子架着一个年轻妇人往里进。那妇人浑身无力，脖子仿佛断了一般，头垂着，头发蓬乱，盖着脸，看不清长相。全身衣衫不整，月白的裙子上污迹斑斑，每走一步，地上便会落下两滴鲜血。魏玩不由得悄悄捂住了嘴。

郭郎中亦大吃一惊，即令把病人抬到窄床上躺下，又掩了门，想要替病人检查，忽又觉得不妥，就先问起胖妇人情况来。

只听那胖妇人叫苦不迭道："干咱们这行的，能勾得住客人的脚即成，来不得真，可她偏……偏就被弄大了肚子……我有什么办法哩？不过是昨晚，照着老法子给她服了药，没想到就搅天搅地号了一夜，今天就……就开始出血。作孽啊！老娘花了血本，堆起的银子装扮出来的女儿，出了人命可如何……"说到这儿，扬起胖手在大腿上重重地拍了两下。

魏玩听胖妇人说得污浊，已知是妓馆里的妈妈和妓女，不禁皱了皱眉，看了眼雪梨，想要走，却被那两个粗壮的婆子拦着，不得进出，只好仍旧原处站着。郭郎中先叫一个婆子用清水替病人擦洗，又奔到柜台上去开那止血的草药。

头上插了根银簪子的婆子飞快取了清水进来。胖妇人一旁看着，突然恼怒起来，先踢了一脚铜盆，犹不解恨，又对着病人训斥起来："莺莺，你个不知轻重的小蹄子，我平日怎么教你来着？你非不见棺材不落泪，这下可……"

魏玩一听莹莹二字，头顶上如有惊雷滚过，当下浑身战栗，也顾不得许多，颤着声问胖妈妈："哪里的莹莹？"

胖妇人被这一问，方才注意到屋里还有年轻的主仆二人，便瞟了她们一眼，不耐烦道："还有哪里的？百花楼里的！"说着突然又惊叫起来，"莺莺——"

魏玩随之看去，见病人正捂着肚子在床上滚来滚去，想来是痛楚难忍，心一下提到了嗓子眼！趁病人滚动的当儿，她看见了一张雪白的脸，和一管高挺的鼻梁，心更狂跳起来，似要蹦到嘴巴外面。莹莹在她舅舅家哩！她舅舅是个富裕的生意人哩！怎么可能？名字碰巧一样罢了！她一遍遍默念：不是的！不是的！但仍忍不住往前挪了两步，伸长脖子，死死地去看病人的耳朵。在头发被压到脑后的一瞬，病人的左耳垂上，一粒小小的黑痣赫然在目。

魏玩蒙了，身子摇晃起来，脸色煞白。雪梨见了，一把扶住，带着哭腔道："主子，你见不得这些东西的，走。"说着，硬扯着魏玩回去了。

魏玩失魂落魄地回到家里，满脑子都是莹莹。

当日她听祖母说莹莹被她舅舅接走后，松了口气。虽然自己再难见到她，但想着顶顶要紧的，是莹莹能挣个自由身，又有亲人傍着，自己见不见的，倒无所谓了。哪料到，不过两年，二人竟会在抚州城里遇到，而且莹莹已堕入风尘，还被妓馆的胖妈妈辱骂，性命看似不保……魏玩现在肯定，那日在南台寺前惨叫的，就是莹莹。莹莹当时已认出了她，在试着向她求救。想到这里，魏玩剜心一般难受，两行泪亦不知不觉地流了下来。

魏玩死死咬着嘴唇，不敢再想下去。如果莹莹以为自己有意躲避，

　　　　暗夜中的怒放

见死不救，会怎么看？心里该有多绝望？想到这儿，魏玩缓缓起身，往卧房的檀木衣箱走去。上面的一口里，放着一个戗金的朱漆奁盒，里面有一方玉色丝帕，打开，便露出了莹莹送她的那只冰透油润的缠丝玛瑙手镯。她将手镯拿出来，泪眼中，莹莹码头送别的情景又清晰地浮现出来。

罪臣家眷的命运，魏玩略知一二。但都是听别人说，好比听书消遣，今儿见到莹莹，才有了切肤之痛。莹莹千金之躯，怎受得了这种污辱？她脑子里又浮现出莹莹惨白的脸，长此以往，只怕她性命不保！想到这里，魏玩心急如焚，在房中走来走去，不知如何是好。恰雪梨进来，略一思忖，便同她讲了。

雪梨五岁来到魏家，与魏玩一同长大，自然也识得莹莹。听魏玩一说，嘴巴张得能塞进个拳头："是莹莹？主子没有认错？她怎么会到抚州？"又连连顿足，"要真是她，皇天爷！这样的罪，她如何受得了，只怕活不长了……"

这真是主仆同心。魏玩拉了她坐下，便和她盘算起搭救莹莹的法子来。但搭救事大，第一得先见莹莹。

魏玩想着先写封信，封好，派家里可靠的小厮曾七送与莹莹。转念一想，又觉不妥。先不说曾七能否进得去百花楼，就算进了，他愣头愣脑的，信未必能交到莹莹手上。若落在他人手里，只怕会惹出别的事来。后来又想着让雪梨女扮男装去见莹莹，但马上又连连摇头。雪梨还未出阁，进出百花楼，污了名声是一，若被哪个恶棍缠住，想救的没救出，救人的先活不成了！

雪梨见主子眉头不展，一拧双眉道："不如把那鸡婆子找来要人！"

魏玩听了，苦笑一下，摇头不语。百花楼在抚州名头这么响，必然有背景，说不定还有官府颁发的执照。寻常的，有什么理由索人？况且，胖妈妈尚不知莹莹在当地有熟人。贸然一说，势必打草惊蛇，坏了日后的大事。

思来虑去，二人脑袋都想破了，也没商量出好法子来，只得暂且放下，慢慢再议。

却说颐元堂里，折腾了两个多时辰后，莹莹总算止住了血。胖妈妈见她已有神志，紧张的神色稍微缓和了一些，便付了钱，让两个婆子将她扶起走了。

其时天色已晚，街上的店铺大多已打烊歇人。但过了十字街，到了东大街的中段，朝着南向的一条巷子拐进去百二十步，一个幽深的院落前，两个乌眉灶眼的小厮，正点了粉红的大灯笼往门口挂——百花楼上客的时候到了。

胖妈妈在前面昂头走，两个粗壮的婆子架着莹莹在后面跟随着。到了门口，早有几个丫鬟得了信儿，过来帮忙，将莹莹扶到她的房里，伺候着睡下。胖妈妈板着脸，待莹莹睡了，便一屁股坐在房中的虎牙鼓凳上，令丫鬟去各房里把闲着的姐儿们都叫来。

不大一会儿，几个衣着艳丽的姐儿便陆续来到莹莹房中。胖妈妈环视一遍，眼前这八九个姐儿，这个时候没有客人，多半是姿色、才艺逊色些的。但经她调教的，再怎么逊色，也比野窠子的要好上数倍，既识文断字，说话、唱曲儿也样样在行。但这又正是她的痛处！悔不该教她们识文断字。因既识文断字，自然知道皮肉生意是贱业，嘴上不说，心里没一日不想着从良。但天下又有几个真心的男人？对妓馆里的姑娘，不过玩玩罢了。但这些小蹄子，偏不信锅儿是铁打的，枉费了自己许多口舌不说，还闹出莹莹这样的事来。

胖妈妈是个躁脾气，见众姐儿都来得差不多了，肥胖的手便往桌上使劲一拍，把众姐儿吓了一跳：

"没耳性的小蹄子们！可都看见了，平日妈妈怎么对你们说来着，以为是害你们，却不知一颗心都拴在你们身上。费心费力地，把你们个个调理得水葱儿似的……"

说到这儿，她一扭身走到莹莹床前，然后回过身，看着众姐儿，厉声道："都给我过来。"等到几个都围过来后，手指着床上的莹莹，眼却看着众人，怒喝道："都老实听着，这就是动真感情的下场。今儿个丑话说前头，再有不安分的，即刻交给军爷，脸上刺上字，充任营妓去。"

魏玩那日要找郭郎中给婆母开药，但被胖妈妈一搅，没开成，过了两日，想起此事，便让雪梨和青杏二人一同再去。

雪梨既知莹莹的身世，也有心替主子解难。奈何实在没有好的法子。但她想，莹莹既然大病着，少不得还得往药铺抓药，指不定在那儿能碰着她。魏玩一吩咐，便拉上青杏，乐呵呵地去了。

到了颐元堂，抓药的人不少。柜上俩伙计，一式儿的蓝衣蓝帽，低头称药、包药，倒没见着郭郎中。正待问，侧门的麻帘子忽地一挑，雪梨以为是郭郎中，未想却是一个二十多岁的圆脸相公。几人目光遇上，青杏脸突然红了，雪梨愣了一下，心中道："怪哉！怎的有些眼熟？"

那人却不避她们，走过来道："小娘子不买药，却在这里打量，敢问是有何事儿？"

青杏听了，不知如何回答。雪梨却喜上眉梢，原来那人虽说着官话，却有浓浓的襄州声腔，不禁脱口而出："你也是襄州的？"

那人也愣了，知道遇到老乡，忙抱了拳，把二人请到小阁子里去坐。他告诉她俩他姓崔名光，因颐元堂的冯掌柜刚辞了职，庆馨夫妇便派了他来接任，到抚州不过三日。

雪梨、青杏听他说到庆馨夫妇，不由得齐齐想起家乡，都兴奋起来。崔光察言观色，已知她们是襄州人氏，联想到东家有个内侄女嫁在这里，便猜出了二人的身份。一问，果然不差。他之前听到乡音，心里已有几分亲近，又见二人均模样俏丽，特别是青杏，一脸羞怯之色，不禁更加喜爱，存心要多留她们一会儿。见她们对东家兄弟几房的事感兴趣，便将他所晓得的一一说来：东家致敬、庆馨夫妻，依旧有两处药铺，抚州、襄州各一，生意不好不坏，前几年又增加了粮食生意，挺顺手。但与致敬的哥哥罗家大房比，就差得玄远了。大房的几家金银店、质库日进斗金，现在长子罗霄也得力了，借了在朝中提举常平司的舅公的力，将质库业务都铺到汴京去了……

崔光谝得唾沫星子四溅，雪梨也早忘了自己来药铺何事。听说到罗霄，不免又想起当年大房的娘子上魏家提亲的事来。因主子庆襄和罗家大房的罗致敖同僚，对罗家了如指掌，知道他家富裕，又觉着罗霄沉稳，再加上妹妹庆馨在中间牵线，便有意将魏玩许给罗家。奈何老夫人坚决不许。老夫人自己饱读诗书，常在家里念叨，大宋重视教育，连官家都作诗劝学，况且魏氏家训，配有志不配有钱。罗家虽然钱多到埋了脖子，但那罗霄功课太差，难有功名前程。雪梨受老夫人影响，也小瞧了罗霄。哪想到世上的路，不止一条。人家罗霄的才干不在读书而在生意上，如今都到汴京发财去了，难免有些嫉妒，哂笑道："原本就富得流油，这下怕放个屁都要油一裤裆了。"说完，扑哧扑哧笑了起来。

崔光看起来是在和雪梨聊，眼睛却在青杏身上打转，把青杏弄得也低着头，羞笑不止。

雪梨、青杏离家几年，听了乡音都亲得不行，更别提听到罗家的人事了。正热火朝天地聊着，余光突然瞥见一个粗壮的婆子走进店来，雪梨一下回过神来。这婆子正是那日架着莹莹来药铺的。雪梨蹑手蹑脚地往外走去，正听见婆子也在向店员打听郭郎中，顿时脑子一亮，心生一计，也顾不上同崔光告辞，拉了青杏就走，回到曾家，将主意同魏玩一五一十讲了。

魏玩听得，还算可行，便依了她。过了几日，探得郭郎中在家，魏玩带着雪梨去了。

郭郎中依旧顶帽披背。他是本地人，早知曾家的大名，又晓得魏玩的身份，见魏玩来，急先抱拳施礼。

魏玩未动声色，只说请他给婆母开药。郭郎中一愣，旋又笑道："罪过！罪过！那日竟疏忽了。"又问了朱夫人的症状，就提笔写了起来。

魏玩耐心地看着他，将要完时，从雪梨手中接过半两银子，放到方子旁边。郭郎中唬了一跳，连忙摆手："一张寻常的方子，值不得值不得！"坚辞不收。

魏玩给雪梨丢了个眼色，雪梨便往门口去了。魏玩缓缓起身，一脸郑重地给郭郎中福了个礼，把那日百花楼病人的身世、自己与她的关系说了个清清楚楚。最后望着郎中，恳切道："还望郎中念莹莹可怜，以行医之名替我将她约到这里。我姐妹二人若能见上一面，定不忘郎中……"

天下医者，多慈悲为怀。郭郎中早为莹莹的悲惨遭遇唏嘘，也被魏玩的侠肝义胆感动，不等她说完，就拍着胸道："少夫人如此有情义，老朽实在佩服。你且放心，我不日就想法将她约来。只是我前去游说，那姑娘未必肯信。不知夫人可有什么信物给我，关键时候可能用得着。"

魏玩听了，一把褪下前日戴在手腕上的玛瑙手镯，给了他。

两日后，刚吃过午饭，郭郎中就往百花楼去了。因天热，百花楼把门的小厮正蹲在树荫下，昏昏欲睡，突见一个穿灰色长身直裰、拎着个木篮子的汉子从巷口过来，还未走近，便闻到一股淡淡的草药味儿，定睛，识得是颐元堂的郎中，一下乐了，嬉皮笑脸：

"哟哟哟，郎中也来咱这儿乐呵，这可是鸡窝里出凤凰——新鲜事儿。冲着哪位姑娘的名头哩？可提前约过？"

郭郎中心中有事，不想被他纠缠，便一抱拳道："让小爷笑话了……前几日有位姑娘病重，险些丢了命。这消息不知怎的就让官爷知道了，到我店里盘查了半日。我再三分说，才肯相信，却要我近两日见见病人，看是否已愈，或死了瞒着，给他回话。老朽得罪不起官爷，今儿得空，就过来瞅一眼，还望小爷行个方便。"

"哦，原来是探莺莺姑娘的。哪就那么容易死？多少爷还等着同她乐呵哩……"说着挤眉弄眼地，将郎中带到院中，穿过一进院子，指着最东头一间屋子说，"喏，你自己去瞅吧。"

郭郎中谢了，见他走远，便蹑手蹑脚走到门口，轻轻敲了两下，只听"吱呀"一声，一个鼓额头的小丫鬟探出头来。郭郎中便将之前的话又说了一遍。那丫鬟十三四岁，虽半信半疑，但听得官爷二字，也不敢多问，就将郎中放了进去。

郭郎中虽是个男人，却从未到过百花楼。这下进了，也忍不住拿眼睛四下里打量，见三十见方的房间，被一扇一人多高的檀木镂空花墙隔成里外两间，又在花墙中间凿了个圆门。外间是个会客的地方，放着张镶贝的檀木圆桌，几把同样镶贝的檀木凳子，桌上有白瓷的茶壶茶杯，另有大红的食物篮子半开着，散发出甜香的味道。花墙后面，挂着淡青色的纱幔，隐约可见一张四柱的大床，悬了粉色的蚊帐，帐内有人躺着。

丫鬟站在一旁，直愣愣地盯着郎中。郭郎中朝里间望了望，故意忧心忡忡道："怎么长卧不起？这可不算好。"说完打开药箱，从里面取出一粒茶盅大小的乌色膏药，对丫鬟说："小娘子能不能取点滚水来？这剂膏药要化开了用才好。"

丫鬟犹豫了一下，转身出去了。郭郎中一个箭步跨到床边，撩开蚊帐，一眼瞥见紫色底、上面满绣牡丹花的锦被下卧着的，正是那日到他药铺里去的。人是不错了！他当即对着锦被轻轻唤了一声："秦芳沁！"

莹莹此刻正躺在床上。她这几日，既因身体的伤痛，又因心中的苦楚，正求死不能，房里突然闯进来个男人，小丫头也被支走，已不知道害怕，反而"呼"一下坐起来，无所畏惧地看着来人，却认出来人是那日给她拿过脉的郎中。

自那日去过一趟药铺，胖妈妈后来又几次要带她再去，但她只求速死，就拼死了不去。胖妈妈无奈，只好嘟哝着说将郎中请来。现在认出郎中，以为是胖妈妈请来给自己看病的，正欲重新躲进被褥，却不想竟然从他嘴里听到自己的大名。

大名已经几年没人叫了！莹莹乍一听，如遭到雷击一般，已经傻了，忽又见到他递过来一只手镯，更痴了，嘴张着，一句话也说不出，只呆呆地将镯子捧着，身子剧烈地晃动起来。

这当儿，小丫鬟已取了水进来，一眼看见郎中站在莹莹床前，大吃一惊，手一颤，铜盆就掉在地上，"当儿——当儿——"滚得老远，水也泼了一地。胖妈妈交代过她，莹莹最近不得见任何人。

郭郎中见了，忙弯腰替她将铜盆拾了，递给她道："姑娘病情严重，出了事我可担不住，这就回官爷去了。"说完，匆匆去了。

魏玩见莹莹心切，自那日托付郭郎中后，便日日盼着，谁料几日过去并无动静，心里七上八下，反不敢去打听了，只在家苦苦等着。雪梨见了，便主动请缨，往颐元堂去探。

也真是无巧不成书。雪梨刚走到十字街，远远地，就瞥见一衣着华丽的女子迎面而来。那女子一袭白衣，又戴着个白纱帷幔，袅袅婷婷，飘飘欲仙，引得路人纷纷看她。雪梨心里有感，疾走两步，不是莹莹是谁？便赶紧转身往家里跑，不大一会儿，就带着魏玩赶到了颐元堂。

药铺的小阁子里，莹莹正端坐在郭郎中对面，鼓额头的小丫鬟守在门口，眼睛滴溜溜地四处转悠。雪梨见了，找到崔光，耳语一番。崔光会意，找了个由头，将小丫鬟支到后院了。郭郎中将门带上后，也到柜台里去了。

屋子里安静下来，听得见彼此的心跳。魏玩看着莹莹，见她比几年前高了一头，但也瘦了一圈儿，仿佛薄纸片儿一样。时值六月，她上着一件月白色撒花烟罗衫，下穿同色绣蟹爪菊薄纱裤，脸上虽然施了胭脂，却遮不住苍白的底色。眼睛也失了神，再不似往日露珠儿一样灵动，而是如两口结了冰的井。看见自己，直直盯着，眨也不眨，不认得一般，魏玩不由得心如刀割，向前两步，一把抱住她，痛哭起来。

莹莹身子僵了一下，然后任由魏玩抱着，脸上并无眼泪，心底却已大雨滂沱——

那年，她随娘从东京回家不久，便觉得家里的气氛诡异起来。头日她去码头送别了魏玩，次日舅舅就匆匆忙忙从黄州赶来，只住了一日，就要带她去黄州。临走时，舅舅将她带到她娘面前，让她跪下拜别。她隐隐觉得家里有大事发生，但娘什么也不说，只是搂着她泪流不止。

舅舅是个行商，家里的日子勉强能过。她去了两月后，舅舅外出卖货遇到强人，回来时已是一具尸首。舅娘哭昏三次，醒来后就骂她是个扫帚星，将她卖给了村里的牙人。牙人知道她是个落难的官人女子，怕在本地惹下祸事，便连夜渡江送到浔阳地界，找了个庄户人家将她卖了。谁料买家的主家婆，原指着丈夫买个能生娃、干粗活的女人，一见她娇娇弱弱的样子，立马拉长了脸，骂将起来。丈夫向来惧怕老婆，忍了半晌，无奈只好贴钱退货。牙人再见到她，凶相毕露，一边辱骂发泄，一边带上她长途跋涉，到了地界，最后将她卖给了建昌军一个开歌馆的做养女。

莹莹自离开邓城家里，连遭变故，才知道自己离开父母，能活下去已是幸事。况她爱唱歌，便也一心一意地跟了养母学习。未想到她的噩运远未结束。不过半年，一日，百花楼的胖妈妈到建昌军走亲戚，只听到她唱了一支曲，便以一百两银子强将她从养母手中买走。她知道后，宁死不从，胖妈妈叫了几个汉子，把她塞在轿子里，捆了手脚，堵了嘴，强行抬走。那几天，除了吃饭时能将嘴上的布条解开，大小溲能下地外，她蜷在轿子里，已分不清东西南北，也不知道要往何处。只那一日，经过一座寺庙，她去解溲，一回头的工夫，恍惚看见了魏玩，就本能地高叫起来，却被两个壮汉几巴掌打得昏死了过去。

当她醒来时，已经躺在百花楼松软的床上了。脸已被洗净，外衣也脱去。她惊恐地望着这个华丽又陌生的地方，听着门外一阵阵的浪笑，大致猜到这是什么地方，心里再次生起绝望。胖妈妈走了过来，搂着她，细声细语地劝道："我的儿，这细皮嫩肉，真是可怜见的。我猜你也不是普通人家的孩儿，但既然已经落到这个地步，就身不由己了。吃饭要紧，好好活下去，以后说不定能见着爹娘……"

爹娘在哪里？自己哪还有脸见爹娘？她不想活了，就一言不发，一口饭不吃，只求早死，这样才不至于让爹娘和祖宗受辱。可这一切在胖妈妈眼里都是小儿科。胖妈妈有无数的手段对付她，迷药、棍棒，三个月后，她屈服了。胖妈妈为她取名"莺莺"，找了人教她琴棋书画……她本来家学深厚，稍一栽培，就拔了尖。胖妈妈窃喜。她却偷偷存了过正常生活的心，趁着被一位孙公子梳拢，悄悄怀了他的骨肉，指望借此换得她的前程，事情败露，孙郎也地蜈蚣一样遁了。

魏玩知道了这些，纵使她竭力控制，还是哭成了泪人儿。她一把将莹莹的手握住，哽咽道："我出钱将你带走可行？"

莹莹凄惨一笑："我卖的是死期。妈妈眼里又只识得钱。现在要赎我，没有上千两银子怕是不行。"

魏玩听了，双眉倒竖，怒了："分明是敲诈。上官府说去！"

郭郎中本来替她们把着门，听到这话，当下折身进来，掩了嘴低声道："万万不可！百花楼这样大的场面，官府里一定有人替他们撑腰。她那里又立了死契，胖妈妈一口咬死不放，官府想管怕也无法……"

魏玩当即愣在那里，才知世相复杂，她只知一二。

小丫鬟嘟嘟囔囔地从后院过来了。莹莹听到她的脚步声，缓缓站起，看着魏玩，又凄惨一笑："这是命，怨不得别人。姐姐别为我费心。今日能见着姐姐一面，我已经满足了。"说完仍将手镯还给魏玩，出门走了。

魏玩自从知道莹莹的遭遇后，不知私底下流了多少眼泪，也想不出搭救她的法子。别的不讲，只一件，要赎她，几百两的银钱就无地儿去弄。也想过唆使她逃跑，自己想法接应，但胖妈妈养的那些个家丁，哪是吃素的？逃跑的妓女，一旦追回，不死也会要了半条命，想着就不寒而栗。还有，自己怎么接应？将她安置在哪儿？怎么对全家交代？婆母和曾布会同意吗？……这些都没把握。是故心里就盼着曾布早些回来，好到他那里讨个主意。偏曾布任职的地方远，他又雄心勃勃，非要做出番事业来，过年也没回家。魏玩无计可施，只好将救人的心暂时按下，每日里伺候婆母，照顾季雅，日子倒也过得飞快。

次年三月，汪恺家在城郊的别业落成，发了帖子邀众亲友去赏景。魏玩备上厚礼去贺，见他这别业地处城外西南角，紧临护城河，占地甚广，里面小桥流水、亭台楼榭一应俱全。又广植林木，桃梨尤盛，间以修竹，颇是清雅。所有建筑皆题了名，"濯缨池""桃李溪""归来轩""不忧斋"……唯观景亭上还空着。见魏玩好奇，汪恺娘子忙道，汪恺早有心请曾知县赐名，便暂时空着，等他回来探亲时再题不迟。又问曾布什么时候回来，说他这一去快两年了。

魏玩听了，脸发烫，人窘得不行，好像满腔的心事俱涌到脸上来了。晚上睡觉，便梦见了曾布。正是暮春时节，她在汪恺的园子里玩，但见千树梨花，团团簇簇，雪一样站在枝头。风一过，又洋洋洒洒，漫天飞舞，聚成云朵，一朵上站着她，一朵上站着季雅。忽然，听见季雅"爹爹、爹爹"地大叫，魏玩忙抬头去看，远远地，曾布果然哈哈笑着走了过来。她赶紧抱了季雅去迎，渐渐近了，看得见曾布眼中的笑意了，刚要问候，人却不见了。

魏玩一下醒来，再也无法入睡。满脑子都是曾布，他的一举一动、一抬眼一驻足，以及二人在一起的欢乐时光。恍惚间，觉得他就在枕旁，伸手一探，却空空如也，不觉感到凄凉。想想这曾布真怪！一去经年，他难道不想家？难道不熬煎？自己当初为何不随着一起去他任上，强充什么孝顺儿媳、贤惠嫂嫂？现在想去都来不及了。这样越想越烦，心里像被什么堵着，干脆起身，填了一首《减字木兰花》：

> 西楼明月。掩映梨花千树雪。楼上人归。愁听孤城一雁飞。
> 玉人何处。又见江南春色暮。芳信难寻。去后桃花流水深。

然后封好，第二日便给曾布寄去，并不着其他一字。未几，收到回信，也无一字寒暄，只有《农忙》诗一首：

> 晓出东郊信马蹄，青梅墙角两三枝。
> 竹鸡啼罢雨来急，杜宇声乾月落迟。
> 山店煮烟缫丝日，野田锄水插秧时。
> 农桑劝课非无力，为报新安太守知。

魏玩看了，哭笑不得，只好把那信压在枕下，每烦时取出来看看。

第六章
植　桑

　　嘉祐五年八月，地里的稻子将要熟透时，魏玩接到曾布的家书，说他不日将回家探亲。

　　魏玩喜极，赶紧拿了信，往婆母房中去，正走到窗边，却听到屋里传来一阵低低的抽泣声，接着是二嫂晁氏细细柔柔的声音："你也不想想，哪个小娘子长大不嫁人？莫非你能在家里一辈子不成？就算我们舍不得你，左邻右舍的也会乱说道，说莫非有什么毛病，或者认为是当兄嫂的不替妹妹操心，总归不是什么好话。"

　　就听到那人停了抽泣，顶了一句："难道非要嫁他不成？"是七妹德克。

　　听到这里，魏玩赶紧走开了。这是在催德克嫁人了，但不知男方是谁。她隐约听大嫂说德克暗暗喜欢金溪县吴家的一位远房表兄，那表兄对她也有意，只因家里寒微，一直不敢上曾家来提。

　　次日傍晚，魏玩正在房中，德克神情落寞地走了进来。

　　魏玩赶紧起身，招呼她坐下，又让青杏送上解暑的二陈汤来。三个未嫁的妹妹中，德克和她同龄，又性情开朗，二人最是相契。

德克没理青杏，只心事重重地看着地上。

魏玩见她如此，联想到昨日窗边听到的话，便试探道："七妹今儿是怎么了？"

"你没听说吗？"德克打量了一眼嫂嫂，不相信似的反问道。

"听说什么？因你五哥要回来，我这几日竟没……留心别的。"

"王家……王家……姐夫……来……来……"七妹吞吞吐吐的，脸一下变得通红。

魏玩有点糊涂了。曾布有几个姐夫都姓王，她不知德克说谁。

"二、二姐夫……来提亲，说要娶我。"德克一咬牙，说了出来。

魏玩听完，腾一下站了起来。她着实吓了一跳！二姐夫王无咎，南城人，和曾布是同科进士，新今授了江都县尉。他个头不高，说话慢条斯理，但亦有板有眼。二姐与他成婚七年，去年八月因病卒了，留下一子一女。

"那你同意了？去填房？"魏玩急切地问德克。一个黄花闺女，去填房，对方还是姐夫，实在有些……

"我……我不知道。"德克一扭身，又气又羞地看着墙。

"娘同意？"

"我不同意我的，管她同不同意……"

"呸！什么话，哪个小娘子嫁人不是父母兄长做主？"德克话音刚落，朱夫人就板着脸走了进来，也不坐，只站在房中大声训斥道，"如今你老子不在了，我又没有见识，家里就你二哥说了算。再说了，大几岁怕什么？还知道疼人！他是你二哥的学生，知根知底，又有功名在身，嫁过去就过现成的宽展日子，再不像穷家穷业的起早摸黑，还有什么不知足的？"

魏玩耳听婆母的声音一句比一句大，赶紧拉了婆母坐下，想让她消消气。谁料婆母猛一扭身，对着她厉声道："德克不懂事，你这做嫂子的，也不帮着劝劝？非要由了她的性子，嫁到穷家里去，显你们的日子好过？什么填房不填房的，明媒正娶，进门就是当家的正牌娘子，有什么不好？"说完将魏玩的手一推，气呼呼走了。魏玩没防备，手一抖，准备奉给婆母的二陈汤从碗里荡了出来，湿了两手。

德克脸上挂不住，"哇"的一声，掩面夺门而出。魏玩怔在那里，暗想：只怕是"填房"两个字恼着婆母了！不由得懊悔自己出言太快，没考虑周全。不过她马上忘了这茬，倒琢磨起婆母为何要将德克嫁给二姐夫。

依魏玩所想，不论人品，也不论家境，只凭这人曾做过姐夫，怕是个黄花闺女都会抵触。哪个女子不怀春。黄花闺女嫁人，谁不希望对方和自己年龄相当，未娶过亲，自己还喜欢。连律条都考虑到这点，允许婚前男女见上几面，看看有无缘分。但婆母和二嫂口口声声说的，并不是这些，而是那人的家境、功名和人际关系，根本没管七妹喜不喜欢。

若只看对方的家境、功名和人际关系，魏玩脑子里转了个圈儿，进一步想到，若目前七妹已经嫁人了，那么要去给二姐填房的，怕不是就轮着八妹或九妹了？她又回想了一下婆母说过的话，心里肯定：一定是了！

一得到这个结果，魏玩就全身打了个哆嗦，心跟着沉重起来：妇人的投胎和嫁人，真如同赌博！就算生在曾家这样的诗书人家，再心怀美好的女儿，也不过是姐夫的囊中之物。想到这里，她不禁替德克捏了一把汗。

接下来好几天，魏玩都没有见到德克。她心里焦急，碍于婆母的态度，只得暗地里让雪梨留心，方知德克已被婆母关了禁闭。魏玩听了，简直不敢相信！平日里，婆母视德克为心肝儿，不料为了逼女儿就范，竟也这般狠心！想到这里，她忆及自己当年，父母虽然早相中了罗霄，却并没勉强自己，不由得感慨自己托生在魏家，真幸运也。

这样又过了几日。一天，是贺员外的娘子五十寿辰。婆母吃过早饭就带着几个大些的儿媳祝寿去了。魏玩正在房中盘算着曾布何时到家，门突然被推开，德克失魂落魄地走了进来，还未挨着椅子，就软软地往地上溜去，把青杏吓得叫了起来。魏玩亦大惊失色。二人把德克搀起，又扶她在椅子上坐好，给她端了水来。魏玩见前段日子脸色还红润的德克，几日不见，竟像脱了水的花儿一样，又枯又黄，顿感心疼。

德克发了一会儿呆后，望着魏玩喃喃道："五嫂，我不想嫁人。"

魏玩听了这话，没好应声。这亲事是婆母和二哥定下的，别人岂能做主？只好担忧地看着她。德克见五嫂不作声，眼泪夺眶而出，大声问道："为什么女人就不能嫁自己喜欢的人？"

魏玩当即愣在那里！向来的规矩，女人的婚嫁都由双亲或兄长做主，根本由不得自己。她当初有祖母撑腰，又嫁给了暗自喜欢的曾布，所以从未想过这个问题。今日德克一问，倒令她浑身一震。是啊！同是爹娘的儿女，男人相不中提的女子，"压压惊"就行了，为何女儿要听命于他人？女人不如男子吗？未必！拿婆母来说，丈夫早亡，硬是艰难地把十个儿女拉扯成人；街东头邓家精瘦的娘子，丈夫卧病在床，自己就买了两头驴，靠日夜帮人磨麦养活全家；甚至包括给婆母治病的马婆子……这些妇人，在家里起的作用，哪个比男人低？但她不知该如何答复这个问题，只好心疼地将德克的双手握着。德克知她为难，嘴张了几张，什么话也没说，摇摇晃晃地走了。

魏玩看着德克远去，既心疼，又折服。平日她一向温顺和气，关键时刻，并不简单妥协，这勇气，真是超过世上的绝大多数妇人。不信，只问这世上，有几个女子敢不认同家长给自己择的偶？还有那满腹的思念和幽怨，为何没有女子道出、写出，却要由温八叉、晏同叔、柳三变等人代言？想到这里，魏玩心里一颤，只觉得往日里这些人写的那些抒幽怨的词，都变得隔膜、空洞、面目可憎。

又过了几日，那天，太阳还未落山，魏玩正在房中忙碌，听见下人来报，一抬头，曾布已经进到屋了。只见他头上一顶灰色遮尘凉帽，身穿一件直缝玉色丝质长衫，腰间勒一条皂色绦条，足蹬一双深色皮靴，正不眨眼地盯着自己，顿觉喜从天降，心里一阵悸动，眼眶竟湿了。迷蒙中，见他人瘦了些，更觉清俊，下巴上也有了淡淡的胡须，也更显稳重了。

知道儿子回来，朱夫人忙令厨房备了丰盛的酒菜，一家二十余口坐了。曾布因没见着德克，问及，桌上人皆面面相觑。半晌，方听朱夫人冷言道："病了。"曾布当真，不再问，一桌人热热闹闹，直吃到上灯时分，方回各自房中。

两年多未见，曾布早已等不及，一个虎抱，将魏玩拥到床上，极尽缠绵。事毕，魏玩偎着曾布，让他讲些官场趣事儿，曾布便聊到前任被罢官。魏玩一下想起莹莹，急忙问他："若是罪臣，家眷会受到什么惩处？"

曾布抚着她的削肩道："那就惨了。按照律法，下狱或流刑的，家眷可是要充入军籍或乐籍的。"

魏玩一下抱紧了曾布，颤声道："都是大户人家的夫人、女儿，原来养尊处优的，一旦落入这种境地，可怎么活呀！"

曾布听了，以为魏玩是在担忧自己，不由得动情地搂着她，宽慰道："娘子放心，我曾家备受皇恩，当肝脑涂地，绝不负当今圣上，不违律例。"

魏玩不好再说什么，便点了点头，偎了曾布，沉沉睡去。

翌日，魏玩和曾布一早去母亲房中请安。完了，母亲并不让走，却让二人坐下，又令人叫了德克，掩上门，将无咎提亲的事对曾布说了，最后道："你二人是她嫡亲的兄嫂，你们倒说说，这门亲事哪里不好？"说完就目光炯炯地盯着魏玩。

魏玩知道婆母这番话的意思。但她见德克此刻正眼巴巴地看着自己，心里不免替她叫屈，便字斟句酌道："二姐夫家世、人品、学问样样都好，但也要七妹喜欢才好。"说完飞快地瞟了一眼曾布。

德克听魏玩这样说，立马接嘴道："正是。五哥不喜欢邹小娘子，就能不娶。我不喜欢的人，凭什么偏要我嫁？"

朱夫人一听，唰地变了脸色，厉声喝道："世道变了吗？父母之命都成屁话了？妇道人家大门不出二门不迈的，怎有脸乱攀扯男人？"说着狠狠地瞪了魏玩一眼。

曾布昨晚已知七妹的事，现在见娘和德克都红了脸，魏玩夹在当中，赶紧调解："娘说得是。向来女子的婚姻都是父兄操心。不过也有自己去喜爱的。听闻当今圣上的掌上明珠便不爱驸马，而喜欢她的内侍。"

婆母听儿子的话，像偏着她，又像偏着德克，本要生气，但她一向把皇家看得至高无上，现在一听说公主逸事，马上来了兴趣，瞪大眼睛问："咦！还有这事？哪位公主？"

曾布先探头看看门外，然后轻声道："当今圣上膝下只这一位公主，从小看得娇贵无比。长大后许配给圣上的娘舅家，听说驸马才学外貌皆不出众，公主不爱，便日日与内侍一起玩耍了……"

"阿弥陀佛！这圣上的家事，如何传得沸沸扬扬，连你在宣城都知晓？"

曾布道："娘有所不知，圣上家事也是天下事。自几个大臣夜叩宫门后，朝中震惊，群臣纷纷上奏，指责公主无礼，这事就传开了。"

"哦。"朱夫人皱了皱眉，自言自语，"这公主也忒胆大妄为了。那圣上什么态度？"

曾布又抱了一拳："圣上英明，训诫了公主。听说还要降公主的等级。"

"那就是了。连公主都不能坏了规矩，何况我们这样的人家。"

德克一听，知道就算是一朵云彩飘过，娘都能从中扯出对她有利的道理来，当即绝望地捂着脸大哭起来。朱夫人不理她，反看着曾布，叹口气道："她也是我生的，她难受我心里能好过？但她早晚要嫁人，无咎是你同学，性情你知，是个痴心做学问不要家的。你二姐留下两个骨血，若他娶了别家的大娘，俗话说，晚娘的拳头，云里的日头，这两个孩儿不知该怎样可怜了。你二姐断气前，给无咎留下话，说德克性格敦厚，能好好待这两个外甥，两家亲戚也可不间断。话都说到这份儿上，你说说，她不嫁还能怎的？"说着说着，声音也哽咽了。

魏玩听了，方知事情原委，虽心里仍有疙瘩，也不好再说什么。德克听完这话，号啕大哭着走了。魏玩心中不忍，也跟了她出来，好生安抚。晚上，曾布愁眉苦脸地告诉她，娘让他准备银钱，月底就将七妹出嫁。魏玩听了，想想，便安排让柱子盘点家中账务。

强将手下无弱兵。柱子出去历练两年，果然更干练了。他自一回来，见稻子已熟，就住到南丰乡下，督着收割。现在领了魏玩的命，便找雪梨要过账本，理了一遍，发现开支记得乱七八糟不说，最主要的，家里两年竟无半分积蓄，不禁心生疑窦。按说这两百亩好田，每年都能打下四五百石稻子，又吃不完，怎么也能结余百多两银子。现家中人也不多，如何将这钱花没了？

雪梨见柱子疑问，当下恼了："你在外潇洒，哪知家里的艰难！这田一年的产量不假，但如今家里还有七位主子、十个下人。每个主子，哪一年不得几十两银子的开销？倒也有人送些礼，但都叫奶奶收着，偶尔拿出些赏给各房，也都是些不值钱的。要用现钱，还不都指着从田里出？这还是零打碎敲的。还有整的，未出阁的小娘子，光嫁妆一项，就得成堆成堆地备着。"

"小娘子们的嫁妆是花费些。难道都从咱家这账上出？"

"奶奶发话了，五房是嫡亲的兄嫂，如今又做了官，他不出谁出？"说到这儿，雪梨冷笑一声，奚落道，"我问你，官人在外两年多，除了这次几个破箱子，可曾往家里捎回来过一分一文？啥不都得这田里出？原来家里的二十亩地给六妹做了陪嫁，眼下七妹出嫁，只怕要动主子的嫁田了。"

柱子默不作声，心里暗忖：依这样说，这银钱确实紧张，存不下来。这样想着，便对雪梨咧嘴一笑："冤枉雪大姐了。"雪梨一巴掌拍去："油嘴。"柱子反应极快，一伸手就将雪梨的手捉了，握在手中不放。雪梨又羞又急，往外抽，却抽不出来，只好由他握着，心扑通扑通乱跳。

魏玩要找雪梨说事，却四下里不见。想起他俩在盘点账，便过来了。走到柱子的房门口，透过虚掩的门，刚好看见这一幕，才知二人早就郎有情妾有意。便找了个日子，让他二人吃了合欢酒，搬到一起住了。

德克因是填房，出嫁相对简单。王家送来花髻、销金盖头、花扇、花粉盘等催妆礼的第三日，就来了人，吹吹打打将她迎走了。临走头一日，魏玩将准备好的嫁妆单子送到婆母房中，不料德克一见上面写着"嫁田三十亩"的字样，伸手就撕，还咬牙切齿道："我一个大闺女嫁过去，便宜他了，未必还要娘家倒贴这么多？"魏玩眼疾手快，将单子一把夺回，塞到婆母手中，又温言款语地劝她："傻妹子，这哪是贴他的，这是给你的。你这心里有气，难保不和二姐夫生嫌隙。哪天他拿话戗你了，你有这田，才能挺起腰。"婆母听了，老泪纵横。

转眼曾布主仆回家已经月余了。因那日对账，柱子知道了家里的经济，心里一直有什么东西压着。今见德克的这桩事办完了，便瞅了个空子，先把地里的收成说了。两百亩地，打了七百多石稻谷，俱存在乡下的仓库里，充作一年的口粮。说完，又忧心忡忡对魏玩道："年年吃光用尽，长期下去不能行。还有两个小娘子未出阁，依主子的大方，得把嫁妆田陪去一半，那将后用钱又从哪里出？季雅渐渐大了，以后少不了还有弟弟妹妹，家大口阔的，得赶紧想个赚钱的法子，不然再过几年，嫁田都不保了，我没脸回襄州了。"

魏玩也知家里开支不小，但尚且能过，也就没太在意。现在听柱子这样说，方知事情严重，当下心头一沉。柱子道："家里情况明摆着，压缩开支怕毁了主子这些年积下的名声，官人心里不舒服，现只唯有增收一法。"

"又不是商户，如何能增收？"

"主子想想南漳姨母家是怎么富起来的。"

魏玩顿觉眼前一亮。姨母家里原来也穷，后来因为种桑养蚕，一跃成为当地的富户。她小时候到姨母家玩，看过那一簸箕一簸箕的蚕虫儿，趴在桑叶上蠕动，后来虫儿吐了丝，织成雪白的房子，自己睡进去，后来房子被人们煮了，抽出细长的白丝去卖，价格竟比稻米要贵许多。

"我这几日在田里和城内走访，竟无几户养蚕种桑。如果我们做这个，只怕收入要翻几番……"

魏玩知柱子脑子灵光，也会谋划，但改粮为桑，毕竟不是小事，便把这事与曾布说了。没想到曾布听了，眼睛顿时瞪得圆溜，犹不尽意，长衫一撩，霍一下站起来，在房里走来走去，侃侃而谈："柱子真遂我心也！娘子有所不知，大宋若按山河地形，可将农业种植分为五个区，黄河中下游、西南、荆湖、东南、岭南。各区均有自己的特色。就算在同一区，也有很大的差异。拿抚州和宣州来说，虽然同处东南区，宣州山地多，人们因势就便，就大量种桑养蚕。抚州水土衍沃，农户只爱简单种粮。殊不知大宋承平六十多年，生活眼见得富裕，又要出口贸易，丝织品价格就走高。同样一亩地，种桑养蚕的收入，比种稻粮高出许多。"说到这里，他见魏玩听得入神，又坐到她身边，慢语道，"当然喽，民以食为天，吃饭是根本。我们家里的地不多，全部种桑怕不妥。还是先拿几亩地做试验，其他的仍种粮。这样就算遇上灾年，家里也有饭吃。"

魏玩听他娓娓道来，浅浅几句，就将天下的情况说得透彻，又将其中细小的道理说得清清楚楚，心里暗惊他这做官几年，越发显才干了，心里也不由得更爱他了。遂叫来柱子，就到哪里买蚕种、哪里种桑树议了好几日，说好现在就着手准备，过完春节把树种上。柱子建议写信请南漳姨母派个养蚕的师傅来，曾布觉得太麻烦，说他回宣城后就委派一个来。

夫妻俩议定后，就趁早上请安将此事汇报给了母亲。朱夫人大为惊异，但因魏玩是为家里增收谋划，儿子又同意，就未言长短。倒是大嫂肖氏，听完，就阴阳怪气起来："原以为弟媳爱读书，没想到更爱琢磨生财之道。小心钻到钱眼儿里去了。"

魏玩的脸一下红了。真是秀才遇到兵，有理说不清。正想回她，却听曾布朗声道："生财也是孔圣人提倡的。"

肖氏听得这话，当即扑哧一下笑出声来："少替你娘子打掩护。我也读过几本书的，晓得孔圣人一生追求仁道，与利字隔着十万八千里。"朱夫人此刻听曾布说什么"孔圣人提倡利"，也愣了。

曾布听了，并不看众人，只背着手，在房内转着圈儿道："什么是仁道？仁者爱人。所以爱人者为仁。一个地方官员，若所倡导之事能让百姓生活变得富足，请问大嫂，这位官员是否在行仁道？那么，放在家庭也是一样。你看孔子推崇管子，而管子却一直倡导经商，才使齐国富强，那么孔子骨子里是否也倡导利哩？再拿玉汝的想法来说，种桑养蚕本来是官府提倡的。她这样做，既遵了官府之命，又给家里增加了收入。这样的事，若孔子在，会反对吗？"

魏玩一听，如释重负。肖氏听完，傻了，哪儿想得出半句反驳的话，只好脸红一阵白一阵儿的，嘲讽道："哎呀呀！不晓得五弟做了几年官，口才越发好了，死蛤蟆都能嚼出活尿来。我看你这口才呀，官儿还当小了。"说完悻悻而去。朱夫人面无表情，待她走后，爱惜地看了儿子一眼，抿嘴笑道："说得倒是有理。但这一府一县，没见几人弄它，怕是挣不下几个钱。唉！娘老了，随你们折腾吧。"

魏玩原来独自在家时，感觉件件事做起来都难，但曾布一回家，都变得那样简单，不禁越发依恋起他来。因还惦记着莹莹的事，便趁一日晚上，亲热过后，问他道："卖到妓馆的罪臣家眷们都有什么出路？"

曾布一听，哈哈笑了："如何老是这些话？"

魏玩往他怀里躺了，柔声道："你我也算个官宦子弟，总想着那些金枝玉叶们，一下到了那个地步，如何受得了摧折，心里难免忧戚，就想问问。"

曾布一把将魏玩紧紧搂了，动情道："娘子太敏感了！你放心，我绝不会让你到那一步。那些人嘛，前途无非有三。一是从良，被某个男人赎身，做个小妾。二是上岁数后，自己开家妓馆，做妈妈。最后就是出家为尼，古佛青灯，了此一生。对了，唐人有首诗你读没读过？'贝叶欲翻迷锦字，梵声初学误梁尘。从今艳色归空后，湘浦应无解佩人。'便是作者为他喜爱的风尘女子遁入空门而写的。"

魏玩边屏息聆听，心里边划算。三条路，前两条莹莹皆不屑。她自落入牙人之手后，特别是被负心郎骗后，只求一死。现在是被妈妈哄信了，还妄想见爹娘一面，故还挨着时间。但妓女要想出家，是否随便就可以去呢？

"这个极难，须得到官衙投牒，获准方许。"

魏玩好几次想告诉曾布莹莹的事，但话到嘴边，还是怕他忌惮，故又将话吞了。现在心里既明白莹莹前途渺茫，也只好将后慢慢再想办法。这样想了，便转了话题，闲聊了一会儿后，起身下床，从箧子里拿出一张稿纸递给曾布。

曾布将稿笺展开，就着烛光，见上面用小楷工工整整地写着：

系裙腰

灯花耿耿漏迟迟，人别后、夜凉时。西风潇洒梦初回。谁念我，就单枕，皱双眉。

锦屏绣幌与秋期。肠欲断、泪偷垂。月明还到小窗西。我恨你，我忆你，你怎知。

只觉这词写得极好，相思之意，和盘托出，毫不忸怩，颇有昔日晏宰相之风，但比他更直白；又有柳永之韵，却比三变更贴切。特别是词中的反问，虽然在词中少见，但在这里却恰当自然，便问魏玩："谁填的？"

魏玩已看出曾布对这词欣赏，便道："那日德克，因不愿嫁二姐夫，对我一哭一问，我佩服她的勇气，就这样填了。"

曾布听了，瞪大眼睛看了娘子好一会儿，又起身绞了烛花，将词再咏了一遍后，赞叹道："词差不多勃兴了百年，作者尽是男人，我也从未读过妇道人家这样直抒胸臆的。娘子算是头一个。"说到这儿，他眼里的亮光一暗，略带迟疑道："不过，虽说我朝文化繁盛，但闺门的礼仪还在……"

魏玩先听曾布盛赞这词，心里正欢喜，又见他提及"闺门"二字，忙问："你是说这词格调不高？"

曾布摇摇头："非也！词至柳三变后期，渐有雅化之象。娘子学养深厚，品格自是不俗。"

"那是……？"

"这首《系裙腰》，抒自己的春情，如此直白坦露，我怕……怕……会招人闲言……"曾布字斟句酌道。

魏玩本就聪慧。她深知曾布的眼界和才学，是故当从曾布的话中捕得"头一个"三个字，便知道了她填的这些词的分量，心里已被巨大的满足鼓胀着，且她好久以来，又为德克的勇气感慨，哪里还在意别人对她词的评谈？听曾布这样说，只仰着脸，睒着凤眼，逼视他道："不管别人，你心里会不会有闲言？"

曾布被魏玩的目光逼得先是一愣："这……"旋即又大笑道，"富贵人家，赋诗作词，皆风雅之事，我无话可说。况且，你这小词，乍看是恨，细读却满是爱。不是有种论调，打是亲骂是爱吗？我哪会读不出来。"

魏玩听了，心里的担忧化为乌有，对曾布突然有了知己之感，忙冲他会心一笑。曾布看了，愈觉她秀外慧中，当下心里荡漾不止，一把将她搂了。

又过了些日子，曾布假期将完，快回宣州了。因家里计划养蚕种桑，魏玩便与他商量，将柱子留在身边，换曾七跟着侍候。曾布点头应允。因他自与魏玩成亲，便知她无时无刻不在为全家的生计谋划。这次回来，见季雅养得白白胖胖，娘和弟弟妹妹个个衣着光鲜，言谈间对她也甚是尊重，就知她平日里付出不少。再看地里，她计划拿三十亩稻田换别人六十亩山地，已找到下家，桑树苗、蚕种都托人在找……一切有条不紊。略略算了，将后地里的收入比他这个司户参军的俸禄要多出不少，心里不禁感慨将她娶对了。

曾布这次回来后，魏玩又有了身孕。这次倒怪，并不像第一胎那样剧烈反应，只干呕过几次便无事了。因身子渐渐沉了，魏玩便将大小事都交给柱子两口子，自己眼前改了青杏伺候。

柱子仗主子信赖，大刀阔斧，换了山边地，买了桑树苗，快过年时，雇人全部种下，养蚕的师傅由曾布从宣城派过来，春天一过，树上结出嫩芽，便试着喂养蚕宝宝，不过一个多月，就结出了雪白的蚕茧，拉到州城卖了，所得银钱竟然与一百多亩稻田所产收入一样，真是诸事顺遂。只是莹莹的事让魏玩挂心。后来她又约莹莹，百花楼里却没莹莹这个人

　　　暗夜中的怒放

了。魏玩听了，全身发冷。花了银钱，买通了那里看门的，才知是莹莹的那个侍女，将郎中上门看病、莹莹与城内一个贵夫人相见的事俱告诉了妈妈。妈妈又气又怕，连夜将莹莹转移了。至于去了哪里，谁都不知道。又问那个丫头，说是仍随着去伺候了。魏玩听后，张口结舌，说不出一句话。昔日的姐妹，一个不测，就再不能相见，与人间地狱两分有何区别？都是自己行事不慎，将莹莹送上了绝路……念及此，魏玩心里像被个大磨盘压着，早晚想起，都忍不住落泪。

日子到了第二年的五月十八，魏玩顺利诞下一个男婴，朱夫人又去了一次南台寺。她虽已有好几个孙儿，但只这个是嫡孙儿，心中的喜悦，可想而知。曾布很快也寄回家书，给儿子取名绖，说春节定回来过年。但临近年关时，又来了家书，说因政绩考核优良，已升任淮南路海州辖下的怀仁县令。怀仁遥远，要赶去赴任，过年不能回来了。

魏玩看了信，又喜又憾。喜的是曾布仕途顺利，不过三四年，就升了县令；遗憾的是他性情怪，人在哪儿，心里便只有哪儿，家倒忘了。但这些话又说不出口。她从小到大所见，哪个官宦家庭不是男人在外做官，妇人在家侍奉公婆、抚养儿女，所以只能强摁下牵挂他的心，安慰自己：一则曾布二十年所学，好不容易进士及第，有了现在的职位，实属不易；二则怀仁遥远，听说在海边，路程比宣城远了两倍，一来一去，路上两个月都不止。他只是一个七品县令，沿路驿站，要接待的高品级的官员多如牛毛，他少不得要看人眼色受委屈。遇到驿站客满时，怕也只能去住私人邸店，若这时伤风感冒，或遇到强盗，只怕更让人提心吊胆。这样一想，自己先怯了，不再怨他回家少，只求他平平安安。但有时心里又实在想得慌，便仍写些诗词来打发时间。

第七章
探　亲

已见寒梅发，复闻啼鸟声。转眼，曾布离家又三年了，绽儿已能清清楚楚地叫爹爹了。他原本定下这个春节回家，谁想县里爆出一桩杀人案，回家的事，只好又搁下了。

收到信，魏玩眼圈儿都红了。每逢佳节倍思亲。听闻当今官员，狎妓成风，曾布长期独身在外，难保不和妓女们来往，想到这儿，她越发闷闷不乐起来，搂着绽儿，一句话也不想说。

不光魏玩，朱夫人也念着儿子。听说有信，便也来看。看完，灰了脸，又使劲往地上"呸"了一口，然后劝儿媳道："罢了！你也甭气。过完年我娘儿俩就去任上找他。"魏玩听了，勉强打起精神，扮出笑脸，准备过年。

三十晚上，吃过团年饭，一家人洗完澡，换了新衣，便围着炭火盆儿守岁。未到亥时，季雅、绽儿等一众孩儿都瞌睡虫袭来，就被乳娘带去睡了；到了子时，朱夫人、九娘子几个，也睡意浓浓，各自去了，只魏玩一人还在火盆边，听着外面断断续续的爆竹声，想着远在怀仁的那个人，郁郁寡欢。呆想了一会儿，无计可施，兼夜已深，只得往卧房里去，脑子里仍盘旋着那人的影子。青杏早已将床铺好。她瞥见绣着芙蓉花的枕头，一下想起孟浩然那首《除夜有怀》来："渐看春逼芙蓉枕，顿觉寒销竹叶杯。守岁家家应未卧，相思那得梦魂来。"觉得这诗简直就是为自己而作，更无睡意，只在床上辗转。

贺员外当初整修这房子时，煞费心思，窗棂俱换了雕花的。魏玩房里的，是直、横棂由外长而内短，相逗形成"步步锦"的图案，倒合了曾家兄弟的步步高升。魏玩睡不着觉，干脆翻身下床，披了衣衫，立在窗边。她的眼神落在窗棂上，忽然觉得平日里定中有变、既规矩又灵动的图案，今晚却显得那样烦琐，密不透风，便一使劲儿，将它给推开了。

其时，正星河璀璨，人间灯火闪烁，两者交相辉映，织出一幅盛大的天地合欢图。魏玩看着美景，想着久不归家的曾布，沮丧至极。正伤感，一缕馨香传来，定睛一看，原来是窗边那树红梅。这株梅，是那年曾布在家栽的，那时细若竹节，没想到转眼已有孩儿的胖腿粗了。四伸的枝条上，托了上百朵粉色的花，正兀自芬芳。魏玩看得心动，便想摘一朵来赏，未想到白日虽晴，夜风却透，她刚将身子探出，就打了个寒战，便再顾不上小心，伸长胳膊将离自己最近的一朵采了，却因用力过猛，花到手时，已凋零了一半。

魏玩心里不免惋惜，便将那花小心举着。仅剩的粉色花瓣中，站着两根极细的花蕊。一根嫩黄的头垂着，另一根正全身颤抖，像不胜外力，幽香更似有若无了。魏玩看了有些吃惊，这香气，该是花儿的魂魄了。生命不存，魂魄便也瞬间消散了。

魏玩盯着手中的梅，见它眨眼工夫又掉了两片花瓣。花瓣落到手板心时，还微微动弹了一下，同时勉力散出一缕淡香，然后就无气无息了。魏玩看到此景，心中一动，觉得这梅花和自己好有一比。它纤巧独立的风姿，无人欣赏；小小的琼苞中藏了多少幽香，也无人知晓。自己也才二十三四，正值青春，容颜姣好，虽说和他成婚已六七年，但待在一起的日子不足一年，正是满腹的心绪无处可诉。长此以往，自己不也如这红梅一样，寂寞芳华，然后无声凋零？这样想着，一首《江城子》从心底幽幽响起，便疾步走到书房，拿出纸笔，写了下来。又看了一遍，便折好交给雪梨，嘱她第二日觅了驿差给曾布寄去。

魏玩半夜赏梅，受了寒，第二日便有些不适。朱夫人见她病了，也有些心疼，嘱她别再操心家务，好好将息身子要紧。魏玩难得清闲，便待在房里，拿本书消遣。

初三这天，魏玩仍在房中看书，突听有人咚咚拍门，接着响起稚嫩的叫声："舅娘——舅娘——"雪梨听见，忙将门打开，两个打扮得花枝招展的半大孩儿一头撞了进来，嘴里仍"舅娘，舅娘"叫个不停。原来是德克带着二姐的一儿一女，回娘家拜年来了。魏玩忙叫雪梨取了蜜饯果子给他们吃，并一人给了一个利市红包。

德克向来朴素，嫁了人依然如此。她头上梳了个常见的反绾髻，上面插把梅花白玉簪。魏玩见她人微胖了一些，落座时动作缓慢，又用右手撑着腰，便朝她腰里扫了一眼。果然，虽然她穿了宽大的藕色琵琶襟外袄，依然没盖住已悄悄鼓起来的肚子。

魏玩低声打趣道："看看，当初谁说的不嫁，现在可什么都想通了？"

未料德克张口接道："还是没有想通！"说完，眼睛定定地看着她。

魏玩心里咯噔一下。她结婚也两年了，现在孩儿都怀上了，怎么心中还有结？便拉过德克的手，低声问："他怎没陪你一起？"

"谁要他陪！"德克仍是恨恨的口气，"你们都晓得他是个书呆子，只会陪他的书！"说着不耐烦地挣脱魏玩，往屋中的髹漆围屏前站了。

魏玩心里五味杂陈。她苦笑着看了一眼德克，正想找个高兴的话题，德克却手指着围屏，脸朝着她，大声嚷道："看看，尽是骗人的！都是骗子！牛郎偷看织女洗澡，还抢她的衣服，就是个无赖，织女怎么还会看上他？骗子！无赖！"说着，咚地捣了围屏一拳。

这围屏是檀木的，漆也是檀木色的，一组四扇，远远地挡在床前。它的两面皆是简笔勾出的淡雅的漆画，一面是四季山水，一面是四个民间故事，分别是牛郎织女、梁山伯与祝英台、孟姜女哭长城、白蛇传。

魏玩暗叫不好，忙示意青杏将她拉了坐下。青杏上前，却怎么也拉不动。德克身子挺着，双腿稳稳地站着，一只手在漆画上指指点点，眼睛发亮。两个正在吃果子的孩儿见她这般，害怕起来，果子也不吃了，一个嘴里喊着"姨姨"，一个嘴里叫着"娘"，哭着向外跑去。正闹腾，朱夫人走了进来，犀利的目光将房中扫视一眼，便走到德克跟前。

德克见她娘来，也不躲，反气愤愤地冲着娘叫："骗子！"

只听"啪"的一声，魏玩还来不及去拦，德克的脸上已挨了一耳光，接着听见婆母一声怒喝："不知礼数的东西！"说完不满地横了魏玩一眼，拂袖而去。

魏玩赶紧去拉德克，只见她全身僵硬地站在房中，两眼呆滞，里面的亮光已没了，整个人完全傻了。

朱夫人因德克回娘家犯了病，便生起魏玩的气来，断定是她和德克又说了什么。魏玩百口莫辩，又怜惜德克，知道她现在不能受丁点儿刺激，只好忍气吞声，心里也把自己一遍遍地怨。当年自己若能劝着曾布出面，撮合德克与金溪县那位表哥，再不济另外寻个合适的人家，她也不会受这茬罪。德克和自己同龄，自己的孩儿都三岁时，德克还待字闺中。是自己光想着凡事顺从婆母，把德克的终身大事耽误了。

朱夫人心里也有怨，便板起脸，不理众媳妇。这样过了两个月有余。一日，她正在午休，忽然听到绽儿放声大哭，边哭嘴里还不断地叫着"爹爹""爹爹"。第二日，第三日，又是如此。问了照顾他的奶娘，说并没有哪里不舒服，天天都是好好玩着时，突然就哭了起来。

朱夫人听了，心里一沉。她素来信奉鬼神。当天晚上，就梦到一群歹人围攻曾布，最后将他打得头破血流。吓醒后，更惴惴不安。儿子入仕四五年，东奔西走。中间遭遇过什么，她这个当娘的全然不知。官场凶险，丈夫当年就是因为政见不合，被上司奏贬的。这个梦，莫非是来报信的？这样想了，等魏玩一早来请安，就问她：

"绽儿怎的老哭爹爹？你最近梦着曾布没？"

魏玩听了，脸一下就红了。她正青春，又几年见不着丈夫，哪会不做梦？但怀仁太远，梦也白梦，就讷讷道："绽儿落地三年了，尚未见过爹爹。许是心里有感念吧……"

朱夫人点点头："古人说有女不做商人妇。他们哪知官员的妇人也有这个苦。罢了！咱娘儿俩也不熬煎了，收拾收拾，探他去。"

几日后，前往怀仁的行李已收拾得差不多了。全家倾巢出动，除朱夫人、魏玩、季雅、绽儿四个人外，还有吴婶和朱夫人的贴身丫头珠儿、雪梨、青杏、两个孩儿的乳娘及三个家丁。魏玩估算这一行十几人路上花销不在少数，银钱带着太沉，就吩咐柱子到钱庄换了一百两的银票及一些碎银子带上。柱子又去联系了船只，说定三日后的辰时在城北的鱼嘴码头上船。

怀仁县衙里，曾布正被年前发生的人命案弄得焦头烂额，这边就收到母亲要来看他的家书，干脆收了案卷，叫来曾七，商量住的地方。县上官署不大，县丞一家早一年住了进来，自己也用了几间。娘来的话，大人小孩儿十好几人，哪里住得下？就换了便装，带上曾七到街上去找旅店。

怀仁县城不大，不过两横四直六条街巷。二人这就转到清风街上，看见一个白墙黑瓦的小院，门口挂了个"锦里邸店"的木牌子，便踱了进去。原来是个有两进十来间房的独院，院子不大，却花草茂盛，蓬勃生动，曾布一下就相中了，喊来店家问价钱。

那店家是个白胖子，乜斜着眼睛扫了二人一眼，傲慢道："我这店从不住乱七八糟的散客，只接待一家一户的官员，价格比其他店都贵。"曾七听了，叉了腰，往地上使劲啐了一口，大声呵斥道："有眼无珠的东西，谁是乱七八糟的散客？县令你不识得？"店主一听，当即睁大了眼睛，见曾布一件瓦灰的丝茧直裰，气宇轩昂，当下掌了自己一嘴，又把价钱让了一成。曾布便付了押金，将院子租下，吩咐曾七添置些物事，并每日往码头上去接人。

只过了四五日。这天，天色尚早，曾布还在衙门批阅卷宗，曾七气喘吁吁地跑来："官人，他们都来了——都来了——"

曾布赶紧起身往邸店去。一向整洁安静的小院，已热闹起来，地上摆放着箱笼，下人们正穿梭一般往房间搬，已没剩几个了。一个垂髫男孩儿被个乳娘模样的人牵着，在门口甩着胳膊跑来跑去，嘴里还"嗬！嗬！"叫唤。他看得饶有兴致，猜是绽儿，就飞奔上前，一把将他抱住。

绽儿正玩得开心，忽然被一个陌生的男人搂住，吓得"娘——娘——"地大哭起来。他这一哭，忙着的人俱抬了头，一看是曾布，慌忙过来施礼。魏玩也从房间出来了，见了丈夫，满心欢喜，脸上含着羞，道了万福。

曾布与众人俱见了，但左看右看，没见到娘，不免诧异。原来，临出发头一日，朱夫人突然病了，高烧不退。魏玩本来要留下来照顾她，却被逼着到怀仁来了。朱夫人道，赶紧去探曾布要紧。待她病好后，再让柱子送来。曾布释然。

主仆一行路上走了半个月，早累得七荤八素。现在到了这干干净净的邸店，个个身子都软了。收拾好行李，便回到各自房间，倒头去睡。雪梨已麻利地将魏玩的房间收拾好，见过曾布后，也回自己房间去了。

魏玩住的是个大套间，里面是卧房，外面可以会客，也可读书。二人走进房内，曾布随手掩了门，就直勾勾地看着她。魏玩刚洗漱完，此刻房中还弥漫着一股湿漉漉的气息。正阳春三月,曾布见她穿了一件用香熏过的孔雀纹广袖锦衣,下面一条玉色绣折枝堆花裙,衬得脸色红润动人不说,一举手一投足,也皆是成熟妇人的风韵,只觉得心驰神漾,全身酥软,忙一把拥着往里间去了。

忽而一个时辰过去。夫妻还在床上相拥而眠,忽然隐隐听到邸店门口传来一阵说笑声,接着声音进到院子里来了。细辨,却是怀仁县的县丞和主簿。原来他们听说知县的家人从抚州来,就约了一起来探望。曾布忙将他几个让进房里。

主簿娘子长了双桃花眼,穿着件窄身的粉青色褙子,身形很是窈窕。她见了魏玩,致过礼,便一惊一乍道:"啧啧啧!早就闻得夫人的词名,倾慕死了,盼着能与夫人见,今儿可见着,也开眼了!夫人不光有才学,还是位美人,瞧瞧这面皮,这气度,瞧瞧!啧啧!真是世上少见。"说完扭头对曾布嗔道,"知县真是狠心!这么俏丽的娘子,怎么舍得放在老家。"说着又握了魏玩的手道,"妹妹这次来就别走了。他们公务忙,正好需要我们服侍。你说呢?"说完朝魏玩抛了个媚眼。

魏玩听她说到"词名",猜想定是曾布将她的词拿出来让大家看过,便有些难为情。悄悄地去瞪他,他却没事人儿一般,看着别处,眼角却掩饰不住笑意,魏玩不禁又好气又好笑。县丞娘子亦过来,拉了她的手道:"知道妹妹初来乍到,我们两家在十字街的福运酒楼点了餐,为你接风,一起去吧。"县丞和主簿也齐声相邀。

魏玩无奈何,只得叫了曾七,让他带众人到街上买了吃。自己从箱笼里挑拣了两样礼物,戴好帷帽,随他们往十字街去。

此刻正晚风习习,空气中夹杂着一丝丝鱼腥味儿。县丞的随从早就在福运酒楼候着了。远远地见主人来了,忙跑步来接,又引到二楼雅间坐下,吩咐上茶、上菜。魏玩靠里边窗户坐了,见这酒楼与襄州、抚州不大像,要粗糙许多。又见这陆续端上来的,先是一人一杯淡绿色的香饮，然后是酒，接着是菜，花红柳绿地摆了一桌子，其中，鱼呀、虾呀，还有从没见过的、长得怪模怪样的海产品占了一半，闻着又咸又香，竟把她的馋虫勾出来了。

六个人再叙了礼。魏玩将一件透亮的汝窑粉青釉胭脂盒、一件大红牡丹绶带鸟纹小漆盒分送给二位娘子，她们都高兴地收了。

吃着饭，正觥筹交错，忽听隔壁一桌争论起来，且声音越来越大。一个粗嗓高声道："搓他娘！都在纸上审案，双脚不沾泥的，哪知事情原委？牛大不是个好鸟！"又有一尖嗓子在旁边："官员草菅人命，玷了当今圣上的仁爱之心。付月儿冤枉。"主簿和县丞酒杯停在空中，脸涨红，都要往外冲，曾布却摆了摆手，示意大伙儿安心吃饭。

踏着月色回家。晚上，夫妻二人少不得又是一阵缠绵。魏玩想起主簿娘子说的话，便问曾布。曾布道，是去年过年，喝了酒，兴头上，他与几个下属聊及异地做官有家不能回的苦，便把她寄来的《江城子》《减字木兰花》，以及他从家里带走的那首《系裙腰》拿出来让他们看了。魏玩听得，方知原委，又窘又喜。

魏玩这次来，一路耽想，以为一家人几年才能见上一面，曾布定会多安排时间陪孩儿和自己。甫来，又感受到他火一样的缠绵，益发坚信自己的判断。却未想，曾布虽床上缠绵，却并不在邸店多待，一颗心更多放在他的县衙。除了回家一日比一日晚，回来后话也一日比一日少。晚上，和魏玩也无多话，只看着灯盏发呆。

魏玩揣测他是官场上遇到了难事，便想宽慰宽慰他，就在一日睡前，故意逗他："你这整日愁眉不展的，可是我们这番来，人多太喧闹？"

曾布一听，先习惯性地嗯了一声，马上又回过神来："这是什么话？一家团聚，该热闹。何来的喧闹？只是……"

"只是什么？"魏玩追问。

曾布坐了起来。夫妻几年，他与娘子聚少离多，已让她为家里负担许多，再不想让她为自己官场上的事操心。但自案发小半年来，都一样读圣贤书的各级官员，却公说公理，婆说婆理，还个个振振有词，直搅得县衙不得安生，他身为县令，更是苦不堪言，又无处发泄心里的不满。现在见魏玩追问，也是实在憋得难受，便一咬牙，将事情原委细细道来。

半年前，县里黑林乡一个叫牛大的老汉，举着一只血淋淋的手来县衙告状，称为人所害，还险些掉了脑袋。曾布便派了捕快去将凶手逮来，却是个柔柔弱弱的女子，年仅十四，名付月儿。到了公堂上，早已吓得脸如白纸，跪在大堂的地上，就像根伏地的稻草。曾布心中疑惑，问那付月儿。原来早在冬月初七，付月儿在为母亲守孝期间，被叔叔以几石粮食的价格卖给了老光棍儿牛大为妻。月儿不同意这门亲事，又不想任其宰割，于是冒出了一个鲁莽的想法——杀死牛大。于是在某天拿着砍刀悄悄来到牛大家，对着床上一阵乱砍。牛大被惊醒，夺门而出。这才有了后来的牛大告状。

谁想到就是这样一桩简单的案子，却搅得县衙不得安生，后来又引起州府的关注。县丞坚持判付月儿死刑，曾布和主簿却不同意。因为按照实际情况，月儿的婚约在为母守孝期间，按照宋朝法律，属于无效婚约。既然婚约无效，何来谋杀亲夫之罪？再说了，月儿小小年纪，被叔叔逼婚，这门婚事，本来就是不合法的。何况月儿伤害牛大，后果也并不严重，月儿罪不至死。

魏玩听到"牛大""付月儿"这两个名字，蓦地记起县丞为她接风那晚，在酒楼听到的议论，原来说的正是这桩命案。不知怎的，她脑子里一下就闪出了莹莹的身影，心里一颤，忙也起身坐了，一把将曾布的手握了，问："你若不判她死刑，她就平安无事了吧？"

"哪有那么简单！"曾布叹了口气，一脸的无奈，"我本已令将月儿释放。可案子被上司得悉，训诫下来，说付月儿虽然不是牛大的妻子，但是事涉蓄意杀人，且已致人伤害，按大宋律法要判处死刑。逼着将她捕获，下了死牢，要我重新按死刑上报……"

魏玩听了，心中一紧："那你上报没？"

"犹豫不决。这是一条命啊，量刑也要视情而定……"

魏玩听了，脑子里转了一下，试探曾布道："既然上司有确凿指令，你如何不顺着，报了死刑完事？"

曾布听得这话，睁大眼睛，不认识似的看着魏玩，不满道："身为一县父母，我岂能如此草菅人命？岂不有负皇恩和经年所学？"

魏玩心里暗喜，却不动声色："那就坚持你的主张，把人放了，再如实禀报。"

曾布听了，眼前一亮，马上又泄了气，忧心忡忡道："你真这样想？这可是一步险棋。与上司作对，能有好下场？爹爹不就是活生生的例子？我是一家之主，还得考虑全家……"

魏玩听了，将散落在肩头的头发一撩，凛然道："夫君不要考虑太多！就按自己的主张上报，何惧那些罔顾民意的教条。大不了丢官不做。这又有何妨？正好少了官场这些以大欺小，使人不得开心。喏，远有五柳先生，近有孟襄阳。二位先贤长居乡里，不也照样后世流芳？……"

曾布一听，如同被施了法术，当即愣在那里。片刻，不认识似的盯着魏玩，喃喃道："你可是那个……爱写怨词的……魏氏女子？竟还有这份豪气，倒叫曾布肃然起敬，肃然起敬了！"

原来因为这件事，曾布一直举棋不定。现在听了魏玩的这番话，醍醐灌顶，有如吃了定心丸，次日便给上司回复了自己的主张，然后告了假，白日陪着她去名胜景点游览，晚上就盘桓在家，或读书下棋，或吟诗作赋。二人正值青春年华，此刻心里又都有一股豪情在，也少不了饮酒谈笑，昼夜欢乐，愈发情意绵绵，爱意绻绻。

却说朱夫人在家，着人请了郭郎中来，拿了脉，看了舌苔，又开了几服药煎了服下，身子就一天比一天硬朗起来。

这样过了快两个月，已是五月中旬了。一日，她正在家里，下人忽告曾七回家了。朱夫人心中一惊！曾七一直随在曾布身边，难道是儿子回家了？忙着人去叫。

曾七正带着小厮，把好几个箱笼往魏玩房中抬。听到朱夫人叫，便令小厮散了，把门闩好，到朱夫人面前，跪倒行礼。

曾七自前年八月随曾布离家，转眼已近两年。朱夫人见他个头长高了，但面皮却黑了，也糙了，想是常年海风吹拂所致。不禁心疼起儿子曾布来，问他：

"你怎的现在回来了？出了什么事情？"

曾七眼珠滴溜溜转了几圈，嘴巴张了几下，不晓得如何回答。

朱夫人越发生疑，将脚一跺，喝道："大胆奴才！有什么事瞒着?"

曾七慌了，头伏在地上，吞吞吐吐道："不……不是有……有意要瞒……主子只……只怕您老担心，特意嘱……嘱咐不……不让说……"

朱夫人一听，越发疑惑："不说？拉出去卖了！"

曾七一听，呼天抢地："求太夫人饶了小的。"当下将付月儿一案、曾布的意见、上司的态度等，来了个竹筒倒豆子。

朱夫人听得，身子晃了几晃。片刻，拿手撑住额头，颤声再问："你主子这个态度，身边竟没个人劝劝?"

曾七嗫嚅道："县丞都……都劝过主子……开头也……犹豫不决，后来，便……便下决……决心了……"说着说着声音小了下去。

"那他现在怎样?"

"主子将事……都……交给县丞了，只与少夫人……四处……玩……玩着……"

朱夫人一听，腾一下站了起来，一只手乱指着空中，嘴里骂道："呸！不守妇道，误我儿前程，是何道理！"说完，就要吴婶赶快准备行装，她要去怀仁。

曾布自从告了假，每日里带着妻儿游览名胜，晚间或赋诗作词，或举棋对弈，真是琴瑟和谐，早忘了为官的烦恼，也不知付月儿这个案子已惊动了官家。

一日，天雾雾地阴着，吃过早饭后，就渐渐沥沥下起雨来。不能出去玩了，曾布找了本书看。魏玩想着这一个多月的情形，虽然那件事吉凶未卜，但夫妻形影不离，相伴着等待即将到来的灾祸，倒也不惧怕。这样心里有感，慢慢就吟成七律《虞美人草行》一首，连忙拿起笔，在稿笺上写了。又吟了两遍，改了几处，誊正，刚将诗递给曾布，下人来报，说忧之来访。

忧之是县里的监酒官，负责全县酒类的生产、售卖以及税收。他比曾布年长三岁，也是进士出身，人品纯良，本是国子监的监丞，因所荐官员犯赃连坐，被降为监怀仁县酒税。他身子骨弱，人也有些迂腐。魏玩急忙避到里间。

忧之进到屋内，抱拳施礼，刚要落座，却瞥见曾布身边的几上有一张纸，上面工工整整写着小楷，便拿了看。是一首诗：

鸿门玉斗纷如雪，十万降兵夜流血。

咸阳宫殿三月红，霸业已随烟烬灭。

刚强必死仁义王，阴陵失道非天亡。

英雄本学万人敌，何用屑屑悲红妆。

三军败尽旌旗倒，玉帐佳人坐中老。

香魂夜逐剑光飞，清血化为原上草。

芳心寂寞寄寒枝，旧曲闻来似敛眉。

哀怨徘徊愁不语，恰如初听楚歌时。

滔滔逝水流今古，楚汉兴亡两丘土。

当年遗事总成空，慷慨尊前为谁舞。

忧之看着看着，就激动地大声吟哦起来，亦忘了来见曾布何事。吟哦一两遍后，又摇头晃脑地点评起来："此首诗既追怀历史，认识到楚霸王的残暴，显示出诗人爱民的思想，又影射今日官场的内部纷争。咦！怎么有些像在写知县的近况哩。"

曾布知道他又犯了迂腐的毛病，也不怪，只一下一下地捏着手指问："我的近况如何？"

忧之顿时回过神来，忙又抱了一拳，道："唉！我听人说付月儿的案子，因大理寺和审刑院争持不下，已惊动官家了。圣上仁爱，听说下旨以自首对待，并依照谋杀罪行降付氏两个等级论罪。可刑部坚持不干。圣上只好又让刑部将此案发到翰林院，让几个翰林们评判。唉！小小案子，搅得天翻地覆。州府本来多次责成知县按死刑上报，知县偏不依，我都替知县捏把汗哪。今日过来便是相告此事。唉！……"说完双手伸过来将曾布的手握了握，嶙峋的骨头倒把曾布硌痛了。

曾布有魏玩撑腰，已不在意官场宠辱。今见忧之真正为他担心，倒十分感动，将手拿开，豪气地一挥："谢监酒挂怀！不管他，顺其自然。"说完高声朝内室叫道，"忧之爱诗，也懂诗，出来见见吧。"

魏玩刚才闪避入内，但外间的一字一句皆传入耳中，心里早就腾起阵阵热浪。听到曾布叫，忙移步出来，见一个瘦长身材、面颊凹陷、左眼睑下一粒小肉瘤的官员，穿着件八品的官服，正诧异地看着自己。他旁边一个齐腰高的六七岁男孩儿，头上戴顶鸭蛋青色的凉帽，着一件玉色长衫，此刻正双手托着那诗在读。见魏玩出来，不待爹爹提醒，就鞠了一躬，又低头读诗。

魏玩忙请父子二人坐下，又令青杏给忧之上茶，给小孩儿端来果子。小孩儿见了，先道声谢，又将诗双手托着交给父亲后，方坐下来吃果子。

魏玩见他礼性周全，已有好感，再细看他面色红润，眉清目秀，全不似父亲那样黄皮寡瘦，更加喜爱。

忧之接过诗，突然想起什么似的："嗯！刚才说到此诗暗合当下，却还有一点没有说完。作者似以虞姬自喻，颇有看清了霸王的英雄末路，提示自己早做准备，到时也像虞姬一样，为所爱的人唱一曲英雄末路的悲歌。深情！悲壮！真好诗也！"说到这儿，他突然咦了一声，看着曾布，疑惑道，"此诗不像你的风格，等等，以虞美人点题……虞美人……虞姬……那么此诗应出自妇人之手，难道是……是……"说完瞪大眼睛看着魏玩，那粒小肉瘤倒显得小了许多。

曾布被忧之的样子逗得大笑起来。魏玩掩了嘴，微红了脸："多谢谬赞。见笑了。"

"哎呀呀！"忧之一下就站了起来，朝魏玩恭恭敬敬地作个长揖，一脸真诚道："早听得夫人词名，也读过那首《系裙腰》。打破了此前男人作闺音的局面，堪称大宋首位自抒幽情的女词人，勇气真正可嘉！不过今日读了这首诗，又有男子的洞见和英雄气魄，更有女人的柔情，老夫更佩服了！更佩服了！"说着，又抱拳朝曾布揖了揖。忽又觉得自己这揖作得有些乱，便不好意思地干笑了两声，那小肉瘤也跟着颤了两下。

第八章
收　徒

转眼魏玩到怀仁已有两个月了。原本也没计划何时回家，现在曾布被上司口谕休假，也不知月儿案子如何了结，替他操心，索性就长住了下来，四处游了个遍。

魏玩娘家襄州，那里属国之中土，是盆地风光；后来远嫁抚州，抚州丘环山结，是丘陵景色。现在到这怀仁一看，却是从未见过的滨海气象，颇觉新鲜。从城里东去十多里，就到了海边，那海水之浩瀚，比汉江、盱江要宽几百几千倍，也多几百几千倍；每有台风，浪头就掀到十几人高，那声音，惊天动地，人听了，肝胆欲裂。但有些渔民并不惧怕，魏玩见他们浮在潮面上，手脚并用，腾身百变，无事人儿一般，让人叹为观止。

魏玩原以为这样的地方，算得上苦寒荒蛮。但四处游了，才知这儿竟是秦代方士徐福的故里。徐福当年带着三千童男三千童女，就是从这里去了日本国。又知道孔子及其高足子贡也曾印屐这儿的夹谷山；秦始皇也两度莅境，鞭石成桥登伏山岛……知晓了这些，魏玩不免感慨。

怀仁的县治所在，小地名就叫城里。闲了在街上逛，魏玩发现，因

　　　　暗夜中的怒放

临着海，这里的人们都爱吃海产，街上日日都散发着浓郁的海产味道。酒楼里销售最多的四个招牌菜是海参、盐水虾、水鸡腿、海蜇。除此外，这里还有一种虾婆饼，用虾和鸡蛋摊成，既薄且脆，又富有韧性。魏玩刚来时吃不惯这味道。但一想着曾布日日以它们为食，便也早晚买了来吃，日子一长，倒觉出它的咸鲜可口来。

住得久了，魏玩发现街上售卖的最精美的物事是瓷器。它品种繁多，高足盏、葵瓣碗、瓷盒等，做工俱十分精细。曾布介绍，别看怀仁偏僻，因它临着东海，是出口日本和新罗的重要码头，是故全国的瓷器，像汝窑的天青釉青瓷、定窑的刻花印花白瓷、钧窑的釉斑瓷、景德镇的影青瓷，全汇聚于此。介绍到这儿，曾布兴奋道："仅这些光溜溜的瓷器，纳的税就占了全县税收的三分之一强。"

魏玩听了，心里感慨，下次再上街，就将那式样古朴、润白细腻的瓷香炉、瓷花瓶、瓷胭脂盒各样买了好几个。

一日，天又雾着，风雨欲来的感觉。夫妻二人没出门，吃过中饭，就在房中下双陆。你进我退战得正酣，却见青杏慌慌张张进来，大声道："奶奶到了！奶奶到了。"

两人唬了一跳，连忙起身。魏玩边往外走，边吩咐青杏即刻去把肖嫂子和绽儿住的套房整理出来。说话间，夫妻二人到了门口，只见一顶青布小轿前，朱夫人正挑帘而出，旁边吴婶、珠儿及一个粉色衣裙的陌生女子，都抢着去扶。

朱夫人一身绛紫色的衣裤，衬得脸色有些暗。见了儿子儿媳，立即把脸板了，脸色越发难看。曾布、魏玩不知何故，面面相觑，只听朱夫人高叫一声："桐花。"那个粉色衣裙的陌生女子便"哎"了一声，乖巧地扶着朱夫人往院里走。魏玩好奇地瞥了她一眼，见她十七八岁，长着个鼓额头、吊梢眼，边走，边还偷偷地瞟了曾布几眼。

朱夫人一脸怒气，由桐花扶着，刚走了几步，就见到从房里奔跑出来的缒儿，火气当下消了一半。魏玩赶紧上前，将婆母领到二进院子的最东边、青杏刚整理好的这间房前，问："娘看这间房可好？"

朱夫人见这间房的房门两边，各放有一盆盛开的杜鹃，板着的脸略微松弛了点，但仍然冷着。走进屋内，看清这是间套房，外间可会客，里间窗根下一张大床，上面铺有洒金的缎面被子，床头两口剔红的樟木大橱柜，旁边一张高几，供着观音净瓶，看着极其雅致，脸色更柔和了一些，一屁股坐在擦得发亮的椅子上，手指着吴婶和桐花，冷冷地问魏玩："她俩呢？"

这邸店虽有两进，却只有八间客房。两个套房，魏玩夫妻一间，肖嫂子带缒儿一间；六个单间，季雅和乳娘一间、雪梨、青杏各一间，两个家丁一间，曾七和另外一个家丁各一间。这下朱夫人几个来，肖嫂子腾了套房给朱夫人住，自己带缒儿住青杏那间，青杏挤到雪梨一处，曾七和另外一家丁挤一处，腾出的这间吴婶和珠儿住，这样就剩下桐花一人没地方住，暂时准备在柴棚里支张小床。

朱夫人听完，看了曾布一眼，没好气道："那先就这么住。"说着看了桐花一眼，"还不谢过官人？"桐花脸一下红了，低着头，忸怩着身子，对着曾布鞠了一躬。

魏玩静静看着，觉得颇耐寻味。刚要揣摩，却见婆母脸色一沉，手指向她和曾布，厉声道："好一个贤惠的娘子，一个为民的好官，最近你们都干了啥？还不与我跪下！"

魏玩觉得莫名其妙，看曾布，也是一脸不解。但婆母正盛怒，犹豫再三，只好先跪了。

"知道我为何千里迢迢来这里吗？太不让人省心了！魏玩，听说你教唆曾布，违背上司命令，我行我素，导致今日被革职。可冤枉你了？"

魏玩听完，当下明白了。虽说这话并不符实，但婆母千里奔波，确实是在为曾布担忧，其心可鉴，其情可明，便朝婆母磕了一个头："让娘为子宣担忧，是儿媳的不是了。不过此事的原委，娘有所不知。子宣仁慈、善良，他合情合理地断案，被上司否了，一直郁郁寡欢。儿媳心疼，撺掇他坚持自己的判断，不可因逢迎上司昧了良心坏了官声。古人云，塞翁失马……"

朱夫人内心并不喜欢魏玩。曾布的婚事，她相中的是南丰城邹表弟家的三娘子。只因不好驳缙民两口子的面子，才答应娶魏玩进门。现在听她侃侃而谈，什么坚持自己的判断，不计较一时的得失，真是荒谬至极，新怨旧恨不禁一下涌上心头，便重重一拍椅子扶手，斥道："满口胡言！曾布十年寒窗，才有今日，哪由你两句浑话，就离了官场？那这几十年辛苦何为？"

曾布听娘说出这话，知道她是被爹爹的事吓怕了，便劝她道："娘不必担心。目前我是主动告假，并没被免官。前日听说官家也主张从宽……"

朱夫人见他两口子跪在地上，还个个理由十足，好像全都没错。那么是自己错了？自己教训得混账？越发气得浑身发抖，花白头发上的一柄海棠珠花步摇也随着乱颤。她一听到"官家也主张从宽"这句，一下愣在那里。但一转念，官家都有主张了，州里怎会对曾布不依不饶？可见此言不实，更怒不可遏，猛一站起来又扑通一下跌回椅子里，嘴半张着，说不出一句话来，只伸了一只手，在空中画圈儿。

一屋人慌了，都围上去。有的掐人中，有的"奶奶——""娘——"唤个不停。正乱成一团，突然外面有人大声道："恭喜知县！贺喜知县！"

众人又全都愣在那里。刚一抬头，主簿、县丞及几个下属已经眉开眼笑地到了门口。见了房中情景，知道是娘为儿子担忧后，便拱了手齐声道："老人家不用忧虑，知县有喜了。"

原来，曾布挂印期间，付月儿的案子经过翰林院集体审议，绝大多数主张从宽处理，圣上已御批"可！"。

一夜无话。

过了四五天，曾布已正常去县衙公干。一日，魏玩候得婆母起床后，请了安，便吩咐曾七准备开饭。雪梨先在餐厅忙碌，见桐花一走一扭扶着朱夫人进来，顿时有了主意。她自桐花一来，就看她不顺眼，总觉得来者不善，欲探探她的底细。现在趁着往桌上放粥碗，故意手一歪，将粥洒到桐花的身上，又借着替她擦衣裳，使劲掐了她一把，不待她叫唤，先大声道："啧啧！长这么好看，家是哪儿的呀？"

朱夫人正端坐着，听雪梨这一说，想起什么似的："你这话提醒得倒不错！来来，大伙儿都记着，她老家遭了灾，这一路伺候我，以后让她伺候我儿……"说着扫了魏玩一眼。

魏玩脑袋嗡了一下，旋即镇定下来。自她生了季雅，朱夫人就多次暗示，要给曾布收一房小妾，现在竟然将人引到家里了。她忍不住瞥了桐花一眼，正好看见桐花吊着眼睛窥她，当下一口酸水翻涌上来，忙拿手捂了嘴，奔到院子里呕吐去了。

傍晚时分，曾布手拿一封书信，兴冲冲地回家了。他并没先去母亲房中问候，而是径直回了他夫妻的房间。在沸沸扬扬的付月儿案件中，曾布不但毫发无损，还赢得一片赞誉，全因魏玩的一席话让他吃了定心丸，所以心中难免更爱她了。

魏玩正躺在床上休息。见他进门，一扭身，面朝墙了。曾布心里诧异，但他心情正好，又心疼她在孕期，也不在意，反而坐在床边，逗她道："二哥的信哩。还特地问候一个填词的人哩。不想看吗？"

魏玩听得，气立即消了，一翻身就坐了起来。二哥曾巩现在汴京，任着集贤校理，是个清贵的京官，正好配得上他的文名。

魏玩接过信，逐字逐句地看下去。二哥在信中一是问候了母亲；二是夸赞了付月儿案中曾布的断案，还说不日前与王安石见面，安石亦赞了曾布，说"子宣可期也"；三是妹夫安国被圣上赐进士及第，日前已到汴京待职；四是他在汴京听人说起魏玩作的词，也在勾栏里听人唱过，很是震惊。认为弟妇颇有妙思，之前妇人的思念皆是男人在写，现在弟妇以女人的身份写，便是开了先河，同时也补了妇人作词被传唱这个空白。实可喜可贺。若继续努力，日后或有一番作为，成为国朝第一位女词家也未可知，那就是曾门有幸了。……

魏玩读完信，之前的郁闷一扫而空。没想到自己的词竟然传到汴京去了，二哥还有这样的评价和期许！她把信拿在手上，又看了一遍。

曾布见她脸色绯红，眼睛落在信笺上，神情专注无邪，更显得明艳动人，便往床上一坐，双手将她搂了，就想求欢。魏玩不让。二人正闹腾，曾七气咻咻地撞了进来，见了屋里情形，脸涨得通红，退了一步，又停下来，将头埋着，上气不接下气："奶奶请两位主子过去。"说着朝自己额头戳了一下。

曾布不解，也没在意，就起身去了。母亲铁青着脸坐在椅子上，一身宽松的暗紫色丝绸上衣，却掩不住胸脯正剧烈地起伏。曾布叫了一声"娘——"，感觉好生怪异。

朱夫人并没看他，只是哼了一声，又突然提高声音："你媳妇呢？"

魏玩此刻已牵着綖儿到了门口。雪梨、青杏、肖嫂子都焦急地尾随着，不知又出了啥事。

"跪下！"魏玩刚走进婆母房中，就听一声断喝。綖儿顿时哇哇大哭起来。

"乳娘，把綖儿抱走！"朱夫人拍着凳子，冷笑道，"别拿孩子挡箭。能生孩子的女人多，不稀罕，羞辱夫家祖宗的女人却少。说，你和青楼窑姐儿如何瓜连的？"

曾布愣了。他从未见母亲发过这么大的脾气！他先听见"能生孩子的女人多"，觉得母亲这话粗鲁，又听得"和青楼妓女瓜连"的话，还以为在训斥自己，想想又不对，遂扭头看魏玩，倒见她一脸平静。

"你说！和那个窑姐儿是咋回事儿？"朱夫人手伸得又直又长，指着魏玩。

"回母亲，她不是窑姐儿。"

"她在百花楼里待客，还不是窑姐儿？那是大家闺秀？"朱夫人已气极，声嘶力竭地朝魏玩吼道，唾沫星子四处飞溅。

"夫人，莺莺根本不是大家闺秀，她是百花楼的……妓女。"桐花突然插嘴道。

魏玩听到这话，惊异地朝桐花看去。脑海里一个面孔一闪，她立即忆起桐花是谁了，难怪自己看着眼熟。她明白婆母的怒气从何而来了。

桐花见魏玩盯着自己，不禁有些慌张。自她卖到曾家，就知自己交了好运，便低眉顺眼，百般讨好朱夫人，把朱夫人哄得一日不见到她就不行。这次到了怀仁，一眼瞥见曾布，丰神俊朗，气宇轩昂，全身早就酥了，做梦都想和他上床。但几天观察下来，发觉朱夫人的话有时也不奏效，便暗暗思忖，若不拿出撒手锏，疏远他婆媳、夫妻的关系，只怕自己这个愿望难以实现。便趁着朱夫人心情不好，将魏玩和百花楼妓女莺莺私相往来的事说了。本来，来这几日，她看出魏玩并没有认出自己，心里自然轻松。但适才魏玩这一瞥，竟似认出她来了，不免又有些心虚。

曾布也明白母亲为何盛怒了。分明是这个桐花从中挑拨，不禁怒不可遏，转向她断喝道："你是什么人？主子说话，有你插嘴的份儿？百花楼的情况你怎么这样清楚？莫非你也是那里的人？"

雪梨此刻也认出了桐花，当下眼里喷火，恨不得跳起来将她撕了。但当务之急，是向朱夫人讲清莹莹的身份，便扑通一声在她面前跪下："奶奶莫听桐花乱嚼舌头。那个啥花楼的莺莺，原本也是个尊贵人。她家住邓城，打小和主子一起长大。后来她爹犯事儿下了狱，家里被抄，她才被卖到妓院。主子与她巧遇，见她可怜，才和她相见……"

朱夫人听到这里，一脚踢了出去，雪梨的脸上当即青了一块："混账屁话！官宦子女，哪个不以娘家名誉为重，岂有入了青楼还不知道改个名儿的。可见满嘴谎言！"

在场的人都愣了。雪梨被劈脸踢了一脚，伤了面皮，当下掩面抽泣起来。魏玩忍着怒道："娘息怒。莹莹姓秦，乳名莹莹，晶莹的莹。她卖到妓院后，胖妈妈给她取名莺莺，是流莺的莺，同音不同字而已。不信娘可以问她。"说着朝躲在婆母身后、正瑟瑟发抖的桐花一指。

曾布早被这传奇般的事吸引。他想起魏玩数次向他打听罪臣家眷的出路，还记起魏玩写过一首诗，副题是"兼怀莹莹"，又听说莹莹姓秦，便瞪大眼睛问雪梨："这个莹莹的父亲可是任达州知州的秦仲谦？"

其实曾布哪里识得秦仲谦？这里面有缘由。因大宋对文官一向优厚，但监守自盗的，却严惩不贷。秦仲谦自盗地方库府的官银，金额巨大，被斩首弃市，是个特例，官场传得人人皆知。现他听了雪梨的哭诉，立即记起秦仲谦似乎是襄州人。这样前后一联系，故有此一问。

雪梨听了，手捂着脸，头捣蒜一般："什么官我不晓得，名字正是。"说完，就将一口痰狠狠朝桐花啐去。

朱夫人先听雪梨这样说，还不信，现在听曾布说出一个官人的名字来，才知雪梨所言不虚，顿时尴尬起来，再不将那没见过面的莹莹骂来骂去，只把脸朝着桐花，怒道："方才官人问你到底什么来历，为何不说？"

桐花眼瞅着事闹大了，已有些害怕。现在朱夫人一吼，浑身直哆嗦，战战兢兢道："我是……是……莺莺的……服……服侍……丫……丫头……"

朱夫人听了，差点没背过气去，抓起几上的绿瓷茶杯就朝她头上砸去，骂道："哪张屎嘴说自己是庄户人家的女儿的？"

桐花摸着被茶杯砸中的额头，扑通一下跪到地上，呜呜哭道："本来确……是……是庄户人家的女儿，只……只不过……被……被卖到百花楼……后来莺莺出……出事，我又被卖……卖出来……"

"莹莹出事？出什么事了？"冷眼旁观许久的魏玩听得这话，忽地站了起来，瞪着凤眼，朝桐花逼了过去。

桐花慌了，一双眼睛好像两只黑蝌蚪，一径乱窜着。想要后退，又被青杏用腿绊住，便头在地上磕得嗵嗵响，边磕边哭："不关我的事呀，少……少夫人。莺莺本来在乡下住得好好的，可是那年九月初七，她非要到……到麻姑山上香，我和一个小厮跟……跟着伺候，没想到她好好地，就从悬崖边……掉下去了……后来胖妈妈请……请了人去找，可连根头发……都……都没找到……我也被打了个半死，卖……卖了出来……"

魏玩听了，眼前一黑，就倒了下去。雪梨、青杏赶紧扑上去抱住，却见一股殷红的血水，从魏玩烟色百花裙的裙角边慢慢流出。曾布一见，脸煞白，令人七手八脚地将她扶进房中，曾七飞快地寻了稳婆，可为时已晚……

差不多过了有十日，待魏玩身上有了些力气，曾布才告诉她，娘令曾七上街寻了牙侩，把桐花领走了。又过了些日子，朱夫人提出要往汴京曾巩那里去住。魏玩担心是桐花的事让她不快，便又撑着身子去问候。婆母讪讪地说她是嫌怀仁风大，海腥味儿重。这次想把季雅、绽儿两个都带走，让魏玩好好将息身子。

少了七八个人，家里一下冷清下来。白天没事，魏玩读着诗书，忽然想起忧之的那个小男孩儿，便许久不能放下。

真应了心有灵犀这话。魏玩刚惦着那个小男孩儿，张监酒就带他上门拜访来了。这次二人来后，魏玩竟有些糊涂。因为上次来的，分明是个男孩儿，这次怎么是个小女儿？只见她两个滚圆的小髽髻上，系了两

　暗夜中的怒放

根绿色丝带。黑的油黑，绿的碧绿，极是好看。因天热，她上着一件薄薄的白绢短衫，下面一条淡黄底撒朱红小碎花的纱裙，衬得人秀丽至极。监酒哈哈一笑。原来，她本来是个女儿。监酒因要带她到处玩，故常将她女扮男装。魏玩听了，一下想起来自己小时候也被爹爹这样打扮过的事，不由得更喜欢她了。也顾不得和监酒客气，伸手将她揽在怀中，又吩咐雪梨送来最好的果子给她吃。

魏玩自抚州来，只带了三卷书。一是李白的《李翰林集》，一是晏殊的《珠玉集》，一是柳永的《乐章集》。早已看完，再无书读，就到曾布的书箱里找，大多是经史书籍，不禁有些失望。这事儿被张监酒知道，这次就携着女儿，送了厚厚的四卷《文心雕龙注》来。

魏玩喜出望外。自己之前赋诗作词时，常会觉得笔下无力，也每每暗自揣摩，总不得法，身边又无可交流的人。她早闻《文心雕龙》大名，知道此书专谈作文之法，空前绝后，已心生向往多年。现在一下得到，仿佛天降甘霖，岂有不欢喜的？

张监酒吃了茶，闲聊间，见桌上有卷《乐章集》，便皱着眉道："此人固然有才，词却轻浮，头上有顶'艳科'的帽子，夫人不可学他。"

张监酒虽有才学，人也善良，却不会打扮，常胡穿一气，很是好笑。今日他就穿了件油渍麻花的直裰，腰里胡乱系条看不出颜色的绦带，一双同样看不出颜色的皮鞋，却在左耳朵边簪了几朵栀子花。是故曾布自他进门，就一直忍着，这下听他点评柳永，再也忍不住，哈哈大笑道："三变头上有顶'艳科'的帽子，监酒头上簪了一堆花……哈哈，神似，神似。"

监酒闹了个大红脸，却不在乎，仍梗着脖子对魏玩道："三变的词，留恋风尘，沉醉声色……"

魏玩本来也掩了嘴笑，听到此句，似有不妥，便打断他的话道："柳三变不尽是艳词，后期也有一些深沉之作。既说到这儿，我倒有一事不明。我年幼时，便听人说'有井水处，皆歌柳词'，表明柳词在坊间大受欢迎。但为何直到现在，像监酒这样的官员，一谈及柳词，也多是不屑呢？"

监酒一惊，倒没想到魏玩会这么问。怎么说呢？其实写男女情事的人多了，但柳词被士人看不起，个中原因，先皇鄙夷他只是一个说头，根子还在他的人格和行为上。大宋立国迄今已百年，词早已由过去的伶工词转变为士大夫词。那么对它的评价也就与作者的心胸、人格关联起来，讲究个抒情言志。柳三变早晚纵游娼馆酒楼，小有才但无德以将之，如何能让人称道？

魏玩仔细听着，不觉蹙了眉。勉强等监酒说完，就将怀里的女孩放到一旁，伸手拿起《乐章集》，翻开，指着其中的几页道："《八声甘州》中的'霜风凄紧，关河冷落，残照当楼'，还有这首《卜算子》，这首《安公子》，格调之高，恐怕连晏宰相都不能及，如何士人非拿早年的一些事议他？"

"这……"监酒一下怔在那里，也不知如何作答。

曾布仍在一边嘿嘿笑着。见平日口才极好的人，竟也犯难，便插了嘴道："柳永者，三变也。娘子才说了一变，还有哪两变？"

监酒松了一口气，忙端起茶吃。魏玩见曾布一石二鸟，既替监酒解围，又有意考自己，便笑吟吟道："二变者，先俗后雅；三变也，先令词后长调。"说到这儿，看看眼前的两个男人，一脸庄重道，"其实不止三变，还有一变……"

"还有一变？"曾布和监酒皆张大了嘴。

"变之前的代作闺音为男性的自我抒情。"

曾布听了，惊愕不止。监酒站了起来，朝魏玩恭恭敬敬地一揖："夫人修养之深，在下领教。"

正是寂寞恨时长，欢愉嫌时短。转眼魏玩来怀仁已有两年。治平三年冬月初四，魏玩诞下一对龙凤胎。儿子先落的地，取名缫，女儿晚了一刻钟，取名季书。这年曾布不过三十三岁，已小有政声，儿女双全，又一下得了双生子，着实高兴，便给几个哥哥和娘都写了信报喜。

龙凤胎满月那天，是海州令狐知州五十寿辰日。这天恰逢旬休，曾布便带着几个同僚，携了礼去贺。席间，少不得有歌伎们献舞唱曲儿。几支舞过后，一个梳着时兴的天鸾髻，穿着亮色织锦袄裙的白净歌伎，抱着琵琶款款上来，先致了礼，就手抱乐器，弹唱起来：

> 别郎容易见郎难。几何般。懒临鸾。憔悴容仪，陡觉缕衣宽。门外红梅将谢也，谁信道、不曾看。
>
> 晓妆楼上望长安。怯轻寒。莫凭栏。嫌怕东风，吹恨上眉端。为报归期须及早，休误妾、一春闲。
>
> …………

那歌伎本来五官寻常。风月场中，最讲究相貌，其次才是情态。这些官人见多识广，开始倒也小瞧了这歌伎，未想到她歌喉婉转，字真韵正，仿佛带着魔力，一开口，闹哄哄的全场立即安静下来。只觉那声音透亮、清澈，似从深涧而出，略略带着些寒意，薄薄地将全场都罩住了。细听那词，也从未闻过，看来是"首唱"。所以待她刚一唱完，便纷纷议论起来。

"这首曲儿甚好，什么名？谁人所作？"令狐知州胖手抚着肚子，问那歌伎。

歌伎答道："回大人，歌名《江城子》。什么人作的奴婢不知，只知是怀仁县送来。"

她这话音一落，全场顿时嗡嗡起来，都将眼光投向曾布。海州本属淮南路，下辖怀仁、灌云等县。在几个县里，怀仁的地理、物产皆为末流，但付月儿一案，让曾布暴得大名，今日知州家宴上，又抢了风头，不由得对他又羡又妒起来。

曾布见众人看他，只微笑不语。一旁的张监酒站了起来，抱拳朝知州一揖："知州大人，此词乃曾知县娘子所作。"

众人一听，瞠目结舌。知州打量着曾布，一声不吭，其他人或交头接耳，或窃窃私语，或赞叹，或摇头，嗡嗡声又起。半晌，知州挥了挥胖手。众人知他有话要讲，都缄了口。只听令狐知州对歌伎道："可还排练有其他曾知县交给你的曲儿？再来一支听听。"

歌伎便将《系裙腰》唱了一遍。

令狐知州边听，边眯着眼合着拍子晃脑袋。及至唱完，令人重赏了歌伎后，又将张监酒叫到面前，询问道："我不日前在汴京，与同年聚会时，听说今日有妇人写词寄相思，吐闺怨，人称'女词人'的，可是他家娘子？"说着手指着曾布。

"正是。曾知县的娘子修养深厚，赋诗作词，皆不在话下。我也听汴京同年说，连素日老成持重的曾子固读了她的词后，也颇为赞叹，说伤离别，抒幽情，须眉不及也。"

一个穿着绛红色袍子、下巴上几道肉褶儿的道："曾老弟，娘子如此幽怨，何故将她留在家中，不带在身边？"

"王兄所言甚是。曾知县怎能让娘子胡画乱写，失了体统？这曾子固虽然才华出众，人品纯厚，但吹捧弟媳，谁知什么用意……"一个鼻头微红的官员忿忿然说完，又挤眉弄眼地坏笑起来。

马上有个腰子脸的官员接腔："我听说曾知县不管在哪里任职，总是好几年不回家。对外只说公务忙，怕人不信，随身带着几首娘子的怨词挡箭，好显得自己如何敬业。实际上，早晚出入勾栏。否则，这小歌伎怎能唱这几首曲儿？还不是与歌伎早厮混熟了，现在又拿出来显摆。"

"笑话！我看他与我等比，并无过人之处，不过借了他兄长曾子固的光。"

…………

曾布听着这些议论，如芒刺在背，他本不想让人知道这词是他娘子所作，无奈张监酒多嘴，现在想掩盖已来不及，只好装作没听见。

议论声越发大了，忽见令狐知州霍地站了起来，胖手指着一群下属，怒道："一派胡言！朝廷明文规定，低品级官员异地赴任，无特别情况，不得携带家眷。今圣上仁爱，各级上司也睁一只眼闭一只眼，由尔等家眷去来自由。殊不知，凡这类事，可做不可说！尔等怎能如此放肆，公开揶揄怂恿同僚违令？再者，人皆父母生养，有七情六欲，重团聚、伤离别是自然，为何妇人家就不能抒情？真腐朽陈见！"他一口气说完这些，顿了顿，又道，"刚才我听人议论曾知县两三年不回家，尔等可知道你们在阖家团聚时，曾知县在做什么？"

几个嘲弄曾布的官员先听知州斥责他们"揶揄怂恿"，已汗流浃背；又听上司发问，全一脸茫然。知州环视了几圈后，方道："你们在家里欢乐时，曾知县在怀仁县的大地行走，这还不算，他还走了半个海州，勘察农田水利，调查种植商贸，兼顾风土人情，拿出一册《怀仁行旅札记》，日前正放在我的案头。我深感欣慰啊！"

一干官员听了，个个瞠目结舌，才知曾布为官做事，和他们不一样。有几个看出曾布是知州的红人儿，心里再不敢小觑他，当下弯腰拱手，过来祝贺。

过了几日，魏玩知道了令狐知州寿筵上的事，暗暗欢喜，也有些不安。都怪曾布把他夫妻间的私言密语，拿到大庭广众说，才让她背了浮名，被人谈论，便嗔他道："都怨你！以后再不把诗词与你看了。"

曾布倒笑了："不给我，那你还能给谁看？不过，以后还是少写这些怨词，毕竟是妇道人家……"

魏玩其实因心里得意，才有之前那话。听曾布这样说，既吃惊，也被他话中捎带的一丝轻视所伤，就脱口回道："妇道人家怎么了？未必非要给你看，自有人想……"但话未说完，竟就再发不出声了。和她密切的，莹莹生死不明，德克半痴半傻，雪梨、青杏不懂诗词，哪还有人？

魏玩悚然发现，除了曾布、张监酒外，能和自己谈诗论词的妇人，真一个没有。

第九章
得　志

　　熙宁元年春，曾布在怀仁已干了六年，按规定，应离任等待朝廷重新任命了。一家人便决定回抚州。曾布政声颇好，听说他要走，僚臣和百姓都来送，先是几十人，后来越聚越多，有大几百号人之众，牵衣扯袖，一直送到码头边。

　　知道曾布全家要回抚州，忧之也拄了根拐杖，由一个干瘦的老家人扶着，左手牵着静姝，到码头相送。他与曾家的关系已不同于他人，一年前，魏玩正式收了张监酒的女儿静姝为徒。

　　本来张监酒早有此意，但魏玩一直未允。直到一年前，魏玩突然意识到自己的孤独后，心门才打开了一条缝。恰有天晚上，张监酒带着女儿又来，心不在焉地闲聊几句后，突然站了起来，再次郑重其事地请求：

　　"老朽福薄。自幼苦读书，到中年才谋得现今这个小职位，娶了亲，又子嗣不旺，年近四十才得静姝这点儿骨血……她乖巧，也还聪慧，不想那年她娘老子竟丢下我父女俩去了……"说到这儿，张监酒眼圈儿已红，声音也有些哽咽。魏玩听到他说故去的娘子，心里发酸，不自主地把静姝一把抱住。

"我这把骨头，也不强壮。自她娘走后，每每担心不能将她养育长大，愧对她娘。自那日见了夫人后，突然心生妄想，若静姝能在夫人跟前受教，便是我张家祖上积德……"说着竟声泪俱下，再也说不下去。静姝见爹爹哭了，便挣脱魏玩，扑到她爹跟前，踮起脚，拿细嫩的小手一下一下地替爹爹抹泪。

魏玩见了，也涌出泪来，伸手拉起静姝，点头同意。自第二日始，魏玩指导静姝读书，教她赋诗填词，又指点礼仪、女红，一晃年余。

自女儿跟在魏玩身边，忧之轻松许多。但曾知县突然要走，他自忖身体越来越差，已无法照顾女儿，就有心将她送给魏玩做义女，随他们一起前往抚州。魏玩哪肯夺人所爱，监酒苦苦哀求："静姝以后跟在夫人身边，随你管教。我如果命大不死，约定三年后再来寻她……"魏玩无奈，只好答应将静姝带上，但永远只能师生相称。监酒老泪纵横，长揖称谢。

这日晴好，万里无云。但见江面浩荡，海鸥翩飞，叽叽有声。一家人和送行的人依依惜别。忧之看着女儿随魏玩上了船，虽竭力克制，依然老泪长流。最后船驶出老远，送行的人都散了，他和老家人还站在岸边，远远看着，像两根枯树桩。

魏玩一走三年，回家没几日，就将绽儿送到了城里的书院，又请了最好的先生到家，为静姝、季雅上课，讲授《孝经》《论语》《礼》《乐》《诗》。自己每日又用一个时辰，继续教他们作文之法，至于妇德、妇言、妇容、妇功等，并未固定时间，遇着就教，女红由雪梨代授。静姝比季雅年长一岁，虽然基础差些，但乖巧聪颖，剪制之事，音律之法，诗书之言，学辄过人，合府上下无人不喜欢她。就连从汴京才回抚州的朱夫人见了，口里也整日"秋儿""秋儿"地叫个不停。

曾布在家待次，一等一年，眼看熙宁二年的三月份又过完了，还没结果。正此时，传来消息，曾巩从汴京外任越州通判。曾布便与魏玩商

118　　　暗夜中的怒放

量，然后带上曾七，往越州看二哥去了。

曾布此次往越州有多层考虑。探二哥不假，更主要的，是为自己谋个前程。曾布知道，二哥的好友王安石，此刻正在推行变法，大施拳脚。因王安石性情执拗，又受官家信赖，可谓铁腕行事，已经有反对变法的官员被贬到府州。凭着对官场的了解，曾布深知，随着变法的深入，不知还会调、贬多少官员。但对自己而言，这正是机会。

曾布知道变祖宗之法非同小可。但他在基层多年，十分清楚那些弊政是如何制约着国计民生的。父亲当年给仁宗帝上书《时议》，就是希望朝廷能改革弊政。自己不缺能力，也有忧国忧民的情怀，所以当读到王安石的诗句"自古驱民在信诚，一言为重百金轻。今人未可非商鞅，商鞅能令政必行"时，心里就产生了强烈的认同，觉得一试身手的时候到了。

魏玩在家，事情颇多，她虽然又挺起了肚子，也每日勉力应对。静妹、季雅、绽儿白日里上学，晚上要督促他们温习功课。蚕茧又丰收了，柱子着实踏实能干，魏玩在怀仁这几年，他在家里独自经营，将桑田面积扩大了几倍，每年能有两百多贯的进项不说，还将原来送给七妹、八妹的八十亩嫁田，又从别处买了回来，依旧维持着当年祖母给的数量，每年能打下四百多石的粳稻，除了留下口粮，全都卖成钱了。现在丰收在望，又要准备雇人力开始收割了。此外还有些亲友和街坊的人情来往，贺员外过几日六十大寿，已经好几年没给他祝寿了，今年一定得去；汪恺的娘子病了，也要去探望，自己离家这几年，家里的事，汪恺没少帮着照应，都要花费时间。另外，给襄州的信也该写了，祖母、爹娘的身体，还有魏泰的学业，都该问候了。魏泰已二十三了，落第过一次，曾布在他这个年龄，早中进士了。

魏府接到魏玩的家书，喜不待言。魏玩还是生季雅时在娘家待过，转眼已经十年了。老夫人已六十有五，眼已经花了，庆襄脸上的褶子也已一大把了，妙音的头发从两个额头角开始花白，只有魏泰，二十正值青春，既不操心娶妻，也不安心功课，每日里嘴上挂着"大丈夫先立业后成家"，带个书童，到处游山玩水、寻朋访友，吟诗作赋，过得自由自在。

魏泰将姐姐的信给祖母念了。老夫人一字一句听完，喃喃道："这些年了，玩儿也该回来看看了……"

魏泰坐在祖母身边，闻得此言，摸摸祖母的脸颊，嬉笑道："曾家家大口阔的，你以为姐姐她来去自由啊？再个，你到底是想孙女哩，还是想那几个重孙儿呀？"

祖母板起脸一扬手过去，手挨着魏泰的头时，却变成了抚摸："老大不小了，只会耍贫嘴，没个正形儿。考试落第，也不成亲，让我没指望，只有指望你姐姐。"

魏泰一下站了起来，振振有词："我早给你们说过，你们不信！现如今科考得挑魁星照着的地方。襄州这块儿，这些年学运不旺，没几个中举的。有门路的，都想办法把学籍迁到开封府了！罗晞刚把学籍转过去，落在罗霄的户头上！"

老夫人一听，翻了他一眼，道："又说这话，小心你老子训你。"

"训也只能由他，反正我都打听清楚了。不想法子，是魏家的损失。"

老夫人见他浑说起来，也知那次落第伤了他的心，便拉了他的手坐下，道："乖孙儿，我们和罗晞没法比呀。人家在汴京有生意，我们啥都没有。你还得安心苦读，学你姐夫兄弟当年的志气。"

魏泰却一撇嘴："姐夫兄弟，天下只一家。奶奶你知道这嘉祐二年，除'一门六进士'外，还有'一门三进士'吗？就这三进士的苏家，当年便是将学籍落在开封府考的。"

老夫人听了，蹙着眉，没言语。她当年随夫君游宦，走南闯北，早

暗夜中的怒放

听说，这汴京所在的开封府，不仅设有太学和府学，太学生应试还有优待，造成四方士人长期寄居那里，以取得当地应试户籍。朝廷虽屡次下诏禁止，但禁而不止。她深思片刻，问孙儿道："那你想怎么办？"

"怎么办？家里到汴京买套宅子，然后托罗霄哥哥把我的户籍落到那里。"

"癞蛤蟆打呵欠——好大的口气。你老子有钱在汴京给你买宅子？"

"没钱你们给姑母汴京的粮油铺子投钱？"

老夫人听了，心头一跳。这事小心着小心着，还是被这个小魔王知道了，真是防不胜防。只好握了他的手，耐心解释："咱们这家大口阔的，这些年家里是不是全靠几亩地的租子和你爹爹的一点俸禄？你爹爹不会奉迎，总不得升迁，物价又涨，俸禄眼看着吃紧，田又被大河改道冲跑了一半，不想法以后怎么活？这也是你姑母好意，要扩大汴京的粮油铺子，本钱缺一些，让我们凑了一股……"

魏泰噌一下站了起来："开个铺子能要多少钱？姑母手上还没这几个钱？哄人。"

祖母听了，一把拍在魏泰的腿上，生气道："你书读糊涂了？这是在汴京呀，一间门面的租钱顶襄阳城十间不止！"说到这里，看了一眼孙儿，见他虽然脸上不悦，但也还在听，便直了直腰，叹口气道，"其实罗家的钱多得发霉，未必真缺我们那仨瓜俩枣。无非是你姑母找个理由贴补娘家，让我们能多一点儿收益罢了。"

魏泰听了，知道错怪了祖母，脸上有了愧色，便嬉笑着凑到奶奶脸上，叭叭亲了两口："真是个好姑母！都是奶奶教育得好！姑母家主要是给罗晞买房子，把钱占了。罗霄哥哥说，本来他房子大，有罗晞住的地方。但汴京房价年年看涨，现在咬咬牙买套房，或许比做啥生意都强……"

老夫人听了，没言语。当年儿子女儿都有意把魏玩许给罗霄，自己瞧他读书不行，没想到做生意倒是一把好手。听说汴京质库一个月的进项抵得上襄州家里一年的总和，出门都有四五个小厮跟着，连用的夜壶都镶了银边了。

老夫人并不后悔没结成这门亲，但罗霄生意人的眼光，她倒是服。听魏泰这么说，意识到什么，忙对魏泰说："你且下去。让你老子和魏诚到我房里来。"又冲着他的背影叫，"别忘了给你姐回信，说我们全家都好。"

魏玩原不知曾布要在越州待上多久，没想不到两个月，曾布就兴冲冲地回来了。原来是曾巩了解五弟，学问、口才、务实精神、干练程度在众人之上，只可惜朝中没人，才一直充塞基层，连正常的职位调整都一年多无结果。他的朋友中，王安石、韩维现在大权在握，便给他们写了信去，算作推荐。于是很快就有消息传来，曾布将徙开封，监开封府检校库，不日就要赴任了。

曾布进京做官，除了魏玩，最开心的当数朱夫人了。她将曾布拉到身边坐下，把自己在汴京的见闻絮絮叨叨地讲给他听，说到物价之贵，叹了口气，晃着一头白发："唉！除了这，汴京真可我心。"

曾布哈哈笑道："不是这，天下人都往汴京住了。"

朱夫人听了，也笑了起来。

魏玩在一旁，听他母子你一句我一句，便嘴里叫着婆母，眼睛却瞟着曾布道："娘，过几年，我们也搬到汴京去。"

季雅、綖儿曾随老夫人在汴京生活过，对那里好吃的、好玩的还有印象，听母亲这样说，就拍着手齐齐嚷道："哦——哦——回汴京喽，回汴京喽！"

三岁多的缨儿坐在曾布怀里。他不懂哥哥姐姐所言何意，也伸着两只小胖手，口齿不清地学说："哦，肥汴京，肥汴京。"

曾布听了，更乐不可支。叭地亲了缨儿一口后，也是口里喊着娘，眼睛却斜着月份已重的魏玩道："娘，儿子保证不出两年，定将您接到汴京享福。"

一家人俱大笑起来。定下柱子两口子跟着去伺候。

曾布是六月末走的。两个月后，魏玩又诞下一个女孩儿，依着两个姐姐，取名季真。对这个孙女，老夫人也看得珍稀，因季真和她碰巧生在一天，遂拿自己的私房钱给季真请了乳娘；又担心贴身伺候魏玩的芙蓉一个人吃力，专门给魏玩买了两个十一二岁的小丫头。魏玩见其中一个体态适中，眉眼间的距离略微开阔，有散淡之韵，便从二哥《寄王介卿》的诗中，取了疏帘两个字，用作她名。另一个则体态轻盈，声音婉转，就给她取名玉笛，并以玉笛为题，口占一首小诗：妾本居山林，风过婆娑影。旋被世人爱，日日扬清音。

玉笛哪里懂诗，听得一愣一愣。魏玩掩口大笑，觉得诸事顺遂。只偶尔想起人间蒸发一样的莹莹来，难免有些惆怅。

魏玩和曾布感情颇深，但她心里一直担心曾布那个到哪儿眼里便只装着哪儿的怪性子。汴京是繁华闹世，魏玩生怕他故技重犯。可偏偏怕啥来啥。他这一走，就杳无音讯，只在次年九月初，才写回一封家书，说已得官家重用，代替同僚差权同判司农寺，官至从三品了。魏玩看完，喜出望外，早忘了先前的苦闷，也明白这半年，为何陆续有人上门来探视了，比如似锦。

那是晚夏，一日，看门的来报，说是有位贵夫人求见，说着递上一个红色的洒金名刺。

魏玩听了，有些吃惊！曾布原来在家时，上门拜访的虽然常有，但俱是官员，并无一个妇人单独求见。最近看望婆母的也是如此。忙展了名刺看，见那上面中间一行楷书，写着"抚州通判张英"。这几个字下面，又有"夫人梅似锦"五个小小的字。因地方有限，这几个字就挤成一团，分明是另外加上去的。

魏玩见了这样一个狗尾续貂的名刺，忍不住笑了起来。她并不认识张英，自然也不认识这位梅夫人。但从名刺来看，这位夫人倒是有趣儿，认识一下也可。

魏玩刚到前厅候着，就听到一阵细细的脆响，伴着窸窸窣窣的脚步声，一个妇人带着个侍女走了进来。魏玩先闻到一股浓郁的香气，接着眼前一亮。只见来人三十左右，梳一个垂肩冠，上面几件别致的饰物。里面穿一件绿松石色撒白花的窄身长裙，外面搭件闪绿斜纹织锦绲了白边的褙子，把一间屋都照亮了。再看她的长相，鹅蛋脸，月棱眉，杏子眼，高鼻梁，既端庄，又活泼，不由得顿生好感，忙迎了上去，笑问："可是张夫人？"

梅似锦此刻也打量着魏玩。见这位夫人，身材挺拔，面皮细腻，长眉入鬓，凤眼高挑。着一件玉色薄缎长裙，外罩桃花云雾烟罗衫，看着既高贵又清新，哪像几个孩儿的母亲，说是还未出阁怕也有人信，便一把抓了魏玩的手，也不福礼，就高声嚷道："哎呀呀！这偏僻的抚州乡下，竟还藏着夫人这样羊脂玉雕的人儿，我今日算没白来。"

魏玩听了，更觉此人有趣，便含笑请她坐了，又让芙蓉送上茶来。

似锦在放了薄绣花垫子的椅子上坐了。她先吃了一口茶，就满屋打量起来。见这屋内，案上堆着书，几上放着铜瓶，瓶里插着花，博山炉里熏着香，墙上挂着古人的字画，字画下一架古琴……处处显着雅致，遂由衷地赞道："难怪夫人写得出那样雅的句子。今日只看这屋里陈设，便明白了。"

"张夫人过誉了。妇道人家，打发时间罢了。不知张夫人今日光临寒舍有何指教？"

似锦一听，掩着嘴笑了："哈哈，我能有什么事？还不是在家里闷得慌！我本来一直住在汴京，夫君到抚州，非要我同行。来了半年，饮食不惯也就罢了，要命的是竟没遇上一个能说得着话儿的。前些日子听他谈起夫人写的《系裙腰》，我细细读了，词间的孤楚，真切感人，今日便觅作者来了。"

魏玩听了，方知那首小词已传播开了，不免暗自欢喜，但又略生不安。曾布并不喜欢她写这类闺怨词，婆母和九妹也背后议论过。九妹甚至质问她："五嫂，妇人的心思非得让外人都知道吗？"魏玩忙道："哎呀！这真是。本是自娱自乐的，谁料竟传了出去……又要让人谈论了。"

"噫！夫人这么怕别人谈论？"似锦故意惊叹了一句，就眉飞色舞起来，"夫人这词了不得，征服了众人。猜我家那位刚开始怎么论的？"说到这里，不待魏玩搭腔，就一下站了起来，眼睛直直地看着前面，又着腰，声音变粗："什么？这是妇人作的？不可能，不可能。定是哪个男子假托妇人身份，想引人关注！可恨可恨！"说完，自己捂着嘴前仰后合起来，头上的珠钗也跟着乱晃一气。

魏玩憋不住了，扑哧笑出声来，顿觉与梅似锦亲近了许多。

二人吃了几盏茶，又闲聊了一阵后，似锦伸手从侍女手里接过一个淡黄织锦的包袱，然后将包袱平放在腿上，层层打开，里面是一个用麻线缀着的厚本子。她拿起本子双手递给魏玩，说请她拨冗指点。

魏玩不知这是何物。但见似锦一脸郑重，又双手托给自己，知道非同一般，也双手接过，摊在腿上，翻了去看。这厚本子用不同颜色的稿笺缀成，约有五十多面，每张上面或写着一首诗，或写着一首词，内容有感春的，也有伤离别的，更多的是写荡秋千、赏花、郊游等玩乐的。她仔细看了头几篇，发现水平不等，风格各异，字迹也不一样，不像一人所作，心中好奇，便拿了眼睛去问似锦。

似锦脸红了一下，然后郑重介绍："也不知能否入夫人的法眼？这都是向谢希孟学的。作者是我娘家的一群姐妹。我来抚州，便带着解闷，只当仍与姐妹们在一起玩耍……"原来，似锦本汴京人氏，那些作者，是几个亲戚家的平辈姐妹，也俱是汴京官宦人家的女儿，长大后又俱嫁给了官员，时常凑在一起，聊些家长里短、美食华服，也少不了吟诗作赋，便留下了这些作品。

似锦稍坐一会儿告辞了。魏玩翻着本子，看着"兼答采葛""与芳树游湖有感"的副题，又看着里面的用词，红杏、秋千、覆射、猜枚……便想象出了几个衣香鬓影、风姿绰约的妇人来。她们长相、高矮、胖瘦、性情各异，却常约了一起郊游赏景。文雅时吟诗作赋，闲聊淡品；放纵时饮酒猜枚，投壶对弈……真让人羡慕！

魏玩早就盼着身边能有这样的人。初嫁来时，她以为曾家姊妹多，且抚州又文风流远，闲暇时，姐妹们相互酬唱应和，应是自然。却未想到，几个姐姐出嫁早；妹妹们呢，又性情各异。比如九妹，有次就质问她：五嫂，妇人的心思为何要写出来？生怕别人不知道吗？她听了，啼笑皆非，知道自己的这个愿望是痴心妄想了！

魏玩又将册子翻开读了几首。如果自己和"采葛""芳树"相识，那么就可以在一起交流心得，吟的诗词，可以相互欣赏，还有可能被哪个宦游的姐妹，像张夫人这种，缀成手抄本子带上。如此的话，就再不是曾布说的没人看了。想到这里，魏玩全身燥热起来，突然对汴京，对似锦的这几个姐妹有了强烈的渴望。

九月中旬，汴京又来信了。魏玩以为是曾布的家书，急忙拆开，却是弟弟魏泰写的。信中说魏家已在汴京购得一处宅子，因姐夫在外租房，拟邀他搬来一同住了，正好能省下些钱。又说姐夫每日忙得脚不沾地，恐怕春节没时间回抚州，姐姐不如早做准备，带上老小去汴京团圆。

魏玩读完，觉得真是喜从天降。她正渴望汴京生活，原虑着住处是个大问题，这下竟迎刃而解，忙拿了信去和婆母商量。

朱夫人是年五十有九。她素来信佛，此刻正在房中参禅。看了信，喜得眉眼开花。她随曾巩在汴京生活过几年，觉得汴京处处好。现在儿子在汴京做了高官，又是官家跟前儿的红人，哪有当娘的不想去的？当即答应下来。又问儿媳去多久？

魏玩本没来得及想这个问题。现婆母问了，便暗自琢磨：他已官至从三品，又得王安石信赖，只怕还有前程。曾肇四年前中了进士，现在黄岩做官，八妹、九妹都嫁人了，家中已无牵挂。自家几个孩儿正是求学的年龄，汴京有名师大儒，在汴京读书要比抚州强许多……这样看来，自然久居汴京的好。但婆母的意思，她有点儿吃不准，便吞吞吐吐："儿媳……随娘的便……"

未想到婆母半眯了眼睛，得意道："在汴京做大官的，哪还有让娘老子和老婆孩儿在乡下孤单的道理？三五年不回来了。"

魏玩听了，喜出望外，只觉得要飞起来了，实在忍不住，就拿信挡了脸，偷偷在上面亲了一口。然后飞奔出门，叫来曾七，嘱他将家中的现银，俱兑成银票，又将家中桑田和二百亩嫁田，分别托付给汪恺和老族人曾裕德照看。青杏早与崔光结婚，因这层关系，崔光升了颐元堂的掌柜。知道魏玩全家要往汴京，便双双给魏玩跪下，称他夫妻情愿一辈子跟着主子。魏玩亦不舍得让青杏独自留在抚州，当即令崔光给襄州写信，建议不如将颐元堂出售，所得本钱到汴京新开一间，仍替罗家赚钱。很快，襄州回信，同意魏玩建议，皆大欢喜。

似锦自那日来拜访魏玩后，又来过几次，二人渐渐亲密，序了年齿，魏玩年长一岁，似锦便改了称呼，叫她姐姐。听说魏玩要进京了，一日，又匆匆来到曾家。吃了两口茶，便令侍女从包袱里取出一个描金簏子放到几上，说是一点心意。

魏玩自与似锦交往后，知道她祖上也是世代做官，只是官运不畅，到父亲一辈，官已小得可怜。但似锦的父亲生性豪迈，朋友多，脑子又活，就明面上照旧去官衙点卯，暗地里却在土市子一带盘下一座酒楼。由于经营得法，日进斗金。似锦自小鲜衣美食，所用之物，必是挑了又挑。是故这个描金簏子，不能小觑，就轻轻打开，就见几道冰蓝的幽光，从里面射了出来，原来是块少见的猫眼儿玉石，婴儿拳头大小。

魏玩忙令芙蓉合了篮子，推至似锦身边："妹妹的心意我领了。这礼物太重，姐姐万不能收。"

似锦听魏玩这样说，涨红了脸，急了："姐姐，我对你可是真心的。相识数月，你难道没有感觉？这是什么，不过是块石头，身外之物。但说它是礼物就俗了。它集山川日月之精华，需万万年才能长成，最能比喻友情的长长久久。你这一去汴京，我们不知何时才能相见。这石头送给你，就如同我常在姐姐身边陪着，难道姐姐不想再见我？"说着将篮子又推至魏玩身边，接着道，"我来找你，还有一件事想与你商量。我爹爹下月六十大寿，我正准备回家，不如我们结伴而行，路上也好有个照应。"

魏玩听了似锦这番话，知她真心是其一，主意也早定。若是再拒绝，难免伤了脸面，便让芙蓉将篮子收了，心里打定梅爹爹生日时，她上门去贺就是了。

二人又闲聊了一阵，议了启程日期，定在十月十五，似锦负责联系船只。

出发的日子到了。晨鸡刚一报晓，抚州城仁义巷曾家主仆几十口都起来了。老夫人和吴婶、魏玩及五个孩儿，再加上曾七、青杏、芙蓉、缨儿和季真的乳娘、六个小丫头、四个家丁皆穿戴整齐，几十个箱笼正一个一个往门外抬，满院脚步杂沓，热气腾腾。

亲戚、邻居也知道曾布如今做了大官，这次携家人进京，只怕不得回来了，都过来相送。曾家几进的院子，里里外外都站满了人。大伙儿说些不舍的话，又帮忙把行李提着，拎着，扛着，送到码头，又送上船，一直等船启动了，才嗟叹着散去。只有贺员外的两个儿子，年方二十和十八的侑植、侑林兄弟俩，随着朱夫人上了船。之前，曾布答应替他们在汴京谋份差事。

似锦找的船果然气派，长十余丈，可坐数十人，船上还供一日三餐，甚是便利。魏玩让曾七给船家付船费，谁想似锦已抢先付过。魏玩便拿了钱，找到似锦的舱里。

似锦此时正搂着孩儿，指着江面在他耳旁说着什么。见魏玩过来，已心知何事，便让乳母把孩儿引到外边，又请魏玩坐了，寒暄两句后，先发制人道："你我二人姐妹一场。即便我不因爹爹过生，专程送你一趟又有何妨？难不成男人们可以千里送别，妇人就不行？"

魏玩听了，心头一热。少时她读李白的《黄鹤楼送孟浩然之广陵》《赠汪伦》这样的送别诗，常会被前人的古道热肠、云天高义感动，有时也遗憾自己不是男儿身。没料到，似锦心里也藏着和她一样的豪情，真有些不敢相信。

似锦碰到魏玩探究的目光，倒不好意思地躲了。魏玩心头倏地闪过一个念头：她这般殷勤，不知与曾布有无关系？正这样想，似锦朝她嗔道："好姐姐，别太拘谨了！这几个钱，是咱自个儿的嫁妆钱，跟别人没关系。姐姐可千万别放在心上。我多次向姐姐请教作文，啥时谢过？你若非要给，莫不是瞧不起妹妹，要与我划清界限？"

魏玩听了，全身一下子放松了。她哪里要与她划清界限，她还想挂着她那群姐妹哩！遂靠近似锦，也嗔她道："你呀你呀！真正一颗玲珑剔透的心，一张不让人说话的嘴！我哪是什么瞧不起妹妹，只是你对我太厚，我这受之有愧……"说到这里，想起衣箱里还有一件库露真漆盒，便吩咐芙蓉将它找来。

库露真是襄州一带独特的油漆技艺，采用"平脱""螺钿""隐起"等法，将漆器打造得巧夺天工、精致无比，从唐代始，便一直是朝廷贡品。芙蓉听了，要去找，似锦却手一拦，笑吟吟地说道："你这一船的东西，就不用费心翻了。我也实在住不惯乡下，这次回汴京，说不定不回抚州来了。姐姐不急着给我，改日见面时带上就可。"说到这儿，朝魏玩抛了个媚眼，道："我好在姐妹们面前挣些面子。"

魏玩再无话说。一路天阔波平、顺风顺水到了汴河码头，是个风和日丽的好天气。及将进城，魏玩悄悄撩了面纱，四下打量，见这汴京，城墙高耸，街道整齐，人烟稠密，衣冠齐楚，心中欢喜不已。船到岸边，似锦娘家派了人来接。柱子和雪梨也雇好了轿子，在岸边翘首候着。一年未见，两人穿着打扮都鲜亮了。他们先与老夫人和魏玩福了礼，又和吴婶等人打过招呼，便将大小主子安排进轿子，接着指挥下人，抬了东西，一队人马，浩浩荡荡地进城了。

　　　　　　暗夜中的怒放

第十章
进　京

小轿晃晃悠悠，经过好几条喧闹的大街后，再拐进一条幽静的巷子，然后在一个乌漆大门口停了。一干人下得轿来，却见朱夫人一脸诧异地站在大门口，左看右看，惊呼道："怪哉！这似乎是曾巩先前住过的宅子……"

"奶奶好眼力！正是这儿哩。奴才也是才晓得的。真是巧得不能再巧。奶奶在这儿住时，这房子还好好的。可后来就出事儿了。"柱子道。

"出事儿了？"朱夫人一下瞪圆了眼睛。

"闹鬼呗。两年前这房子开始闹鬼，有租客大白天看到有个年轻的女人在院子里唱曲儿，人一走近就不见了，后来又看到有个披头散发的女人在水井旁边撕自己的衣服。汴京便传得沸沸扬扬，没人敢租了，就要贱卖。可巧我家少爷想买房，就由牙侩牵线，将它买了下来，满屋的东西一样没带走，奶奶瞧瞧，可还认得出几样？"雪梨抢着道。

一众下人听了，个个张大了嘴。朱夫人全身发颤，磕磕巴巴："闹鬼？那……我们怎……怎……敢住？布儿怎……怎不另买……买一处……宅子？"

"奶奶有所不知。这鬼怪都有债主，并非人人都妨，全看主人能不能镇住。为这宅子，我家相公找人算了，无碍。因他属虎，八字硬，从小就天不怕地不怕的，住进来这个月，啥事儿也没有。奶奶只管放心住下。"

一干人啧啧舌，放下心来，将东西搬进房去。老夫人定了定神，低头去拉孙儿，但哪里有人？季雅和缍儿早就下了轿，熟门熟路地在院中玩着了。

魏玩以往远行，总得休息两日方能恢复气力。这次倒怪，一点儿也不累，就由雪梨陪着，将宅子里里外外看了个遍。宅子有两进，大小房间二十多个，曾布原住在后院上房，因娘要来，已搬到东厢房，上房留给娘住，雪梨已提前将房间收拾好。缍儿兄弟和魏泰住西厢房。季雅姐妹住在楼上。魏玩见这宅子，比抚州曾家小了许多，成色也旧，却花了一千多贯钱，还是捡了漏，不由得暗叹这房价之贵，竟是她桑田的数年收入之和。

天色渐晚，魏玩还在院中忙碌，听见门口有动静，一抬头，果然是下朝回家的曾布，全身当即定在了那儿。定睛看他，只见他头戴顶精致的黑纱幞头，左右两个直角伸得老长，快和肩膀齐了。穿了件紫色暗山水图案的棉公服，腰间挂了一个金鱼袋，整个人虽比过去清减了一些，但神采奕奕，气宇轩昂，超出以往任何时候，心里欢喜得阵阵悸动。曾布见魏玩凤眼含羞，一袭玉色袄裙，清雅倒是清雅，还是有些素了。又见她身边，一个白白胖胖的女孩儿正蹒跚学步，嘴里兴奋地"呀！呀！"，知是季真，便官服也不脱，抢了过来就抱在怀里。朱夫人听说儿子回来，带了季雅姐弟几个过来招呼，一时笑语晏晏。

休息了两日，雪梨撺掇主子们上街去逛。老夫人嫌天冷不去，还要吴婶和几个孙儿在家陪她，魏玩便戴了帷帽，穿了袄裙，带上静姝，雪梨和曾七跟着，上街去了。

雪梨因早来一年，对这汴京已摸得半熟，遂边走边向魏玩介绍。说他家所在的这条巷叫小纸坊巷，在朱雀门外天街以西，东拐，上了天街，走不过二里，经朱雀门，就到了大相国寺，那就是汴京最繁华的地方了。

魏玩自小就闻得汴京繁华盖世，心中早有许多想象，今日边走边沿途打量，竟比自己的想象超出许多。御街足有百丈宽，旁边还有巨石砌成的"御沟"，岸边又交错种植着桃、李、梨、杏等果树，这个季节，还有瓜果挂着，真是匪夷所思。州桥一带，酒店密列，瓦肆遍地，绣旆相招，旅馆、药店、衣铺、书局……应有尽有。酒店前都栽有一排半人高的朱漆木杈子，门首皆缚扎起彩欢门。虽是冬日，人仍挤攘不透。各色的买卖，万千的叫唱，做泥人儿的，穿糖果儿的，卖蜜水儿的，炒糖栗儿的，卖鲜花儿的，弄得满街香喷喷的不说，还勾了一堆一堆人站在摊位前，挤挤挨挨。再往前走，又是卖各种生鲜的，虎骨、熊掌、鹿肉、干脯、前獾儿、野狐、肉脯、肚肺、鳝鱼、鸡皮、鸡碎……琳琅满目，这样丰富、齐全的货物，这样壮观的场面，魏玩从未见过。

曾七本来随着魏玩，眨眼就不见了。雪梨倒不慌，只带着魏玩继续往前逛。没走多远，就到了十字街天桥。树一样粗壮的曾七，正站在一堆人后，踮起脚，伸长了脖子看热闹。魏玩好奇，雪梨将她带了过去。只见偌大一块空地上，上竿的，跳索的，要猴的，斗鸡的，射飞刀的，吐火的，走丝绳的，鼓板小唱的……直看得眼花缭乱。

魏玩脚下小心移着步，眼睛却不住地四处打量，不想咚一下就和一个人撞上了。她连忙收了脚步，正要致歉，却听甜甜的一声"夫人"，接着一个细腰琉璃杯伸到眼前，里面似有水晃动，醇香随之四溢。魏玩来不及避开，已深吸了一口，心里不快，抬眼打量对方，却是位雪白皮肤、蓝色眼珠、一身盛装的年轻妇人，正盈盈地望着她笑。魏玩哪里见过这等长相，大吃一惊。雪梨忙在一旁介绍，这是卖西域美酒的胡人，他们的酒跟别的酒不同，又是一种味道。魏玩听了，一下想起那句"葡萄美酒夜光杯，欲饮琵琶马上催"来，竟莫名地激动起来，让雪梨买了一壶带上，心里更震惊于汴京的繁华。

这样逛了一会儿，雪梨见主子有些累了，便领着她拐进了一条僻静些的街道。这条街固定的店面少些，地上摆摊的却多，一个绑在竹竿上的白布幌子杵在地上，上面写着大大的"酸文"，一下吸引了魏玩。

汴京繁华，五行八作，魏玩今日算见识了，万没想到还有摆摊卖文的。代人写信、写状子？当朝鼓励读书，处处开学堂，识文断字之人多如牛毛，哪还用出钱请这个。

摊主极瘦，颧骨凸起，便显得眼睛似掉进洞里。他一件陈旧的棉布直裰，正百无聊赖地坐着。一仰头见几个衣着华丽的娘子站在面前，知生意来了，便转了转那洞里的眼珠，扯着嗓子，大声喊了一句："卖酸文了——"

魏玩的心似针扎了一下。卖文为生已是斯文扫地，但不知羞，还这么大刺刺地叫，想必是为生活所迫。

她隔着盖头问："怎么个卖法？"

"夫人，我这作的都是七言律诗，每首四十文。夫人若作得多，三十文一首。停笔磨墨罚钱十五文。夫人请点个题吧。"

魏玩听了，望了一眼雪梨。雪梨小时陪她读了几年书，虽不能作诗，但多少懂得一点，见魏玩看自己，会意，便看了一眼自己手中绣了红莲的帕子："那你以'红'字为韵。"

只见那男子摇头晃脑间，诗已作出："常在佳人掌握中，静时明月动时风。有时半掩半羞面，微露胭脂一点红。"

魏玩微微一笑，韵倒是押着了，但格调说不上高。雪梨抓了四十文钱递给男人。

那男人接了，笼进袖子里，并不言谢，只是偏过头，一脸自负地看着魏玩："夫人不试我一试？"

魏玩扫了一眼男子身后，几步远外，左边是个成衣铺，右边是个小食店，上面挂了块"崔婆婆杂菜羹"的木牌，心里有了题目，便道："你且以针为题，以'羹'字为韵，酸一首看看。"

男子思索片刻，吟道："一寸钢针铁作成，绮罗丛里度平生。若教稚子敲成钩，钩得鲜鱼便作羹。"

魏玩暗喜。这一首，虽说成色一般，但比刚才那首，还是多了些意境，便想：普通人作诗作词，原来与题有极大的关系。若题生动新鲜，文自然有个性，否则，常会落入俗套。想到这儿，便看了一眼静姝。

静姝跟在魏玩身边已有几年，加之天资聪慧，早已谙熟音律，时常也有不凡诗句冒出。静姝见魏玩看她，便仰头片刻，对那男人道："你以雁为题试试。"

男子愣了一下，沉思许久，然后一字一句吟道："六七叶芦秋水里，两三个雁夕阳边。青天万里浑无碍，冲破寒潭一抹烟。"

魏玩听了，觉得这诗清丽，意境高远，和静姝的性情颇像，心里不觉蓦然一动，便轻轻揽了她。静姝身子颤了一下，乖巧地往魏玩怀里靠了。

雪梨眼尖，见她师徒二人这样，咧嘴对那男子赞道："这首酸得不错。不枉你敢在这里挂幌子。"说着拿出一百文钱，"赏你了。"然后陪着主子继续去逛。

魏玩始入京，早上总是睡不安宁。曾布大笑道："天晓诸人入市，百般吟叫，自然不如乡下睡得安宁。"这样过了半个月，也就慢慢习惯了，只是还没见着魏泰。

她心中牵挂，问曾布。曾布道："道辅秋闱没过，想是四处散心去了。他热衷交友，这半年来，一半的时间读书，一半的时间在会友。与三姐夫混得比我还熟，听说与王相公也很聊得来。我因天天忙，便随他去了。"见魏玩仍锁着眉头，便劝她道，"爱交友也不是坏事。想当年家里那么贫困，二哥仍挤了时间去交友，文名倒在功名前先得了。未来道辅怕也是如此。"魏玩听了，方放宽心，自己每日里忙着家务，又托人请了先生，来家里教静妹几个。

这样又过了几日，汴京比原来更热闹了。满街都是戴各色幞头的男子，三个一群，五个一阵，到处溜达，指指点点。原来，过完年，三年一度的春闱就将开考。这是全国各地进京应考的学生们陆续提前到了。

魏玩又想起弟弟来，恼他都火烧眉毛了，还不知在哪里晃荡。一日，天已黑定，家里掌了灯，一家人正围着綎儿听他背诗，忽然小厮来报，说舅老爷回来了。正说着，外面就传来几声"姐！姐"的大叫。

魏玩腾地站起来，就要往外走。她已七年未见到弟弟了。八年前，弟弟千里迢迢地到怀仁看望她时，年方十七，还是个白净面皮的弱书生。也不知这些年过去，他有什么变化。

魏玩还未走到门口，魏泰已被人搀着，趔趔趄趄地来了。魏玩见他比八年前长高长大了一号不止，看起来长身如柱、膀大腰圆。现在喝醉了酒，半闭着眼睛，一条胳臂搭在扶他的人的肩上，左一下右一下地甩着，幞头歪到一边，摇摇欲坠。

魏泰虽吃醉了酒，倒认得人。见了魏玩，一把推开扶他的人，勉强站稳，扯扯嘴角："姐姐，姐夫。"扶他的人忙揉揉肩膀，扯扯衣服，作个长揖，口中道："表姐，表姐夫。"

魏玩一听，愣了。细细端详，方知他竟是罗晞表弟。罗晞是姑母的儿子，她也是十几年未见了。她出嫁时，罗晞才四五岁，现在已长成翩翩公子，不禁欢喜，将他与曾布做了介绍，又招呼他二人坐下。

曾布向二人颔了颔首。这当儿，雪梨已令人绞了热毛巾，又端了醒酒汤来。罗晞见表姐脸上仍有一丝愠色，忙讷讷解释，他从襄州家里来汴京，走到汝州时，遇到表哥，说是在那里看望朋友，便结伴而行回汴

　　　　暗夜中的怒放

京。他们今天快日落时才进城，因从家里给铺子带了几箱东西，所以请表哥帮着送到铺子，又留表哥吃了饭，劝了点酒……说着又偷偷瞥了一眼曾布。

魏玩听完，脸色和缓下来。魏泰擦了脸，将醒酒汤一仰而尽，抹抹嘴，又大呼小叫起来："季雅、绖儿，看舅舅给你们带什么好玩的了？"说着，费力地从身上摸出几个五彩的泥人儿来，不想已被压得头脸不分，身子囫囵成一团了，大伙儿一见这惨状，忍不住都笑了起来。魏玩又问了罗晞家中可好，功课如何，罗晞一五一十答了。曾布在一旁悠闲地吃着茶，听罗晞说他过了解试，明年要参加春闱，便点点头道："这段时间不能马虎。"

魏玩进京一晃月余，诸事渐渐理顺，只一件事觉得遗憾。那便是为似锦爹爹祝寿的事。因她虽然记下了寿辰的日子，却忘了问似锦娘家何处。到了那天，临要出门，才突然意识到，这偌大汴京，百万人口，一个名不见经传的梅爹爹，根本无从找起，不由得好生懊恼。

一日，魏玩还正为这事遗憾，似锦突然来了。她头上戴着汴京最流行的"一年景"的花冠，上面插着五六种花卉不止，香气扑鼻，身上是件嫩黄色绲蓝边的软缎短襦，配同色夹裙，外面搭件浅啡洒花绣金褙子，看着炫目，富贵无比。丫鬟手里提了一个精致的食盒，说是夫人娘家酒楼才推出的新菜，拣了几样，送来给朱夫人尝鲜。

魏玩忙令芙蓉接了，又握了似锦的手问她："好能干的妹妹，你是如何找到我这里来的？走时我都忘问你娘家住哪里了，原说过要给梅爹爹祝寿哩，到了跟前，才知无处找你。我成虚情假意了。"

似锦笑道："汴京人虽多，但曾大人只有一个。还怕找不到？"

魏玩将她的头轻轻戳了一下，叹道："这个脑袋，装的全是点子。"让上了茶和果子，又让厨房赶紧准备中饭。

似锦忙道:"今儿可没这口福,有人还等着我商量事哩。今儿来,是讨姐姐的主意。我这一帮重亲累戚的姐妹,原来常在一起玩的有十个。已经走了两个寿命不长的,像我这样命苦,随丈夫在外地的今年有三个,常年住在汴京的有五个。原来我是这中间最会玩的,现在到了穷乡僻壤,就成了海边瞄鱼跳——干看。这次我回来,姐妹们轮着为我接风,今天轮着文柔。她们听我说了姐姐,因为下次轮着我请了,便想邀姐姐去玩。不知姐姐意下如何?"

魏玩的凤眼一下子瞪大了。她早从那个手抄本上神会过似锦的这帮姐妹,文柔、芳树……也无比羡慕她们在一起宴饮游乐,赋诗填词。她做梦都想有这样一个圈子,现在似锦相邀,当即满口答应下来。

十日后,正是暖阳高照。似锦派了小厮来接她,魏玩便带着静姝去了。小轿穿过一条繁华的大街,又拐进一条小巷,最后在一个古雅的宅子前停了。似锦的丫鬟在门口候着,见她来了,忙迎上来。魏玩随她入内,发现这宅子虽然外面素静,里面却是另一番景象。偌大一个花园,满摆盆景,老枝虬结,一派古拙之气。因已入冬,栽的花树大多谢了,几十盆菊花却开得正艳,且全是稀罕的品种,像白玉珠帘、残雪惊鸿、点绛唇、紫龙卧雪、玉翎管等。丛丛修竹,身姿婆娑,将四周的廊庑半掩,里面排列着小阁子,阁上各垂着帘幕,隐约可见帘内彩衣晃动,笑语吟吟,魏玩知这是专供夫人们聚会的"娘子酒楼",心里慨叹:真乃汴京,才有高人的这份巧心。

正感慨,眼前一个身影一闪,正是似锦,挑了竹帘从一间阁子里出来。她身后还跟着一位俏丽的娘子,冲着魏玩直笑。似锦迎了过来,对魏玩道:"姐姐来啦。"说着把她和静姝领进阁子里。

不算似锦,阁子里连同刚才出去迎接魏玩的那位,已有五位年轻夫人,皆衣着华丽,气度不凡。似锦先把她们向魏玩一一介绍:修眉细眼、着镂金丝钮牡丹花绯色蜀锦衣的,姓司马,字子衿,是似锦大伯母的娘家侄女，在这帮人中年龄最大，是年三十五岁。眼睛黑亮、头上戴顶花团锦簇的假发髻、着紫色锦缎窄身小袄的，姓钱，字采葛。和采葛长得有些相似，梳着燕尾髻、额上画着三个亮红梅花瓣的，姓钱，字采薇，年方十八，刚才跟着似锦去外面迎接的便是她。采葛、采薇是堂姐妹，是似锦舅舅家的女儿。方脸、高腮帮，着白蝶穿花浅蓝色洋缎云锦袄的，姓季，字芳树，是采薇二姐的妯娌。坐在最上首，额头饱满、凤眼清澈，右嘴唇上有粒美人痣，看着有些高冷，年龄和采薇相仿的，姓胡，字文柔，是采葛姨家的表妹。

似锦介绍时，众人都上下打量魏玩。见她里面一件白蔷薇锦缎紧身小袄，下配湖蓝色缠枝纹罗裙，外面同样湖蓝色梅兰竹暗纹缂丝褙子，旁边一个十四五岁的妙龄少女，里面一套穿的和大人一样，也是白蔷薇小袄，湖蓝色缠枝纹罗裙，外面却是件在领口处悬两朵小绒球的鹅黄色比甲。通身着装虽不奢华，却别出心裁，清新雅致，又相互辉映，衬得娘儿俩楚楚动人，不由得俱多看了几眼。

都坐下后，吃了几口茶，似锦又将众人的夫君给魏玩做了介绍：子衿的丈夫崔龙平，开封府的签判；采葛丈夫胡宗绪，著作佐郎；采薇丈夫陈再复，太学生；芳树的丈夫吴嗣忠，扬州通判；文柔丈夫李之仪，是朝廷才授的万全县令。

子衿年长。她不动声色地打量了魏玩一番后，掉头看着似锦，似笑非笑道："我要说早知道她，你定会不信。但我确实从家父那里听说过她，也读过一首她的《系裙腰》。才学确实不错。不过嘛，闺阁女子，还是少出风头。想汴京多少贵妇，晓音律，尚雅音，但谁又敢不端庄呢……"

魏玩才从抚州来汴京，心里本来羡慕着似锦的这个圈子，也觉得她这些姐妹个个都亲，哪想到这才见面，就被当头一棒，一时心里发凉，脸倒燥热得不行，正尴尬，却见芳树眯着眼，大声哼唱了两句自己填的

《江城子》后，起身走到她身边，手拉着她的手，哽咽道："夫人这词，真……道出了……我们的心……他们上任去了，山高水远……我们……提心吊胆，心里……七上八下……就是夫人……写的……这个样子……"说完郑重地给她福了个礼。

魏玩对芳树的举动也颇感意外，刚才因子衿讥讽发凉的周身，现在暖和了许多。她朝芳树回了礼，余光看见，子衿正不屑地看着她俩。

似锦左右打量，推了一把邻座的采薇，道："你怎么说的？还不快向魏夫人求教。或许夫人一指点，再复一读，就常逃学回家了哩！"原来，采薇结婚不过半年，她夫君在太学读书，一个月才回家一次。似锦这一说，几个人笑了。采薇羞红了脸，手捂着，不敢看众人。

众人全都笑了起来。似锦又向魏玩介绍子衿的爹爹，原来是曾做过曾布上峰的令狐知州，现在已回朝廷，任了户部的判官。

魏玩自作品被传唱，赞誉有，非议也有，早习惯了。只是子衿竟是令狐知州的女儿，倒让她没有想到。

似锦那边示意店家上菜，这边大声对众人道："今儿我做东，虽然灯影和孟钿缺席，但魏姐姐到了，也是一喜。还是老规矩，外面菊花开得正艳，一会儿咱们的飞花令，就以菊为令，输了的罚酒三杯。"说到这儿，又看着魏玩，郑重道："咱这些姐妹时常聚会，等于是结了社，也想附庸风雅，取个好名儿，不如今儿就请了你……"

采葛几个听了，都拿眼睛看魏玩。一直未说话的文柔点着茶盅里的茶，头也未抬，悠悠道："这个提议甚好。听说文枢密、司马翰林这样的高官，结社也要立个名头。只是这名儿，不大好取。太正式了吧，我们毕竟只是个妇人圈子；浅俗了吧，又不合我们趣味……"

魏玩听了，全身又是一紧。她本要推托，但看着似锦、采葛、采薇，还有芳树欣赏的眼神，不好拂了她们的美意，也不想被子衿和文柔小觑了，便静下心来，忆着当初读到似锦手抄本时的感念，沉吟片刻："叫金兰汇如何？"

众人听了，眼睛都亮了。似锦看一眼子衿，又看一眼文柔，拍着手道："这个名儿好，贴切，大气，又见境界。"

却说魏泰因解试未过，不免沮丧。四处游历了一番，把考场失利渐渐忘了。一日回家，突然问魏玩："姐姐还记得元章吗？"

魏玩一听，脑子里立即浮现出一个胖乎乎的小男孩儿来。米家和魏家也是世交，她岂能不记得他？只是一晃多年未见，也不知他现在怎样了。

魏泰便将米芾的情况说了一遍。又说他本来任着秘书省的校书郎，却突然要去桂州的临桂当县尉。魏泰叹道："想想真是可怜。唉！不是正儿八经从科举选拔的，想升迁太难了。就那个穷地方，据说还是走了太后的路子。"

大宋国策，重文化，办教育，兴科举，是故天下人家，莫不以能中皇榜为荣，魏玩也不例外。她正愁弟弟平日读书不下力，现在听他这样说，忙顺势道："有这个认识怎好了。你的功课学得怎么样了？别光顾着交友……"

魏泰一听，知道被姐姐逮住话把儿，叫苦不迭，辩道："见天都在学哩。元章就要上任了，我想为他送个行。"又嘟哝道，"满街都是酒楼，可就是没有家乡菜可吃。"

魏玩听了，心里一动，遂对他道："就把元章请到家里来吧。我也多年没见着他。后天中午来吧，叫几个好友，罗晞也叫上。"魏泰听了，起身一个长揖，喜笑颜开："姐姐菩萨心肠恩泽深厚，道辅没齿难忘，没齿难忘。"

两天后是旬休。魏玩一早起来安排，接近午时，客人陆续到了。先来的是两位二十多岁的年轻人，一个长相清俊，另一位阔脸蚕眉。魏泰向姐姐、姐夫介绍，长相清俊的姓黄名庭坚，阔脸的姓徐名禧，二人都是洪州人，也是亲戚，徐禧的妻子是庭坚的堂妹。又介绍庭坚自小聪明，是远近闻名的神童，二十一二岁就中了进士。熙宁初通过"四京学官"考试后，现已充作了国子监教授。徐禧长庭坚两岁，如今在汴京找机会。

曾布来汴京不过一年。他是新贵，虽未见过庭坚二人，二人却早闻得他。今见他衣着朴素，话不多，但态度诚挚，为人谦和，也顿生好感，待魏泰介绍完，赶紧说了一堆久仰的话。

米芾腋下夹了幅字，匆匆来了。魏玩乍见了这位修长清瘦的年轻相公，竟有些不敢相认。她记忆里，米芾胖得像个葫芦，又调皮得像山里的猕猴。她至今还清晰记得多年前他拐带魏泰失踪了一天的那件事哩——

那是个正月二十一，襄州的"穿天节"。当地风俗，这天要到江边去寻带窟窿眼儿的穿天石，以求得子，更为郊游、祈福。魏家全家也来了。没想到一不留神，魏泰就不见了。这还得了？大家到处去找。可人山人海，挤攘不动的，哪里寻得到？老夫人快急晕过去了。后来魏诚带着众小厮，遇到米家也在寻米芾，才想到两个屁孩儿莫非在一起？就联手去找，最后找到米家。果然！俩小子正脱了个精光，被个婆子守着，在炭火盆边烤身子。

原来，米芾在人群中碰见了魏家哥哥后，就朝他神神秘秘地比画，要魏家哥哥去他家看宝贝。两家是世交，时有往来，魏泰知道他家宝贝不少，听他这样说，心里痒，就乘人不备，随他偷偷溜了。米家住在樊城，并没多远。到了他家，魏泰问宝贝在哪儿，元章神神秘秘一指园中小池塘，说是一块扭成麻花的石头，天天都会哭哩。爹爹说他每天抱着石头睡觉，足见这石头是个祸根，便将它扔到那里去了。

魏泰听说宝贝被扔了，失望得要命，但又听说它哭，不免好奇，瞪着眼睛问米芾石头怎么会哭？米芾便绘声绘色道，那里头住着精怪哩！

是个小孩儿，找不着家了，所以就哭。魏泰听得兴起，就从园子里寻来一根竹竿，朝米芾讲的扔石头的地方乱戳起来。一戳一咕噜，一戳一咕噜。这都是淤泥在响，可俩屁孩儿满脑子的精怪宝贝，还以为戳着了，兴奋得又蹦又跳，不小心就跌进水里去了……

没想到这些年过去，葫芦修成玉树了。魏玩心里不免感叹，又问了他近况，知道他双亲俱好，一家人现住在城东的宜秋门附近。

故旧正热络，三姐夫王安国到了。他一脸不快，也不与人打招呼，只匆匆往朱夫人房中去请安。曾布蹙着眉看了他一眼。

菜上齐了。曾布坐了主位，米芾、安国、黄庭坚、徐禧、罗晞几人围着，魏泰打横相陪。因是送别米芾，魏玩早几日就令柱子专门寻了个会做北食的厨子，所以满桌皆是米芾熟悉的家乡的味道。他兴奋得又抽鼻子又拍手，嘴里直嚷："真香！真香！"惹得魏泰几个都笑了起来。

魏泰代替主人，先起身，说了为米芾送别的话。几个人一同饮了，又各祝贺米芾，不大一会儿，米芾就六杯酒下肚，脸色绯红了。大伙儿闲聊起来。庭坚向曾布道：

"这些年，抚州可算风头大劲！王相公外，子固兄当为翘楚。他的文章我早晚拜读，说名扬四海也不为过。"

曾布回："谢鲁直夸赞！兄长性情谨严。文章虽不敢称高妙，但篇篇俱是心血之作。"

…………

二人聊了一会儿曾巩，已酒过三巡，桌上的话题更多了起来。米芾向庭坚讨教做县尉的经验，徐禧则同曾布聊着新法。黄庭坚见闻广博，又会讲笑话，惹得在座各位大笑不止。唯安国情绪低落，也不与别人说话，只一杯一杯吃着闷酒，眼见得脸呈猪肝色了。

米芾和安国同在秘书省。见他这般，不知何故，便问他："平甫兄，只喝酒，不吃菜，是我北菜不合你胃口吗？"

安国不理他，又猛吃了一杯酒。

米芾看众人都一脸不解，便仗着今儿个自己是主宾，是给自己送行，撩他道："平甫兄，你有什么不开心的？你兄长得圣上恩宠，才拜了相，天下谁人不说你王家富贵至极……"

谁也没料到，米芾刚说到这里，安国突然将筷子一掷，霍地站起来，绷着脸，一言不发，起身就往外走。众人面面相觑。米芾不知因何惹怒了安国，张着嘴，却发不出声，尴尬至极。

魏泰心里隐约知道安国这是因何。但事发突然，他一时不知怎么办，便快速地扫了姐夫一眼，见他一脸平静，若无其事地让大家继续，才松了一口气，下桌子去追安国。

安国正往朱夫人房前走，想是去告辞。魏泰一步跨在他面前，拦了他道："平甫兄，使不得。今日送别元章，他言语并未顶撞，你却拂袖而去，岂不扫了他的脸面，也扫了众人的兴致？干娘一生辛苦，最讲礼数，你这样做，她知道后岂不难过？"安国听了，犹豫了一下，魏泰趁机把他拉回桌子坐下。

众人见安国回来，笑笑，不当回事，又各自敬酒。米芾年方二十，豪气正盛，也想干一番事业，现在新法正推，何不以此入手？便端了酒，恭恭敬敬地敬了曾布一杯，要曾布指点他如何推广"青苗法"。

不料，安国未等曾布开口，便瞪大眼睛呵斥米芾："吃饭还塞不住你这厮的嘴？"说完，又气呼呼地骂道，"什么变法？无非是奸诈之人假言迷惑宰相！"

米芾目瞪口呆。曾布气极，强忍着不快，质问姐夫："足下，我们谈朝廷变法，干足下何事？"

安国竟将桌子一拍，一盏酒跳了起来，又歪倒在桌上，琼浆玉液污了他一手。他顾不上擦，瞪大双眼，倒指着曾布吼道："丞相，吾兄也；丞相之父，吾父也。丞相若因为你，杀身破家，连累先人，发掘丘垄，难道也不干吾事？唵？"说完，轻蔑一笑，双手往袍子上胡乱擦，嘴里接着责骂，"男的妖言惑众，女人不守妇道，一家子人离经叛道！哼！"

曾布一听，脸色铁青，嘴唇紧咬，将面前的碗使劲反手一扣，起身去了。安国也不示弱，昂首挺胸，大踏步出了院门。剩下几人手足无措。米芾已有悔意，恨自己不小心捅了马蜂窝，又无计可施，干脆大杯小盏地灌下去，直弄得下巴、衣襟、桌上到处酒汁淋漓。这样一连灌了十几杯后，扑通一下溜到地上，泣道："神仙打架，小鬼遭殃噫……"

安国大闹宴会的事很快就被朱夫人知道了。她气得颤着手，乱捣着空中骂道："不知礼数的东西，这些年的书都读到牛腔里去了。他王家女人个个能诗，也叫不守妇道？"

魏玩听说安国这样骂，脸都绿了。便把魏泰和罗晞都叫来，向他们询问外人对变法的看法。罗晞垂着脑袋，不敢多言，魏泰皱着眉，半晌道："这变法乃官家的心头大事，又钦点王丞相挂帅。丞相兄文章、品德都当世楷模，不知为何反对者甚众。听说现今朝臣因变法分成两派，相互攻讦，每日不绝，很多朝臣阁老，都贬了官，到地方任职去了。"

罗晞也半抬了头，眼睛盯着地面，嗫嚅道："我也听说，连……连苏学士都……"

魏玩虽与曾布感情甚好，但平日里困在闺阁，很少听闻朝廷之事。今日听了，方知这变法之论战，远比安国桌上大骂严重了十倍不止。她想起嘉祐八年在怀仁县，为一桩小小的伤人案，曾布差点折戟沉沙。但当日他不过是一县令，俗话说，船小好掉头，现在已升至高位，全家又搬来汴京半年。虽只有半年，但汴京的魅力，凡来此待过一段时间感受了的，没人再愿意离去！如果曾布一旦失势，全家势必重返抚州乡下，或者比那还惨。那样的话，如何承受得住？这样想来，不禁替曾布捏了一把汗。

第十一章
观　灯

魏玩自到了汴京，就觉得日子比先前过得快了许多。家里的事儿，走马灯似的，一件接着一件，不说别的，光来家里走动的官员，就每日不歇。这些官员，来后俱要看看婆母，说些奉承话，自己少不了要在一旁伺候，这就耗去了许多时间。另外还有些人家也要拜访，比如王宰相家。

王家与曾家并不是外人，连着亲。除了曾布的三姐嫁给宰相的弟弟安国外，曾家兄弟的一个姑母还是宰相夫人吴氏的继祖母，宰相的一个妹夫朱明之，又是曾布的远房舅舅，这种重亲累戚，朱夫人家少不得要带着晚辈登门拜访。

宰相府坐落在旧城右军第一厢的宣化坊，距开封府街很近。魏玩原以为相府一定富丽堂皇，去了一看，并不是那样。地方倒是不小，但处处透着简朴。宰相夫人四十开外，梳着大大的福龙髻，只一根赤金镂花的簪子插在头上。她圆圆脸，穿着普通的琵琶襟缎织外衣，一脸和气，见了朱夫人，并不拿大，反而客客气气地问候："老人家健旺！"又亲切地看着魏玩，寒暄道："这是子宣的娘子吧？难怪子宣近来人胖了，服饰

　　　　暗夜中的怒放

也比原来整洁了，早晚还有香味，原来是娘子来了。他们没日没夜，这下有人照顾了，好！好！"一席话说得婆媳俩心里暖融融的，连忙回礼。以后到宰相府去得多了，见他们全家衣着简朴，食物也很简单，贵重的摆设更是没有，魏玩就有些不解。宰相一心要做万民的表率，清廉为官，却连累了夫人和儿女们，又是何苦？

转眼就到了年底。腊月二十，逢着旬休。曾布在家，正陪着母亲说话，门子来报，说有个叫张英的携夫人求见。曾布疲于应酬，又不认得此人，便要门子谢绝。魏玩听了，忙对他道："就是我给你说过多次的，似锦的丈夫。"

魏玩虽与似锦密切，却从未见过张英。今日见他相貌堂堂，姿采如同岸玉，便知似锦为何将他常挂在嘴边了。不过他身材虽然伟岸，声音却像个娘子，又尖又细。宾主互致过礼，魏玩将似锦拉到后院，留下两个男人说话。半个时辰后，张英告辞，魏玩察言观色，见个个满脸笑意，便知二人言谈投合，暗暗高兴。似锦冲她使了个眼色，然后邀她元宵节那天，到宣德门去观灯。

元宵节在正月十五，这可是个让人销魂的节日。国朝规定：各地俱要举办灯会，连续三到五日，所有臣民，不管男女老少，皆可自由活动，百无禁忌。是故到了元宵节，上至王公贵族，下至黎民百姓，常常全家出动，观灯、宴饮，迷醉歌舞，通宵达旦。

魏玩嫁到曾家十余年，只初到州城那年看过一次灯。倒不是家事多，或抚州灯市规模小，主要是婆母不许，常板着脸挖苦："家中有灯，何必上街去看？"一次，未出阁的九妹心里不服，跟娘顶嘴："上街能看游人。"婆母一脸诧异："咦咦！怪了，未必你娘老子是鬼？"让人哭笑不得。魏玩听了这话，也嫌抚州灯市不如襄州，便常在家里待着。现在似锦来邀，婆母那里有了托词，加上汴京灯市天下一流，哪能错过？当即答应下来。

元宵节到了。风和雪要成全人间的欢乐事，皆闭门不出了。原本要全家出动的，无奈曾布有公务，婆母不看，魏玩只好自己带几个孩儿去玩。早早吃过饭后，她换上新做的石榴红绛金丝云锦扣身袄，配了深蓝的百褶长裙，外披一件织锦皮毛斗篷，让芙蓉伺候着戴了一顶正流行的杏花冠，又敷了粉，匀了胭脂。季雅在一旁直道好看。季雅年已十三，长得快齐她肩，也换了崭新的冬衣，绽儿、缨儿、季书也一色新衣。一家五口，另有静姝、乳娘、曾七、芙蓉，并一个小厮，一起向大街上去。

似锦、芳树、采葛各带了家人在朱雀门前候着了。芳树因自己没有生育，稀罕孩儿，见魏玩到了，便捧着绽儿的脸一顿猛亲，逗得绽儿乱蹬着腿，哇哇直叫。

众人一起往宣德门去。街上已熙熙攘攘，热闹非凡，哪里走得动？只好挤挤挪挪，等到了宣德门前，夕阳正好落下。四周万灯齐亮，金碧相射，锦绣交辉，映得行人脸上都泛着光。

大宋为了装扮节日气氛，自年前就开始在宣德门外以及重要街道上，扎起了几十座灯楼。这些灯，堆成鳌的形状，人称"鳌山"。鳌山足有两层楼高，上面均扎有硕大无比的龙凤，再在龙凤的眼、耳、鼻、口、鳞甲、羽翼间挂上大大小小的灯盏。长的、圆的、扁的、鼓的、三角的、四方的……，形状各异；竹篾灯、皮纸灯、绢丝灯、琉璃灯……，材质繁多；粉灯、白灯、黄灯、绿灯、紫灯……，五彩缤纷；"福"字灯、"寿"字灯、"喜"字灯、"瑞"字灯……，道尽吉祥；兔儿灯、老虎灯、绣球灯、西瓜灯、海棠灯，还有车舆灯、佛塔灯、屏风灯、鬼母子灯，更有球灯、镜灯、风灯、水灯、影灯、日月灯、诗牌灯、沙戏灯、火铁灯、生鱼灯、镜架儿灯、琉珊子灯、平江玉珊灯……好像天上的星星都翻转到地上，化作了万千灯盏一般。它们闪闪烁烁，相互辉映，装扮出一个五光十色的迷幻世界。

魏玩平生第一次见识汴京灯市，早被这璀璨、壮观的景象震撼，方

　　　　暗夜中的怒放

知柳永笔下"列华灯、千门万户……鳌山耸，喧天箫鼓"不假。她正感慨，猛听见缒儿几个高声尖叫，忙跟上在前面开路的曾七和乳娘。不过走了几十步远，忽然听到淙淙的水声。原来是在一座鳌山的背面，一个木辘轳将水绞上灯楼的顶端，装进了一个巨大的木柜，又定时将木柜出水口打开，让水流冲出，层层跌落，形成人工瀑布，引得人阵阵喝彩。这还不算，瀑布旁，竟站着几个身姿曼妙的女子。她们似不怕冷，穿着薄薄的衣裙，含笑睇着众人。那衣裙也不安分，随着流水鼓起的风，竟飘摇不止。灯光映照下，水映人面，好似芙蓉花开，真如仙境一般。

一众人先仰着脖子看了一气，眼也花了，腿也乏了。似锦见了，便领着大伙儿往"棘盆"里去玩。

"棘盆"是临时由彩绢、芦席、竹架围成的空场地，用于各种演出，能容下几万观众。元宵节在"棘盆"表演的，均是来自各地的艺班子春节前后在各寺观里逐日献艺时，被开封府特派乐官选拔出来的节目，既有杂剧，又有杂技，还有讲史，亦有献唱。魏玩一行刚一走近，就听见一阵爆响，接着一个扮成傀儡的小儿在人群中穿梭如风，大声呼叫："开始了！开始了！"一众人便驻了足，就见一个演傀儡戏的吆喝了两声上了场。

魏玩远远地看了几眼。因尽是人，前排的一步也不愿挪，后面的人还在往里面挤，实在看不清楚，但观众发出的阵阵惊叫、大笑，又让人不由自主地伸长了脖子。似锦见了，过来贴着魏玩的耳朵大声道："这里人太多，也怕孩儿们挤着，不如找个僻静的地方歇息歇息。"说完令小厮们左右跟紧，护着几个孩儿，奔右前方的一座楼去了。

这楼是昔日的鼓楼，因坊墙倒塌，再不用鼓警昏晓，就废弃了，被开封府的右厢店宅务管着，算是一处公有房产。本欲租给富商作酒楼，因刚刚修缮完毕，还未挂牌寻租，为图个喜庆，元宵节也在楼上悬了灯，但只对官员及家眷开放，故楼下有人把守。似锦对跟随的小厮耳语两句，小厮便奋力推开两边人群，走到守楼的身边，掏出细长的腰牌给他们看了。守楼的便后退几步，放似锦一行上楼去了。

楼上是另外一番景象。楼檐前挂了湘帘，悬了彩灯。檐下摆了几张方桌，每桌边放有十来把凳子。魏玩倚在栏杆前，朝街上看，见灯棚远不止一座，东、西、南、北各条大街的街口俱搭了，华丽丽地亮着。亮光下俱是人，乌泱泱的，看不清身形，只模糊见着无数个发髻、无数顶幞头。缨儿眼尖，看见远处的鳌山灯楼上有两个西瓜灯滚上滚下，兴奋得大叫起来，惹得街上一干人抬了头往上看。

楼上也挂了造型各异的灯，却在上面贴了纸条，纸上写了字，正是灯谜。众人兴奋起来，眼也不花了，腿也不乏了。似锦过来商量，凑了几样随身的饰品后，便对众人道："今儿不分主仆，同喜同乐。愿意猜灯谜的，我这里有几件奖品，猜中者有奖。"

一干人纷纷去看。一盏上书：品尝杜康樽半空。猜一花名。采葛的丫鬟率先猜出，得了一枚金耳环。

又一盏上书：千古疑案。猜一灯谜用语。似锦的小厮猜着了，得了一粒银扣子。

又一盏上书：二人相依偎，青草底下栖。打一字。曾七脱口而出："芙蓉。"

自青杏升了家里厨房的总管后，芙蓉便是魏玩的贴身丫头，每日影子似的跟着魏玩，是故似锦、采葛、芳树几个都知道她。现听曾七叫芙蓉的名，还以为魏玩要支派她做什么事，但旋即明白过来，顿时大笑起来。曾七反应过来，脸臊得通红，悄悄瞟了一眼芙蓉，见芙蓉也红着脸，低着头，越发害臊，耳垂都红透了。魏玩见了，也忍俊不禁。

再往前看，又一盏上书：千里横山雁阵连。猜一个字。季雅歪着头，想了会儿，猜出，得了一粒金豆子。

又一盏上书：身体白又胖，常在泥中藏，浑身是蜂窝，生熟都能尝。

乳娘悄悄告诉绽儿答案，绽儿便一头冲到似锦面前，大声说：藕。得了一个小佛挂件。众人大笑。

又一盏上书：天。猜一历史人物名。众人面面相觑，一会儿，芳树猜到答案：夫差。似锦、采葛对视一眼，抿嘴笑了起来。

又一盏上书一首诗，是同中书门下平章事王安石所作：佳人伴醉索人扶，露出胸前白雪肤。走入绣帏寻不见，任他风雨满江湖。猜四位唐代诗家姓名。

众人都蹙了眉头，陷入沉思，片刻，报出答案，这个，那个，都不对，便叫魏玩。魏玩看了，略一思忖，心里有了答案，正想说出贾岛、李白、罗隐、潘阆的名字，忽又觉得不妥。自己和芳树、采葛都才第二次见面，并不太熟，万不可逞能惹人厌，便也故作为难地摇了摇头。

猜完灯谜，天已交子时。街上仍灯火大作，行人如蚁，隔不远还有官员在维持秩序，听说一会儿皇家还要出来"买市"，是故大伙儿都不愿回去。似锦提议再去看杂耍，芳树却要去听曲儿，一时争持不下，只得依了她俩，先看杂耍，再去听曲儿。所到之处，无一不是摩肩接踵，人声鼎沸，把绽儿几个半大的孩儿兴奋得嘀嘀直叫，一直玩到四更天才各自回家。

第二天，魏玩多睡了一会。还卧在床上，雪梨进来，说有重要客人。魏玩急忙起床去迎。二人一碰面，魏玩竟呆了！你道来者是谁？却是怀仁县的张监酒。

原来张监酒自女儿走了，没了牵挂，每日只看书吃药，身子竟渐渐硬朗，又过了两年，益发好了，便开始思念女儿，夜不能寐。因他也在官场，曾布的升迁，早已传得沸沸扬扬。就有人笑他，说他有眼光，拿女儿去攀附。其实他哪有这个计谋？再者，他又怎能预测曾布的发达？同僚不过是开个玩笑，他却当了真，给上司告假，要将女儿找回。先寻到抚州未果，又一路颠沛，寻到汴京来。

魏玩自那日在码头上与他一别，只当是生死永隔，哪里想到还有今日。见他比过去长胖许多，气色好，中气亦足，着实替他高兴，赶紧让人带了静姝过来。

静姝离开怀仁县时才十一岁，现已满了十四，长高了一个头不止，也已是一副大家闺秀的模样。今日见了爹爹，眼眶霎时蓄满泪水。张监酒颤抖着手将她搂在怀里，叫了一声姝儿后，再发不出声来，泪水很快把前襟都打湿了。

朱夫人和德洁早知静姝身世，这下也唏嘘不止，留他吃茶说话。晚上曾布回来，也是一惊。故人相见，欢喜自不必说。陪他吃了饭，聊了半宿，又让柱子陪他在汴京玩了两天，方允他回去。静姝要走，魏玩如同摘了心肝，忍着不舍，嘱人将静姝经年吃的、用的、玩的，还有书本、笔墨，都用包袱一一装好，堆了半屋。临别时，她将静姝搂在怀里，眼泪滚滚而下。静姝也泪流不止，和朱夫人、师傅、魏泰、季雅姐弟等一一告别，一步三回头地跟着爹爹去了。

大宋朝官中，有中书舍人一职，位居三品，一般还兼着知制诰。舍人掌外制，凡任免百官、改革旧政、宽赦俘虏等政令，均由中书舍人起草。起草中，若发现事有失当或除授非其人，可奏请皇帝重新考虑，等同于已参与大政方针的讨论及朝廷百官的选派，地位显赫。知制诰专掌内制，承命撰写有关任命将相大臣、册立皇后和太子等事的文书，以及与周边国家往来的国书等。曾布干练有才，又踏实肯干，在推进新法上极其用心，深受官家及丞相的信赖，官职一年数次晋升，到熙宁四年二月，差直舍人院不过半年，便又授了试知制诰，换了紫色公服。官家又赐了他高头大马及紫金鱼袋，一时威风凛凛。

魏玩对曾布更加爱慕，觉得他才德兼具。论才，他素有理想，又生逢其时，不过三十五岁，就有了这番作为；论德，对自己一心一意，不似有些男人，不停地追逐美色。是故她自进京后，诸事称心。只一件，稍觉遗憾，就是没有自己的宅子。平日里，眼见曾布的同年、同学、同乡俱来拜访，后来发展到又带着各自的同年、同学、同乡前来，魏泰这个宅子便显得越发拥挤了。

其实魏玩到汴京不久，就想要拥有自己的宅子了。可那时曾布只是个从三品，一年的俸禄，加上服装、禄粟、茶酒厨料、炭薪、盐、添支、职钱、公使钱，不过几百贯，汴京的一处宅子，动辄几千贯，她只有望洋兴叹。如今，曾布不断升职加薪，又常有官家赏赐，经济日渐宽裕，她心便又动了，便找了个晚上，把这想法和曾布说了。没想到已躺下休息的曾布，听了这话，一下坐了起来："万万不可动买房的念头！"

魏玩不解，侧身睐眼问他："朝廷鼓励民间买卖，为何吾家不能？"

曾布正色道："鼓励民间买卖不假。但我随宰相变法，已得罪无数守旧之人。有些谏官，恨不得掘地三尺找我的证据。多少股肱大臣都还在租房住，若我买了宅子，明天污我贪污的札子还不飞上天去？"

魏玩自入京，看到的，多是曾布的风光。虽然心里也替他担心，但眼见他职位越升越高，难免将担心慢慢忘了。现在听他这样一说，方才知道，连他私下买个宅子都暗藏着这么大的危险，不禁打了个寒战。

曾布见魏玩脸色发白，知她吃惊不小，便揽了她，轻声道："我来汴京不过三年，根基还浅，买房只能再缓几年。道辅这房子，我们按月付租金就了。"说到这里，停顿片刻，拿回胳膊，抬眼看看魏玩，正色道，"我们已阖家团聚，那些闺怨词，不要再写了！"

魏玩心忽地向下沉去。她自与曾布团聚，又被安国姐夫一通辱骂后，已好久没提笔，更别提闺怨词了。今日曾布一脸严肃，想是外面又有人说道，且这外人怕不同一般，便不安地望着曾布。

"近世妇人能诗者多了。仅王丞相家，从夫人，到众女儿，无不出口成诗，但都只吟风诵月，更少让外人知晓。我等变法之人，就如同置身于风口浪尖上。些许小事，能藏的，还是藏掖着，免被同僚取笑。"

魏玩听了，沉默不语。

她又有孕了。朱夫人知道后，告诫她道："你身子也重了，再不可与似锦几个出去胡混，小心动了胎气。"魏玩哭笑不得，只好待在家里，闭门不出，专心养胎，到了熙宁四年年底，诞下一名男婴，取名缲。

缲儿是曾布的第三个儿子。生他时，正值曾布春风得意，家里宾客盈门。曾布平日公务繁忙，颇不耐烦这些应酬。但朱夫人又早早发下话来，这缲儿自一怀上，曾布就升迁不断，可见缲儿命格非凡，不得拒了他人祝福的美意，那是拒了曾家的福气。曾布叫苦不迭，但母命难违，只有硬着头皮。亲朋故旧同人，俱来贺弄璋之喜，少不了有诗词唱和。魏玩身为女主人，早晚应酬，名气便也一天天大了。

转眼缲儿已过百日。天乍暖还寒。这日，魏玩正在后院赏花，忽然看见柱子指挥下人在往家里搬一筐筐蔬菜，意识到寒食节快到了。这个节，厨房须断火三日，只能吃冷食，故家家户户都得提前准备好过节食物，即谓"炊熟"。她正想看着都备了什么菜蔬，门子来报，似锦着人送了便函。魏玩打开看，原来是邀她清明节外出踏青。

大宋的清明、寒食两个节紧挨着。每逢清明节，除祭祀祖先外，还有一习俗，便是和朋友一起出游踏青。魏玩困在家里快一年了，见了"踏青"二字，直觉得眼前桃红柳绿。当即写了回函，让下人带走了。

踏青的日子到了，魏玩一大早就起来，给婆母请安，告假，又吃过早饭后，便带了两个大点儿的孩儿，以及乳娘、侍女出了门。走到街上，见沿路店铺大多关门打烊，人流如织，俱往城门涌去。

似锦家住宋门附近，说定了在那里碰头。魏玩到时，似锦、芳树几个已在那里聚齐，见她来，打个招呼，便起轿出城。路上又满是行人，另有高大的骆驼，背上驮着货的小毛驴。

走了大半个时辰后，轿子到了东郊一个小名独乐冈的地方。但见万物复苏，满眼苍翠。地上的野草，换上了新衣；不知名的野花，绽开了笑脸；无数蝶儿、蜂儿嗡嗡其间；柔柔的风，不时将那花香一阵阵吹来，真令人心旷神怡。

似锦因组织这次活动，自然前前后后地操心。她在一个小山丘后面，觅得一块地势平坦的地方，便令人从轿里取出一卷土黄色的毡布，抖开，铺到地上，又抱出一个轻便的掐丝盒子来。

几个人陆续下轿，先叙了旧。芳树因没见着子衿，便问似锦。似锦把嘴一撇，大声道："别提她了。崔龙平好几次攻击变法，还骂张英，我们两家翻脸了。"魏玩心里咯噔一下，马上想起曾布那晚说过的话。

芳树的丈夫前年刚出任海州通判，她也年前刚探夫回来。魏玩忙向她打听海州的故人，不料她一个也不认识。又问她对海州的印象，芳树一脸愁苦："那个鸟不孵蛋的地方，不知当年曾知诰如何待得下去？还想上门请教则个。"

采薇的丈夫太学已毕业，新放了外任。似锦打趣她："你家那位胆小鬼不是不让你和我这个新党娘子玩吗？"采薇红着脸，辩解道："他没这样说。没这样说。真没……什么党不党的，我只晓得亲戚姐妹……"说完往远处去了。

说了一会儿话，天渐渐热起来，几个人便将外衣脱掉，找枝头挂。魏玩生育不久，不敢着凉了，就从轿内取出一件品蓝纹锦比甲穿了。采葛和文柔见她身子比过去圆了些，但举手投足，倒显雍容富贵，就相互挤了个眼，一个轻声："丰肉微骨。"另一个接："硕人其颀。"说完掩着嘴嘻嘻轻笑。

魏玩挂好衣服，回转身，见众人看她，想着在家里被困一年，就摇头感慨道："可怜我们妇道人家，一年四季，不是生孩儿，就是养孩儿。好容易赶上个节日，姐妹们难得一聚，可不能辜负了。"

众人听了，都点头称好，只有采薇站在远处的一块石头旁，举托着个什么，身体一动不动，嘴巴一张一合。众人使个眼色，悄悄围过去，见她手里举着一朵小黄花，迎着阳光，眼波柔柔，嘴里嗯嗯呀呀哼曲儿呢。仔细听，竟是柳永的《抛球乐》：

……戏彩球罗绶，金鸡芥羽，少年驰骋，芳郊绿野。占断五陵游，奏脆管、繁弦声和雅……

众人乐了。文柔边对着她大叫一声："哟哟！哪家少年驰骋在绿野上？"边伸手去挠她。采薇惊醒，一下跳了出来，就往挂着衣服的树下躲。文柔窜过去追她，采薇便在衣服间钻来钻去。其他人乐得看热闹，只见一枝苍苍的老树下，几件茜红的、靛蓝的、墨绿的、浅驼的、嫩黄的外衣被她二人撩得摆来摆去，老树仿佛也受了感染，欢快地扭起身来，益发将那五彩的衣衫摆成了不同的形状，活生生一幅《春日晒服图》。再看满是绿草的地上，一条砖红长裙在前快速移动，一条雪青绣花长裙在后追赶，不一会儿采薇便气喘吁吁，蹲在地上求饶。众人笑成了一团。

似锦笑够了，方接着道，以挂衣服的大槐树为中心，各家先携孩儿、丫鬟婆子四处玩玩，但不得超过一个时辰。一个时辰后，在树下集合，吃炊饼，饮酒，投壶。说完，打开了那个轻便的掐丝盒子，从里面取出一个青铜浮雕螭龙纹的双耳壶，一捆刻着古朴的花纹、首尾两端呈圆弧状的竹箭来。众姐妹见了，不禁眼波闪烁。

一个时辰后，几个孩儿还被乳娘带着在附近玩，众姐妹均回到了指定地点。该进餐了。似锦的贴身丫头小素当了"司射"，给每人发箭四支，并讲了进餐的规矩：各人在离壶七箭远的位置投掷，每一支投不进，罚酒一杯。四支箭投完为一局。比赛一共进行四局。

就有人跃跃欲试。"只晓得投壶好玩，我还没有试过哩！你们先投，我围观。"采薇想往后退，采葛却将她一把拽住，瞪她道："快别说丢人的话了，钱家也是官宦世家，难道连投壶都不会？"

子衿不在，几个人中就数魏玩年龄最大了。她见采薇羞涩，便解围道："还是从大到小吧。我先来。"说完走上前，手朝小素一伸，四支箭已在手中。她陪祖母、母亲玩过投壶，在抚州也和婆母、妯娌玩过，手熟着哩。只见她在七箭远的地方站定，眯了眯眼睛，右手举起箭试了试，手腕缓缓往后，再猛然发力，箭脱手飞出，又稳稳地落入壶口，一连四支，两支在壶嘴中间直直站了。

众人见她动作潇洒利索，都拍了手齐齐叫好。忽听山坡上一个男人的声音："好优美！需要配乐吗？"

众人骇了一跳。一齐回头，却见十几步开外，一个青色幞头、灰色直裰的圆脸中年男人，正抱着膀子站着。另一个歌女模样的窈窕妇人，揽着一只琵琶，站在他身边，一脸羡慕地朝这边打量。适才因距离远，加之大伙儿注意力都在投壶上，倒没注意有人在看热闹。不过这踏春时节，城中人蜂拥出动，陌生男女相遇，并不以为奇，妇人也不必回避，所以众姐妹相互看了看，并不理他，继续投掷。那人站了一会儿，见无人搭理，也不在意，哈哈笑着去了。

魏玩投完，采葛也拿了箭，站好，踮着脚，向前倾着身子，却未想用力过猛，箭嗖地飞越壶口，栽到前面的地里。众人哄堂大笑。采葛脸红了，小心起来，手下减了力气，却听"当"的一声，箭还未挨着壶口又落到了地上。

采薇得意了，细声细气地逗采葛："堂姐，不是老手吗？怎的投不准了？"

采葛红了脸，额头已渗出了晶亮的汗珠儿，也不还嘴，只迈开步子，比画了一下站立处到壶的距离，又站定小心投出一箭。这支不偏不倚，稳稳从壶口中间落进。再投一支，微斜着落下，和上一支靠在一起。众人喝起彩来。小素将数记了。

芳树上场。芳树刚到而立之年，但她本来骨架大，又爱睡懒动，越发看着胖，胸前鼓起老高。她先扭了扭腰，再踮起一只脚，做个金鸡独立，然后一扬手，连中两个目标，不免得意起来，要来个花样投壶。只见她身子微微往后仰，一条腿向前踢出，与此同时，胳膊伸得长长的，用力一扔，却听"当"的一声，壶受惊一般乱晃起来。原来因用力过猛，壶差点被击倒。众人见她细细的脖颈，滚圆的身子，适才一条腿又没将身子撑住，差点摔倒，和这摇晃的壶倒是极像，又见她先扬扬得意，不过瞬间，又呆若木鸡，还兀自不解地上下打量着自己滚圆的胳膊，全都笑滚在了地上。

四轮玩下来了，小素公布结果：魏玩罚酒六杯，似锦和芳树各罚酒八杯，采葛罚酒十杯，采薇和文柔各罚酒十一杯。芳树听了，二话不说，将酒端起来就吃，才饮了四杯，脸上已红成醉虾，和身上的衣服一个色儿。众人又要笑，却见她将酒杯一推，叫道："什么酒，这么厉害，我不吃了。"似锦笑嘻嘻地看着她："这可是樊楼的玉尊，平日想吃都吃不到的。比赛讲定了的规矩，哪能想改就改？"说完斟了一杯，往芳树嘴边去喂。

芳树没奈何，只得接了，皱着眉头嗅嗅，吃苦药一般饮了。刚放下，一杯又递到嘴边，便嚷了起来："怎的还不让吃口菜？"魏玩忙递了一块饼与她。芳树已有些晕了，嚼了一口饼后，翻了个白眼："这不过是死面疙瘩，哪里解酒？"说完叹着气又饮了一杯。

采薇细心，已看出似锦今日带来的酒杯比寻常大了，便推说自己身体不适。但众人哪个依她，都道规矩面前，耍不得滑，只好咬着牙，就着炊饼，饮了一杯。金兰汇中，她最年轻，又长得标致。带孩儿的众婆子见她眉眼如画，衣着华丽，恍若神妃仙子一样，早偷偷拿了眼睛觑她，此刻已三杯下肚，还被人连连催促，更关心起她来，皆伸长了脖子来望。

因在外游玩，吃的食物都是冷食，又多是饼子、果子之类，并不下酒。魏玩便叫来疏帘，耳语一番。疏帘快步去轿里取了一壶月英醉，又取了一壶酒，又去轿里拿了一个小火炉，放在那槐树旁边，加了炭，迎着风，一霎时就把酒煮得翻滚起来，香味到处飘散。姐妹们见了，更兴奋起来，管他罚没罚的，俱端了那酒来品，觉着清香扑鼻，美味滋心，比之前冷饮要好上百倍。

魏玩见这样喝，怕有人吃不消，便建议能否换个方式——现场作一首诗，或一首词，可抵五杯酒。

似锦点头答应，见芳树脸已红透，便将她的酒杯收走，让她作诗代替。未想到芳树却猛地抢回盅子，头一仰就饮了，又连饮四杯，然后放下杯子，擦了嘴角，睁大眼睛，轮流从每个人的脸上看过去，像要讨大人表扬的孩子一般。众人先替她担心，现见她星眸粉脸，娇憨中现出顽皮，俱又大笑起来。

采薇和文柔两个，一个十八，一个二十，都酒量有限，各作了一首诗抵酒。

采薇咏出一首《绝句》：

> 士悲秋色女怀春，此语由来未是真。
> 倘若有情相眷恋，四时天气总愁人。

大家又拿她打趣。

文柔拿了柄竹箭在手。她低头思忖片刻，就吟出一首《七绝·咏竹箭》来：

> 刚直不阿笔挺身，缘何断节入风尘。
> 离弦之箭驱邪恶，本色当行保率真。

魏玩仔细听了，暗暗叫好，不由得将文柔多看了两眼。她看文柔时，文柔也正看她。四目相对，心领神会。

第十二章
团　聚

　　熙宁五年，变法已整整五年了。朝堂上下，反对声未减，官家变法的决心亦未减。曾布勉力，事事留心，发现全国多地的财政账册数年都未整理，不禁愕然。想着王宰相率领众人，既要呕心沥血谋划，还得唇枪舌剑激辩，到了下面，账目却一塌糊涂，又无人审计。这样见不着变法的成果不说，再被有些心术不正的官员饱了私囊，却反诬新法不良，又哪里说得清？遂奏明官家，建议各地财赋均用统一账册登记，计算考核各州收入、支出、消耗等情况，再由专门部门审定。圣上赞同，着曾布检正中书五房公事，整顿全国账籍。这样一晃两年，到熙宁六年四月，天下账籍详定，笔笔清晰。圣上大喜，赐曾布银绢三百匹，又多次加封。宠信之下，曾布忙得只恨无术分身。

　　魏玩也没闲着，婆母、孩儿，还有金兰汇。到了阳春三月，金兰汇又约着一起到城南的王家花园去赏花。这次去，除了采葛、似锦外，还有孟钿和灯影。

　　魏玩这是第一次见到她俩。孟钿是似锦婶娘的养女，姓孟，单字一个钿。她细挑身材，容长脸，丹凤眼，举手投足病恹恹的，似锦私底下叫她"灯草美人儿"。灯影姓张，是似锦大舅连襟的侄女。她玲珑身材，圆圆脸，小山眉，杏子眼，不过二十二三，头上插了一堆花，香气扑鼻。她一见魏玩，就夸张地朝她胸前靠过来，嘴里撒着娇："好姐姐，等你多会儿了，怎的才来？"

魏玩来不及反应，一下僵在那里，由着她在胸前靠了一下。正诧异，见她将右胳膊向上一伸，烟霞色珍珠扣对襟长衫的阔袖就落到肘部，露出白净红润的手臂来，然后左手一拨拉，一只浮雕着花纹的金手镯便褪了下来，接着将手镯递了过来："我一见姐姐就喜欢。这个送给你。"魏玩更摸不着头脑，哪里能要。灯影却冲她神秘地一笑："我们还是亲戚哩。老鬼的侄女美茹，与德洁是妯娌。你论论，是不是？该怎么叫？……"

魏玩听得稀里糊涂。美茹是王安石的弟弟王安礼的娘子，与曾布的三姐德洁是妯娌。这样算，与自己是平辈不错。但老鬼是谁？与灯影又什么关系？不明不白的，她怎能收别人的礼物？遂客气地将灯影的手拦了。没想到灯影竟生起气来，一转身，就将手镯狠狠掷到了地上。慌得似锦和采葛赶紧去捡，又在灯影背后冲她连连打手势，让她收下。弄得魏玩哭笑不得，勉强收下。后来似锦抽个空子，对她耳语一番。她才知灯影说的"老鬼"，竟是她曾经的姐夫、今日的夫君沈括。因她姐姐病故后，爹爹逼她嫁给姐夫。她虽然大闹半年，最后还是无奈嫁了，但人前人后皆大呼沈括"老鬼"！

魏玩听了，心里一颤，马上想到了德克。原以为只乡下才有姐妹填房的陋习，没想到汴京的官宦家庭也这样。如此看来，妇人的婚姻除了父兄之命外，还得加上姐姐之寿了，真可悲也！这样想着，再看灯影，心里便多了几分怜惜。

王家花园是采葛母亲的三太叔公王希逸的宅子，位于汴京道德坊第一区。王家在宋初还算显赫。王希逸的父亲王显，是太宗时的枢密使，这处宅子便是当时皇上所赐。虽说王希逸以后，后代不显，但毕竟是曾经的显宦，气度尚在，园子里遍植鲜花，更有名贵的牡丹，魏紫、姚黄、白雪塔、酒醉杨妃等，无不色泽艳丽、花形饱满，艳压群芳，是汴京首屈一指的赏花胜地。

王家花园并不对外开放，只供至亲好友及馆职词臣，或名公巨卿游玩。采葛便早早去与主人、远房表兄王械讲了。王械见是表妹来求，又是一群贵夫人来玩，更有曾巩的弟妹魏玩，当即满口答应。说定择个日子，一个男人也不让进，备好果子和香饮，随她们玩，但须一人作一首诗留下。

王家花园果然名不虚传。几个夫人在园中穿行，但见满园春色，姹紫嫣红。这一块地翠竹夹路，石子墁路，那一块又青树翠蔓，蒙络摇缀。远远地，听到水声潺潺，走近，一小假山赫然在目，顶上萝薜倒垂，水上落花浮荡。放眼整个院中，但见牡丹、芍药，叠锦铺绣；海棠、木香，堆霞砌玉；白梨红杏斗芳树，紫荆绿梅争绚烂；木笔花、杜鹃花、金雀儿花，夭夭灼灼；含笑花、凤仙花、绣球花，巍巍颤颤，早已目不暇接。又有园丁给她们介绍了长在茄根上的牡丹，枯梅上的桃枝，以及养在靛瓮中的莲。园丁介绍："这样折腾后，牡丹夏天开花，色紫，桃花冬天开花，色艳。莲养两年后，呈碧色，若用栀子水浸它，就又成了黄色。"姐妹们听了，个个赞叹不已。

这样游览了一会儿，过来个梳着冲天髻的中年婆子，将众人引到芍药花荫下小憩。

这花荫有五尺见方，木板铺地，四角用了柱子，将花架撑起，上面架子上几百朵芍药开得正闹，香气淡雅，沁人心脾。柱子间，又悬了竹帘，半垂半放，与花圃亦半隔半离，真是古朴清雅至极。

众人往花荫下去了，见那里一张宽大的桌子上，备好了笔墨纸砚。各人便按之前讲定的，作起诗来。不大一会儿，俱写好了，但又都将纸

暗夜中的怒放

卷了起来，不让最先看。

采葛是半个主人，无奈只得将诗拿出来。大家见她作的是首《春游王家花园》：

> 仙葩阆苑觅红黄，次第庭园曲径香。
> 巧手素心织丽锦，闲居妙处作诗王。

知道她有借诗谢表兄之意，便一齐夸她作得好，唯灯影翻了个白眼，坏笑道："当朝诗王，不是欧阳永叔和苏子瞻吗，啥时姓王了？哟！是你表兄就这样吹捧？莫非心里只有表哥？"把采葛说了个大红脸，扬起粉拳就要打灯影。她夸张地尖叫一声，一猫腰，就躲到魏玩身后去了。

再看似锦作的，是首《观海棠》：

> 含苞灼灼露华浓，忍对海棠娇俏容。
> 昨夜挑灯终有伴，天姿月下喜相逢。

采葛笑道："哪里来的昨夜？还觅诗书，不妥。罚重写一首。"似锦急了，将纸一卷道："管我昨夜还是今夜，看我平仄不错就行了。"说着不再与她纠缠，要看灯影写的。竟是首《蜜蜂》。

采葛先笑了起来："表哥这个园子名贵花草百种不止，怎么你眼里就只有嗡嗡叫的玩意儿？"

灯影白了她一眼："花是名贵，可有什么好，要人日日殷勤伺候不是？不如蜜蜂，自己勤劳酿蜜，供各位夫人尝，未必不该写？来来，我念了你听，看看哪儿写得不像？"说完自己一板一眼地念了起来："几分执着几分狂，出入花丛底事忙。莫道痴情天下少，辛勤酿蜜世人抢。"

众人听了，俱大笑起来。魏玩笑得全身发软，感觉自己一下子喜欢上了灯影。

孟钿不喜诗词，却爱绘画。早有人给她准备了画笔、各种颜料和纸张。刚才大伙儿动笔写诗时，她也画上了。大家去看，一张四尺见方的纸上，不过寥寥几笔，却依稀能见着一个山石树木、楼阁房屋俱有，远近疏密有致的园子，不由得赞赏起来。

采葛道："会画画还是比会赋诗好。苦想了半日，不过吟得出四句，还被人贬了，说格局小。看这，不过几笔，却是全局了。"灯影听了，扮个鬼脸。

大家又一起去看魏玩写的，是首《咏牡丹》。

采葛先笑道："好一个'空传三首清平调，哪有千年富贵家'！这一句就出人之上了。"又看下面道，"岂免风翻兼雨打，休劳铃护与帷遮。美人粉黛终黄土，仙子衣裳漫紫霞。悟到镜中真是幻，世尊何事笑拈花。"

众人齐声叫好。采葛道："果然有气象，不过也有些悲凉。总的来看，还是这首为尊。活泼可爱，却是灯影。似锦今日落第，要受罚。"似锦不服，回她嘴道："那笔下一味奉承表哥的怎么说？"众人俱又笑了起来。

正热闹，王夫人带了几个俊俏的丫鬟过来，欣赏她们的诗句。应酬一番，众人告辞。大伙儿意犹未尽地走出王宅，临分手前，灯影突然问大伙儿道："哎！我听说子衿姐姐才在春明坊买了宅子，还是个二进的。什么时候去看看？"

众人听了，俱愣在那里。春明坊是汴京名臣显宦聚集的区域，向有"汴京第一街，风流天下闻"的美称。

片刻静寂，采葛讥笑道："春明坊的宅子？这下她可真阔了！崔龙平就是个鄞州乡下人，穷得叮当响，只不过学问做得好，中了进士，三姨父这才榜下捉婿。乡下人会观风向呀，千方百计投到旧党阵营，升了开封府的签判。你们看看，才几年，竟买得起春明坊的宅子了……"

"别这样。人家置业，未必就是贪来的钱。你夫君是五品的知州，薪俸比他签判高。其实你也可以买一处的。"孟钿替子衿辩解道。

采葛一听恼了，冷笑一声："哼，这真是混账话！我说他贪污了吗？谁不知道春明坊的宅子，不会低了三千贯？难道你让我全家嘴都扎起？对面锣，当面鼓。我还是纳闷，五品的知州都买不起，他家是靠什么买的？"

…………

魏玩听她们争论，心早飞远了。她心里一直渴望买个宅子。除了自己的宅子住着踏实外，还谋划着将来即便曾布到了外乡，她依然可以在汴京生活。但始终没落实，一是曾布反对，二是所需银钱巨大。现在听说子衿买了房，心再次动了。第二日，趁下午得空，就叫了雪梨，往春明坊去看。

魏泰这个宅子在小纸坊巷里。小纸坊巷位于城南，离朱雀门不远，左临天街，右临从大相国寺向南延伸出来的街道，街上五行八作，店铺林立，也是个热闹地儿。小纸坊街笔直向东，过了马道街后，有个小寺三圣庵，从寺折向北行约二百来步，便是汴京赫赫有名的春明坊了。

魏玩由雪梨陪着，将到春明坊口了，突然刮起了狂风，接着下起雨来。风雨交加，行走艰难。二人只好躲在巷口的乌木牌坊下避雨，听见风把三圣庵的铃铎吹得叮叮乱响。

牌坊后面就是春明坊了。魏玩缩着头，撩了帷帽，远远打量。一条青石铺成的街道，向里面曲曲延展，两边屋皆瓦葺，楼门相交，肃穆庄严，隐约可见院墙上探出的丛丛修竹。因下着雨，牌坊外行人匆匆，这坊里却悄然无声，井然有序，仿佛另外一片天地。魏玩怅然若失了好大一会儿，见雨下得小了，便往回转。快到家门口，碰见魏泰一只手挡着头，左腋下挟了一卷纸，正匆匆跨进院门，忽然有了主意，便让雪梨叫他半个时辰后到后院偏厅里说话。

魏玩刚换好衣服去到偏厅，魏泰也掐着点来了。魏玩等他坐下后，问道："你常在四处逛，可知道哪里有合适的宅子要卖？"

魏泰见姐姐略带愠色，又说出这话，慌了："住得好好的，怎忽地想起来买宅子？是我哪些地方做得不对，姐夫多心了还是怎的？"

魏玩见他虎背熊腰，平时又大大咧咧的一个壮汉，这会儿为句把话竟惊慌失措，不禁觉得好笑，便将自己的打算细细说了。

魏泰听完，两眼放光。他一拍双手："可巧了！有一座真正的好宅子，现等着卖。"原来，城东左军第一厢延和坊有个宅子，主人姓加字禄，蜀中人，在汴京经营质库多年，家中银钱满囤，妻妾成群，却无人生下一男半女。去年夏天加禄在外和友人玩耍，因吃多了酒，回来后心狂跳不止，没两个时辰就没了，四五个妻妾为争家产，闹得鸡飞狗跳。正牌娘子一气之下，悄悄托了罗霄，愿将宅子卖了，换成银钱回蜀中娘家。因怕夜长梦多，急着出手，价便喊得不高，只要四千贯，家中所有家具、陈设全部留下，一样都不带走。

魏泰在汴京四处玩耍，之前也跟罗霄到过加禄那里，这时便将宅子结构、陈设一一对姐姐说来。说是三进的宅子，几十个房间，收拾得都很典雅，且小桥流水、假山、藕池、亭台、花圃，一样不少，在整个延和坊，找不出第二家。

魏玩听魏泰说得画儿一样，动了心，晚上便与曾布说了。

未想到曾布还是反对："不消再提这茬。宅子重要，还是我前程重要？"

魏玩听他还是那话，笑得背过身去："上次你也这样说，两年过去，眼见得圣恩逾浓。何故要吓唬自己？连那大名府一个小小的签判都能在汴京买房，你并未贪污，怕谁查？"

曾布听了，一把将魏玩扳了过来，死死盯着她，急切道："娘子万不

　　　　　　暗夜中的怒放

可存此念想！岂不闻三人成虎，众口铄金？如今反对变法之人，视我等为眼中钉，处心积虑，也要拉我下马。我若中箭，不独全家遭殃，相公亦受掣肘；相公受掣肘，则新法危；新法危，圣上一片心血……"说到这里，竟似哽咽起来，再也说不下去。

魏玩听了，几欲晕倒。外人只见曾布皇恩浩荡，哪知处处都是危机，且牵一发而动全身。她颤着手，抚了抚自己扑通扑通乱跳的心，无力地倒头睡了。

魏玩自在汴京，见识了街市的繁华、人生的富贵后，便常常想起祖母和爹娘。当日上门提亲的何其多也，若不是祖母坚持，爹娘开通，她哪会有今天？原来在抚州，关山阻隔，见一面不易；现在搬来汴京，离襄州不远，又进了冬月，不如将祖母和爹娘接来汴京过年，全家团聚，也好解相思之苦。她将这想法同魏泰讲了，魏泰拍手叫好，第三日便约了个襄州的行商，一道南下了。

一个月倏而过去，到了腊月初一了。魏玩因身孕已重，这日正躺在床上将息，忽听雪梨报老夫人一行到了，赶紧起身，头也未梳，只将衣服扯了扯，就由雪梨和两个丫头扶着，往大门去迎。出了大门，祖母、爹娘俱已下轿，祖母正颤巍巍地站着，一个小丫头正帮她轻轻捶腰。

魏玩呆呆看着。她与祖母、爹娘已整整十六年未见。那年走时，祖母六十不到，腰身还直；爹娘刚年过不惑，还一头乌发。但眼下，祖母腰弯了，成了一张弓；爹娘头发俱白了，像染了霜……当下心里一酸，泪水滚滚而出。

老夫人在轿里颠了许多天，早就晕得一塌糊涂。正老眼昏花，恍然间一个珠环翠绕的夫人走到面前，呆呆地看她，一下认出就是孙女，忙紧紧将她抱了，泣道："玩儿——玩儿——"

在场的人都高兴得流泪。柱子和雪梨赶紧拜见老夫人和庆襄夫妇，然后将他们带进房中。仆众俱知来者是主母的祖母、父母，无不恭恭敬敬地过来问候，又麻利地收拾出住的地方，还又是插花又是焚香，弄得妙音连说过了。晚间，绽儿几个从学堂回来，魏玩带着他们，一一拜见太婆、外公外婆。老夫人看着几个花团锦簇的外重孙儿，笑眯了眼。

自第二日起，魏玩便令魏泰、柱子两口子陪祖母和爹娘上街去逛。大宋立国后，汴京有个传统，每年从腊月开始，以州桥为中心，向四面八方辐射的几条街道，如天汉桥街、临汴大街、马行街、潘楼街、桃花洞、炭巷等，两侧均搭起棚屋，作为临时卖场，连宣德门外御街两侧的千步廊上也这样布置，陈列着冠子、幞头、衣衫、裙袄、领抹、花朵、珠翠、头面、匹头以及鞍辔刀剑、书籍古董、时果腌腊、鲜鲊熟肴等各种商品，吸引着成千上万的顾客，每天都挤得水泄不通。

老夫人和庆襄夫妇从没有见过这么热闹的景象，每日里随着那人流，看满街的酒楼、旅舍，看五花八门的鲜果、玩具，并不觉得饿。因到处都有吃的，王天记馒头、付嫂子鱼羹、邓婆婆肉饼、胡家羊饭、刘二乳酪……柱子两口子照顾得又极仔细，这样尝尝，那样品品，他们仨直笑话自己比两岁的小儿还馋。

青杏早已是厨房总管。主子们从襄州来，她不知如何亲热才好，便日日安排上街采买新鲜的食材，只等着过年时好好露一手。

魏玩有孕，原算着日期，该是腊月十几落月。谁想肚里的孩儿是个急性子，客人们才到几天，就急急忙忙地出世了。晚上祖母几个从街上逛了回来，家里已多了一个小人儿，把老夫人欢喜得，直说自己享福到顶了。

三十团年更是热闹。阖家大小十几位主子，皆簇新衣裙，围了一大桌，旁边又傍了一小桌，由季雅带着弟弟妹妹坐。青杏有心要露一手，准备的丰盛的吃食，勿说祖母，连魏泰都惊呆了。先上了六种鲜果：香橡、真柑、石榴、帐子、鹅梨。接着是正餐菜，上了六轮。第一轮，开胃小吃六样：山脆、雀酢、黄瓜咸齑、蜜笋花、雕花梅球儿、银鱼牡丹玲珑酢。第二轮，佐酒菜十样：山煮羊、酥黄独、胜肉缺、胡萝卜鲜、牡蛎炸肚、炉焙鸡、满山香、酥骨鱼、姜醋生螺、拨霞供。第三轮，插食五样：润兔、梅花鸡、炙羊肚、炙炊饼、粉煎骨头。第四轮，果子六样：脆枣、红丝梅、花生蘸、酥桃仁儿、柿子肉饼儿、雕花红团花。第五轮，从食四样：玉蝉羹、菊花汤饼、薄皮春茧、笋燥齑淘。第六轮，甜品两样：水晶皂儿、樱桃奶酪。中间还有两个盏子，每盏又两个菜：奶木瓜、乳猪肚一盏，鲜蹄子脍、炒虾一盏。青杏一身新衣，站在桌边，从传菜的下人手上接了菜往桌上放，边放边报菜名，把桌上摆得五彩缤纷，香气扑鼻。孩儿们也是花红叶绿的一桌。惊得老夫人连声道："老天爷，太糜费了。"

魏玩虽没满月，也一起坐了，听了这话，便对几位长辈道："一家人十几年才团聚一次，况且这是在汴京里过年，便多几道菜也是应该的。魏家能在汴京团聚，说到底还是祖母的功劳。"说着又冲曾布一笑，"一家人能有今日，也全靠子宣。"说完，以奶酪当酒，给长辈一一敬到，又特意敬了曾布一杯后，仍去床上躺着将息。

青杏瞅见魏玩走了，便压低声音，神神秘秘道："也不知今儿这菜，合不合主子的胃口？不过吃不好也不打紧，十五樊楼还有一顿弥补。樊楼……"说到这里，突然抿嘴笑了起来，再不说了。

庆襄久在官场，早闻樊楼的大名。祖母听青杏说完，心里纳闷，快快道："我们几个这次来，让你们花费太大。烦了就不走远了，巷口看一下就行。"缒儿和缨儿发觉太婆将"樊楼"听成"烦了"，想笑又不敢笑，就挤个眼，然后你撞我一下，我撞你一下。魏泰哈哈笑出声来："可真是个会对对子的老神仙。不是烦了，是樊楼，一个大酒楼。樊城的樊。"祖母听了，眨巴两下眼睛问魏泰："哦。我们樊城人开的？"只听扑哧一下，魏泰刚喂进嘴里的一块鹅梨险些喷了出来，被他慌忙用手捂着嘴，然后勉强哽着脖子吞下，也顾不得憋了一脸的眼泪，撑着额头狂笑："老神仙。老神仙。"曾布听了，也耸着肩膀笑个不停。

这就到了正月十五。纤儿已满月，魏玩身体恢复得也好。她本是个细长身子，骨架匀，肤色又极好，也不过三十五岁，所以虽然生了几个孩儿，稍一收拾，看着也还年轻。她因晚上要带全家去观灯，便早早让芙蓉替她打扮起来，戴了喜爱的玉兰花冠，着了件宽松的直身油绿衣裙，外面罩件华丽的银狐斗篷，俟到申时将近，便带着祖母、爹娘、魏泰、季雅几个以及四五个下人，浩浩荡荡往樊楼而去。

樊楼在皇城东南方的土市子街上，号称东京七十二家正店之首。它并非一幢单独的楼，而是五座呈东西南北中排列的，一模一样的三层庭院式的楼阁连为一体的楼阁群。整个建筑灰瓦青砖，雕梁画栋，陈设富丽堂皇，古朴典雅。它的底层是散座，二楼到三楼，每层都有几十个大小不同的阁子，供达官贵人或富豪们预定，或宴饮乐情，或登眺街景。在这里看街景，之壮观之繁盛，王安石有诗：日边高拥瑞云深，万井喧阗正下临。

魏玩带全家去时，底层已坐满了人，把上楼去的路都堵了。一群头戴方巾、着青色襕衫的太学生正在那里纵情谈论。他们皆青年才俊，又意气风发，见人遇事，总爱褒弹个不停。

一太学士突然瞥见明艳照人的魏玩走过，便放肆地称赞起来："好个有韵致的妇人！"

话音一落，所有太学生的目光皆投向了魏玩一行。有个眼尖的，认出是魏玩，急忙举起食指嘘了一下，对大家道：

"这是北宋第一女词人，可不能胡言乱语道。"

"谁封的第一？不过几首闺怨词，净瞎吹。一个妇道人家……"

"刘仁兄啊，我们都是太学生，对当今文坛思潮悉数掌握。她这称号，还要谁封？除了她，还有哪位妇人的词被公开传唱了，而且不止一首？况且，写丈夫宦游，自己孤单，相思，恨景，盼归，把词作为妇人表达情感的工具，在她之前可曾有？这是对现今词体的一大贡献吧，只怕将来影响深远。"

那人语塞了，片刻，问道："……那你如何识得？去过曾子宣家了？"

"谁耐烦诳你。那日在书肆，遇到她在挑书，好有韵致。待她走后，便找掌柜的问了。嘻嘻。"

"原来如此。"仍有人轻嘴评议，"好个丽人！那曾子宣艳福不浅。"

"这抚州曾家可真了得。先有曾子固的道德文章，后有曾子宣得官家倚重，现在又冒出来个会写词的娘子。真家门有幸……"

魏玩耳边断断续续地飘进了这些议论。她早从曾布口中得知评论人事是太学生的爱好，便任他们褒贬，自己只管扶着祖母，穿过密压压的人群，朝二楼预定的阁子走去。

茶博士伺候大伙儿坐定，很快酒、菜都送来了。酒是樊楼自酿的"玉尊"，菜是"樊楼神仙会"。皂衣皂裤的伙计，端上来一个脸盆大的铜锅子，里面五颜六色，还飘着缕缕香气，又有十几个生蔬碟子配着。妙音定睛看了，原来是个杂烩火锅，分量足够他们吃的了。

一家人边吃着火锅，边朝窗外看。天色分明已沉下去，外面反而更亮了，把阁子里也衬得灿如白昼。庆襄朝窗外瞥了一眼，知道那是万千只灯笼、万万支蜡烛一起在发力。正要嗟叹，忽听街上有异样的声音，似乎有人跑动，又有人吆喝，便干脆不吃了，从窗边朝外探出头去。祖母、妙音和孩儿们也都围了过来，见宽阔的街上，两队身着统一服装的人，已背向街心站好。他们一人手中一根粗大的朱漆木梃，此刻都高高地举了起来，远远看去，一根接着一根，好像筑起两道临时的人墙、木头墙，把挤着、挨着的人群都圈到墙外，空出街中间大段的地方了。

大家从未见过这种阵势，顿时兴奋起来，眼珠儿一刻也不愿错开。

只见六头大白象，两个一排地走了过来。它们的背上披着各色绣垫，绣垫四边悬着金黄的流苏，背上还坐着一个人，正左顾右盼，一脸严肃显得十分自豪。魏玩知道他是负责今晚这场特殊仪仗队伍的官员。

大象缓缓走过，又走过来一长列男人，全都穿着朝服，各人手中举着一块衔牌，隐隐有字。庆襄看了那些朝服，心里一惊，始明白团年宴上，青杏卖关子的内容了，便急忙对母亲和妙音耳语一番。婆媳俩不相信似的，均瞪圆了眼睛。

大象过后是一队骑兵。骑兵全是精心挑选过的，个个仪表不凡。他们一律手执兵刃，显得英武无比。胯下的骏马，则踩着铜鼓敲响的节奏，嗒嗒前进，整齐划一，毫无杂音，惹得街边的观众们欢呼不断，曾绖、曾缫也兴奋地叫了起来。

骑兵队伍走过去，众人的眼前又是一亮，一队队士兵们又擎着红纱贴金灯笼走了过来。灯光被红纱滤过，比晚霞要柔，比朝霞又亮一点，美得让人描述不出，又总也看不够。庆襄估算了下，怕二百盏不止。

一片轻柔的烟霞终于走完，又是几对持玉柄拂尘、玉唾壶的人。陡然乐声大作，一辆玉辇在几十名侍卫的簇拥下缓缓行来。人们首先看见的，是被侍卫高高擎起的一面大旗，杏黄的绫底上，用黑丝线绣出"天下太平"四个大字。庆襄的心要跳出来了，眼珠儿一错不错地盯着玉辂。那里面，隐约可见穿着天子法服的官家，威严地坐着，脸上一副庄重又慈祥的表情。

官家的玉辇慢慢地过去了。各等朝服的官员，随在玉辂后缓缓而行。这是一群朝廷的心腹股肱、宰执重臣，虽高矮胖瘦各不一样，但每张脸上都显着一样的诚恳。庆襄眼眶已经湿润了，平素上司口中那些如雷贯耳的人，如今自己都居高临下地见着了。他正陶醉，一个熟悉的身影一晃，又不见了。他的心狂跳起来，瞪大了眼睛去寻，终于把那人从人群中辨了出来，正是女婿曾布。

玉辇越来越小了，直到完全看不见了，大伙儿才恋恋不舍地收回目光，重新坐回桌边。魏玩也兴奋不已。圣上元宵节上街与民同乐并不年年有，这种盛况，只有少数有福气的人才能看到，不想就让祖母、爹娘赶上了。她兴奋地去看祖母，却发现祖母神色异常，不似往日那般平静，而是一副狂喜的表情，嘴里还不停地喃喃自语："官家，官家。"

一家人慌了，赶紧收拾东西回家。魏玩和爹娘一起，伺候祖母上床去睡。祖母仍然一副喜滋滋的表情，拉着魏玩的手，口中不断喃喃自语："官家，官家。"

魏玩哭笑不得，只得令柱子、曾七速到街上请郎中。但全城万行歇业，皆观灯去了，哪里找得到郎中？姑母的颐元堂也关着。花了大半个时辰，仍是空手而归。

庆襄无奈，只得守在母亲床边，听她喜滋滋地，一遍遍念"官家！官家！"天交卯时，庆襄困得不行，刚打了个盹儿，迷迷糊糊感觉母亲碰了一下他的手，说要回家，便醒了过来，见母亲躺在那儿，嘴半张，眼睛半睁，人平静得像张纸。心头当即滚过一个不好的念头，果然，母亲眼神儿的光，不知啥时，都散了。

一家人听到庆襄大喊大叫，慌忙起床。魏玩跑进来看，祖母只剩最后一口气，见到她，嘴角咧了咧，做出笑的表情，眼睛就慢慢合上了。魏玩抱着祖母，大声喊她，却只感到怀中的身子渐渐冷去。因魏玩刚出月子，妙音怕伤心过度对她身体不好，便要雪梨几个劝她出去，可哪里劝得住。魏玩哭道："都是我想让奶奶高兴，想让她看个稀奇，没想到竟要了她的命……"

母亲劝她："你切莫这样想。奶奶本已是七旬的人了，能来汴京，又看到官家，想吃的都吃了，想看的也都看了，又没受病痛折磨，笑着去的，还要怎的？"魏玩才勉强止了哭，等曾布回来，叫来柱子，一起商量后事。柱子请人算了时辰，议定停灵五天后，由庆襄夫妇和魏泰扶了灵柩回襄州去。

第十三章
失　意

　　熙宁七年，变法已经六年了，朝中局势正发生着微妙的变化。本为官家想做个英明有为的君王，富国强兵，立场变法，但变祖宗之法哪有那么容易？儒家向来崇古，大宋承平已久，经济也还富裕，"越变越退步，越变越亡国"的论调在朝中一向有势力，反对者层出不穷，连太后都在这一阵营，变法派的压力可想而知。偏王安石一遇明主，急求有功，手下人仰其鼻息，不免以严刑峻法来保障聚敛之政。他又性情执拗，护法心切，不允许任何人说新法的不足，这就使反对者愈发反感了。再加上天公不作美，变法这几年，干旱、瘟疫、地震等灾祸频出，渐渐地，官家与宰相之间，也生出嫌隙了。

　　三月二十日，一道手札深夜交到曾布的手上，官家令他绕过王安石，查清市易务大臣吕嘉问有无掊克违法之事。

　　曾布跪接手札，陷入沉思：官家交代，自当去办。此事也大有可为，压制骄纵的属下是其一，还可以得其信任，助自己反制吕惠卿。但要他瞒着王安石，又着实不忍。计较半夜，决定若查证吕嘉问真有不法行为，还是先禀报王安石，再奏明官家。后依此办理。官家不知王安石已先他知晓，喜见于色。曾布暗喜，以为再立一功，却不知一场狂风暴雨，正悄悄酝酿。

魏玩哪知道朝堂上的这些事情。她大多时候都待在家里，侍奉婆母，管带孩儿的功课，抽空也读读书，再乘兴作些诗词。她自到汴京后，诗兴大发，见山见水，见风见雨，俱有兴致，隔几日便会作上一首，书房里的两个库露真箧子，都快装满了。

一日，刚吃过早饭，似锦突然来了。魏玩见她和平日大不一样，这四月天已开始热了，她却穿了件乌紫的厚衣裙，头上胡乱插把玉簪，神情悲愤，再细看，眼中满含泪水，似有大事要发生，忙将她带到小书房。才一坐下，似锦就落下泪来。

魏玩吓了一跳！似锦要强，从来都是笑脸示人，啥时见过她这副模样？正要问，她已大哭起来，边哭边骂："腌臜浊物。吃着锅里看着碗里，没饱足……"

魏玩听了，心里叹了一声，劝她道："大惊小怪了不？天下男人皆这样，哪个不是三妻四妾……"

未想似锦一抬头，泪眼婆娑地反问她："怎么皆是这样？曾翰林怎么没纳一妾？"

魏玩一愣，嘴张了张，不知如何回答。

"你是吃着焦饼说脆话儿。"似锦拭了拭泪，气愤愤道，"谁有你这样的福气？到如今，曾翰林就只爱你一个。全汴京的人都在议论，当今世上，只王宰相和曾翰林两个不近女色，其他皆在石榴裙下转圈，连官家……"说到这儿，猛然意识到不对，把话吞了，眼睛闭上，复又睁开，气还未消，大声道，"由此我就支持他二人领导的新法。那些死守旧法之人，哪个不是妻妾满堂？更有可恶的，家里小妾随时送人，也不管是不是怀了他的骨肉。唉！身为妇人，沦到这田地，死不了，也活不成……"说着说着，又哽咽起来，再说不下去。

魏玩听了，浑身一凛，一只手不由自主地护了肚子，定定地看着似锦。她虽幸运遇到曾布，满心只有她一个，但她自幼饱读史书，眼界开阔，人又聪慧，将心比心，早知妇人之苦，亘古即有，却说不得，也说不出。就拿自己来论，不说别的，仅生育之苦，就受够了。俗话说，儿奔生，娘奔死。自己已死过六次了，还要死几次？不知道。似锦今日将胸中块垒尽皆吐出不说，还上升到新旧法之争上。虽然道理不通，勇气着实可嘉，不由得激赏不已，遂一把握了她的手，轻轻抚摸，房中静寂下来，只听得到两个人的鼻息和心跳声。

就这么静静地坐了一会儿，正要再聊，门子来报，说陈记书肆的掌柜来访，似锦悻悻告辞。

陈记书肆开在城东的土市子一带，当初还是曾布推荐的。魏玩去看，书多不说，质量也上乘，是故这些年就一直在陈记购书。店里若有新的，隔段时间也会主动送一些来让她选。

掌柜四十多岁，中等身材，圆圆脸，圆圆眼，白皙干净。他顶帽披背，给魏玩送来《鱼玄机诗集》、《周贺诗集》、罗隐《甲乙集》各一套让她选，另有两本《述异记》《续幽怪录》，称是他铺子里才刻的，送给她消遣。又说他新雇得一个雕活字的师傅，刀法细腻。现在他铺子的书，一经刊出，就卖脱销。魏玩听他这样说，就信手翻了翻，果然雕刻精美，图文浑朴，印刷匀称，比原来更胜一筹。掌柜见魏玩喜爱，就一脸诚恳道："听说夫人的词甚多，小店也可以帮你刻成集子，保证大受欢迎。"

魏玩愣了愣，旋即笑了。虽然她写了不少，也有一些被传唱，但刻成集子，却从未想过。

掌柜又道："新近在小店刻书的，有真一居士、孙员外……"

魏玩打断他的话："文章乃千古事，岂是人人能刻的！况且哪有妇人刻书的先例？勉强去做，岂不让人耻笑？"

掌柜听了，却不以为然："我朝有刻书的妇人。谢希孟，十几年前就刻过，还是三卷。"

魏玩听掌柜说早有谢姓妇人刻书，颇觉意外，又觉得这名字耳熟，似乎听谁人提及过，便凝神去想，慢慢记起是似锦说过。那次她拿着那个手抄本让自己看，带了一句"效仿谢希孟……"当时自己注意力因在手抄本上，没在意，现在再次听人提及，不由得重视起来。

掌柜见她愕然，知她久居深闺，不知外面的事也是自然，便将谢希孟的事讲了一遍。谢希孟，福州人，好诗歌，三卷分别是《谢希孟集》二卷、《采苹集》一卷。不过这都是她死后，她长兄为她刻的，还请了欧阳永叔作序。

魏玩听了，几乎僵在了那里。自己就住在汴京里，几十年也未断过读书，却不知道此人，真是孤陋寡闻！便想着要把她的书找来读一读。

胖掌柜见魏玩陷入深思，继续劝道："刚才夫人谈到先例，老身倒有一些感悟。所谓先例，也得由人来开。像现在王宰相变法，夫人说是不是在开先例？……"

魏玩还想着谢希孟，听掌柜说到王宰相，心一下就收了回来。细细品，觉着掌柜言之有理！像大宋推倒坊墙，允许臣民节日里通宵玩耍，就是在开先例，更别提变《青苗法》《保马法》那些了。想到这儿，她的脸色柔和下来。

掌柜看了她一眼，接着道："不是老朽说胡话。老朽经营书肆廿年，经手书籍万千，早练就一双鹰眼。谢希孟虽在刻书上拔得头筹，但她是诗集，可以不去理会。夫人所有传唱的词我都收集了，虽是闺阁之作，但身份不同，也有开先例之功。不刊实在可惜。"

魏玩听他这一番侃侃而谈，与曾巩、曾布、张监酒对自己的评价竟有些相似，才知道他肚子里真有些货，就有些信他了，心也有所动。但兹事体大，她得与曾布商量，讨到他的主意，便谢了掌柜好意，称此事晚点儿再议。

曾布最近往荆湖南路公干去了。魏玩自和陈掌柜聊过，如一盏心灯被点亮，就日日盼着他回来。这天，正是四月天气，百花盛开，院子里姹紫嫣红，甚是热闹。她正欣赏，忽见魏泰腋下挟一卷颜色暗淡的纸，兴冲冲地回来了。

魏泰正月才送了祖母的灵柩回襄州。但他因要参加今年开封府的解试，只在家里待了三个月，就又回汴京来了。魏玩见他仍不潜心读书，只忙着交友，收藏字画，着实恼火，便叫住他，冷言道："科举还考收藏吗？"

魏泰这次得了幅珍品，原还想拿回家与姐姐欣赏，猛听到她这样说，愣了一下，也不吱声，转身就走。

魏玩火了，手往旁边的石凳一指："坐下！"魏泰眨巴了下眼睛，只好坐下。

"你也老大不小了。当日诳了爹娘，说进京读书，但你怎么读的书？整日里只忙着到处玩耍。与其这样，还不如回襄州算了，起码也能在爹娘面前尽孝。"

魏泰低头不语。

"不是反对你交友，但哪样事更重要，你须心中有数。魏家一门，只你一个男丁，若不发奋挣个功名，让爹娘的希冀全部落空不说，还会湮没了祖上的名声。"

魏泰仍旧不语，半晌，突然眨巴着眼睛道："当官太累了，你看姐夫，还有王宰相、平甫姐夫……"

魏玩万没想到他对入仕存着这种看法，看来已不是一日两日，难怪对功课不上心。不由更怒了："没功名，你何以自立？"

"大宋百业繁荣，未必一定要做官。罗霄哥哥买卖一套宅子就赚……"魏泰辩道。

魏玩早听说罗霄在生意场上日进斗金，弟弟又能言善辩，这个问题一时半会儿也说不清，便不想就这个问题再争论。不料魏泰停了一会儿，突又补了一句，"官场实在让人不开心！"

魏玩听了，心里好笑。魏泰满日里呼朋唤友，吟诗作赋，哪里见识过什么官场？正要再教训他，却见他一脸沉思状，知这话大有来历，便让他详述究竟。

魏泰先不肯说，等姐姐急了，才迟迟疑疑道："早几年了……那日，丞相才拜了同书门下平章事，我去贺喜……在西庑的小阁，丞相和平甫姐夫都过来坐了。宰相向我打听青苗法在襄州的实施情况，我才说了两句……平甫姐夫就气了，令我住嘴。他兄弟二人就大吵起来……我赶紧劝，平甫姐夫冲我大骂……"说到这儿，突然闭了嘴。

魏玩正专注听着，见他突然缄了口，又忧心忡忡地看了自己一眼，料还有更关键的话未说，便深吸了一口气，问道："他如何骂你的，说来听听。"

魏泰却站了起来，口中说着"罢了，罢了"，人就要往外走。魏玩急了，呼一下拦在他前面，颤声道："道辅，变祖宗之法，确是大事。官员各有考虑，也难说对错。但今日你姐夫受官家和宰相重用，招了多少人嫉恨，不说也可以想象。你我一母同胞，有什么话怎不及时相告？未必要我稀里糊涂，啥也不知，没个准备，最后连几个孩儿都不保……才……"说到这儿，竟有些哽咽了。

魏泰听姐姐言语恳切，不忍再瞒，只好一咬牙："平甫说……说……姐夫误……误惑宰相……变更法令，早晚不得好死……"

魏玩听到这儿，身子晃了一下，勉强站稳。自那日安国大闹家宴后，再没到曾家来了。逢年过节也只三姐带着孩儿来。曾布也再不提安国。魏玩知道，这变法之事，唇枪舌剑均属正常，但安国身为姐夫，说出这话，真恁刻薄，恁毒辣了。

她咬咬嘴唇，长长地吁了口气，不再去恼怒安国，而是转了话题，看着魏泰，语重心长："道辅，你也读这些年书了，自然知道王侯将相的升降宠辱，只在官家的一念之间。像你姐夫这样的，将来如何，也无法预知。他好歹有个正经出身，大宋又善待文官，谅也不会没有饭吃。但你将来怎地是好？纵然无心求仕，但总得想法自立啊。"

魏泰听得，笑了起来："早想好路子了。喏。"说着把手里的卷纸举了一下，接着又徐徐展开。

魏玩一下明白了他的意思——收藏字画，再择时出售。这也还算个文雅的营生！就忙凑近那画去看，却是一幅落款徐熙的《雪竹图》。

徐熙的画，她印象很深，祖母曾收藏有几幅，自己打小就看过，记得有《豆荚蜻蜓图》《花蝶图页》，还有一幅《杏花图》。那时，祖母给她讲该如何欣赏这些画，她似懂非懂，私下觉得，祖母把这画说得如何如何好，但哪有汉江的风景好。不是吗？平日她随长辈出门，坐船过江，看着秋天的岸边，那一簇簇芦苇，头挨着头，连成一片，毛茸茸的，云朵一般，再看碧蓝的江上，雪白的红嘴鸥一下一下地扇着翅膀，叽叽叫着，来回盘旋，像要和人说话一般，可不比画好看得多吗？不过那都是二十年前的事了。时光流远，原来色彩斑斓的诸多往事，都渐渐模糊了，只剩下一些主要的事件，如同刻在脑子里的黑白线条。这样想着，再看《雪竹图》，突然觉得这清素的笔墨后面，其实还藏着许多东西。一想到这儿，魏玩明白祖母当年为何那样夸它了。

魏泰见姐姐专注，兴奋道："大相国寺每月的万姓交易，都有书画。今儿运气不错，淘到了这幅。你给我的房租，都花在这上面了。罗霄哥哥说，不用说一百年，二十年后，价格怕就会翻几个筋斗了。"

罗霄功课不行，做生意倒是一把好手。魏玩知道魏泰与他走得近。原想劝两句，但想着两家本就是亲戚，不让魏泰与他来往，反显得自己小气，便也由他去了。

是晚，躺在床上，魏玩回味着白日弟弟的一番话，竟打了个哆嗦。因为，自三月底以来，曾布每日下朝回家，都锁着眉头，和家人说话也心不在焉。她也想替他分忧，但他却一句话也不愿多说，时间一长，她差不多有些麻木了。今日魏泰一说，她感觉全身被凉水激了一下，清醒过来：曾布这一段时日，心事重重的，定是推进新法中遇到了天大的难题，凶多吉少了。

也正应了心有灵犀那句话。不出魏玩所料，曾布这一次的凶险果不同往日，他变成官家和宰相角力时的一枚棋子了。

原来，自那吕嘉问被弹劾后，王安石护法心切，事发后突然变脸，否认先前曾布所查，说是虚构，泄私愤。吕嘉问趁机反击，篡改案牍，反诬曾布。纷争一出，旧党窃喜：新党内部的分裂已清晰可见，扳倒曾布，犹如砍断王安石的一条腿。恰在此时，光州一带蝗害不断，天无滴雨，路尽饿殍，饥民流离失所，光州司法参军郑侠画了一幅《流民图》呈送朝廷。曾布站在阶下，见官家从太监手中接过画后，细细观看，面色恻然，末了又将图放在袖中，心里一沉。

不出曾布所料。官家很快下了"责躬诏"，下令罢去方田、保甲、青苗等诸法。王安石一气之下，辞去宰相职务，临行前推荐了吕惠卿任参知政事。曾布更觉不妙。

曾布与吕惠卿向来不和。不为别的，只因熙宁三年，惠卿丁忧，曾布代他职务三年，暂居他之上，便遭他忌恨已久。现在，吕氏掌权，自己能有好日子？不免心事重重，每日上朝强打精神，一下朝回家，就把自己关在书房里，一言不发。

曾布郁闷，全家也跟着不安。这样就到了四月廿九，魏玩一早起床，习惯性地朝曾布望去，几乎吓了个半死！

曾布的眉毛全白了。它们白得那么整齐，根根顺着，没半点杂色，

　　　　暗夜中的怒放

一两根还闪亮，就像冒雪行走后，在上面堆着的两道积雪。世上多是白发黑眉的人，也有须眉皆白的人，魏玩都见过，唯独没见过黑头发白眉毛的人，心里哪有不惊惧的。

曾布也醒了。他并不知道自己眉毛有异常，照样阴沉着脸，翻身下床穿衣。魏玩勉强控制着情绪，不动声色地亲自拿来牙刷子和牙粉，又端了洗脸水，绞了毛巾，待他洗完脸后，伺候他将公服、官帽一一穿戴好，送出门去。

曾布走后，魏玩重重跌坐在椅子上，眼睛呆呆地看着地面。眉毛为两目之翠盖，一面之仪表。虽说曾布五官并不特别俊朗，但却因眼睛灵活，剑眉略扬，倒也自得一股风流。如今，眉毛白了，面相一下就变得怪异起来。魏玩再次回想起魏泰带回来的那些话，心里像压了一个磨盘，出不了气。伍子胥过昭关，一夜愁白头。曾布这，自然是变法闹的。夫妻同命，年刚四十的他，今后就要永远顶着两条丑陋的白眉了，想到这里，魏玩心痛至极，流下泪来。她不知曾布一旦看到白眉，将作何反应？还有他那些对手，又作何反应？子宣知道对手的反应后，又如何反应？

是夜，曾布未回。第二日，照样未归。到了第三日，天已黑定，家里都掌了灯，仍未见他回来，魏玩不免着起急来。心里正七上八下，曾布回家了，见了魏玩，拉了衣袖就往卧房走，进去，掩了门，曾布脸扭向别处，并不看魏玩，却大声道："我准备纳妾！"

魏玩听了，好似挨了记闷棍，差点儿没滚到地上。虽然她不愿意曾布纳妾，但大宋律法男人一妻多妾，她假模假样地试探过他好几次。曾布总是一口回绝："王宰相都不纳妾，我为什么要纳妾？变法之人，正在改变传统，当身体力行。我又不缺子嗣。"金兰汇众姐妹因此羡慕她。上一次似锦还把这事上升到新旧党之争的高度……那些慷慨的话，羡慕的话音犹在耳，一切却悄然结束了。

房中一片静寂。魏玩觉得有如一个爆竹在心里炸了，痛得浑身战栗。

想要说不，但男子纳妾，天经地义，娘子只能帮着把把关，断没有说"不"的权利，只好竭力平复了一下情绪，颤声问道："这是你的喜事。只不知女方是何样人？"说到"你"时，音咬得很重。

"你识的。丁指挥家的王氏。"

魏玩脑里子嗡了一下，想起那个绝色女子来。

两个月前，丁指挥从外地进京上任，有心与曾布攀联乡谊，便携着重礼和家人上门。主宾见过，相互致了礼。魏玩饶是见过采薇的绝色，还是被丁指挥的服侍丫头王氏吸引了。她二十出头，袅娜妖娆，走路时，宛若风吹杨柳，一袭淡绿的长裙，慢慢前移，好似带起了团团烟雾，又伴着钗环叮当相碰之声，如山涧流泉。她手捧着一个油亮的篦子，似力不能胜，微蹙着眉，越发显得楚楚动人。

魏玩默算着时间。见王氏是在二月底，曾布那时还意气风发。但那以后，他情绪便一直低落。原以为他是在朝堂上受了打击，没想到却是害了让人脸红的"相思病"。魏玩心里酸楚。这些天，自己为他提心吊胆，他却在为别的妇人痛苦，甚至在外盘桓。想到这儿，魏玩更加恼怒，再看曾布的白眉，觉得真丑得可怜，遂强压着心里的不快，敷衍道："纳妾不是小事，家里得准备，我先去与娘商量。"

魏玩虽然口里答应，却并没向婆母禀报。这样过了几日，魏玩一早到婆母房中请安，珠儿见她进去，偷偷给她使了个眼色。吴婶早几年已经去世了，只剩下珠儿贴身侍候。魏玩不解其意，正思忖，就听婆母开口道："给曾布纳妾的事，这两日就办了吧。"

魏玩没有应声。

婆母当下就吊了脸："咦！怎地学会暗暗使坏了？曾布都四十了，陪了你这些年还不够？他一个妾也没有，你脸上好看？"

魏玩听了，也不恼。她早有应对的话："娘说得有理。不是儿媳不乐意，只是这个丫鬟，在别人家待过。我怕她身子不清爽，还想找人摸摸底……"

朱夫人听了，扑哧一笑："我的儿！不过一个小妾，看把你谨慎得！那日来我见着了，清清爽爽的一个人儿。布儿苦哦，得让他享受享受。你放心，这个人来了，若能为我曾家开枝散叶，再赏她脸，否则，就永远只是个铺床的。"

魏玩听了，知道再拖延不下去，只好强按下性子，吩咐下人准备了卧房，另准备了两条白绫洒花汗巾，两副银挑牙，一双大红洒花褶衣，两副丝带，两副玉纽扣，一起在床上放好。择了个日子，就在立夏的第二天，着曾七雇了顶轿子，从丁指挥家将王氏接了来。曾布为她取名扶柳。

扶柳进门，魏玩知道，自己与曾布的二人世界从此结束了。曾布追随、效仿王安石，但他并不是王安石！在美色上，他依然不能脱俗。天下男人们加给女人的羞辱，自己也要被逼着一点点儿地去品尝，去背负了。特别是见曾布一扫之前的郁郁寡欢，重又精神焕发，她对他的爱便彻底消失了，全部变成了怨，变成了忿，在心里聚焦着，鼓胀着。

魏玩想起往日，曾布只要不忙，临睡前必和她聊些朝堂上的事。每那时，他总是眼睛发亮。那时还以为是夫妻恩爱之故。经过了这一遭，魏玩突然悟到，曾布情绪的起起落落，与她关系不大，先是权力，后因美色。大权旁落，便无精打采；美色入怀，又喜笑颜开。如此看来，权力和美色，才是他的最爱，自己不过是他眼前浮着的几粒尘埃。意识到这些，魏玩也就明白了曾布到哪儿，眼里心里只有哪儿了。离家远，正好可以心无旁骛地扑在权力场中，又有官妓在旁，早把家人抛到九霄云外了。

日子燠热，烦闷。转眼到了八月初二，秋分。中午虽热，一早一晚却微凉。暮色四合时，魏玩带着纤儿在院中赏景。落日的余晖，映着绚烂的晚霞，拉长了小池塘里假山的影子。水面本来无一丝波纹，突然间就微微抖了一下，似乎倒影压迫了它，接着又现出几圈涟漪，像是不胜压力的挣扎。

魏玩正饶有兴致地看着，曾布回家了。一身便装，黑着脸，衬得白眉更加醒目。这倒奇怪！他一向都穿朝服回家，而且天还这么早。魏玩见他不先往扶柳房里去，而是看着自己，欲言又止，便将纤儿交给乳娘，随他进了厅堂。

曾布先进了屋，就一屁股坐在雕花椅子上。也不看魏玩，眼睛像望着前方，又像哪儿也没望，脸上灰着，嗓音低沉，自言自语一般：

"我外放饶州了。"

魏玩打他一进门，就瞧出异常，知有大事发生。听他说完，有些恍惚，不敢相信，心里却先有了解脱之感。她向来知道新旧党斗得厉害，曾布处在那风口浪尖上，早晚会遭人暗算，是故心里一直不踏实——连王安石都外放了，他怎躲得过！现在圣旨下了，似乎悬了几年的心终于回到原处了。

但她马上就意识到事情的严峻了！巨大的恐慌和失落像窗外越来越重的暮色一样紧紧罩住了她！是真的吗？曾布身居高位，才有全家现在的日子。突然贬到外地，一家人将后如何是好？想到这儿，她腿软了，全身不自主地哆嗦了一下。

曾布侧对着她，仿佛入定一般，一动不动，声音沙哑："一腔心血，就这样付之东流……"

魏玩的眼圈儿一下子湿了，心里也被什么堵着。她知道的，曾布自入仕，一直兢兢业业，年节也多在任上过；做了朝臣后，为这变法，更是夙夜辛劳，恪尽职守。原以为他这样尽忠职守，总该安然无虞，没想到也是条绝路。真让人欲哭无泪。

她看了一眼曾布，见他目光呆滞，整个人木雕泥塑一般，只好强忍着不快，劝他道："我看当今官场，上上下下，都属正常。王宰相能去江宁，你去饶州，也不算丢人。饶州还算是个富庶地方，光那景德镇的瓷器，就天下一绝……"

"媳妇说得正是。布儿，你爹爹当年也说过，府州县虽苦，却是朝廷的基础。"魏玩还没说完，话就被打断，原来是扶柳扶着婆母走了进来。

曾布心里千般难过，其实有一半是觉得愧对娘。他自小立下宏愿，要让母亲晚年幸福，是故早早将娘接到汴京，便是因为此。这几年，母亲住在城里，儿孙绕膝，样样满意，眼看得越发富态，他觉得身为人子，也算尽了孝道。他原以为母亲一旦知道他贬出朝廷，不知有多失望，没想到却如此深明大义。泪水一下就涌了出来，忙掩饰着，站起来双手扶了母亲坐下。

房中的气氛轻松起来，魏玩却感到心里愈来愈沉重。一个恼人的问题摆在眼前——

曾布放外饶州，这一大家人何去何从？跟着去？现在大小七个孩儿，仆众几十，随行，生活都实在不便。

抚州老家？倒是合适。只是与汴京比，太过闭塞了。别说孩儿，她自己都不乐意。

依旧在汴京住下？再好不过。但也有诸多问题。住房先不说，魏泰绝不会赶她走。但曾布这一贬，俸禄要减不少。孩儿渐渐长大，他又娶了妾，花钱的地方多了，俸禄还能否支撑全家在汴京的生活？魏玩心里实在没底。

晚上，曾布不声不响地来到她的卧房。魏玩想着他不日就要走，还有好多事要同他商量，便让下人沏了一杯茶送来，自己在床边坐了。曾布却看也不看，将茶盏一推，随即脱鞋上床，半靠着床头，眼睛看着帐幔，自言自语道：

"宰相对我有恩，我便处处以他为楷模，维护他，鞍前马后，呕心沥血。谁想为吕嘉问一事，他视我为敌，之后处处掣肘。现在新法已废半数，我心灰了，再不愿做苦行僧，只想及时行乐……

"吕吉甫在台上，我今后还不知要飘到哪里。娘年岁已高，几个孩儿尚小，都要读书，经不起东奔西走。娘子哪儿也别去，和道辅商量商量，依旧在汴京住下，钱粮我会想办法……

"我一直想光宗耀祖，却功亏一篑，真愧对先人。想想从政真是无趣，还不如做一个散淡文人……"

魏玩听他说完，猛地坐了起来，一双凤眼瞪成了两个圆圈。原来他的双眉并非为扶柳白，而是因为被宰相打压，又遭吕惠卿挤对。想着那段时间，他独自承受重压，自己还腹诽他，怨恨他，连他白了的眉毛都暗暗嫌弃，不由得又悔又痛，泪水也就夺眶而出。

是夜，夫妻相拥而眠，再无二话。

魏玩本已做好了留在汴京的打算，不料次日早上给婆母请安时，婆母一句话，就逼她改了主意。

婆母道："啥叫叶落归根？我也六十大几，没几天活头了。几个儿子都没在汴京，我还赖在这里做什么？回抚州去！缲儿、纤儿几个也该回去祭祭祖了。"

魏玩听了，好似一桶冰水兜头泼下。旁边的曾布也愣了！昨晚他还谋划着让全家留在汴京哩。但娘说的话，哪能违抗？他心知魏玩此时一定失望透顶，也不敢看她，只唔哝了一句"听娘的"，就匆匆走掉了。

魏玩一动不动地站着，听着曾布远去的橐橐的脚步声，大热的天，仿佛是踩在冬日汴河的冰面上。

第十四章
返　乡

官员外地赴任，都有时间限制。既然朱夫人已定下回老家，下人中，汴京籍的便纷纷辞了，想离开的也遣了，只留下几个从抚州跟来的老仆。全家人抓紧收拾东西，柱子又想法去雇了走长路的牛车。

出发的日子到了。是日，狂风尽吹，三辆牛车、一顶小轿、一匹红马相跟着从小纸坊巷出发，往城外而去。因谁也没告诉，除魏泰、曾肇和青杏两口子外，金兰汇中只有芳树前来送行。她丈夫吴嗣忠前年得曾布推荐，已入职户部，自然知道曾布被贬。芳树一脸不舍，泪珠闪烁，掏出一块月白色的丝帕，说上面绣了她作的一首别离诗，送给魏玩留作纪念。曾肇已于这年的二月新任了朝廷的馆阁校勘，但因在汴京无钱置房，娘子和孩儿暂时还在抚州。

南薰门外。亲人依依惜别。婆母原来嘴上说得轻松，这下真要走了，却不断伸出脖子，频频回望，惹得曾布最先湿了眼圈。他骑在红马上，扶柳坐在小轿里，祖孙三代和丫鬟、乳娘分三辆牛车挤着，剩余的男丁一律步行，计划到江宁后，全家再分开。

魏玩本来一直强忍着不舍，但天公偏不作美，狂风乱吹了一阵后，又噼里啪啦下起暴雨来。仆人们着了慌，手忙脚乱地从行装里翻出些破布顶在头上，个个缩着身子，嘴里咒骂着天气。魏玩打了个寒噤，用手将衣领紧了紧，最后一次打量汴京。密不透风的雨滴中，鳞次栉比的住宅、店铺、酒楼，在吱呀吱呀的车轮声中，依次后退，越来越小，心里顿觉无比凄凉。想着当日进京的欢喜，这五年来家里的风光，真是花团锦簇的日子……但现在，除了这满天的风雨、几辆牛车、一脸茫然的孩儿、几个耷拉着头的下人，什么都没有了。魏玩想着人生冷暖，想着汴京的繁华此生恐怕再不能相见，想着自己以后将要终老抚州，好生伤感，不禁淌下泪来。

时已近九月，天气渐渐转凉。一路风雨一路尘。在与曾布分开后，柱子带着几个家丁护卫着魏玩一家，又在路上走了大半个月后，终于回到了抚州。

家里的嫂嫂和侄儿们早接到了信，都在家里等着他们了。四位兄长中，大哥、三哥、四哥俱已过世，留了嫂嫂在家。自得到信，她们就又惊又惧。古往今来，官员犯罪，家眷的日子也不好过。曾布这是惹下什么乱子了？是故等到魏玩一家一到，她们俱先偷偷观察这一家的穿戴和神色。婆母身子硬朗，比走时更显富态；魏玩也比走时更有夫人的派头；梯子坎儿一样的几个孩儿，个个细皮嫩肉，打扮得花团锦簇……全不像罪臣的家属，才俱又放下心来。

魏玩和嫂嫂们打了招呼，就让下人将箱笼送到原来她住的房间去。不料她这话音一落，闹哄哄的院子一下就安静了下来了。柱子沉默不语，雪梨冲她摆手，嫂嫂们红着脸，嘴里支支吾吾。原来，一别数年，随着各房的男丁长大，几进院子全住满了，已腾不出地方安置这一大家子了。

魏玩意识到这个，当即愣在那儿了。汴京的繁荣又从脑子里闪过，真是追悔莫及。若当时想到这个，就有不回来的理由了。

嫂嫂们脸上堆着笑，谁也不提腾房间。只有曾肇娘子强氏忙着，说先从房里挤出两间。强氏是杭州钱塘人氏，肌肤白皙，也是个美人。魏玩听得此言，眼泪不争气地淌了下来。婆母也气得不行，跺着脚嚷："来来来！送我回南丰。老家还有牛棚！"

这当儿，汪恺来了。他比前几年发福了一些，头上戴着顶缨子帽儿，身着绿罗长绸衫，因抚州比汴京热些，手里还摇着一把洒金扇儿。问了曾布的近况，又问了路上的情况，再看了还在院中堆着的箱笼，便挽了朱夫人的胳膊，对众人道："嫂嫂们不管了，干娘和五嫂一家就到我那里去住。"又凑近朱夫人，"干娘有所不知，我那宅子，平日里一多半空着，正想找了人去热闹呢！可巧你们从汴京回来了。"

汪恺的别业，全家人都知道。里面亭台楼阁俱全，又有小桥流水，奇花异草点缀。到那里住，真是再舒服不过。婆媳俩本来都不愿寄人篱下，但眼下哪还有更好的办法？只好依了他，重新请了人力，将箱笼往他别业里抬去。

住的问题暂时解决了，接下来便是孩儿们读书的问题。州里的府学自然最好，但别业在郊外，每日进城入学不方便，干脆聘了一位学识渊博的先生到别业来，除纤儿还小外，其他几个孩儿，连同柱子和别的下人的孩儿，一起上课。汪恺特意把临着溪边的一处宅子，改成教室。于是空旷的郊野，每日书声琅琅，把一家人寄人篱下的苦情冲淡了不少。

柱子那边，因看见主子在住房的问题上吃了个哑巴亏，便长了个心眼，建议魏玩将之前托若族人和汪恺管的嫁田和桑田全都收回。魏玩依计，等着把家里的事安排得差不多后，就携了重礼，前去拜访裕德。两人都厚道，又通情达理，搭眼一看，就把上年的收支整理得清清楚楚，皆大欢喜。

抚州生活，与汴京不大一样。魏玩虽然曾在这儿生活多年，仍感到不习惯。其他都好说，最主要的，是再无金兰汇那群姐妹，便常常觉得心里空空落落。

但静下心来，想着汴京已成过去，曾布也在他乡，日子还得往前，便打起精神重新安排。她将张监酒送的《文心雕龙》及家里原来没有细读的书又读了一遍，竟如登高望远，一下收获许多：一是将后遣词造句须更雅，俚语之类，尽量少用，方符合自己的年龄与身份。二是专一一个方向。因为创作本来题材庞杂，世上万物，包括点滴心思，莫不能进入笔下。但自己身为闺阁妇人，既不能遍游名山大川，也不能驰骋疆场，日常所见所想，无非是家中景物和心中情绪，那就着眼它们，写到极致，方不负自己这点喜好。

忙忙碌碌间，两年将尽，已到了熙宁八年年底。魏玩也三十有七。她白天忙碌，但一到晚上，就会想起曾布。他又故技重施，外放两年，除了托人往家里带回一些银钱外，只刚到饶州时写过一封家书，从此再无任何消息。大雁排着队，从天空飞过，魏玩想着远处的亲人，不禁既盼又怨。

因又到了年底，想着马上要过年了，婆母年岁已高，他或许今年会回来。就算不回来，也得让孩儿们快乐，就里里外外地安排起来。买回了灯笼和爆竹；让绖儿手写了春联，绖儿的字虽然稚嫩，看着倒也有趣；婆母选购了朱仙镇的门神画，是钟馗打鬼、尉迟持鞭、秦琼举铜的大全套；全家老小及仆众的新衣都备下了；厨房里，煎、煮、蒸、炸、卤，已样样齐备，只等官人回家了。可到小年那天，却突然收到他的信，说他因要到潭州上任，交接事务烦琐，春节就不回来了。

魏玩读罢，鼻根一酸。若原来他说春节不回，自己都还觉着他是在忙公务。如今扶柳带在身边，再说不回，便是他们在一边快活了。抚州祖孙三代九口人，自己十八岁就与他结发，现在独自在他的老家，上替他孝敬老母，下抚养子女，竟比不过那半路来的。自己什么时候，也落到这般无处诉苦的地步！想到这里，积攒两年的幽怨从心底喷薄而出，再顾不上什么"少作怨词"的告诫，提起笔，愤然填下一首《减字木兰花》：

> 落花飞絮。杳杳天涯人甚处。欲寄相思。春尽衡阳雁渐稀。
>
> 离肠泪眼。肠断泪痕流不断。明月西楼。一曲阑干一倍愁。

回抚州后的第二个年，依旧在汪恺的别业过了。魏玩几乎又一宿没睡。一是守岁，正好想些事情；二是初一一早，还要催缲儿起床，到厕旁帮他长个子。他个头矮，满五岁了，才和弟弟一样高。风俗中，对这样的孩儿，初一五更时分，在厕所旁，让他躺着，人从上下两头使劲拽，这样过完年，就会嗖嗖蹿个头了。

下午，太阳只露了一下脸就躲起来了。曾肇带着孩儿们来拜年。他穿了件昂贵的烟灰色丝质长袍，戴顶深灰交角幞头，面露喜色，见了魏玩，嘴里说着"恭喜五嫂"，就将手里拿着的一封信递了过来。曾肇虽做了朝官，但因只是七品，俸禄不多，汴京置不起房，家人一直还在抚州。

魏玩还以为信是曾布所写，忙接了过来，却并非曾布，而是曾巩。上面写着：

子瞻幼弟：

　　兄奉敕命，差臣权知洪州军州事，充江南西路兵马都钤辖，已安顿好。思与弟数年未见，迩来诸况何如？安否？今母在抚州，诸弟妇辛劳，且服侍已久，兄欲接至洪州，以入奉慈祥，欲遣你送母，则亲情团聚可期！

　　　　　　　　　　　　　　　　　　　　兄巩启

原来是要接婆母到洪州去住。魏玩素知二兄是个极孝顺之人。不过这有什么可恭喜的？她纳闷地看了一眼曾肇。

曾肇笑道："五哥双喜临门，一来潭州是个大州，二来……"刚说到这里，突然意识到不妥，便把话往回咽。

"二来什么？"魏玩盯着曾肇。

"二来……二来……"曾肇支吾起来。在他心中，五嫂分量颇重。五嫂嫁来时，他才六岁，少不更事，只晓得这位外地来的嫂嫂，是个官宦子女，人也长得美丽。后来慢慢长大，渐渐知道五嫂十分贤淑，常用嫁妆贴补家里的开支，连他每季的新衣也早早备好。这个习惯一直延续着，比如他现在身上穿的这件便服，就是嫂嫂前年给五哥做新衣时，同时给他做的一件。是故心里对她极是敬重。但五嫂到底是个妇人，那件事，她知道了未必欢喜。

魏玩见曾肇脸上极不自然，越发疑窦丛生，故意激将他道："莫非五弟拿嫂子取乐？"

"岂敢岂敢！"曾肇慌忙答道，"五哥又……又快添……添子了。你……不……"说完，不安地瞅了嫂嫂一眼。

魏玩一听，好似半个身子跌进了冰窖。那个弱柳一样的身子竟然又要生产了？她觉得一颗心快要冻住了，但小叔面前，哪好显露，便竭力控制着，眼中却又没法不流出一丝落寞、尴尬和由之带来的失望、愠怒。

曾肇早将嫂嫂的神色看在眼里，后悔不该多言，便咳了两声，匆匆朝暖阁去了。

朱夫人正坐在三足的铜暖盆边闭目养神。她一身簇新，怀里抱着白锡手炉。听到脚步声，抬了抬眼皮，见是曾肇，一下就醒了。

曾肇靠着母亲坐下，把二哥的来信递给她，趁她看时，又将扶柳快生产的事也三言两语说了。朱夫人听完，偏着头想了想，等到魏玩进来，见她闷闷不乐，就示意她坐下，拉过她的手，轻言细语道："要说这大冬

暗夜中的怒放

日的，我不想出门。但曾巩这些年对家里付出最大，他才又娶了老婆，二人有这番孝心，我也不好推却；再个，洪州离曾布近，老身正好想去教训教训这个娶了小妾忘了娘的人！"

魏玩听婆母这样说，心里方好受了一点。曾肇看了她一眼，小心问道："我这两日要送母亲前往洪州与两位哥哥团聚，嫂嫂可愿一起？"

魏玩听了，暗自思忖：扶柳添子，终究是曾家血脉，自己不知道便也罢了，知道了不去，只怕将来要落闲话。况且她也两年没见曾布了，心里想念次要，关键吴家上门提亲的事也得让他知道，好定下来，遂点了下人，收拾好行囊，带上纤儿，陪着婆母，随了曾肇，一道往洪州去了。

抚州到洪州，不过百余里，有完备的官道，没几日就到了。过了两天，曾布和挺着大肚子的扶柳也到了。兄弟难得相聚，曾巩早觅了当地一位专做家宴的厨娘，做了一桌丰盛的洪州特色饭食。老夫人抱着纤儿坐了上首，曾巩和续弦李氏、曾布和魏玩以及曾肇皆围着坐了，孩儿们另开了一小桌。扶柳原来站在魏玩身后，老夫人努努嘴，让她也坐了。其他伺候的，后面站了五六个。

酒过三巡，曾布激动起来，扬了扬白眉，感慨道，十年前，咱兄弟三人，一个在汴京，一个在怀仁，小弟还在乡间读书。眨眼，三个却按着顺序，进京，离京，现在又在这并非故里的洪州团聚，真有虚幻之感。说到这时，他脸色绯红，眼眶已见得到湿润，嘴里长叹一声，自斟自饮了一杯后，接着说，"这几年异地做官，最强烈的感受就是人生真如浮萍一般。自己辛苦不说，还连累母亲四处奔波，让为儿的好生惭愧……"

曾巩、曾肇听了，也有些伤感。倒是老夫人洒脱，筷子一放，看着曾布几个："今儿这样喜庆的日子，你们兄弟，又都还做着官，我知足！"

魏玩懂曾布。知道他是因遭到贬谪，至今意绪难平。但事已至此，忧愤并不济事，便想开导他，遂接过婆母的话道："还是娘心胸最开阔。娘看看，今儿是不是'金马并游三学士，朱幡相对两诸侯'？"

魏玩说完，举座愕然。曾肇脸上有了得意之色，曾布泪眼迷蒙，曾巩击着掌夸道："好好好！弟妹才思敏捷，对仗工整，不愧是女词人！来来来，三学士两诸侯站起来，为这句诗共饮一个！"说着带头站了起来。于是一家人，除了老夫人，都端着杯子站了起来。扶柳也想站起，挪了挪身子，似觉不妥，欠了欠腰坐回去，也觉失当，便僵在了那里。

第二日起，三兄弟有时外出走走，更多时候则陪在母亲身边，谈些天下大事。母亲似懂非懂，每每插上几句，都牛头不对马嘴，惹得兄弟几个大笑不止，倒也其乐融融。这样过了四五日，曾肇要回汴京，曾布也要起身前往潭州。魏玩原准备在洪州少住几日就回家，但与曾布见了面，才晓得不方便离开。曾布新去潭州，难免有诸多内务要整理，扶柳这个样子，就别指望了，只好又随了曾布，一同前往潭州。

洪州到潭州也有官道。官道每六十里设一个驿站，供给食宿。几个人分乘一顶大轿、两顶小轿，八九个下人相跟着，十日后，到了潭州城东的新店驿。正值乌金缓缓西坠，长随给驿臣看了曾布的任命文书。驿臣见是新知州到，忙殷勤地将众人带进房中，端来铜盆，里面盛着热水，放着簇新毛巾，伺候曾布几个人净过手脸，打了尖后，又安排他们住下歇息。

第二日，因要进城，一家人早早就起来了，正吃着早饭，当地四五个官员、并七八个衣着鲜亮的商户一起来了，说来迎接新知州。相互见过，客气一番，一个阔下巴、着八品官服的官员便带着人力忙开了。

曾布此次从饶州来，行李本就不多，又有一部分交给母亲留下在洪州，所以只剩下五个装着衣物、药品、书籍的箱笼。官员们见了，皆同情地摇摇头。八品官伸手招来一位商户，一番耳语，那商户便骑着马，嗒嗒嗒地走了。众人又将曾布妻妾拥到轿上，着人抬了行李，前呼后拥地往城里去。魏玩坐在轿中，不时掀起轿帘，见潭州城规模之大，人口之众，街巷之繁华，远超襄州和抚州，不由得替曾布暗暗高兴。

两个多时辰后，潭州州衙到了。有人照料卸行李，八品官过来领曾布夫妻去看住的地方。一个玲珑的两进小院，首进与后座均带插山厅、房；中厅东西围屋带房，另设一间书斋；后院有五六间房，围着天井。满屋桌、椅、凳子皆上好的香楠雕花，两间卧室里的被褥、枕头均簇新，一看就是才备下的。魏玩暗暗咋舌，曾布已知八品官是州里的司理，姓曹，便对他道："曹参军，太奢华了。置办这些得多少钱？从我的俸薪里出。"

司理听了，脸顿时涨红，一副被侮辱的表情。他仰着阔下巴道："大人这就是瞧不上潭州了。官家英明，锐意变革，使我潭州日渐富庶，这中间亦有曾知州的功劳。今日这不过是新添了一些卧具，怎能让知州自己掏银子？"

曾布听他这样说，欢喜起来："哈哈，这样说，那我就笑纳了。"遂谢了众人，言明第二日即办交接。

官场的规矩，新官上任，下级俱用手本相见，行下庭参礼。曾布新任潭州父母官，本人又是昔日变法主将，是官家恩宠颇多的人物，所以自他上任起，每日都有人拿着手本来拜。曾布欲尽快了解下情，每日里也就耐着性子应酬，后院一摊，自然全交给魏玩了。

因扶柳产期将近，魏玩将家里安顿好后，便吩咐曾七着人到街上打听产婆、成衣店和药铺。没想到司理娘子将这些琐事俱张罗好了。司理娘子二十六七的样子，团团脸，模样和芳树有几分相似，魏玩一见，大感亲近，那日，留她聊了许久，还亲自将她送出后门。

魏玩看着司理娘子越走越远，又想起芳树。真有几分相似，不觉笑了起来。这一笑，目光就碰上了一个远远朝这里打量的男人。四目当下撞上，那人竟也略带羞涩地笑了。

魏玩吃了一惊，连忙收了目光，头一低，就要回转。刹那间，突又觉得此人有些面熟。但潭州哪有故人？或许和谁相似罢了。便转了身，正要离开，却听到那人匆匆的脚步声，同时叫她道："哎呀呀！正想去拜见姐姐，没想就遇着了。"带着些许熟悉的襄州口音。

魏玩一步也迈不动了。心跳加速。回头再看，瘦高的身材、细长的眼睛，竟是米芾米元章，不觉喜出望外。

"魏姐姐可好？愚弟就在这长沙县里任职。曾知州新到，理应来拜访，但晓得人多，不想凑热闹。听说姐姐也来了，还是来看望姐姐的好。"原来他已于头年十月从广南东路连州下面的浛洭县调到潭州，任着长沙县的县掾了。

魏玩万没想到在这里遇到米芾，又惊又喜。她早从弟弟口中得知元章醉心于艺术，与人交往倒显得笨拙。现在听了他这番话，果真应了弟弟的话，便笑道："你呀！"说着将他带到家里，又引到了小书房，推开门，对着房中的男人轻声道："子宣，看谁来了？"

曾布正在看书，见魏玩领进一个男人，便抬起头，见来人着一领普通的灰色圆领罗袍，身子颀长、五官清瘦，似曾相识。再仔细辨认，眼睛细长，下巴尖瘦，见了自己，口中讷讷地道着知州，脸上却甚是拘谨，不禁脱口而出："米元章？"

"正是下官。"

曾布自幼熟读经书，知道擅琴棋、精书画乃最风雅之事。但他受王宰相影响，认为士大夫当以辅佐君王治国平天下为己任，忙的是忧国忧君，讲的是经世文章，其他不过手艺，故对书画疏于研究，但对其中的佼佼者，也心生敬佩。米芾的书法名头此时亦名扬朝堂，曾布早知魏、米家关系密切，又知元章母亲是高太后雇过的乳娘，所以自比别人高看一眼，忙邀他坐下。魏玩在旁，早令人上了茶来。

正如魏泰所说，米芾对官场上的应酬，既笨拙又木讷。虽然他早认

　　　　　　暗夜中的怒放

识曾布，但今日曾布是朝中大员外放，又是顶头上司，更不敢轻言妄语，只吭哧吭哧地，半天说不出几句合适的话来。

魏玩替他着急，便打岔道："听说你的书法越发长进了？"

"回姐姐，不敢说有长进，每日研习罢了。"

"每日研习？"曾布插嘴。

米芾脸一热，知道又说错了话。曾布公务一向勤勉，又性情严苛，眼中揉不得沙子，正不知如何答好，就听魏玩道："好啊！古人语，业精于勤，荒于嬉，你如此努力，将来必有作为。唉！道辅要有你这样勤励就好了。"

说到好友，米芾脸上轻松起来："道辅的聪明数倍于我，自小就是他带着我玩。我不过是愿意下些死力气罢了。"说完，抬起细长的眼睛，忐忑不安地瞥了曾布一眼。

魏玩见着，站了起来："我还有事，先避了。你二人聊吧！"

元章见魏玩要走，顿时紧张起来，惴惴地扫了曾布一眼，小声央求："姐姐……"依他的性情，根本不屑同上司迎来送往。但身在官场，身不由己，也只能硬着头皮来做，又显得极是笨拙。

曾布在官场摸爬滚打多年，早已阅人无数，眼见米芾坐立不安，就假意举起胳膊甩了甩，嘴里道：

"这连日来处理公务，身子乏极。我这里笔墨纸砚齐全，不知米县掾可愿意写幅字，你轻松一下？"

一听说写字，米芾浑身都来了劲，呼一下站了起来，先在水盆里洗了手，就大步往书桌走去，不待曾布说话，自己四顾着找纸铺了，又撅着屁股磨墨，待墨磨好，又去洗了手，从紫檀笔筒里取了笔，也不看曾布一眼，仰着头想了想，便抖动手腕左挥右刷起来，眨眼工夫，便将一首《咏梅》书就：

姑射真人自少群，要亲高节许交君。

一台二妙逢清赏，甘逊佳名得致荣。

曾布撩起袍子，踱到桌边，只见满纸腾蛟起凤，一个个饱蘸浓墨的大字跳跃而出，如飞鸿戏海，似鹤舞游天，真可谓风樯阵马，沉着痛快；再读这诗文内容，也奇倔清丽，已是倾倒。他端详米芾，已一扫刚才的紧张和木讷，整个人和他的字一样神采飞扬，一双眼睛，更是沉静明亮，不由得暗暗称奇，思忖：古人云"气势生乎流便，精魄出于锋芒"，米芾三十不到，就有这样的功力。假以时日，他的书法成就，怕要应了那句"骇目惊心，肃然凛然，殊可畏也"了。

米芾写得兴起，完全忘了身在何处，待他写完，放下笔，发现曾布夫妻正微笑着看他，一下清醒过来，又张了张嘴，不知说什么好。正忐忑，就听魏玩道："子宣，元章这首，与你写的那几句，'海边憔悴多情客，想见一枝寒玉色。愿君攀折赠余香，勿使随风自狼藉'比如何？"说完，又看着米芾，"元章可愿意将这幅字送我？"

米芾听了，嘴里一迭声道："这是下官的拙诗，斗胆献丑，怎敢与知州的大作相比？姐姐家学渊源，素懂鉴赏，若不嫌弃，自然是元章的福气了。"说完，顿了顿，又看着魏玩道，"姐姐如今词名远播，愚弟也想以收藏的小雁屏求题，不知可否？"

魏玩听了，倒不好意思起来。过了两日，米芾再来，待她在那屏上题了首绝句后，就从身上掏了一方婴儿脑袋大小的叠山砚，说是他收藏的唐人文玩，送给她。

魏玩到洪州和潭州，主要是与曾布团聚，征求他对季雅婚事的意见，顺带照料扶柳生产。她自汴京别后，一直没有见到他，乍一团聚，少不得也情意绵绵。

一晃二十日过去了，一日晚间，扶柳突然腹痛。请了产婆来，婴儿却迟迟不愿出来，产婆用手小心去探，却是个横生子。她心里发怵，待胎儿两只脚慢慢伸出母体外，依风俗赶紧着人在胎儿左脚底写了曾布的名字，右脚上写了"子出"两字，仍无济于事。扶柳痛得死去活来，喊叫声渐渐弱了。

魏玩想到当年自己生季雅也险些丧命，对扶柳的敌意突然就消了。走进产房，刚安慰了她一句，就听哇的一声，一个男婴降生。曾布为之取名绚，是为第六子。

魏玩松了一口气，等绚儿洗了三，就准备回抚州去了。临行头日晚上，魏玩先给他说了吴家求娶季雅的事。

季雅年已十八。她自两年前回到抚州，便有不少人家上门求亲。魏玩在汴京待惯了，对抚州小地方有些看不上，便以她年岁还小为由推却了不少。但毕竟女大不中留，眼看着她一天天大了，回京又无望，只好在提亲的人中，勉强相中了祖籍兴国军永兴县的吴则礼。则礼靠父荫入仕，现充着抚州的宣议郎。魏玩觉得他家世尚可，但他没有功名，年龄又比季雅大了十好几岁，心里拿不定主意。

曾布跷着腿，吃着茶，未动声色。其实他早从二哥那里听说过则礼一家。二哥说，吴家家风纯良，父子皆忠诚可信，处事稳妥，又擅长诗赋，甚是可交。后来，也即一年前，他还在饶州时，吴家父子曾专程登门拜访。曾布见那父子二人，皆目光坦荡。父亲话虽不多，但言简意赅，每开口必击中要害，知是思路极清晰之人，难怪先帝对其有"铁御史"的美誉。则礼比其父多了些趣味，又生得极其俊雅，看着也是年轻，早就中意他，暗地思忖这倒是个不错的幕僚人选。是故等魏玩说完，便点头答应了。

放下这事，魏玩向曾布提起在汴京盛传的，自王安石重回相位后，之前被发落到各地的新党成员纷纷起用一事。这是她从曾肇那里听来的。魏玩思虑，曾布这样四处漂泊，辛苦不说，家也长期分着。以他的才干，加上与王安石旧日的情谊，低低头，或许什么都过去了。

曾布听着，沉默不语，似在昏睡，又似在思索，房中陷入了沉寂，只听得见两个人的呼吸。半晌，曾布抬起头，并不看魏玩，而是将眼光投向窗外，缓缓道："熙宁七年五月十四，因吕嘉问一事，在延和殿上，我奏：'市易已置狱，朝夕审黜，自尔必无繇复望清光。'官家道：'卿为三司，案所部违法有何罪？'"

这是魏玩第一次从曾布口里听到他复述官家的话。熙宁七年便是曾布被贬那一年。她一直好奇曾布突然失宠遭贬，现见他表情凝重，便知这段话中，藏着重大的秘密，不由得坐直了身子，瞪圆了凤眼，屏住呼吸，专注地听着。

"我道：'陛下以为无罪，不知中书之意如何。况臣尝自言与章惇有隙，今乃以惇治狱，其意可见。'"

魏玩听到这里，虽然早知结果，心还是忽地提到了嗓口。倒不是官家用章惇来办理吕嘉问案，置曾布于不利，而是曾布话中隐含的对官家的责备。

曾布依然面无表情，只是语速更慢了，似在竭力回忆，不想错一个字：

"官家道，有曾孝宽在，事既付狱，未必不直。

"我称，臣与惠卿争论职事，今惠卿已秉政，势倾中外，虽使臣为狱官，亦未必臣为直，以惠卿为曲。

"然臣为翰林学士、三司使，地亲职重莫如；所陈之事，皎如日月，然而不得伸于朝廷，孤远之士，何所望于陛下。都邑之下，人情汹汹，怨嗟沸腾，达于圣听，然而不得伸于朝廷，海生何所望于陛下。

"臣得罪窜鼠谪，何所敢辞，至于去就，亦不系朝廷轻重，但恐中外之士，以臣为戒，自此议论无敢与执政不同者尔。"

说完，揉了揉眼睛，又摁了摁太阳穴，怔了怔，一撩便服的下摆，起身走了。

　　魏玩听完，眼前已模糊一片。这个共同生活了二十余年的男人，确有一身的才干，却仗着自己的忠心，只管一吐为快不说，哪怕前面是悬崖峭壁，哪怕稍微伸一下手，官家就会将他拉回大路，却也孤傲着性情，孤零零地往前走，现在哪里又会去王安石门前低头呢？

第十五章
回　京

　　魏玩自那晚与曾布深聊过，便知他根本没做回京的打算，心就凉了。这意味着他夫妻二人将长期分离，除非自己愿意跟着他在各地做官。但家里上有婆母，下有七个孩儿，主仆加起来二十多口人，处处跟着，哪里方便？他身边又有了新欢，与其看着别人卿卿我我受煎熬，还不如守着自家的孩儿，静心自在。

　　魏玩这一去数月，三月中旬时，方启程回抚州。正是暮春天气，一路上山明水秀，草色花香。她一行只用了十多天，就回到家中。柱子和雪梨见她终于回来，喜不自禁，伺候她休息了一日，便将家中要事一一禀报，计有：吴家请亲的媒婆来过；缨儿学堂的先生来访；缫儿的乳娘得了弱症，请郎中看过，也煎了草药，多日不得好转，已通知家人领走，走时赠了十两银钱；桑田、嫁田的收入均已入账……

　　魏玩将诸事压下，先让柱子将曾布的意见通知了吴家。吴家听了，忙碌起来，托媒婆上门，先换了庚帖，小定之后，又商议了成亲的日子，就在今年的五月二十八日。日子定下来后，魏玩就提笔给曾布和邓城娘家去了信。

　　　　　　　暗夜中的怒放

眼看着事事俱安排妥了，只等喜期临近。也合着曾家这几年流年不利，先是曾布被贬，紧接着三姐夫王安国、堂兄曾庠、九妹德操先后离世，一年多的时间，几乎没个消停。魏玩回家才七日，离季雅出嫁只一个多月了，季书却出了事。

这是四月初四，是个晴天，又值春暖花开，巳牌时分，魏玩因一直在房中准备季雅的嫁妆，刚移步到院子的花荫下，准备小憩一会儿，忽见一个小厮朝自己狂奔而来，还没走近，人就跌倒在地上，又挣扎着爬起来，号啕大哭："夫人！快……小主子季……季书……水……水边……"魏玩一听，腾地站了起来，拔腿就随小厮往溪边跑。只走了半路，就遇到柱子。他双手托着个人，似季书又比季书胖得多，脸上淌着泪。一堆人尾随着，嘤嘤哭泣。见她失魂落魄地跑过来，柱子双腿一软，就跪在了地上。

魏玩朝柱子看去，只一眼，全身的血就全冲到了脸上和头上。他托的是季书不错，但她一动不动，全身肿得比平日大了一圈不止，完全变形了。原来今日先生家里有事，没来上课。吃过早饭，下人们便带着缨儿、季书到溪边去采花。那里花草繁盛，季书不巧踩到一条酒盅粗细的长虫，小腿被咬了一口。抚州的长虫多剧毒，季书痛得哇哇大哭："娘，痛！"慢慢就没劲叫喊了，一条腿和一只脚，然后整个身子，包括脖子、脸迅速肿了起来，接着慢慢发黑，她连眼睛都没再睁一下，人就去了。

一群人赶紧上前将魏玩扶了。没想到平日温温婉婉的主子，此时竟力大无比。她一挥手推开左右，就朝季书扑去，两只手死死搂了季书。柱子本来托着孩子，见她这样，怕她难受，便想往回抢，却根本不是她的对手。只好仍奋力举着两条胳膊，担着她娘儿俩。

这当儿，天上忽然丢起雨点儿来。先是一滴一滴，继而连成线，淅淅沥沥，啪嗒啪嗒。一时间，雨也凄凄，人也呜呜，几如天要塌了。

曾布接到信，带着一个幕僚、一个小厮，连夜出发，风雨不歇赶回来，已是四月底了。

曾布未回家时，魏玩犹能镇定地为季书料理后事，安排人赶制她穿的小寿衣、小枕头、小被褥，准备给她下葬用的小碟子小碗，以及她平素玩过的各种玩具，她写字的纸，用过的笔，除季书死当日她流过泪外，之后十几日再没掉过一滴眼泪。现在一见到曾布，不知怎的，只哀哀地看了他一眼，就眼前一黑，什么也不知道了。

季书是魏玩在怀仁时怀上的。当时她和曾布感情正浓。在她心里，季书就是他二人这段感情的证物。且季书生下时，左脚板心里有一粒小小的红痣，和她一模一样，眉眼也和自己有几分相似，在魏玩心中，对季书便多了一分偏爱。现在一下没了，她自己难舍，又觉得是曾布的一件宝物弄丢了。在床上昏睡了五日，魏玩醒来，两鬓的乌发花白了一半。

曾布心里也十分难过。上次在江宁府分手时，季书还活蹦乱跳的，现在世上却没这个人儿了。他自外放，一晃三年，还未回过抚州。这次家里遇到大事，回来见魏玩已去了半条命，心里愧疚，便将家里的事一把担了，每日里忙个不停。

季书前脚下葬，魏泰后脚就到了。他还是十年前来过抚州，这次接了季雅出嫁的信，算了时间，先去潭州会了好友，转过来又到抚州，想着曾家该是喜气洋洋，没料到合府人人都肿着眼泡儿，几乎傻掉了。

吴家也派了人来吊唁，又私下里问曾布，要不要把两个孩子结婚的日子往后挪一挪？曾布眼里闪过一丝犹豫，倒是魏玩苍白着脸，嘶哑着嗓子说不必。

时间终于进入五月。吴家送了聘礼来。因他家并非高官，礼金也只二百两银，另裙裳五套、金银头面各一套、彩缎四匹，以及花茶果物、团圆饼、酒等物。魏玩撑着身子，看着聘礼单，眼里又滚下泪来。

曾布虽被贬官，但他素日为人并不尖刻，所以官场也还有些人事底子。加上他品级不低，又政绩显赫。到潭州不过一年，潭州税收就在全国排到第四，仅次于杭州、开封和楚州，已传闻他将要升集贤院院士。是故嫁女的消息传出去后，陆续也有当地的、过路的官员前来祝贺，弄得家里人欢马叫。魏玩要强，虽然身子还弱，还撑着应酬。只是一想到季书，就泪流不止。

魏玩年近不惑。她自襄州远嫁抚州，又跟着宦游海州、汴京，经过怀孕、生产、养育，又在一个大家庭里生活，深知女人不易。因担心季雅娇生惯养，将来到夫家若缺了礼数，自己受伤不说，还让娘家人跟着受气，就给她写了一个锦囊带着，谓之《送女出嫁帖》：

> 女功勴尔织，爷娘俱欢喜。
> 既嫁诸事恭，律己乃存义。
> 古来有家风，无骄亦不侈。
> 循礼送奁箱，虽简何陋鄙。
> 女不忘母言，晚寐四更起。
> 关窗闭门户，守慎防讥毁。
> 人后勿非议，吃亏勿说理。
> 舅姑夸暖心，舅姑听顺耳。
> 妇人若能行，何异儒家子。
> 十八碧玉年，未曾闺闼履。
> 他城一朝行，悲怆沧浪水。
> 车徒往何地，同泣别乡里。
> 莫哀天生女，至亲此生系。

写好后，季雅先拿了看，看着看着，泪珠儿就滚了下来。曾布将纸接了过来，先看了标题，觉得好笑，再往下读，笑就收了，眼眶也湿了。

季雅出嫁后，曾布也准备动身回潭州了。魏泰见姐姐憔悴不堪，早晚失魂落魄的样子，知道她还没从失女之痛中走出来，不免既心痛又着急。找来柱子商量，是否该换个地方住？柱子不敢言语，魏泰又找姐夫，同他商量：

"这个别业倒是不错，但草深林茂，易聚瘴气，溪边长虫、蜈蚣也多，都是带剧毒的。外甥们还小，不如换个地方住，也免得汪恺一家愧疚不安。不知姐夫……"

曾布听了，许久没有吱声。他自小家境贫寒，坡里地里长大，哪里惧怕过什么长虫、蜈蚣。这次季书去了，别说魏玩，他自己也难过，但也觉得时间一长，这事儿就过去了，倒没想太多。现在听妻弟这样说，觉得颇有道理，又着实怜爱肉团子一样的四子纤儿，便频频点头："那就让他们都随我到任上吧。全家在一起，虽住得拥挤些，心里踏实。"

魏泰听了，大喜，赶紧去找姐姐。天已七月，他自己穿着单衫还嫌热，姐姐却还穿着件夹衣，看起来羸弱至极。

曾布在花荫下坐着，见魏玩脸色苍白，步履不稳，过去的利索、轻快、矫健，全身上下再找不见半丝儿，也有些心疼，就欠身扶了她一把，叹口气，把准备让全家随他到潭州的想法说了，顿了顿，补充了一句："我稍后就写信给扶柳，让她做准备。"

魏玩刚才已从魏泰口中知道了这事，现在又亲耳听曾布说，心里已涌起一股暖流。她自幼要强，原以为自己能像大多数官人娘子一样，独自在家担负着养老抚幼的重任。实在寂寞了，还可以读读书，填填词。但经过了季书的事，她实在要强不下去了。

"强"是什么，拉大弓，射大虫。她现在一见到"虫"这个字，或一想到虫，就全身直打哆嗦，五脏六腑也被什么死命往外扯。她不想要强了，也害怕再把哪个孩儿弄丢了，没法向曾布交代。只想一家人在一起，遇事也好有个肩膀可以靠一靠。

她心里热乎，眼里刚噙了泪，突听曾布又道，稍后写信给扶柳，当下觉得脸上像被狠狠地扇了一巴掌。这么多年，自己给他生养了七个孩儿，上孝婆母，下抚弟妹，他又主动给自己写过几封家书？现在这点事儿，却急着要写信给扶柳。是妥善准备，还是征得她同意？自己竟到了这种地步？魏玩的泪一下子憋回到肚里。她看了曾布一眼，白眉依旧，脸上光影斑驳。曾布见魏玩一言不发，也止不住打量她，见树叶正往她脸上投下阴影，一层层擦着，看着很是怪异，心也就灰了。

　　魏泰原以为姐姐会满口答应，没想到她并没吱一声，看她脸色，却比先前更惨白了。他愣了一下，又看了姐夫一眼，脑袋转得飞快，不过是刹那间，就又生出了主意。他字斟句酌对曾布道："姐夫这个主意甚好。不过现如今，官员调任频繁，有的恨不得一年一调，没个准地儿，连累得一大家人，一年到头，干不成别的，尽在路上颠簸。依我看，不如再回汴京，房子是现成的。汴京繁华，不管是平素过日子，还是外甥们读书求学，都便利些。我认识的官员，徐禧、米芾，还有不少，自己四处做官，但家都安在汴京……"

　　魏泰一番话，曾布二人俱听进去了。所以不待他说完，曾布就长叹一声："当年我也这样安排，哪知母亲……唉！你们姐弟拿主意吧。"说完衣摆一提，走了。

　　魏玩坐着没动。她也知晓，岂止徐禧、米芾，官员们把家安在汴京的太多了，金兰汇里就有好几个，比如子衿、似锦、灯影、文柔以及芳树。

　　一想到汴京，魏玩竟又不自觉地流下泪来。季书亡，季雅嫁人，她一直怪着曾布，也暗暗恨着婆母。若曾布坚持把家安在汴京，若不是婆母非要回抚州，若不是抚州老宅子里没地方住，哪会住到这里来？白天哪就会遇到长虫？季书哪就会送命？季雅又哪会嫁个没功名的？……恍惚间，她看见季书从远处的小径上蹦蹦跳跳地过来，往她怀里一坐，双臂挂在她的脖子上，撒娇道："娘！娘！我要和哥哥到大相国寺玩耍……"

魏玩一刻钟也不想在抚州待下去了！她腾地站了起来，双手抱在胸口，四处看了看，才知是幻觉，泪水又涌了出来。此时，身上更觉冷了，魏玩勉强挪了步，移出花荫，往太阳地里去坐。

在汴京魏家有宅子。虽然宅子不姓曾，但自己借住没有问题。想到这个，魏玩就又想到了子衿。子衿是最早离开金兰汇的，也是众姐妹中最早独自在汴京置房的。刚知道她在春明坊购房时，自己还有些嫉妒，现在却只剩下羡慕了。曾布仕途上的变故，让她发现：当朝官员，若做了京官，但没在汴京置下宅子，一家人的日子，就如同悬在空中过，稳定不敢说，尊贵也是嘴上的。往日，魏家的宅子让全家安稳不说，也让她活得尊贵。那几年，曾布一心一意爱她，金兰汇众姐妹都羡慕她。现在，一切都结束了。

曾布纳妾头几日，曾说过一句话："再不做苦行僧，要及时行乐。"把没有纳妾的日子，把自己觉得伉俪情深的生活比作苦行僧，魏玩当时听了，已如遭雷击。现在再想起这句话，犹恨不止！

固然，她若去潭州，谅谁也不敢怠慢，但要紧的是自己，自己没法对他和别人的亲昵装着看不见！魏玩知道自己敏感，又曾与他恩爱日久，已习惯性容不下别的妇人。与其看着扎心，还不如待在汴京，眼不见心不烦。

待在汴京，除了心里、眼里干净外，还可以把全家的根牢牢扎在汴京，这才是最重要的。只有这样，孩儿才能受到名师指点，然后科举登第，光耀门楣，也让她母凭子贵，终身有靠。大嫂肖氏虽然在大哥曾晔去世后，吃了几年苦，但现在长子中了进士，她也时来运转，跟着儿子享福了。婆母更是如此。

除了这些考虑之外，还有最重要的，自己又可以回到金兰汇那个圈子了。那些姐妹、那些会赋诗作词的好友，以及可以更好传播的渠道，包括赏识她的"陈记书肆"胖掌柜……魏玩还记得，那年在怀仁，曾布曾笑话自己"写了词也无人看"。但自从认识了似锦几个，那种状况早改变了。

魏玩这样左思右想了一阵儿，视线就落到了花荫前的小径上。模模糊糊地，小径竟变成了通往汴京的官道。魏玩全身一振：人生的紧要处，不正如这路？对的只有一条，错一步，轻则南辕北辙，重则万劫不复。想到这儿，她当即吩咐魏泰速将柱子叫来，说有要事相商。

两个男人快步过来。见她好端端儿坐着，阳光全无遮挡地打在她脸上，照得脸颊绯红不说，凤眼里也有了光，不禁相互惊异地看了一眼。魏玩不待弟弟坐好，就急切地问道："还记得东城那套宅子不？"

魏泰糊涂了。房子的事已经过去几年了，怎的现在想起来了？

魏玩迅速打开了话匣子："那次看了一眼就记在心里了，甚至还梦见过几次，就在那院子里赏花、会友，可热闹了。当时是你姐夫不同意，怕耽误了他的前程，现在没这个担忧了，只怕时间太长，已经错过了。唉！……"

魏泰听了，嘴巴一咧，脸上又现出了调皮的神色，拍着胸道："姐姐想要，我就全力去将它拿下。"

魏玩苦涩一笑。记得当时是人家妻妾打成一团，正牌娘子偷偷处理房产，难道会等几年？不由戗他："又说疯话。你凭什么将它拿下？"

魏泰掰着两个指头道："罗霄哥哥帮我算过一笔账，目前我那宅子，已涨到三千多贯。这些年家里给我的钱，因跟着你们吃喝，省下来都放在罗霄的质库里，利滚利也有了千把贯了，你只需再凑一千贯，这房子便拿下了。"

魏玩听了，方知弟弟理解错了，巴巴在替她算账，大为感动，连忙道："不行不行。那房子是你的，怎么能处理了再为我买房？"

魏泰连打了三个哈哈，拍着一双蒲扇大的手笑道："亏你还做过三司使夫人哩！不知姐夫当年在房产这块儿，是如何替朝廷弄钱的？无非三个字：拆，建，售。"说到这儿，伸出三个指头一比画，见姐姐仍一脸疑惑，便扭头对柱子道："你主子最信你。你说了她听。"

一直默不作声的柱子吭吭了两声，接过话来："主子，上次小相公带我也去看了，罗霄算过一笔账。那个宅子面积大，有三进院子外带一个侧花园，可以花钱改造一下。或将庭院最后的一进小院子封了，开个后门，就是临着宝积坊的好门面，租出去；或将整个侧院子封了，对外出租，每年均稳有上百贯的收入。这是一。二、因它在巷子的最后，旁边临着个垃圾堆。那地原本是店宅务的一名官员假公济私，在规划街道时，想法给自己留的。他怕人看出来，就拖了些破砖头瓦块堆在上面，充作垃圾堆，掩人耳目。后来这官员犯了事，被革了职，地皮也就闲置下来。听说店宅务一直想卖，可……"说到这儿，看了魏泰一眼，嘴角往上一扯，笑了起来，不说了。

魏泰和柱子一唱一和，魏玩却越听越急。汴京富人如蚁，宅子早不知姓什么了。这些事说得天花乱坠又有何用？

魏泰见姐姐一脸着急，就眼睛觑着地面儿，手撑着额头，嘿嘿直笑，直把一双大又圆的眼睛笑成了一条缝，方道："罗霄哥哥贼精！怕这便宜事儿让别人抢了，嘴上安慰那娘子，暗地里可着劲儿对外散布那宅子是处凶宅，垃圾堆更是凶地儿。加禄的娘子干着急卖不出去，只好将房子低价抵在罗霄哥哥的质库里。我去说，他敢不卖给我？"

魏玩一听，大喜过望，噌一下站了起来，双眼发亮。只一会儿，又黯淡了。

魏泰见了，心里明白，便一扬手道："这个姐姐不用顾忌，有罗霄经手才好。虽说姐夫贬了，对手不定还在找他的茬子，听说你搬了大宅子，少不得又要调查一番。现在去调查，好！既有阄书记载，又有田宅牙人

　　　暗夜中的怒放

证明，别人几年前抵押的，现在卖给我，房产在我名下，送给你住的，他们能把我姐夫怎的?"说完，咚咚拍了两下自己的胸脯，"你尽管放心，这房子只暂时挂在我的名下，将来风声过了，随时过户给你。"

魏玩心里的雾霭顿时散尽，也明白魏泰说的那块地皮的意思了。没想到平日大大咧咧的魏泰，关键时候，心思这般细腻，不禁长舒了一口气。当即定下来魏泰明日就启程回汴京，若房子能买，多少钱，迅速给抚州这边来信。

合着是老天怜着魏玩。不出一个月，魏泰就写了信来，房子罗霄愿让，只要四千贯，搬家时再付不迟。魏玩当即让柱子盘点家中钱财，接近四千贯。第二日，就遣了柱子，带了银票前往汴京。一是付钱，二是在那里盯着收拾，关键是要除煞。她原本不信这些，但季书一走，不知不觉也信了起来。

朱夫人最近心情一直不好。她是季雅出嫁前从洪州回来的。到家才知道，季书已经夭折了，当即呼天抢地地哀号起来。边哀号，边骂人，骂下人不好好服侍，骂魏玩不用心照顾，最后骂自己不该回抚州，嗓子都骂哑了。骂了一日一宿，人虽然静下来，却也蔫了，每日里一言不发，只专心礼佛。这下听说要回汴京，也帮着收拾起包裹来。

这样忙碌了接近一个月，家里的大包小担都拾掇好了，田里地里也安排妥了，船也打探好了，出发的日子定在七月末。

全家人都盼着。没想到朱夫人一脸不乐意道："哪有大热的天搬家的，可不能坏了老祖宗的规矩。祖宗之法不能变。"

"祖宗之法不能变"这话是当日旧党拿来驳斥新党的。曾布常在家里戏说这话给家人听，朱夫人不知何时就记着了。魏玩不听此话犹可，一听，当下触动了勉强压抑着的怒气。在魏玩看来，王安石带领新党变法，并不是为了自身，而是为了富国强兵。在她心里，王安石就像一座高耸的山峰，只能仰望，哪能背后胡乱评论?再加上季书死，她心里没法明说的对婆母的怨恨，便借机当即反驳道：

"娘，当日因王宰相变法，子宣才做了京官，也才能做现在的一方大员，也才有我们全家的今日。我们哪能享着变法的福，平日里却又一切循旧。那不是反对变法吗？"

魏玩说这话的时候，德克正回娘家帮着收拾物事，听了，啪啪鼓起掌来。

朱夫人本来心里不快。她一生几十年，视若神明的，一是皇家，二是王宰相。今听魏玩抬出王宰相，又说出一堆怪模怪样的道理，只好闭了嘴，瞪了德克一眼，由她姑嫂俩折腾去。

原先在汴京时，曾家共有两个幕僚、两个长随，另二十二个下人，都由柱子、雪梨两口子管着。曾布去饶州，带走幕僚、长随、曾七和两个侍女，魏玩回抚州，家里又走了几个下人，现在家里只有缫儿、纡儿的乳娘，绽儿、缨儿的跟班小厮，服侍婆母、季真的丫鬟，另加灶上的三个、门上两个、跑腿的两个，以及柱子、雪梨、玉笛、疏帘，共十七个下人。一船坐到汴京，见新宅子宽敞明亮，人人皆有住处，个个也不觉得疲劳。

朱夫人虽然累得不行，但见这宅子竟还有一间独立的小佛堂，当即眼珠发亮，连说了三声"好！"。魏泰原本说自己回小纸坊巷住，后来因见庭院里的琴、炉、几、竹、石、禽、鱼样样可爱，实在舍不下，便干脆将老宅子租给了一个杭州来的丝绸商，自己也住了过来。

魏玩终于回到汴京，又有了自己的宅子，兴奋得前后打量。宅子地处延和坊，南临兴宁坊，西临惠政坊，东北边靠近曹门，北边穿过柳林巷就是潘楼街。至于垃圾堆，就在宅子的东侧，也是这一排十几户宅子的末尾处，再往东就抵着曹门大街了。来历已打听清楚。原本是一冯姓人家的私宅，因一次半夜失火，人、财、物烧了个精光，官府便将地收了回去。

家里安置妥善，魏玩上街去逛，觉得这汴京比三年前又繁华了许多。街上的铺面更多了，一家挨着一家；街上妇人的衣着和头饰，也不流行浓艳富丽，变得浅淡清新起来，看起来温润秀逸了许多。竟然还有卖小报的！这可是新鲜事儿。听说是这几年才有的，生意好得出奇。为啥？因它印的内容俱是邸报所不载的大臣章奏和官吏任免的消息，另有一些中枢部门尚未公开的消息，一些达官贵人的私事。这些内容，可谓官民、老少咸宜，怎会不受欢迎？所以虽然朝廷严禁，仍然有一些中下级官员联手书肆偷偷发行。

　　魏玩知道有小报后，真是欢喜异常。秀才不出门，便知天下事。曾布外放，她独自在京，对朝廷大事难得知晓，有了小报，便可以及时知道些相关消息了。所以吩咐柱子安排下人每期必买。但小报的摊点并不固定，因朝廷三令五申不准刊印，所以多数是小贩提了篮子，上面用花或是书盖着，偷摸着交易。一个干瘦的小贩常在延和坊一带兜售，已识得魏玩和家人，每有新的，便三文钱一份，送上门来。

　　新宅位于城东，相对于小纸坊巷所在的城南，又是一种风景。主仆少不得每日上街转转，一要购物，二也顺带熟悉周围的情况，发现这一带官府颇多，如榷货务、弓弩院、新衣库、市易司。一日，正秋雨纷纷，魏玩突然来了兴致，要去雨中赏景，便穿了身利索的天蓝洋缎箭袖衣裙，蹬一双麂皮靴，让雪梨撑了绸布伞，又带了季真，一起往街上去了。

　　汴京虽然平日里行人熙攘不透，但下雨天人少，街上就显得整洁许多。三人边慢慢往前走，边漫不经心地打量着街景，突然，街对面的衙门前，一块匾额跳进了魏玩的眼帘。定睛一看，竟是"市易司"三个大字。魏玩全身颤了一下。曾布的前程原来毁在这里！一念及此，她脚下如同踩到蛇一样，转身就要往回走。不过走了三步，突又觉得不妥：我这是怎么了？曾布固然是被官家当作棋子牺牲掉了，但好歹也还是一方大员；自己——能几番拖儿带母，拖家带口往返抚州、汴京的人，难道还惧怕它不成？

魏玩悄悄将手握紧了。先前曾布在京城时，他就像一把大伞，把全家都罩着；现在，他外放了，再没有一把伞供自己躲雨，凡事都要自己担着。这样想着，手上有了劲，继而胳膊上也有了劲，便回转身来，深呼吸了两下，继续往前走，眼睛却不放过街对面的景。

在这当儿，一顶黑色大轿从远处飞快抬到衙门前，停下了。一个胖官员正掀帘下轿，就见门官哈了腰过去，大约是因地面滑，想扶上司一把。胖官员却不乐意地闪开半步。就在这一瞬，肥胖的身子竟失去平衡，咕咚一下跌倒在地。

魏玩停了脚步。她有些替胖官员担心。本来，刚才转身往回走的一刹那，她知道自己还有些恐惧和怨恨，没想到，只不过一个转身，就完全变了心绪。人生不易，各有困局！将心比心，方才懂他人！那胖官员乱蹬了几下腿，从地上爬了起来，又拍打拍打衣衫，便抬脚进衙门里去了。魏玩见得，放下心来，伸手牵了季真，继续去看街景。

三人回家时，雨早住了，一个褐色夹衣小贩正在门口缩头缩脑。听到脚步，回过头来，见是魏玩，笑逐颜开，先提着篮子抱了一拳，然后从里面抽出一张小报，递给魏玩。

魏玩先习惯性扫了一眼，没想到，这一扫，竟像被一根细长锃亮的银针扎了眼睛，险些惊叫起来。一条标题扑面而来：《拗相公痛失爱子，小神童一朝归西》。

王雱是王安石的长子，亦是他变法的得力干将，素有才华，不过三十出头，怎么就殁了？魏玩不等雪梨付钱，就从小贩手里将小报接了，转身进了大门，站在院中，匆匆看完，原来王雱是突生疾病，昨天去了。

魏玩曾见过王雱几面，觉得他恃才傲世，口无遮拦，无所顾忌，心里不怎么喜欢他，还提醒过曾布，离他远些。但今日知道他病故，还是替他可惜。爹爹的心腹，又正值韶华，却要白发人去送，王宰相夫妻如何受得了？只怕会要了他们的老命。一想到这里，脑子里就浮现出季书来，眼眶当即红了。呆站了一会儿，她吩咐雪梨，通知曾肇、绖儿和魏泰，商量去吊唁的事。

两人都是很久才来。三人在花园里坐了。魏泰试探道："市易法吕嘉问案后，宰相可是处处为难姐夫的。王雱对姐夫也多有狠话。"曾绖在一旁附和："熙宁七年，官家夜传爹爹调查吕嘉问案，爹爹将调查结果先告知了王宰相，征得他同意后，才向官家上奏。王宰相后来却怪爹爹破坏新法，多方弹压。爹爹今日奔波分离之苦，皆由此而来……"

魏玩听完，皱着眉头反问二人："若没有那件事，单就王雱殁了，你二人可心有戚戚？"二人齐道："那是自然。"

"这就行了。没有王宰相，就没有子宣的升迁，我也住不到汴京。吊唁之事，既为王雱英年早逝，更是慰宰相夫妻之心。古人都知道结草衔环，我们为人处世，岂能不如古人？"说到这里，魏玩又想到季书，眼泪再次涌了出来。

曾绖听了，红着脸坐在那里。魏泰喜滋滋地搓着手道，怕姐姐不理会这事，原来还准备一个人偷偷去的，这下好了。

魏玩瞪了他一眼，又叫来柱子一起商议。因曾巩、曾布俱不在汴京，就备足香表、祭帐，绖儿、柱子和魏泰代表曾布一家和魏家，曾肇自己去之外，还代替曾巩祭奠。

这桩事情安排好，魏玩心里好受了一些。一日，她外出上街，见到有人在清理垃圾堆上的砖头，想必是家里砌什么用得着，就露出方方正正一块地皮来，不下两亩地，不禁心里一动。魏泰曾笑自己，亏还做过三司使夫人，竟不知曾布当年为官府筹钱，无非是"拆，建，售"三字。现在这地皮空着，何不抢先买了过来，建成宅子？想到这里，不禁激动起来，转身回家，找了柱子，详细问了这块地的情况。等到晚上魏泰回了家，又找他再议。

魏泰听了，激动得嗷嗷直叫。原来罗霄早有此意。无奈地皮被店宅务把着，横竖不对外售。罗霄曾与他说，若谁人能把这块地皮拿下，他情愿出资建屋。建成后，两家二一添作五，共同拥有这房产。魏泰边说边将手摊开，正一下反一下，道："他说地皮六八百贯足够，建屋一千贯出头。待建好，不低于五千贯。"说完，啧啧嘴，叹道，"罗霄哥哥这赚钱的脑袋，不服不行。"

魏玩听完，脑子快速转了起来。当年，曾布将贺员外的二儿子侑植安排在店宅务听差。现在正好找他。

一切天遂人愿。侑植很快上门来回话，说一干差人都知道这块地的价值，自己不敢碰，也不想便宜了不相干的人。若是合适的人想要，一千贯银钱，交钱就办手续。说到这儿，侑植脸通红，赌咒发誓："婶娘，这里面我绝没伸半根指头。那帮人说，守了好几年，人人都得见点油星。"

魏玩点头，知道他所言不差。当下让柱子凑了钱，到店宅务去办手续。哪知那些差人打听到是曾布的小舅子买，哪还敢多要钱？话已出口，又不敢不卖，只好强打笑脸，仍按两年前的价六百贯把手续办了。魏玩知道后，吩咐柱子将退回来的四百贯钱分成若干份，在樊楼买了春节用的时令物品分别送去。

第十六章
乞　巧

熙宁十年，魏玩三十有八，带着孩儿们过了返回汴京后的第一个春节。

这个春节比哪一年都冷清。不过依魏玩的聪慧，深知人走茶凉，所以对曾布手中有权时，众人皆来奉承，一旦被贬，就门前冷落也不当回事了。况且全家又是从抚州才搬回来，并没几个人知道，自然不如以往过年家里人来人往热闹，反而显得清静。

曾肇也做了京官，就在馆阁任着职，家小也进京了，因还没钱买房，暂时在店宅务里租房住着。婆母就两边换着住，对魏玩，自搬家那次被她顶撞，又见她一个人操持家确实不易，也就不再多说什么。魏玩于是每日午后小憩起来，便拿了书来看。

这日，她拿起一卷《鱼玄机诗集》，读了几页，突地想起三年前胖掌柜对她说过的话来，心里一动，便起身去找这些年积攒的诗稿。

诗稿放在书房里一个小库露真的箧子里。魏玩把木箧子打开，仔细数了数，已经誊正的共有八十九首。

魏玩将它们分开理了一遍，诗三十六首，词五十三首。她先将诗笺一张张整理、品读，然后码整齐，又从房间里找了根彩色的丝带，将它们拦腰系了，在篓子里放好后，又依样拿起词稿，一张张整理、品读，这就读到了一首《好事近》：

> 雨后晓寒轻，花外早莺啼歇。愁听隔溪残漏，正一声凄咽。
> 不堪西望去程赊，离肠万回结。不似海棠阴下，按凉州时节。

这是那年在抚州，因曾布数年不归，自己极度失望之余填的。她将这首词细细读了几遍，觉得文字还算清丽，意境也好，并没有暮气，不免有些欣喜：难得自己的笔下还能拥有这份青春的气息！一想到这儿，她突然意识到：不管岁月如何流逝，也不管曾布如何嫌自己年老色衰，她喜欢的诗词却没有抛弃自己。念及此，魏玩心里又多了几分底气。她合了篓子，信步朝院中走来，一眼就看见了那株玉兰。

因这年立春早，虽还在正月里，性急的花草却早已耐不住性子，悄悄萌动了。这玉兰有一人多高，并不粗壮，上面却缀满花蕾。朵朵花蕾，像一个个小小的纺锤，站在枝头，衬着绿色的叶片，煞是好看。一首《万里春》在脑子里冒了出来：丹霞浅醉。放眼千枝媚……

才得了这一句，就听一阵叽叽喳喳的声音，从前院传了过来，越来越近，原来是绖儿姐弟几个。只见他们兴冲冲地，边走边议。先是季真说："奶奶不在家，娘肯定会同意我们去的。"又听绖儿道："也难说！我看着娘心情不好……"原来他们正商量着明日上街看上元灯会的事。

魏玩听了，想起明日又到元宵节了。她想起初到汴京那年，似锦带她去观灯的事来。一晃八年过去，但那日的情形，包括街景、一起看灯的姐妹们的说笑，却清晰地刻在脑子里。她要从抚州回汴京，一个重要原因便是金兰汇。但这些日子事情堆成山，加上曾布到底是贬，她骨子

暗夜中的怒放

里要强，并不愿去主动联系别人，所以半年了，金兰汇的姐妹们一个都还没见着。

兄妹几个正说得热闹，季真眼尖，一下看见了树下的娘，忙用手碰了碰哥哥。几个人便都停下脚步，相互张望着，不再出声。

季真这年九岁，正对世事半懂不懂。她见娘呆呆地站在树下，一脸深思状，以为真像哥哥说的，爹爹过年没回家，娘心里不悦，当下就担忧地望了她娘一眼。

魏玩已听到半句他们的议论，又碰到季真这个眼神，心里一惊：没想到自己的举止，这样影响孩儿们的心情！真乃母子连心！不过，为娘的，倒叫孩儿们替自己担心，这成什么话了？自己时时想把根扎在汴京，既为自己，也为孩儿们有个好的成长环境，哪能因为曾布不回家，就让孩儿少了节日的乐趣？便接过梃儿的话道："明儿把乳娘、小厮都叫上，管家带路，你当哥哥的多照顾弟弟妹妹，全家都去观灯。"孩儿一听，欢呼雀跃，围着她跳了起来。

十八这日下午，魏玩因前几天带着孩儿们在街上连玩几天，观灯，猜谜，又看耍刀、吞火，还看飞丸掷箭、缘竿走索……累得腰酸背痛，正在家歇着，看门的来报，两位贵夫人求见。

魏玩听了，吃了一惊。是谁？竟寻到这里来了？忙吩咐玉笛给自己梳了头，戴了发饰，换了衣服，往门口去迎。却是似锦和灯影两个，各带一个丫鬟，皆簇新衣裙，光彩照人。见了魏玩，一个嗔："回抚州不吱声，回汴京依然不吱声，姐姐最近怎么成了徐庶进曹营——高低不作声了？"一个高声嚷："姐姐怎么神仙似的，来无影去无踪，可叫我们一通好找！"

魏玩能见到她们已感惊喜，又听了这番话，知道全是真心，更加高兴，忙请她们到前厅坐下，笑着解释道："弟弟新买的宅子，非要我们回来。搬得急，就没来得及通知姐妹们，算我失礼了。"说完吩咐下人将家里最爱的襄州高香茶打开，给二人冲泡好，又拿来些过年家里做的各类果子，一起放到几上。

两人品了茶，又浅尝了一点果子，夸赞一番后，问了魏玩这两年的情况。得知季雅嫁了，季书亡了，俱愣了，感慨唏嘘半日，劝魏玩千万节哀。

其实自魏玩离开抚州，就下决心把季书的事忘掉。加上大半年过去，她的情绪已平复得差不多了。现在听她们安慰她，忙道："妹妹有心了。不过那事早过去了。我这正日日想着你们，可不能现在就走。你们要真疼我，快给我讲讲京城里的新鲜事，让我解解馋。"

灯影便忙将姐妹们的情况同她说了。其他没啥异常，照旧生儿育女，操持家务，都在汴京待着，独孟钿那日同采葛争执后，也不与大伙聚了，两年前干脆随丈夫到广州任上去了。

似锦一脸怪笑。她听灯影讲完，先撩了长裙，边将一条腿跷起来擦到另一条腿上，边哈哈笑道："曾翰林不在，今儿我们也放肆一次。凭什么只许男人放肆？"说完朝魏玩递个眼色，又扭头问灯影，说："是吧蜜蜂？"

魏玩有些不解。听那话意，灯影似有什么放肆之处，便扭头去瞧灯影。灯影却没听见一般，低头吃茶。

似锦看一眼灯影，又看一眼一脸不解的魏玩，扑哧笑出声来。她越笑越响，中间也想收住，无奈那笑已像着了火的爆竹，噼噼啪啪响个不停，不大一会儿，脸上就挂满了泪花。

魏玩越发不解，上下打量着灯影，见她仍悠悠地吃一口茶，再品一粒果子。

似锦笑够了。她扶扶头上的发髻，问魏玩："近来汴京风传的一个悍妇的故事，姐姐可想知道？"

"哪有什么悍妇？只不过一个男人逗留勾栏，被他夫人找上门带了回去。"似锦话音刚落，一直没说话的灯影，突然大声地反驳道。

似锦听了，一下坐直了身子："好。我把故事讲给魏姐姐听，让魏姐姐评评到底是不是悍妇。"说完绘声绘色地对魏玩讲了起来。

"说是有个官员，新升了级，也想养两个歌伎在家。奈何娘子不允，只好偷偷往那勾栏里去听曲儿。一日，又去了勾栏。勾栏的规矩，歌伎们唱了，客人也得唱上几曲。那日，他正挽起袖子，笑嘻嘻立身站定，叉手唱起正流行的姐姐那首《系裙腰》。刚起了个头，灯花耿耿漏迟迟——只听平地一声狮子吼，一根大棒迎面劈来，正中官员脑门，幞头顿时落地。原来他的娘子带着些膀大腰圆的婆子，抄家伙席地卷来，见人就打，闻声便踹。现场大乱，烛光尽灭，好好的烛影摇红，变成了乌漆抹黑。现场的人，趁黑狼奔豕突，各自逃生。这丈夫，却被娘子揪着耳朵，回家去了。此后，这官员就落下个外号，叫'系裙腰'。听说全城的酒宴上，但凡有人唱这曲子，大家便心领神会，哄堂大笑……"

魏玩听完，也顾不得笑不露齿的规矩，大笑起来，直笑得前仰后合，把肚子都笑疼了。好大一会儿，才揉着肚子，喘着气道："这个娘子，也真是的。勾栏，有啥可怕的？别说男人，妇人，不也常去吗？"

"妇人是去看热闹。男人去干什么？心怀鬼胎罢了。"灯影把茶勺往茶盅里猛地一放，替故事中的娘子辩解道。

魏玩见灯影脸颊通红，噘着嘴巴，时而愤怒地翻似锦两个白眼，样子着实可爱，就笑着对她道："那娘子虽然勇气可嘉，但到底鲁莽了些，也损了自个儿名声，这以后的日子怕是难过。"

灯影却嘴巴一撇："心里要憋屈死了，还管他什么名声。休了倒自在，自个儿过，没什么不好。"

似锦听了，偏了身子，眼珠儿瞟着灯影，却朝魏玩一努嘴，夸张地高声赞道："那妇人好有志气！"

魏玩方才大笑，一因这件事前所未闻，着实好笑；二是似锦老还逗灯影，灯影却笨嘴笨舌，老拿不出话来回，只把脸急得抹了红油彩一样，看着好玩，倒没敢想故事的猛娘子是灯影。现见似锦努嘴，心里一声惊呼，不认识似的，盯着灯影看了又看，直把灯影看得扭捏起来。

魏玩早就知道，世上的妇人并非个个孝慈顺夫，忍辱负重，也有敢挑战陈规，放任性情的，像七妹，还有曾布讲过的那个公主。但眼见着的，因挑战了陈规，她们都过得不好——公主降了品级不说，仍被逼回夫家，据说最后死得很惨；七妹也郁郁寡欢，时常犯痴病，遂被二姐夫嫌弃。现在灯影和她俩一样，挑战陈规，放任性情，让丈夫出了大洋相，她倒为灯影担心了。

过了一个多月，似锦又来家里看她，魏玩便将担忧同她说了。似锦听了，笑得花枝乱颤，最后道："真正奇怪！沈存中自那以后，再不去勾栏了，也比原来更爱灯影了。现在他得官家信赖，才任了回谢辽国使，出使辽国去了。据说辽人给取了个外号，'沈惧内'。"

魏玩听了，舒了一口气。沈括是不是更爱灯影难说，"更惧"倒有可能。她知道，外人称颂的举案齐眉大多停留在表面上，内心的相契与否，眷念与否，只有个中人才知道。就如自己和曾布，外人谁不说感情深厚？但他分明已有了新欢。一个有新欢的人，怎么还能说他与旧爱感情深厚？难道男人的感情如海水一样深广，任多少人也取之不尽？非也！男人爱新欢，必伤旧人，从宫闱到乡野，这是一模一样的。鱼玄机有诗"易求无价宝，难得有心郎"，白居易亦称"红颜未老恩先断，斜倚薰笼坐到明"，讲的都是这个道理。不过男人从来都高高在上，灯影能降住丈夫，也算是幸运了。

光阴似箭，不觉又青归柳眼，红入桃腮。百花应着花信，含蕊吐芳，把汴京装扮成一个香颤颤、花蓬蓬的世界，忙煞了数以千计的花农花贩。一个个卖花女，忙着将花铺排满马头篮，走街串巷，声声叫唱：

"红艳艳的山茶卖吧——红艳艳的山茶卖吧——"

"香馥馥的栀子卖吧——香馥馥的栀子卖吧——"

魏玩在家，听到叫声，心里欢喜，便带玉笛到街上，花五百文钱各买了一些，准备插了观赏。芙蓉在曾家服侍了十年，按照契约，年前已送回她爹娘家去了。玉笛和疏帘现在贴身伺候着。

这日学堂里放假。缨儿、缫儿哥儿俩正一人手中拿了一卷书，在院子里对着一盆兰花发呆。哥儿俩都穿着淡绿色的织锦长袍，和爹爹一模一样的细长眼睛。见母亲拿了花进屋，对视一眼，一起跟了过来。

"怎么又出来偷懒？"魏玩嗔怪道。她对他俩有要求，今日在家品读古诗词。

"不是偷懒。有不懂的要请教娘。"缫儿说着将翻开的书递到母亲面前，指着几行字道，"为什么诗词中都爱写花？譬如这首《墨梅》，还有哥哥那首《题都城南庄》？"

魏玩一听，心里甚是欢喜。缫儿才六岁，能这样问，说明他在认真琢磨诗词了。魏玩就把花分成两束，一人给了一束，然后问他俩："可香？"

哥儿俩嗅嗅，点头称是。

"你们再看看它的形、色、姿，可美？"

哥儿俩答当然。

"花这么美好，人们便不吝词语赞美它，如'花开富贵''花好月圆''如花似玉'。此外，还借它来表达自己的情感，大概有三类，一是美好寄愿，二是傲骨丹心，三是感时伤逝。王冕的这首《墨梅》，先写了梅花盛开之景，似墨染过，外表并不娇艳，却端庄自然，幽香超凡，这是在借花自喻，表明自己独善其身、不向世俗谄媚的傲骨本色。这就是傲骨丹心。"

缫儿听得似懂非懂，不过仍一脸庄重，嘴里嚷道："以后我也写梅花。"

　　魏玩听了，粲然一笑，摸摸繰儿的头，又看着缨儿，对他讲道：

　　"再看崔护的这首《题都城南庄》，'去年今日此门中，人面桃花相映红。人面不知何处去，桃花依旧笑春风'，写了两个寻常不过的场面，一是在春意盎然之际，诗人信步出游，见到小娘子光彩照人的侧脸与粉红的桃花相映成趣，不禁由衷欣喜。二写重寻不遇，门、景依然，人却不见。诗人将'人面'和'桃花'串成一条线，在物是人非的描绘中，感受着失去美好事物的惆怅。这种感情犹如从心底涌出来的清泉，清澈、纯美，令人回味无尽。这便是感时伤逝。"

　　缨儿已经十二岁了，听魏玩说了这么长一段后，点点头道："明白了。我见娘那么喜欢带兰字的花，惠兰、玉兰，原来也是在以花自喻。"

　　魏玩一听，甚是惬意，笑道："缨儿长大了，也懂娘了。"

　　缨儿受了表扬，脸蛋兴奋得通红。拿起花和书，拉着弟弟就走了。

　　魏玩看着孩儿们蹦蹦跳跳地去了，心里欣慰。便赶紧把花插好，也拿了本书翻看起来。她拿的是真宗帝赵恒的别集《御制集》，曾布一向爱看。里面有那首有名的诗"励学篇"。这诗魏玩打小读过，隔了几十年，现在重又读到，竟一下意识到自己之前对"书中自有颜如玉"这句诗的理解完全错了。

　　之前她一直以为，"颜如玉"是说愈爱读书，人的容颜会越美丽。就像戴在人身上的玉，经过了岁月的浸润，以及人对它的滋养一样。现在她恍然大悟，真宗帝这句话根本不是自己想的那样！他是对天下男人讲的。他鼓励他们多读书，称只要努力读书，走上仕途，就会获得美颜如玉的妻子。

　　想到自己对这句诗误解了三十年，魏玩心里五味杂陈。四时更变化，岁暮一何速！想着自己从孩提的稚嫩、豆蔻年华的水灵，到初为人妇的饱满、而立之年的成熟……这一路走来，虽然一直不忘读书，但套用一下王勃的诗，仍是"岁齿与子女齐增，恩爱与颜色共摧"。

　　想到了王勃，魏玩眼前便站着了一个灰帽蓝袍的青年。奇怪！分明几百年前的人，怎会如此清晰地出现在眼前？魏玩怔了一下，不免去细细琢磨，遂想道：大概是因他英年早逝，人们对他的印象便停留在那个时刻了。

　　魏玩又由王勃展开了去想，发现无数的前人留给后世的面目，很多并非生命的最后，而是一生中最辉煌的时刻。当然，这有个前提，须是青史留名的人。若不然，试想与王勃同时代的，怕有多少万，但后人知道的又有几人？

　　想到这里，魏玩激动起来。看来岁月的流逝并不可怕，可怕的是活了半世，却没能留下半点印痕。历史上，青史留名以男人为主，妇人寥若晨星，本朝怕也概莫能外。以当下来看，王安石一定会青史留名，子宣几个因参与变法，大概也会被写上一笔，此外还有包拯、晏殊、欧阳修这样的大臣。那么妇人呢？除了后宫的嫔妃外，不管是官员家眷，还是黎民百姓，怕是找不出几个了。

　　一想到那么多的妇人，那么多端庄美丽的面孔，连带着她们的性情、华服、故事……都将被历史一股脑儿忘记，忘记得干干净净，就好像她们根本未来过这个世界一样，魏玩不禁打了个寒战！为什么会是泥牛入海似的命运？她合了书，站起来，扭头看着满墙的书橱，慨叹：这个世道，妇人想要留名，非得有卓越的英才不可。那么放眼看去，金兰汇众姐妹，谁拿得出手？就说自己，除了家务，就是孩儿，连热爱的诗词也搁置许久，真愧了"女词人"那顶帽子。不能再这样蹉跎下去！须得在诗词上多下一些功夫了。

　　自从似锦那里知道魏玩回到汴京，金兰汇便陆续有人带着礼物上门看她了。这样一晃就到了六月底。魏玩自己有宅子，又宽敞，有心在家里宴请下大伙儿，便与似锦商量。不日就是乞巧节了，这是妇人的节日，不如定在这天聚聚。似锦点头道好，让魏玩列个名单，她帮着去邀。

魏玩笑道："其他事还能劳烦。这事儿若请你帮忙，只怕众姐妹说我不知礼数。"似锦笑笑，帮她计算人。金兰汇中，子衿早几年就断了来往，孟钿随丈夫去了广州，现在城里尚有采葛、采薇、灯影、芳树、文柔五人。不过又听说文柔的丈夫李之仪也反对文柔和她们来往了。魏玩听了，好笑道："一个个胆小得！未必我们是罪犯家眷？被黥了面，沾沾就影响了他的前程？"说着已将请柬写好，着柱子挨着去送，又令雪梨、青杏上街采买物资。

转眼就是七月初七。这日老天赏脸，无风也无雨。金乌将落未落时，文柔带着孩儿第一个到了。她见门口吊着羊角大灯，第二进院的小拜堂里，摆着供桌，上面供着魁星，焚着斗香，秉着蜡烛，陈列着鲜花、瓜饼和各色果子，地上还铺着锦褥拜毯，便赶紧盥手上香。完毕，又拉着魏玩的手道："姐姐这个安排太好了！"

稍后，采葛、似锦、采薇、芳树、灯影陆续到了。人人穿着簇新的衣裙，都带着家里的女孩儿，大一点的牵在手上，小的都被乳娘抱着。孩儿都手举一枝新鲜荷叶，怀里抱着各式各样的"摩睺罗儿"。这种乞巧节专用的泥孩儿，每年六月下旬就开始卖，且价越卖越高，到了七月七日这天，一个五寸大小的，就得一两银子了。

魏玩对众人道："趁着天光尚早，我们先往亭子里乞巧，晚点再替几个小郎拜魁星。"众人都点头称赞，随她往湖上的小亭子里走去。

小亭名陶然，小巧精致。它的三面都设有美人靠，能坐不少人。众人过去，见里面早有一张圆桌摆好，周围又摆满圆凳，圆桌上面放着一盆清水、一个五色线、巧针盒。西边的美人靠前，放了一张方桌，上面摆着酸梅汤、杏仁茶、奶子酪，以及西瓜、甜瓜，另十几个果碟。孩儿们一见，都围了过去，伸手拿了，又就着近处坐了。孟钿的孩儿大些，吃了一口奶酪，便爬在美人靠上仰了头望着天上大声问："牛郎哩？牛郎哩？"吓得乳娘和丫鬟们赶紧在旁边护着。

大家吃了点儿瓜果，下人们已经在桌上铺好毡子，又将巧针盒放上，给每人分了五色线、乞巧针。众姐妹便兴致勃勃地穿针，绕好，送到盆中让其漂浮在水面，然后几个脑袋一起盯着，看针如何转动，怎样合巧。只见巧针在水面上乱动，这根挨上，那根又分开了。好大一会儿，只魏玩和文柔的针了巧。似锦故意叹道："竟是姐姐和文柔妹妹合上了。看来只你二人心巧，我们都是心粗了。"大伙儿一听，都笑了起来。

正热闹，突然听见芳树"呀！"的一声高叫，众人吓了一跳，扭头看去，见她正死死地盯着采葛的腿，张口结舌："这……这……也可以穿？……"

众人忙争着去看，采葛已站了起来，手拎裙摆，大大方方地转了个圈，特意要让大伙儿看得更清楚一样。原来她上面一件葱黄色的丝质抹胸，外搭一件橄榄绿色、两条长对襟上绣着烟灰色回字纹的修身褙子，衬得人既活泼又华贵，但下面穿的，乍一看是条烟灰色的罗裙，细看却是一条合裆裤。

采葛一向最会装扮。众人一起时，她最是出彩。因她对颜色搭配颇有一套，什么赭黄配暗红、配墨绿，朱红配粉绿，柳黄配翠绿等，浓而不腻，艳而不俗。对各种织品，也颇有研究，特别是锦，能一口气说出接近二十种花色，什么缂丝楼阁、缂丝百花攒龙、花龙、紫金阶地、荷花、青天落花、缂丝龙凤、珠焰、曲水、樱桃、滴珠龙团、方团白花、球路、方肚盘象、柿红、宝照、练鹊、绶带、瑞草等等。众人私下里，说她都可以到宫中去当掌管服饰的姑姑了。

大伙虽说早见惯了她的不俗装扮，但这条合裆裤，还是把芳树吓着了。众人也有些吃惊。因为它是近来街上伎女们最时尚的装扮。

采葛见大伙儿都看着她，先装糊涂，好一会儿，再没忍住，扑哧笑了："终于让魏姐姐吃一惊了。"

魏玩倒糊涂了，瞪大凤眼，听采葛娓娓道："姐姐还记得第一次见面吧。你穿了身月白袄湖蓝裙，你那个学生，也同样的月白袄湖蓝裙。我当时就吓了一跳，没人会这样装扮呀！但姐姐却出奇制胜，穿了汴京第一套母女装，真绝了。后来我就琢磨：像我这种黄皮，个儿也不高，要想靓丽，也只有小心翼翼，剑走偏锋了。"

听她这样说，有的点头，灯影却不依她："分明随了伎女的着装，怎么不说自己小心了？你且解解。解得不好，当心罚酒！"

采葛挑起眼角斜了她一眼，懒得回答。

魏玩见了，替她圆场："灯影妹妹，伎女怕什么？谁不知自从有这种人，就一直引领着装扮的潮流？那日我去金明池，见到一队伎女，踩着月光，华服纵马，异香馥郁，飘逸如仙，穿的便是这种裤子。听说后宫也有人在效仿了。"

众人听了，齐齐喔了一声。芳树仍有不甘，问采葛："你穿成这样，不怕夫君斥责？"采葛冲她一笑："他哪里顾得上。"

此时，桌上的果子已吃了一少半了。魏玩见天上仍混沌一片，不见星宿，便让青杏传饭，吃了再玩，立刻就有煎、焖、蒸、煮的十几个菜传了上来，小孩儿一桌另有一份。魏玩又命人在院中折来一枝栀子花，放在手上，环顾了一眼众人道："今天是我们的节日，轻松一下，不作诗词，改击鼓传花讲故事。花到谁手中鼓停，饮酒一杯，说笑话一个。"于是布条蒙了眼睛的玉笛站在魏玩身后，开始击鼓。声起，栀子先从魏玩始，次似锦，一一过，正传到采薇手上，鼓停了。采薇无奈，只得饮了酒，随便讲一个，大家还没听清，她脸倒先红了。采薇结婚六年了，说话行事还与小娘子无二，声音细若蚊蚋。众人见她这样，都笑了。

鼓声又起，这次在芳树手里停了。芳树清了清嗓子："我这里有一个好故事。我在蘷州时，听说乡下有位胡氏，嫁的郎君，相貌丑，品行也不端，还常动手打她。父母便劝她离婚。但胡氏没听爹娘的，仍爱郎君如初，真柔顺节孝也。"

因大伙儿相处久了，知道她平时满脑子柔顺节孝。现在又讲出这样的故事来，可谓三句话不离这词儿。她们根本不觉得好听，但又不好说什么，就都闭了嘴巴，埋头吃茶。

魏玩是主人，觉得突然冷场，芳树未免尴尬，便对她笑道："我看这胡氏，愚蠢得过了。虽然妇道人家以孝顺为本，但她不知，甘身困辱则非智，屈意于苟贱则无勇。"

芳树听了，一脸诧异，反驳道："顺夫为贤，难道不对？"

魏玩看她一脸认真，有些不忍，叹口气，对她道："无妇人便无世人，更无男人来指这说那。虽说男女有别，又倡导顺夫为贤，像胡夫这种不堪的男人，还去死守，岂不是轻贱了自己的生命？同样受之父母，妇人的命难道不是命？"

魏玩说完，众人齐齐称道。似锦道："正是这话。芳树，难道妇人的命不是命？况且，你这也不是笑话，是给大伙儿训话哩。"说得芳树哭笑不得，脸红一阵儿白一阵儿的。众人见了，全哧哧笑了起来。

这样闹了一阵，重新击鼓。从采薇起，至灯影鼓停。灯影想也没想，就讲了起来——

说是严郎中的妻子赵氏，性好嫉妒，家里的小妾、婢女都不敢接近严郎中。一日，严郎中拿了本《毛诗》，把《周南》中的两篇反复诵读后，对赵氏道："第一篇，讲的是后妃怎样对待地位在下的婢妾，表扬后妃没有嫉妒之心。第二篇讲的是不妒忌，则子孙众多，男尊女卑的秩序就会端正。"

赵氏听了，便问他读的什么书，他回答说："《毛诗》。"妻子又问："是什么人作的？"他答道："周公。"

赵氏说："怪不得，原来是周公作的。如果是周婆作的，肯定不会这样说!"

众人一听，先不觉得好笑，但越品越有意味，俱大笑起来。灯影脸上却半丝儿笑容也没有，只埋着头，若无其事地吃茶。魏玩见了，越发觉得她聪慧、顽皮，可爱至极。

正这样说笑，忽见一个小孩儿惊叫起来："看天上啊！"众姐妹应声看去，只见头顶上，一条天河涌出，波涛汹涌，繁星似钻。天河东西两边，两颗极亮的孤星遥遥相对，正是牛郎织女。众姐妹不由得激动起来，也不吃了，忙着要去供桌前继续乞巧，再拜魁星。刚走了十多步，文柔的女儿哭了起来，原来她金玉珠翠装饰的"摩睺罗儿"忘在了美人靠上，众人又笑了起来。

小女儿乞巧，是教她一手拈针对空，一手提线，做穿针状。谁一下子就能将针穿好，即为乞到"巧"。几个大些的女孩儿，年年在家都"乞"，早知道套路，无非是乳娘在旁边，将穿好彩线的针递到手中，比画一下罢了。只有芳树的养女，才两岁，见细细的彩线好玩，便去摸，一下被针扎了，遂哇哇大哭起来。

今天虽是个女儿节，但似锦和文柔家的男孩儿太小，也都带了来玩。按照习俗，乞巧节，"巧"男人不乞，魁星男人可拜。几个夫人，便按着男孩儿的年纪大小，把他们捉到供桌前拜魁星。

除芳树外，在场的众姐妹均儿女双全。见女儿哭了，已半晌没作声的芳树，哄完孩子，突然红着眼圈道："姐妹们真是有福的人，都有儿子，将来高中皇榜，等你们老时，少不得还要封诰命……"

众人听她这样说，想她因不能生育，至今膝下只有一位养女，也都有些心酸，也不知该如何劝她，只好仰头去看天上。此刻，银河越发亮了，牛郎、织女似乎也走近了一点。街上隐隐传来"笃，笃"的木鱼声，知时间已晚，便都起身告辞回家了。

第十七章
送　别

常言道，乐极生悲。乞巧节众姐妹走后，魏玩的一颗心便悬了起来。后来几天，每一看到鱼梁，总要怔怔地看它一刻半刻。

鱼梁是家里养的大黑猫，是采薇送来的，性子和采薇一样软和，但乞巧节晚上，却闯了大祸。

那晚，魏玩送众姐妹走后，就返回到后院，令下人拾掇供桌。但她刚一走近，却见弟弟魏泰不知从哪里冒了出来，正伸手去拿桌上的果子。魏玩眼见魏泰的手刚碰到果子，就听哗啦一声，一个黑影突然从魁星身后一跃而起，桌上的果子顿时呼呼啦啦全滚到地上。几个人瞠目结舌，追着看那黑物，早闪电一般跃过墙头，不知踪影了。原来是鱼梁，客人走后，正躲在这里偷食，没防着人又回来，便吓跑了。

魏玩见了眼前一幕，心里突然不安起来。因那猫儿平时性子软和，从未闯过祸。都说猫儿有灵性，难道它提前知道了什么？魏玩心中忐忑，这样过了四日，果就出了大事！柱子回：庆襄老官人重病卧床了。魏玩几乎晕了过去，忙问详情。原来是罗霄刚从襄州回来，听他婶娘庆馨讲的。

魏泰平日虽好喝酒交友，但一听说爹爹病了，也慌了神，连忙收拾了东西，要回襄州。魏玩不知爹爹病情如何，家里一时也离不开，就千叮咛万嘱咐，让魏泰路上小心，回去后尽快请郎中，多在床前伺候，别惹爹爹生气，早些写信来……魏泰一一记下，去了。

魏泰走后，魏玩心里仍放不下，夜里睡不安神，忽在邓城，忽又在汴京。中间接到魏泰的家书，说爹爹虽病着，但眼下无大碍，已能下地走路了，魏玩的心方放宽了一些。盘算着年关已近，过年走不开，干脆开年后回邓城一趟。这样想着，就激动起来，列了爹娘爱吃的、用得着的稀罕物品单子，让雪梨上街采购，定下过完正月十五就回襄州。

魏玩自起了回襄州的心，便日日盼着天气好，这样路上才好走。可老天偏不作美，从腊月二十八起，整日阴沉沉的不说，还刮起凛冽的寒风来，把街上的行人、幌子吹得摇摇晃晃。这样过了两日，三十傍晚，一场鹅毛大雪从天而降，只一个多时辰，地上就积了两寸厚的雪，一片莹白。魏玩着起急来：这样的天，回襄州只怕难了！

正月十四，天总算放晴了，地上覆着的薄冰却纹丝未动。魏玩正与柱子、雪梨商议回还是不回，门子送了一封信进来。

曾布向来不写家书，魏玩自然知道这信从何方来，当下感觉不好，颤着手将信接了，打开，只读了两行，就觉得天旋地转起来。原来，爹爹自染上病，就没好利索，中间时好时坏。入了腊月，越发严重了，什么都不能吃，连服下的药也往外吐。这样拖了月余，全身瘦成了一副骨架，已呈油尽灯枯之势。临走那天是腊月十二夜间，一家人围在他床头，他好像要想说什么，只强动了动嘴巴，却发不出声来，枯树根一样的手指也微微动了一下，便缓缓合了眼。这信本来早就从家里寄走了，没想却在路上走了一个多月。

魏玩在床上躺了三日方起。疏帘为她梳妆，她看着铜镜，里面的人双眼红肿，面皮蜡黄，鱼尾纹又多了几条，不由得悲伤再起。

国朝有律，官员父母亡后，须丁忧三年；平民不作要求，随心自愿。魏玩牢记此规，洗漱完毕后，便换好素服，让雪梨传令出去：一是门口的红羊角大灯即刻撤下，换上麻色的灯笼，自己卧房门上亦挂上麻布条；二是即日起，家中主仆均着素服；三是即日起，家中主仆不得追逐打闹。以上各条以十三个月为限。又给魏泰回了信，让他在邓城家里，深居简出，给父亲守孝，不能低于两年。

从这日起，魏玩便大门不出，二门不迈，每日里除起床，吃饭，穿衣，睡觉，和几个孩儿说些话外，无日不在追忆爹爹生前的点点滴滴。

一日，魏玩想起她九岁那年，爹爹带她看赛龙舟的事。因荆楚向有端午节龙舟竞渡，喝雄黄酒，吃粽子的习俗，所以每年的五月初五，便全城出动，去看赛龙舟。那次的竞渡仍旧在汉江进行，一大早，爹爹便带着她往江边赶，祖母和娘自在家里照顾才两岁的道辅。父女赶到时，江边已是人山人海，都在奋力往最前面挤了看。挤来挤去，她的帷帽挤丢了，偏人多得铁桶围着一般，哪里还找得到？这时再听那阵阵锣鼓声，真如催命一般，魏玩虽未作声，但脸上已满是泪花了。爹爹见状，二话没说，就把幞头摘下来，替她戴上，又把自己的青丝长衫脱下给她套上。因长衫太大，爹爹勉强在人堆儿里挤出了个空儿，便伸手把套在她身上的长衫往上提。他比画了一下高度，差不多下面能罩住膝盖了，就把多余的全都整齐地摞在她的腰部，然后右手将绦带在她腰间迅速地一绕，一缠，再扎紧，就把她打扮成个小男孩儿。她这下转忧为喜，伸长脖子，见水中有"红龙""黄龙""白龙""青龙"，均拼命游着，又见龙舟上锣鼓震天，彩旗猎猎作响，就兴奋地高声大叫，竟忘了是坐在父亲的肩头，好几次都歪了下来，爹爹便搂着她哈哈笑，嘱咐她千万不要告诉祖母……

想到这儿，魏玩感到一阵绞痛，泪眼模糊中，觉得父亲就在眼前，笑着向她走过来。她激动得一下站了起来，刚要开口，又回过神来，知道爹爹与自己已是天人两隔，再不会应她，也再不会痛她。魏玩心里难过至极。想到人一生，真如树叶，如花，季节一到，就落入泥土，再无处寻觅……

正这么呆想，曾缨过来问娘一件事。魏玩思绪被打断，突然升起个念头。几个孩儿中，爹爹最爱缨儿，便想试他一试，看他记得外祖父的名讳否。缨儿年未满十六，听娘发问，一下愣在那里，含含糊糊说不清楚。魏玩见了，既恼又悲，越发觉得人生无趣。

缨儿走后，魏玩思忖着那一个个古人，凭什么会被后人记住？无非是书！案头一堆书，封皮上有一个个名字：孔丘、李耳、庄周、李白、杜甫、鱼玄机、罗隐、晏殊、柳永，还有她上次想到的王勃……书把史上最优秀的东西都记了下来，供人代代诵读，作者便扬名后世了。

想到这儿，魏玩对刻一本自己的书有了认同。曾缨一年没到便记不清外祖；曾布娶了小妾后，对自己熟视无睹；新法施行不过十年，已废弃一半，变法主将俱散在各地府州……凡此种种，可谓殊途同归：都将被快速遗忘。

或许世人早就看清楚了这点，为了被人记住，都在死后刻块墓碑。但多不过三五代，便荒冢假烟，残碑仆地，看着令人心寒。唯有一本本书籍，像有巨大的魔力一般，让代代人奉若神明，投了心血去牢记、研究。

这样想了，魏玩觉得心里澄明不少，还派生出一些希冀。她叫来柱子，吩咐他去陈家书肆，将他店里自己没有的书多买些回来，趁着守孝，埋头读了起来。这一来二去，对诗词的品格、雅俗更有了心得。提笔再写时，也感觉功力比过去深了些许。

倏尔十三个月过去，已是元丰三年的二月十四日。一大早，柱子就让人取了麻纸灯笼，重新挂上羊角大灯，也将魏玩卧房门上的麻布条取了。疏帘伺候主子洗漱，帮她脱了素服，换上一件玉色绣折枝堆花的襦袄，配一条深色素面宫缎褶裙，外罩一件五彩缂丝石青银鼠褂，梳了个玉兰花冠，在头上插了把碧玉卧龙点翠金簪，又淡淡描了眉眼，匀了粉，整个人已焕然一新，只是比往日多了慈悲和端凝。

魏玩带上纤儿和季真，几个仆众跟着，一起到街上吃了早饭。大街上依然人流如织，往来穿梭，喧闹声不绝于耳。魏玩心里挂着事，吃过饭，径直往土市子一带陈家书肆而去。

胖掌柜正在铺子里品茶。他是开封本地人。早年，他父亲因政府鼓励读书，广办学校，看中了售书的巨大利润，便开了这间书肆。胖掌柜原也读过几年书，但吃不得苦，明白自己不是那块料，就早早地从父亲手里将书肆接过来，到现在已三十多年了。他肯钻研，又舍得投入，屡屡将那新技术如雕版之法用在铺里，所以选的书每刻必火。他早就看到了魏玩那些闺怨词的独特价值，做梦都想刻一本出来，无奈人家是贵夫人，不敢勉强，只好强压下心思。现在见她主动上门，立即放下茶盏，又净了手，满脸堆笑地迎了上来。

魏玩与他致过礼，就在书柜前信步打量起来。两年不见，店里似乎又增了不少新书，满墙满架的，怕不下万卷，不禁震撼！

掌柜见她在一架书前停住，忙从上面取下一本，道："夫人，您看这一排，都是我店里新刻的，也都是私人委托的。喏，这本是陈司马的《家训笔录》，这本是刘教授的《浩然斋雅谈》，这本是王巡抚……"

魏玩一惊：竟有这么多私人刻书？便不待他说完，就将两本书接过，打开来看。陈司马、王巡抚的，并不经看，但刘教授的诗词集，只一眼，便舍不得放下。她忽想到一个问题：刘教授确有生花的妙笔，但自己并不知他，可见他并无文名。那么这书如何销得出去？

掌柜微微一笑："夫人，有人刻书，并不为出名，只是想做个纪念。刻出来，送给亲朋好友，是最好的礼物。再者，人生苦短，书却能传世。"

魏玩听了，点了点头。

掌柜又从架上取下一本，翻开递给她道："你看这卷，是韦庄诗词遗辑，诗词均有。我刻书和别人不一样！若作品多，专一刻字；作品不多，就配些图上去。悄悄说与夫人听，我约有几个汴京有名的画师，看作者的文字绘图，这样配上去，既不显得内容少，又文图并茂，销路十分的好。"

魏玩一看，确实如此，又点了点头。

大半个时辰过去了。魏玩见掌柜一直紧跟着，耐心地给自己介绍这些书，停下来的时候，又一脸诚恳地看着自己，心里滚过一阵热浪，知道他想说什么，便不待他张口，对他道："掌柜这些书真有创意。我蒙掌柜不嫌弃，苦口婆心，心中感怀。不过我的诗词不多，怕还不到结集刻书的时候。今日与你相见，约定两年后交你一卷书稿如何？"

掌柜一听，喜不自禁，忙将那刘教授的，还有一本文图并茂的各拿了一本送给魏玩。魏玩示意仆从递上银子，掌柜慌忙拱手施礼："夫人休要折杀老身。这是小店送与夫人的，绝不能收钱。夫人喜欢就好。"

魏玩见他实心实意，也不再推辞，将书收了，又谢过他，便告辞了。回到家里，把书房里的库露真箧子拿出，打开，见里面的稿笺已经放满了，理了理，诗歌四十一首，词有六十四首。按说这够刻一卷书了。但魏玩想刻两卷，一卷专一刻诗，一卷专一刻词。这样的话，数量又有些少了。

魏玩书案上放着柳永的词集，也有鱼玄机的诗集。柳永的词，六十六首；鱼玄机的诗，刻了四十二首。自己的，单看数量并不少。但刻书是大事，纵然当今造纸、印刷技术都取得突破，刻书变得简单许多，但它仍是件神圣的事情。所以这一百余首，并不能都刻进去，还得细细筛选，也许还有新作可以放进去。这便是为何要与掌柜约定在两年后交稿。

魏玩理着稿笺，先浅浅笑着，一会儿又摇摇头，叹口气，心里道：

"这两年，当努力勤勉，不能虚度光阴了。"

却说魏玩为父亲守孝，众姐妹也有来探她的，也有知道她有这番心，有意成全，不来打扰她的。算着一年多过去了，春天将尽时，一天下午，文柔过来看她。

二人在前厅坐了。文柔先夸赞她孝顺，又端详了一番她身子，见她比过去清减了不少，就嘱她注意调养。这样品着茶，聊了一气，文柔笑问："再过几日是我的生日。我有心邀姐妹们一起，做件事。先来听听姐姐的意见。"

魏玩一听，心下好奇，忙问文柔的打算。

"不摆宴席不吃酒，我准备到福田院周济幼儿。姐妹们若有心，干脆一起，也是善事，岂不比闹酒更有意义？"

魏玩一听，眼睛放光。其实她知道京城才设了四个福田院，除收养孤寡老人外，还领抚少数弃婴和流浪儿童。自己和婆母去周济过一次，也早有心想约姐妹们一起去，但杂七杂八的事，竟把它耽搁下来了。现在听文柔这么说，不禁一把将她的手握了，激动道："妹妹怎么突然就有了这个想法？"

文柔由她握着手，慢慢道："我随之仪到他任上，听说乡下多有溺死女童的。又听说普通人家，一遇天灾人祸，迫于生活，稍大一点的女儿便贱卖，年幼的则弃于沟侧道旁，可怜她们尚不能说话，有时被野物吞食，有时则被龌龊男人玩弄……"说到这里，睫毛上挂了泪珠，"女人命真苦。"

魏玩听了，当即让侍女拿出五两银子，说是自己的一份善款。文柔也没客气，让下人收了。两人又吃了茶，议起送到哪家福田院，如何保证把钱用到幼儿身上来。

过了十多天，便是文柔生日了。按照约定，她坐着轿子，赶到了城东的福田院。不大一会儿，似锦、芳树和灯影陆续到了。这次几人一共凑了二十八两银子。又各自从家里带来一些孩儿穿的衣物、布料、玩具，俱用旧软缎包了，一起交给了福田院的主事。

主事是个干瘦的嬷嬷，文柔先朝她一笑，又突然收住，一脸严肃道："我们这银子，只负责你院中这十六名女弃婴，别的统统不管。穿的用的也俱用在她们身上。我调查过，你这院中所花销的经费，每年皆由左藏库直接收拨，那我们这二十八两银子，管她们一年吃饭穿衣看病足够宽裕。且按一年算，以后我们定期再来周济。她们的身体状况和去向你除了报四厢使臣外，我也会常派人来探。若出了问题，拿你是问。做得好，自然有赏赐！"

嬷嬷怀里抱着一堆东西，听了，大张着嘴，愣在那儿。来这里做善事的贵夫人不少，但从没见过眼前这般厉害的。她偷偷看了一眼，见文柔容貌俏丽，衣着考究，眼神犀利，那通身的派头，不是王府，怕也是相府家的，哪还敢回嘴，只鸡啄米一样头点个不停。

几个人又往院里看了看，便起身告辞。魏玩因没见到采葛、采薇，问了似锦，方知采葛近日闭门不出，采薇正在家里大包小包地拾掇东西，也出不来。

灯影听了，嘴角往上一翘："傻娘子！从没离过汴京，还想把好东西都带去？现在恨少，走到半道，就恨多了。"

魏玩忙问缘由。才知因采薇爹爹才得朝廷任命，由国子监博士出任济南府莱阳县令，她夫君陈再复便带信让她去永州任上团聚。

魏玩原不知这事。听了，当下有了计较。姐妹们好久没在一起聚了，不如借采薇这事，来个舟游，也算送别。大伙儿一听说是舟游，地点又是闻名遐迩的水镜湖，知道它在南薰门外的玉津园之侧，四周遍植杨柳，景色十分秀丽，是真宗帝曾经临幸过的园子，皆连声说好。

过了半个月，便是之前议定的舟游送别日了。这日老天赏脸，因已渐渐回暖，到处蝶飞莺啼，花香草绿。夕阳落山前，按照约定时间，众人都乘小轿到了湖边，依旧是那日去福田院的几个，另外增加了文柔。

几人在岸边刚一露头，就有两艘小轻舟从湖中划了过来，在岸边停稳后，两个头戴斗笠，盖着白纱，着绿色短裙的窈窕女子从舟上轻盈跃下，问清何人所定，便将众人接到画舫上去了。这是些长年在湖上挣钱的舟女，都是些经过挑选和培训的，负责接送画舫的客人，从中得些赏钱过活。

魏玩订下的是三号画舫，水镜湖里只有四艘画舫，想要登上，须早早预订，生意不比樊楼差。三号画舫雅名"氤氲舫"。圈中有个说法"水镜有四，氤氲独秀"，是指这舫与其他不同，小巧秀美，只有两层，远看如同建在湖上的雅筑小阁，平时多供贵夫人享用。氤氲舫虽然体型偏小，但装饰却不含糊，船头和船尾，都建有八角小亭，满绘彩漆，极其绚烂。又在亭下及各紧要处挂着各色灯笼，糊灯笼的纸，又多是出自名家之手的仕女图、山水图。天色一暗，这些灯笼一起点亮，耀出的灯光，将湖面映照得五颜六色，微风吹过，彩波粼粼，让人陶醉。

几个人依次上得船去。早有船上的女仆过来迎接。舟女接过赏钱后退下。船上的女仆又送上茶和果子。一个白白胖胖的中年男人从船头钻进来，这是船上管事的。他见众夫人都坐稳了，先抱拳施了一礼，说了几句客套话，然后"啪啪"两下击掌，一个粗手粗脚的女仆抱着一具古琴进来，在船舱中央放好，又在琴边摆了一个软垫，在琴架下放了几个指甲盖大的小香包点了。这当儿，几个身着粉红、葱绿、亮黄衣裙的歌姬，从二楼下到船舱来。那香也嗤地一下，升腾起一股烟气来。

魏玩微闭了眼睛，闻了闻那香，便侧身对疏帘耳语了一番。只见跟在疏帘身后的，一个头发齐眉的童子，立即从包裹里取出一个古铜的香炉，又取出几支细若发丝的线香点上。疏帘随即挨着放下船舱的暖帘，魏玩则邀众姐妹到船头去看湖景。

此时夜幕正垂，但见水月笼纱，江面如练，空水吞云，又有画舫凌波，桨声灯影，景致美不胜收。姐妹们正陶醉，忽听一阵轻歌燕语从隔壁的画舫里传出，伴着朦朦胧胧的曼妙舞姿，还有男人的笑声、细语声。众姐妹便侧耳去听，一首曲儿还没听完，执事过来请大伙回船舱。众人进去，见暖帘已卷上。但闻船舱两边壁上、板缝里，都喷出香气来，满座异香袭人，让人飘飘有凌云之思。文柔赞道："这香烧得，真讲究！非要如此，方不觉得有烟气。"

伎女们已经候有一会儿了。见夫人们全都落座，便咚咚调了两下弦，咿咿呀呀地唱了起来。先唱了一曲《江城子》，是首应景的老歌儿。趁着换歌的空当，魏玩低声问采薇："怎么说去就要去？你这身子……"说到这儿，没再往下说，只把采薇鼓起的肚子看了一眼。

采薇嗫嚅道："他说……在一起……方便照顾，又说……"说到又说时，脸涨得通红，却什么也没说出来。

魏玩见了，有些不舍："你这去了什么时候回来啊？"

采薇默不作声。这次她的爹爹也受诏到外地任职，举家都要搬了，只怕再难回汴京了。

芳树见她欲言又止的样子，着急道："你就不能学魏姐姐，就在汴京住下吗？这汴京好离开，只怕不好……"刚说到这儿，忽然想起什么似的，扫视了众姐妹一眼，大声道，"陈世儒的案子结果出来了，你们听说了吗？"

众人听了，齐齐地看着芳树。陈世儒是曾任宰相陈执中的儿子，半个汴京的人俱知道他。他大前年从汴京被派往安徽太湖任知县，但去了没几个月，庶母就去世了，又合家返京。后来传出消息，庶母并非病死，而是他和娘子李氏不愿待在太湖，李氏又与家婆不合，陈世儒便默许娘子教唆婢女杀了庶母，好借丁忧回京。这事传出来后，因陈世儒和李氏均出身不凡，开封府久审未决，又被移至大理寺，一拖两年，很多人都将心悬着，没想到现在出结果了，忙问芳树。

芳树小声道："听说已诏陈世儒和李氏、婢女十九人问斩哩。还有贷死的，杖脊的，分送各偏僻之处编管的。对了，据说连大理寺的一些官员都要受牵连哩，采葛的丈夫……"说到这儿，瞥一眼呆呆的采薇，没再往下说了。

众人一听，倒吸了一口凉气。这案子这个结果，真让人不敢相信。难怪采葛最近一直闭门不出，现在才知遇到祸事了。文柔叹口气道："要说太湖也算富庶之地，竟不能阻拦他夫妻回京的愿望，以至于下此毒手，还害了一圈人。"

采薇这时倒没发呆了，偏过头来插话道："等几年再回来就是了，何故这么狠心，连庶母都杀？"

似锦看了她一眼，摇摇头道："你呀！真是蜜罐儿里泡大的！你以为妇人随夫君去任上是旅游？先说路途上的风险，舟船倾覆的，涉水溺水的，猛兽侵袭的，雷电袭击的，迷路的，拥挤踩踏的，坠崖的，还有疾疫和孕产，遇上一样，小命休矣！就算躲过这一切，到了那里，吃不惯，听不懂，气候不适，水土不服，凡此种种，身子骨弱一点儿，都会要了你的半条命。再者，夫君是朝廷命官，哪能你说回汴京就回？即使回来，住哪儿？吃什么？哪来的钱？都是问题。不信你问问在座的。"

采薇听了，脸色煞白。魏玩心里想着采葛，见采薇这样子，忙安慰她道："别害怕。也没有那么恐怖。你看我不也好好的吗？路上多带几个得力的小厮，常用的药也备一些。我听说永州山地，蛇多，你出门千万注意。"

采薇听了，脸色稍微缓和了一些。她本来不想去永州，奈何夫君不依，其实也是不愿意她和金兰汇众人整日在一起。一想到去永州后，举目无亲，连个说话的人都未必有，不免又闷闷不乐起来。

灯影听她们这样说来说去，早不耐烦了，嚷道："说好来玩，尽说不愉快的。来来来，酒茶赶紧送上来，飞花令也飞起来，输了罚酒。今日是送别采薇，就以别字为令吧。采薇起个头，我压轴，中间几个姐姐顺着。"大伙儿一听，都笑了起来："这次倒占了个理！"

一会儿酒菜都上了。这舫上的香不好，茶和酒却颇讲究。茶是建溪片茶，价格不菲，一饼就值十贯钱。酒刚一打开，就蹿出一股醇香。似锦懂酒，先抿了一口，当即眼睛放光，又抿了一口，咂咂嘴道："我怎么品出天醇酒的味道来了？"

执事一听，抱了拳，赞道："夫人好品味。说得一点儿不差，正是向太后娘家宴用酒的味道。不过略有区别。天醇酒比我这更清淡一些。"

几个人听了，皆要去品尝。灯影急了："说好的飞花令呢？定了规矩再饮，定了规矩再饮。"芳树一听，吐吐舌头笑了。

采薇先出：别君去兮何时还，且放白鹿青崖间。

似锦：昔别君未婚，儿女忽成行。

文柔：此地别燕丹，壮士发冲冠。

魏玩：与君离别意，同是宦游人。

芳树：此地一为别，孤蓬万里征。

灯影在最后，她洋洋得意地接了"年年柳色，灞陵作别"，音刚一落，似锦便朝她笑道："罚酒！"

灯影愣了："凭什么罚酒？我这句——"说着又轻声读了一遍，突然噤了声，眼睛左右巡睃了一下，脸就红了。原来，玩飞花令，"令"字在全句的位置，得符合各人的顺序。比如灯影是第五，因起头的采薇已将"别"字固定在首字，顺着下来，她得用到第六个字才算对。

众人见她这个样子，都跟着起哄："罚酒！"马上就有人端了杯子过来。灯影一见，急赤白脸道："我刚才是出口快了，没仔细想，可难不倒我。等下，听听这句，听听，'天明登前头，独与老翁别'……"

魏玩见她作难，便打圆场道："这个别字选得不好，太悲了，不如换个令。"说完，见一轮明月悬在头顶，遂手指着，对姐妹道："不如改明月吧。"众人皆说好。

灯影这次抢了先：明月松间照，清泉石上流。

芳树：床前明月光，疑是地上霜。

似锦：举头望明月，低头思故乡。

文柔：深林人不知，明月来相照。

采薇：古人今人若流水，共看明月皆如此。

魏玩：高楼送客不能醉，寂寂寒江明月心。

又来第二圈，采薇抢了先，她刚说出"明月几时有，把酒问青天"，就听湖上一阵悦耳的歌声传来——

明月几时有？

把酒问青天。

……

转朱阁，

低绮户，

……

此事古难全。

但愿人长久，

千里共婵娟！

……

这歌声随着琴声响起，清脆平缓，轻柔温婉，像在诉说着人的心事。那琴声也仿佛带着奇异的魔力，似在头顶盘旋，又似在耳边私语，一众人都听呆了。这是苏学士的作品，姐妹们有的也在别处听过，但今日听到，却与往日又大不一样。因今日皓月当空，她们又恰是姐妹送别，只觉得这歌是为她们而写，眼眶都湿了。

这样过了好大一会儿。那边的歌声住了。众人回过神来，相互看时，眼角皆闪着泪光。采薇向魏玩道："姐姐，你且给我讲讲，为何人们夸赞这词是天下绝句？"

魏玩知道她不到三十，又一直生在富贵人家，没有吃过苦，自然也难理解这词的精妙之处，但那又哪是三言两语说得清的？便拣了重点对她道："这首词，先有皓月当空、亲人千里外的叙述，又从自然的流变说到人事的无常，认为人有悲欢离合，同月有阴晴圆缺一样，二者都是自然常理，无须太过伤感。这词是写给弟弟的，便可以理解成在共同赏月中互致慰藉，这样，离别的憾事就从友爱的感情中得到了补偿。"

"那是不是人生若不求长聚，两心相照，明月与共，也是一个美好的境界呢？"采薇眼睛里闪着泪花问道。

"正是这样。你品他这词，说理通达，情味深厚，又不假雕琢，舒卷自如，所以被称为神品。"

采薇听了，点了点头。在一旁的文柔此刻插嘴道："也是他在中秋之夜，对一切经受着离别之苦的人的美好祝愿。"

众人听到，鼓起掌来。魏玩一见，忙叫来船上执事，着他令船上的歌伎们把这词也演唱一遍。一时，歌声响起，众人出神地听着，再无半句杂语。

晚上，魏玩在园子徘徊，脑子里满是姐妹几个的身影。采葛的丈夫竟被杀人案牵连了，真是世事难料。这一连累就是整个家族，她和采薇，只怕将来的日子更难过了。她抬头看天，月亮幻化成一张黑白交织的鬼脸，狰狞地看着人间。魏玩的心提了上来，采葛恐是凶多吉少，那永远艳丽的装扮自今日起，将消失不见了，采薇这一别，也不知何日才能重逢，不由得一阵悲凉。遂提笔填了一首《点绛唇》：

暗夜中的怒放

波上清风，画船明月人归后，渐消残酒。独自凭阑久。

聚散匆匆，此恨年年有，重回首。淡烟疏柳。隐隐芜城漏。

吩咐雪梨第二日给采薇送去。

第十八章
丁　忧

元丰三年年底，曾布忽然带着大队人马回家过年来了。

曾布自从熙宁七年外放后，一次也未到过汴京。这次因要入对，便在腊月二十到了汴京。他知新家在延和坊。他原在市易司任过职，熟悉这一带，甚至巷口那家"祝婆婆香药果子"，当年他就常逛，所以很顺当地找到了新家。

魏玩正在家里准备着过年的东西，听到雪梨通报，赶紧迎了出去，见曾布已经背着手，信步踱进来了，扶柳母子几人紧随其后。门口处还有一二十人，正吆喝着把几十个箱笼往里面抬。一时间，脚步杂沓，人声鼎沸，特别是刘快活，依旧老习惯，哈哈震天，一人就抵了好几个。

魏玩早识得刘快活。要说他可是个神人。他是当年王安石送给曾布的幕僚，本姓刘名信，因言必称"快活"而得名。据传十几年前，滕章敏知池州，曾在九华山捕逃卒，把看着年近六旬的刘快活捉住后，他却不慌不忙地从身上掏出一张后周显德年间官衙开出的放停公文。滕章敏惊异不止，因按这个年龄算，他已超过百岁。滕将他带回府中，见他占卜、丹药、易容、缩骨，无所不能，如获至宝，遂将他献给王安石，又被王安石转赠给曾布。曾布自得到他，便时刻不离，南北随行。

曾布虽在家书中听魏玩给他大致描述过新家的样子，但甫一走进，还是吃了一惊。这宅子门面四间，到底三进，最后一进封了对外租着，剩下的两进，皆雕梁画栋。仪门内两边厢房，四间上房，都有东西护墙回廊，古色古香。天井内一律铺着地砖，左植桂花，右植玉兰。二进院的东南角，一个月亮门出去，方方正正一个小庭院，一溜客房并梢间、厨房围着。人工小湖里，叠石参差，景色错落；青蘋绿藻下，金鱼翻波激浪，追逐嬉戏。至于水榭、曲廊、半亭等，皆沿湖岸建着，极是小巧可爱。

曾布对新家的情况大体知道，但没想到这样华丽。他这些年，俸禄不高，开支不小，往家里没带多少银钱。这样一个家，五个孩儿，几十下人，每月没有几十两银钱，是不够开支的。多亏了娘子能干！他知道，后面院子出租是一笔收入；隔壁一处，三间三进的宅子，有一半是自家的，现也对外租着，一年有三百多贯的收入。此外，老家还有桑田和嫁田，柱子每年往返收账。这三笔，比自己的俸禄，还多了去。

曾布信步走着，见曲廊下挂有两笼五彩雀鸟，见了人，众声齐发，如笙簧齐奏，甚是热闹，不禁大喜，当下弯着腰，噘着嘴，唧啾唧啾地逗引起那些鸟雀来，弄得一众人哈哈大笑。

曾布几年未回，现在却是一番安营扎寨的样子，魏玩欢喜又纳闷，吩咐下人将庭院里的那些房子腾出来，安排众人住下。晚上，夫妻相见。魏玩边伺候曾布脱外衣，边听他漫不经心地说这次家小仆众俱回家，是因刘快活预言他将回京任职。

魏玩听了，喜不自禁。曾布已快知天命了，若能留在汴京，这个家就算团圆了，自己也再不用独守空房了。她加快了手上的动作，将薰好的锦被抱在螺钿彩漆大床上，又在枕头上铺了两方簇新的烟霞色绢丝枕巾，伺候曾布躺下后，自己将衣服脱了，在衣架上挂好，沐浴毕，再轻手轻脚地上床，还没挨着床头，就听到一串长短均匀的鼾声，顿时鼻梁一酸，泪水不争气地流了下来……

家里人口增多，倒也热闹。特别是缨儿几个，见到扶柳姨娘带回来的才两岁的小妹妹季仪，稀奇得不行。但季仪只拿大眼睛忽闪忽闪地看着他们，嘴里一声不吭。魏玩在潭州时，始知扶柳原也是清白人家的女儿，卖身为妾，本属无奈，已对她有了几分同情。住在一起，见她伺候曾布体贴细致无二，对自己也恭顺有加，心里便更认同了她。见了季仪这粉雕玉琢般的小人儿，心里也喜欢，时不时也要去看她一看，一大家人，倒也其乐融融。

魏玩自打熙宁九年重回汴京，愈发觉得汴京繁华便利，也是下决心要振奋精神，忘掉过去，便爱上了颜色鲜艳的服饰。这次曾布回来后，她日日早起，既要伺候婆母和曾布，还得安排一大堆家务，只累得腰酸体乏。好容易过了年，又过了元宵节，家里的事少了一些。一日清早，疏帘替她梳妆。魏玩对着铜镜，前看后看，见里面的自己，头顶上冒出了一层白发，眼角和嘴角处又多了几条细纹，脸颊也比原来暗沉，不禁沮丧起来。

她知道自己是累的，但也是上了岁数。真是人间留不住，朱颜辞镜花辞树。曾布还是回家头一晚在她房中歇息过，此后日日都宿在扶柳房里。想到这儿，魏玩心里滚过一丝悲凉。

魏玩想到自己还未出阁时，那时母亲不过三十多岁，在自己眼里，就很老了；现在自己已超过了母亲当时那个年龄，在孩儿们的眼里，岂不老得可怕？这样一想，她更烦乱起来。时光流逝如此之快，人却根本无力阻挡，只能任由着躯体一天天衰老。多么痛心！又多么无奈！她开始理解那些求取长生不老药的人和事了。

魏玩又看了一眼镜子里的自己，突然厌恶起来。俗话说，女为悦己者容。既然曾布眼里已没有自己，自己这样装扮又是何必？再者，自己年逾四十，为曾家敬老扶幼数十载，地位稳固，又有词名在外，哪还需这样煞费苦心地往青枝绿叶处扮？得体便可！

这样想了，魏玩便将昔日那些鹅黄、烟霞、绯红、亮紫、葱绿的华服，都收了起来，只找出玉色、银色、青色、玄色的出来，穿了。又把卧室里的帐缦、被褥也换成素色的，连家里的摆设也换了一些。壁上的画，换了魏泰送她的五代画家荆浩的《山水诀》，两边悬着韩愈的一副对联：白雪却嫌春色晚，故穿庭树作飞花。案上的白瓷花瓶，换成了侈口短颈丰肩的古铜瓶。书案上的砚，换成了当年米芾送的叠山砚，又在旁边放了一块墨石笔山……这样放眼看去，素是素了，倒生出另外一种古雅、闲适的味道来。她一下想起当年王宰相家里那种素洁、简朴的布置，似乎明白了什么。

曾布见魏玩不知为何，突然改了着装的风格，把家里也拾掇得雪洞一样，越发整日宿在扶柳房中了。这样过了一些时日，魏玩越发没精神，整日怏怏的。她心里纳闷，细一琢磨，忍不住笑了起来。实则是家里太素了，几乎没有让人振奋的颜色。忙到园子里采了鲜花，在适宜的地方点缀上，方觉提了精神。

曾布最近一喜一悲。元宵节过后，曾布入对，官家念着旧情，留他在朝中任了将作监。未料只一月，又遭到台谏们的弹劾。国律之下，官家也不能保他，只得又诏他知陈州。魏玩才过了两个月全家团聚的日子，虽说与曾布的情感不似炮仗花开那般热烈，却也有一种沉静的芬芳，现在一纸令下，又要分开，不禁也黯然伤神。

临行在即。一日，从不敢到魏玩房中的扶柳突然径直到了她房中，先扑通一声跪下，继而伏地抽泣起来。魏玩忙令侍女将她拉了起来。扶柳起身，左右瞟一眼，垂了头不说话。二人会意，退下。

扶柳哽咽道："姐姐若不嫌弃，请将季仪留在身边。"

魏玩惊异："季仪才两岁，是她爹的心肝。你这个做娘的，怎可以将她随意委托他人？"

"奴婢不敢隐瞒。真是爱着她，才有今日这个想法。她自出娘胎到现在，一声都没吭过，是个哑子也说不定。也请多少人看过，但那些乡野郎中，哪里能瞧得好？况我人又笨，书也识得少，季仪随了我，岂不将她的前程耽误了。只求姐姐看在她是曾家血脉的分上，把她留在身边，遇着合适的郎中，给她看看病，我就是下辈子做牛做马……"说着说着激动起来，口不能言，只使劲把手上的玉镯子往下捋。捋下来后，又双手捧着，趋步向前，要送给魏玩。见魏玩不接，就一头磕在地上，头上发间插着的鎏金步摇颤个不停。

魏玩变了脸色。取镯子做什么？讨好自己还是充作药费？哪用得着这样？这事要传出来，别人岂不以为自己在欺负她？摊上这样蠢的娘，孩儿岂不真被她耽误了？当下恼了。想训她，又念着她是为了季仪，母女分离，本已是心如刀绞，只得忍了，让她自己去与曾布说。

魏玩料曾布舍不得将女儿丢下，未料到第二日扶柳来回，曾布答应了。

魏玩听了，不免有些心酸。曾布竟对扶柳言听计从，舍得将季仪留下！罢罢罢！随他言听计从去，自己有季仪就行了。

曾布不日就带着仆众开拔了，家里复安静下来。季仪每日便在魏玩身边玩了。这样过了月余，一日，乳娘又将她抱了过来。魏玩见她圆圆的红脸蛋，大眼睛，小嘴巴，穿件粉色团花缎袄，头上两个小鬟髻，缠着细细的闪绿缎带，粉妆玉琢，便一把将她抱了过来，搂在怀里。那小人儿因已随魏玩生活了多日，并不怯生，只忽闪着乌溜溜的眼睛，看着魏玩。魏玩故意板起脸逗她，小人儿也不恼，依旧出神地望着魏玩，慢慢地，两个人的眼睛里便都有了对方。

就这么对视了好大一会儿，魏玩都有点累了，正想往那小脸上啄一口，却突然听见那小人儿清清楚楚一声叫："娘！"

魏玩愣了，不敢相信自己的耳朵。乳娘和玉笛几个也愣了，不相信似的盯着季仪。魏玩将她紧紧地抱住，连啄了她几口，道："好孩儿，再叫娘。"

"娘，娘。"

魏玩眼圈儿一下湿了。瞥见乳娘也撩起衫子擦眼泪，又开怀大笑起来。

娘俩正乐呵，雪梨突然领进一个人来。原来是租后院的邱家娘子。她以卖香为生，三十出头。见了魏玩，伏身磕了一个头，就抽泣起来。哭诉半年前，邱掌柜突然不辞而别，后来多方打听，才查出她男人在城北租了房，和不知从哪里买来的一个女子快活。家里的银钱被丈夫席卷一空，她一个妇道人家，照顾生意就已费力，更别说还得照顾膝下的三个孩儿了。所以日子过得潦草至极，今日连房租也交不起了。

魏玩因曾布纳妾，对见异思迁之人已愤恨至极。现见平素清清爽爽的一个俏娘子，现在头发蓬乱，眼圈儿红肿，一脸憔悴，不禁怜惜起她来。吩咐雪梨，租金先欠着。孩儿如果乐意，送到曾家来，陪缫儿、纩儿一起读书，把邱家娘子感动得泪洒了一地。

门庭多落叶，慨然知已秋。时间又到了初秋。魏玩正在家里陪着三姐德洁闲坐，灯影忽然来了。三姐夫王安国早几年已逝，幸几个儿子得力，她也在京城住着，常来魏玩这里走动。灯影见了德洁，因她有美茹那层关系，算个长辈，也没招呼，径直坐了。魏玩见她胡乱地穿了套衣裙，再不像过去那样光彩照人，心里疑惑。

灯影这年已满三十，比过去稳重许多，再不像过去那样爱说笑打闹。她茶也不吃，看着魏玩，嘴一撇，声音就带了哭腔："姐姐，我们两个怕将来不能相见了。"

魏玩一听，骇了一跳。她夫君沈括这几年一直在州县任职，但灯影坚持住在汴京。现在说这话，是要随夫君宦游，还是她得了什么重病？忙问道："妹妹何故这样说？"

"你知道的。老鬼前年好不容易复了职，任了龙图阁待制，却因言官弹劾，又去了延州。今年轮着你家曾官人了。他俩的情形，如出一辙，都是那吕惠卿捣的鬼，挑拨王宰相误会他们。"灯影边答，边愤愤地跺了几下脚，脸也涨红了。

魏玩听了，不由得点了点头。曾布和沈括，当年都是王安石的干将，却俱栽在吕惠卿的手中。但转念一想，吕惠卿早几年也遭贬去了州县，人根本没在汴京，便笑着对灯影道："他二人，都是言官弹劾，与吕惠卿无关。"

"姐姐勿替他分辩。我听老鬼说，若不是吕惠卿挑拨，埋下祸根，王宰相哪会对他先信任后排斥，甚至对官家说老鬼是'壬人'？这话被言官得知，当然回回要大做文章了。"

魏玩无话。当年王安石得官家信赖，权势如日中天，反对者避其锋芒，并不代表他们不秋后算账。是故凡王安石对他手下人的差评，对手均一一记录在案，后来就变成了把这个人扳倒的证据，咬死不放。但这毕竟是陈年往事。现在决定曾布他们升降的，是朝中的言官。她不解的是，年初弹劾子宣的，听说一个叫朱服，一个叫舒亶。舒亶是新党，朱服是旧党。难道子宣把两边的人都得罪了？

灯影见魏玩陷入沉思，以为说到了她的心坎上，就继续诉苦道："老鬼一个文官，却让他去延州打西夏。西夏是吃素的？分明就是让他去送死！爹娘还训我，逼我去陪他。这兵荒马乱的，不是逼我也去送死吗……"说着说着，鼻子一抽，眼泪啪嗒啪嗒落了下来。

魏玩认识灯影多年，从没见她流过泪。这回看来是真伤心了。天下并不太平。小报上说，官家力主讨伐西夏，正四方调集人马，往北方开拔。曾布二月走时，本让他知陈州，很快又到了蔡州，不久又调他知成德军。这一步一步地，正是在往边境上走，似乎也合上了讨伐西夏的节奏。她想象着战争的场面，一声令下，弓箭纷飞，乱石齐发。至鸣锣收兵，胜也好败也好，哪一方不是尸体横陈？纵是为国捐躯，但家里终究没这个人了。

魏玩比灯影大了十岁，一向怜爱她，见她这般伤心，忙劝她道："你夫君是长官，自然在帐中指挥，哪有你想得那么可怕？你且放宽心，好好去陪他，让他静心作战。说不定一打胜仗，就又能官复原职了哩！"

"呸！不指望。我听说前年你家曾官人费力平定了交趾人作乱，才升的龙图阁直学士，还不因言官几句话说贬都贬了。我也想通了，这京城是非太多，没啥待头！老鬼这几年任期一到，我就随他回江南，到老家待着，再不回汴京……"

魏玩听她这样说，心里像被什么猛拽了一下，扯得生痛。金兰汇姐妹，从此又要少一人了。

她不知一向泼辣、开朗的灯影，从何时起，对汴京灰了心。他夫妻俩，沈括博学多才，不做官了，还有学问可做。灯影在他面前说一不二，偏沈括还百依百顺，是故他夫妻将后不管到哪儿，日子也能和和睦睦过下去。反观自家，一个四处为官，流徙不定，一个困在这深闺里，日复一日地独处，年复一年地等候，看不见什么结果。这样想着，心里就升起一团怨气。但这怨气也不是对曾布，而是对朝廷的任命，以及世道对妇人的限制、约束，另外还有些什么，她一时也理不清，便不再言语，任那怨气在胸中翻滚、聚积。

灯影见魏玩突然不语了，又见她一脸落寞，知道触着了她的神经，便有些后悔自己话多，也不知怎么劝她，只好也呆呆坐着。德洁见状，笑笑，出去了。不大一会儿，就和季真拿了一张稿笺推门进来。

季真年方十三。她玉面粉腮，杏眼琼鼻，一身莺黄斗纹丝质长裙，外配一件闪绿绢丝短外套，腰间束一条长穗五色宫绦，蹬一双秀雅的乳白羊皮小靴，好美一个女儿！魏玩心里的不快悄然散去，接过她手里那张纸看，却是自己填的那首《减字木兰花》：

西楼明月。掩映梨花千树雪。楼上人归。愁听孤城一雁飞。
玉人何处。又见江南春色暮。芳信难寻。去后桃花流水深。

季真在一旁看着娘，欲言又止。

魏玩疑惑，几番问她，方犹犹豫豫地说："娘，'梨花千树雪'这句，不……不是李太白《送杨子》中的句子吗？这……怎么……是不是……"话未说完，小脸就涨红了。

魏玩见季真读书认真，心里欢喜，便笑着回答："化古人诗句以为己用，自古就有，并不为抄袭。这些语典若运用恰当，不仅辞章富有书卷气，而且能使语言典雅。"灯影也道："是这个理儿。化也简单，照搬就成。"

季真听了，脸色舒展了些。魏玩看了灯影一眼，继续对季真道："化用并不是照搬，既要化又要用，得改造才好，贵在出新上。"说到这里，停顿下来，仰头思忖片刻，接着说，"比如李白《送友人》中的'萧萧班马鸣'，就是改造了《诗经·小雅》里的'萧萧马鸣'一句。娘之前写的《菩萨蛮》，里面'荷花娇欲语，笑入鸳鸯浦'一句，也是改造了周邦彦《苏幕遮》中的'小楫轻舟，梦入芙蓉浦'。这样的改造，前人今人还有很多。"

季真听了，黑亮的眼珠转了两下，又不作声了。魏玩知道她心里还有不解，便示意她坐下："你是不是觉得娘的这句'梨花'并没有改造？"

季真脸红了，轻轻点了点头。灯影抚掌大笑："我的儿，不枉你名字中间有个'真'字。我算见到女儿能揪她娘的小辫子了！姐姐快讲讲，我也有些不解。"

季真脸更红了，看着三姑德洁求援。魏玩忍住笑，继续道："化用还有一种，就是照搬，但只能一句，且要做到与诗词的上下文浑然一体才好。打个比方，欧阳永叔的《朝中措》有句'平山栏槛倚晴空，山色有无中'，便是直接照搬了王维的'江流天地外，山色有无中'。此种情形，是因为前人的诗句驰名，表意独特，美到极致，无法超越，后人时时温习，早成了自我神思的一部分，一俟写作，便可径直拿来用。如'澄江静如练''大漠孤烟直'等。"

季真听了，脸上绽了笑："娘，我懂了。三姑丈写给舅舅的《点绛唇》，里面有句'秋气微凉，梦回明月穿帘幕；井梧萧索，正绕南枝鹊'，应该就是化用曹操的'月明星稀，乌鹊南飞，绕树三匝，何枝可依'了。我懂了！"说罢给娘、三姑和灯影姨致了礼，轻快地去了。

季真才提到舅舅，几日后，魏泰便从池州回来了。半年前，他先去长沙探望了米芾，又往池州拜访好友沈遼，现在开封府的秋闱在即，就匆匆回京。临时抱了两个月的佛脚，竟然考过了，接下来就准备明年的春闱了。

魏玩自嫁到曾家后，亲眼见到曾肇的用功吃苦，可谓夙兴夜寐，无冬无夏，深感弟弟读书用功不够。魏泰屁股上就像长了刺，根本坐不住。但她不甘心魏家的文脉到魏泰这儿断了，就早晚盯着他，要他下力读书。把魏泰弄得见了她就躲。秋闱既过，又怕姐姐唠叨，干脆就住在了书院里，备战春闱。

这就熬到了次年正月初七，即元丰五年春闱的第一日。他一大早起床，吃了柱子专程送来的热腾腾的早点——自己爱吃的炙焦肉油饼、七宝素粥、批切羊头、辣角子后，又带上小厮，由柱子亲自送到考场去了。

魏泰这是第一次参加省试，对各个环节都不熟。先是核对姓名、年龄、学籍，然后检查笔墨纸砚，又让散了头发解了外衣，全身上下包括鞋子都检查一遍，方准入号房。

号房里面早站了一个膀大腰圆的号军，防人作弊。魏泰刚一坐下，就觉得小肚子一冷，浑身立即不舒服起来。但考试在即，哪里敢动，只好忍着。

谁想肚皮里的事，由不得人。他正做试卷，肚子又疼了起来，还一鼓一鼓的。或是早上什么不洁的东西吃坏了肚子？他正将左手伸进怀里，想去抚抚肚子，号军却闪电般地一掌击中他的左臂。魏泰痛得浑身一颤，正在写字的手一抖，试卷上顿时划下一条长长的墨迹，把刚才作的文章都污了。

魏泰恼了，眼睛一瞪，抡起巴掌就朝号军扇过去。那军号却头一偏，灵巧地躲过，顺手捉了他的胳膊向后一拧，把他痛得"啊呀！啊呀！"大叫起来。

巡视的主考官听见吵闹，立马带着几个膀大腰圆的号军过来。见魏泰一脸桀骜，嘴里"啊啊"大叫，着实反感，又听号军说有考生有作弊嫌疑，不由分说，就令号军将他带到隔间搜身。

魏泰偌大的个子，这下被脱了个光光溜溜，已恼怒至极。偏巧肚子还轰隆作响，臭屁一个接着一个，只觉得斯文扫地，前所未有，再也顾不得什么，破口大骂，什么"瞎眼贼""腌臜泼才"，从号军一直骂到主考官。

那主考官从魏泰的臭屁中已猜出大概，心里也怪号军疑心太重，误了学子的前程。但天子门下，科考圣地，又读的圣贤书，哪容得人如此嚣张跋扈，没个体统？当即下令："堵了嘴，撵出考场，永世不得再考。"

魏泰被押出考院时，披头散发，敞襟拉怀，惹得众学子偷偷直乐。街上的行人不知原委，以为是个作弊被撵出来的，围着他看热闹不说，

暗夜中的怒放

还拿些言语羞辱他。魏泰气得双眼充血，干脆蹲在考院门口拉了一泡屎，才觉得出了一口气。

魏玩多日没见到弟弟，还以为他和同学在一起。直到几日后，街头小报登出魏泰倚仗姐夫之势大闹考场的消息后，才知出了这档子事，气得七窍生烟。

过了几日，又听说魏泰因侮辱圣地，终身禁考。这消息犹如晴天霹雳一般，把魏玩差点击晕过去。想着父母几十年的期盼一朝成空，自己又是个女流之辈，无法光耀家族门楣，不禁又气又悲，眼泪哗哗直流。

魏泰也知闯了大祸，躲着不回家。没几日，又托人送来一封信，说回襄州去了。魏玩原本想着还要训他，可见他遁得竟如空气一般，也彻底死了心。人各有命，富贵在天。还是把精力多用些在几个孩儿身上。

季仪已有两岁，早该学说话了。这日，又值天气晴好，园子里的花开得正盛。魏玩想让孩儿尽快掌握对偶，便把他们叫到园子里，让他们斗草。

先听季真道："我有慈姑花！"

纡儿抢答："我有妒妇草。"

季真："我有合欢枝！"

缲儿："我有相思子！"

季真："拨心生！"

纡儿傻了眼。缲儿笑眯眯地答道："断肠死！"

纡儿比缲儿小两岁，认识的花草不如哥哥多，自然落了下风。他的乳娘是东京人，也懂些这个，便跑去他身边帮他。就听乳娘教纡儿道："狗儿草！"

季真："鸡冠花！"

缲儿："白头翁！"

季真："红娘子！"

纤儿："观音草!"

他们一人一句，兴致勃勃，引得季仪在旁边也拍着小手，咿咿呀呀地学。正热闹，门子跑了进来，边跑边放声大哭："太夫人殁了! 太夫人殁了!"

朱夫人是半夜里睡觉睡过去的，这年七十有二，算是个喜丧。曾巩、曾肇两兄弟俱在朝中任职，他俩先给曾布去了信，又借了个寺院给母亲殓棺超度，待众亲属、好友祭奠后，便将棺木暂寄在寺中。到了年底，曾布带家小回来，兄弟相见，抱头痛哭一场，然后选定了日子，一起扶了棺木，往南丰而去。

汴京到南丰，少说有两千里。可走陆路，也可走水路。但无论陆路还是水路，均路途遥远，天寒地冻，扶棺行进又比不得正常走路，且娘活着离开家乡，回去时只剩一具骨殖，兄弟三人萧瑟凄凉的心情，只有岑参的诗"故园东望路漫漫，双袖龙钟泪不干"勉强可以形容。

元丰六年二月上旬，离开汴京两月后，兄弟三人终于到了江宁。他兄弟三人均是朝廷命官，是故消息传开后，也有不少旧友来船上拜祭。

苏辙此时也在江宁。他与曾肇一向交好，听说后，便穿了素服，赶到船上吊唁，挽联展开，一副写着：族大徽音远，年高福祚多。生儿尽龙虎，封国裂山河。象服惊初掩，埋文信不磨。送车江郭满，咽绝听哀歌。另一副写着：安舆遍西北，丹旐历江湖。存没终无憾，哀荣两得俱。新封崇马鬣，余福荐浮图。家法苹蘩在，空堂始一虞。

曾布兄弟与苏轼兄弟是同年登第。曾布一向欣赏苏轼的才华。虽二人后来政见不同，却并未影响之间的友情，私下常有书信来往。现在，曾布看着挽联上的诗句，想起母亲几十年东奔西走，心里止不住一阵阵的伤感。

王安石此时正隐居江宁。听说此事后，也骑着一匹瘦毛驴来祭奠。三兄弟少不得向他致谢。吊唁毕，又说了一会儿话，其间王安石几度看着曾布，却欲言又止。曾布自那年被贬饶州后再未与他见面。他素知宰相性情，便待宰相告辞时，示意兄弟勿动，自己独自去送。

二人一前一后走到岸边。此刻，滔滔江水幽咽着东去，一只挂着白孝布的船孤独地泊在江上。年已六旬的宰相取下幞头，理了理花白的头发，看着波涛起伏的江面，喟叹道："时光真如这浩荡江水，一眨眼，你也快半百了！二十年来，我常对人说，自议新法，始终言可行者，曾布也；始终言不可行者，司马光也。余皆前叛后附，或出或入。唉！一切都已成过去……"

曾布怎么也想不到执拗如铁的宰相会说出这番话来。封存已久的记忆一下被打开，多年的劳累、心酸、委屈，此时再也忍不住，潮水一样一波一波向上涌，打湿了眼眶不说，人也像被浪头冲击着，竟有些站不稳。

宰相说完话，拍拍曾布的胳膊，径自去了。曾布远远呆望着宰相衰老的背影，余光瞥见曾肇和几个下人架着二哥从船上下来。看见曾布，慌张道："二哥本就病着，这段时间又劳累又伤感，怕是不好。"曾布一听，奔过来，见二哥脸色苍白，眼睛无神，也慌了，忙吩咐曾肇赶紧送他进城看病，自己在船上守着。未想曾巩竟一去未归，只过了两日，便在江宁城里亡了，享年六十有五。

曾家自父亲易占、大哥曾晔相继死后，家中大小事均是朱夫人和曾巩商议了办。曾巩生性善良，又踏实能干，所以事无巨细，样样安排得合理妥便。这突然就亡了，就如家里倒了顶梁柱。曾布、曾肇二人剜心剖肺般难过不说，一时也乱了方寸。勉强在城里找了个寺庙，将二哥停在那里，每日江上、城里两头跑着，接待络绎不绝前来吊唁的人，眼泪几日未曾干过。

就这样又耽误了一段日子，兄弟二人直到六月底才回到南丰。魏玩带了众人早已回来，找了汪恺帮助，诸事已经齐备。当朱夫人的棺木抬到龙池乡曾氏祖茔时，儿孙披麻戴孝，密压压跪了一地，放声大哭，众乡邻也在一旁洒泪。待掩了棺，垒了坟，立了碑，兄弟二人便着人在坟侧搭了两间茅草房，守陵尽孝。魏玩带着仆从，炊饭，送饭，随时添补奠品，闲暇时也读读书，偶也和曾布斗斗诗。

一日，曾布游了附近的名胜后，写了一首《题石仙观诗》，拿给她看。魏玩读到后四句："禄养不容乌反哺，君恩何似雀衔环。北山猿鹤真吾侣，盍卜幽栖谢往还。"莞尔一笑，调侃道："他既不许乌鹊反哺，麻雀又何必衔环？"曾布听了，面如土色，抓过诗稿，一跺脚走开了。

魏玩收了笑。想着丁忧快结束，便与柱子商量，仍将桑田和嫁田托付给汪恺和裕德。隔了几日，又找了个清漆拜箧，里面装了一百两银子，拉了曾布陪着，送给裕德，托他每年到南台寺，帮着给家翁易占、婆母朱夫人、长兄曾晔、二兄曾巩及二嫂晁氏、三兄曾牟、四兄曾宰，另长姐、二姐、八妹各供一盏长明灯。

裕德听了，想着曾巩一辈，六个男丁已走了四个，只剩下曾布、曾肇二人。他俩都在外地做官，这一去，不知有生之年还能否见着。若见不着，岂不也跟走了一样。这样想着，端着拜箧的手便抖个不停，两行浊泪也顺着脸颊滚落下来。

　　　　暗夜中的怒放

第十九章
衔　恨

哀人两鬓成秋霜，坐视迅景驰飞黄。三年丁忧结束，将乡下的事料理毕，全家回到汴京已是元丰七年年底了。曾布的复职申请已递交上去，等结果，倒可以在汴京过春节了。魏玩便叮嘱柱子两口子，过年定要准备齐全，务必办得热热闹闹，不留遗憾。她又早晚检点细处，还将曾肇一家也接了过来，宅院里每日张灯结彩，笑语晏晏，好不喜庆。只是曾綖有点儿闷闷不乐。

曾綖这年已经二十有三，还没成亲。相中的人有，是邓州知州卢琦的长女萝绿。卢家与采葛连着亲戚，原是采葛从中牵的线。曾綖虽然只是个八品的承务郎，但人朴实，家境也好，邓家相中了。本来要请了媒婆正式提亲的，孰料祖母去世，就耽搁下来了。

魏玩自己快要当婆母了，不免慎重，见曾布在家闲着，就按着时下的规矩，让他执笔写了一封"求婚启"，再遣了媒人往卢家去送。

媒婆得了差事，领了赏钱，眉开眼笑，拿着"求婚启"即刻去了。半个多月后，带回卢家的回函。上面写着萝绿的生辰八字，曾祖、祖父、父亲三代官职及随嫁田产、嫁奁。

女方提供的生辰八字本来用于问卜或祷签，看合不合，克不克。这个采葛早就私下给魏玩说过，也托人看了，与绽儿的相符，是故这次只是走个过场。接下来就要交换定帖。曾布便与魏玩商量，聘礼如何写。

魏玩叹口气道："绽儿可是长子，应该破费些。无奈家里买宅子，还有这三年坐吃山空，将原来的积蓄都花光了。他脚下还有几个弟弟，花钱的去处还多。聘礼就只能写银四百两，茶十斤，彩缎二十匹，杂用绢三十五匹了。"

曾布道："已然不少了。天下有多少人家，聘礼能有这些？只是定帖上还要填男家田产，这如何是好？"

魏玩笑道："就将乡下的两百亩地填上呀！还是娶媳妇好，花费不多。哪像嫁闺女，恨不得掂了脚。"

其实时下娶妇，女方也是要掂量男方家底的。只不过这门亲事是卢家先提的，魏玩才觉得轻松了些。

媒婆又往邓州去了一趟。亲事大体已定。接下来该是相亲了。

相亲乃大宋风俗，待下过定帖，便由男家挑个日子，选个雅致酒楼或园圃，或亲人，或媒人，或亲自前往，看下约来的女方。若中意，即以金钗插于女子冠鬓中，谓之"插钗"；若不如意，则送彩缎二匹，美其名曰"压惊"。

此风汴京尤盛。绽儿红着脸，只是笑。他没去过邓州，嫌远不想去，听娘说萝绿八分人才，便推说由爹娘拿主意就是了。

魏玩有些不解，曾布却道："这几年家里不顺，婚期在即，路上若出一点闪失，如何弥补？这样甚好！甚好！"

媒婆很快又从邓州回汴京了，随身带来了一车回定礼。除了依礼将男家所送酒肴茶果的一半回送，还有开合销金缬一匹，开书利市彩一匹，借用玉红文虎纱、玉红条纱、官绿公服罗各一匹，画眉褐织一匹，选金篦帕女红五事，盛线篦帕女红十事，叠叠喜须掠两副，劝酒孩儿一盒，籍用紫纱、生金条纱各四匹，以及茶花三十枝，果四色，酒二壶，纸币两百贯。媒人将其悉数带回交付，将曾宅的小堂屋堆得满满当当。

其实卢夫人见了曾家的聘礼后，并不满意。卢知州劝她："写在单子上的都不算啥，有私人宅子才叫有钱。听说他家三进院的宅子，汴京就有两处……"又说他知道曾布，才学、见识俱在众人之上，他现在已是翰林学士，只怕将来还有高官要做。夫人的脸上这才有了笑意。

曾綖即将结婚，全家都欢喜着，独曾布高兴不起来。一是他的复职仍无结果；更重要的，是宫中传出消息，因前年大宋对西夏战事惨败，官家备受打击，耿耿于怀，一病不起。虽有太医精心调理，但心病难治，勉强挨过了二月，到了三月初五，驾崩了，享年三十有八。

消息传出，山河凋颜。曾布想起昔日官家胸怀大志，他也风华正茂，君臣怀着强兵富国之心，数夜畅谈，皆对变法充满信心，而今不过十余年，新法已废弃过半，圣上驾鹤西游，他也成了半朽之人，不由得五内俱焚。

赵顼逝后，六子赵佣继位，改名"煦"，改年号"元祐"。因赵佣年仅十岁，便由祖母太皇太后高氏临朝听政。朝中陆续有官员任命，五月中，曾布也任了户部尚书。

许多人持了名刺来贺。一日，似锦和张英也来了。似锦去年秋天带着孩儿去了徐州，在张英的任上过年，这次朝中人事变动，张英也回到了京城。

魏玩自丁忧结束回京，先忙过年，然后忙綖儿的事，接着官家驾崩，一样赶一样，竟没有见到金兰汇的一个人，与似锦也三年没见了。见她来，忙将她的手拉着，上上下下地打量。见她梳着个高耸的凌云髻，鬓角簪了朵娇艳的黄牡丹，上身一件杏黄底绣小白花的缎面交领长衣，下面一条深色窄脚裤，看着虽然精致利索，但到底不年轻了，颈、额头、眼角已处处看得见皱纹了。

似锦见了魏玩，问了乡下的情况后，便长叹一口气，说起金兰汇的几个姐妹来。孟钿、芳树俱已亡，采薇远在邕州，采葛、灯影皆因夫君渎职，贬官偏僻之地，也随着去了。原来热热闹闹的九个人，现在京城里只剩三个了。

远在南丰时，魏玩常常想起众姐妹，想起在一起时的欢乐，及各人的烦恼。虽然姐妹们的生活俱有不如意处，总的来说，因都是官员娘子，除了会与丈夫分离，独守空房外，物质上倒也优渥。哪敢想不过三年，竟有这天翻地覆般的变故！忙问似锦究竟。

似锦道，孟钿是在去年冬月，因难产失血过多亡故。芳树则是因为没有生育被休，傍娘家兄长住了两个月不到，就寻了短见。临死前留下一首刺血诗，中间有几句，"别鹤空徘徊，谁念鸣声哀；可怜帛一尺，字字血痕赤；君如收覆水，妾罪甘鞭捶；死亦无别语，愿葬君家土"，轰动了半个汴京。

采葛随夫被编管，孟钿难产，魏玩都不感到意外。让她震惊的是芳树的身亡。她接连经历了爹爹、婆母及二哥的离世，现在已经听不得谁亡故的消息。特别是芳树还留下了简直就是泣血哀告的绝命诗。

魏玩脑子里清晰地浮现出芳树的样子。慈眉善目，敦厚的笑，每一见到姐妹家的小孩儿，总要亲不够……心里不禁一阵锐痛。她活着时，只因为不能生育，没少受欺负，却仍不觉醒，还满脑子的顺夫，临死，还在向那个狠心的人乞求，什么"甘鞭捶""愿葬君家土"，真枉了姐妹几个对她的开导！遂长叹一声，问似锦："她丈夫现在如何？"

"别提吴嗣忠那个腌臜货了。芳树怎么也为他吴家侍候了几年双亲，可芳树下葬，他都没去瞧上一眼！心让狗吃了。"

魏玩听得这话，又是一惊！芳树和吴嗣忠的脸交替在眼前闪过。与此同时，打了个寒战，心里有个怪异的声音响了一下，接着，全身便罩上了一层悲凉。

勉强定了定神，魏玩又问起灯影近况。不料似锦还未开口，眼圈倒陡然红了。

魏玩见得，心咚咚打起鼓来。说芳树、孟钿，似锦眼圈都没红，这倒是怎么了？

似锦看看她，又瞟瞟张英，却不肯说。

魏玩不解，在他夫妻俩脸上来回去看。就听曾布突然悠悠道："元丰五年，沈存中就被贬为筠州团练副使，安置随州。张氏只怕现在也在那里吧？"

魏玩听了，倒抽了一口凉气。沈括是边防大员，官至二品，缘何一下降成了八品的团练副使？她正想问曾布，却听张英霍地一下站了起来，尖着嗓子破口大骂："可恨沈存中，什么鸟眼，竟识不出徐德占一介草包，同意他在永乐建城。永乐地势偏远，孤立无援，导致我士卒役夫数十万人覆没不说，还把我变法人经年积累起来的物资和军事优势丧失殆尽！蠹虫！"说到这时，他脸膛紫红，唾沫星飞溅，眼睛里几乎要喷出火来。

"听说官家中夜得报，悲愤涕泣，竟咳出鲜血，后起环榻行，彻旦不寐。早朝，对朝臣恸哭，朝臣莫敢仰视……"曾布接过张英的话，喃喃道。

"正是。"张英重重地坐回凳子，"当时仁兄在乡下丁忧。我听说兵败的消息后，好几宿没睡，险些疯掉。新党想尽办法，积下的家当，一下被这两个秃驴败光。连官家也……"说到这里，他再也说不下去，捂着脸大放悲声。

曾布既不看张英，也不劝他，只失神地看着墙，自言自语："徐德占此人，乍一看有胆气，实则疏狂，不足以担当军国重事。听说他以诏使身份至边塞后，不顾鄜延道总管种谔种经略的反对，反而撺掇沈存中在永乐筑城，还厚颜无耻奏请天子，赐名银川寨……"

张英听了，抢过话来："徐德占贪功冒进，死不足惜！沈存中就是个投机分子！仁兄可还记得当年他在宰相罢相后，跑去见吴充，说什么'免役法'在两浙路的实行不利于民，应当加以更易。结果被蔡确上疏弹劾，说他，'既觉得免役法需要变更，为何当年不说？身为近臣，眼见朝廷法令有不当之处，却不公开在朝廷上说，反而在私下对宰执大臣说，这岂是为了朝廷好，只是想依附大臣，为自己的利益着想罢了！'难怪他家娘子都瞧他不起，老要揍他。蠢物！鸟人！"

魏玩早被这番话和两个男人的愤怒震惊了，呆呆坐着，身上不停淌着冷汗。她虽未听到灯影死的消息，内心的震惊却并不比听到她死小。一个不当，就毁了大宋的半壁江山，灯影临行前向她哭诉，说让沈括去监军，等于是去送死，真是一语成谶。如果死了倒也罢了，也算血洒疆场，为国捐躯。死不了，那就等着遭大罪了。内心的愧疚，活人的折磨，亡灵的抱怨……只怕得用一生来偿还了。

张英和似锦走后，又有人来贺。魏玩再没兴趣应酬，只说身体不适，匆匆回房去了。下人见她脸色惨白，神情恍惚，也不敢多问，只老老实实地守在门口静候。

魏玩躲回房中，脑子里回响着今天听到的话，与之相关的一张张脸便交替出现。先是孟钿、芳树，接着是徐禧和根本看不清长什么样的守边将士，最后爹爹、婆母和曾巩也浮现了。他们仍是活着时的样子，说着话，倾听着，谈笑着……但一眨眼，他们全都不见了，变成了一座座坟包，旷野里的，长满茅草的坟包……魏玩恐惧了！生命这么易折，就像秋风扫落叶一样，一阵风过，便消失得干干净净，再也寻不到半点印迹。"人生天地间，忽如远行客"，多么无奈和残酷！她失魂落魄，茫然四顾，眼睛慢慢落到案榻前的书上，心里突然升起了一星摇曳的亮光。

按照与胖掌柜的约定，她该三年前交书稿。但婆母的亡故，却把这件事搁置下来了。现在丁忧已毕，完全可以考虑了。

几日后，陈掌柜乐颠颠地来了。他也老了许多。柱子将他带到园子里，临水坐了。又让玉笛到书房里把跟了主子二十年的库露真戗金朱漆箧子抱出来，放到石桌上。

陈掌柜一见到箧子，眼都亮了。

魏玩郑重道："掌柜是方家，我斗胆献丑了。这是我经年积下的一些文稿，总共一百三十八首，就拜托掌柜了。集子取个什么名好哩？"

"我早替夫人想好了，就叫《魏夫人集》。"

"为什么不是曾夫人？"魏玩笑着问他。

"夫人这就有点自轻了。我斗胆问夫人，可知那班昭的夫君姓甚名谁？还有那谢道蕴的夫君又姓甚名谁？"

"大宋妇人当以丈夫为主……"

"夫人又考我了。"陈掌柜哈哈笑道，"我也读过两年书，识得些字哩。哪朝妇人不是以丈夫为主？以丈夫为主不假，那是平日里。赋诗作词就不一样了，它是个人的情思和才华，与丈夫没啥关系。取这个名，并不算违了妇道。"

魏玩笑笑，不再与他辩："《沁芳集》如何？"

陈掌柜想想，胖手往大腿上一拍，厚厚的嘴唇一咧："也好！官方刻过晏宰相的《珠玉词》，今日我陈家书肆就刻一本魏夫人的《沁芳集》，也是有幸了。"

二人说完，魏玩便动手将箧子里厚厚一沓稿笺取出来交给掌柜。掌柜接了，一双胖手在上面小心翼翼地抚摩着。魏玩见他如此，干脆仍将稿纸装回箧子里，盖好后，复递给掌柜。嘱他纵使刻出，原稿也要如数归还。掌柜点头，将箧子紧紧抱在怀里，满脸肃穆地去了。

光阴迅速，不觉又是一年，曾布在户部任职也半年有余了。这半年，曾布虽说顶着尚书之名，品高位重，心中却一直不安。原来自太皇太后垂帘听政之后，启用司马光为相。司马光是旧党之人，当年王安石说他"从始至终反对变法"。他既执掌相位，便把当年发落至全国各地的旧党成员尽数召回，朝廷上的新党官员先后调往各地，又将当年推行的新法逐一废除。一时间，昔日贵要俱奔塞于路。

元祐元年二月十七日，小雨霏霏。曾布下朝回家，脸色阴沉，一言不发，两道白眉更是突突直跳。他这个样子，下人个个吓得屏声敛气不说，连一向不惧怕爹爹的纡儿和季仪都吓得藏到自己房中了。魏玩见了，将茶点好，端了递给他，又在一旁坐了，轻声问道："向因何事？"

曾布默不作声。好大一会儿后，将手上的茶盅朝地下一扔，怒骂道："岂可令我修改我起草之法？真辱人太甚！"说完，鼓起眼睛，气呼呼地看着地上。青花瓷的茶盅砸到地上后，跳了一跳，碎成几片，把卧在地上打呼噜的小花猫吓得"喵呜——喵呜——"地窜了。

魏玩听了，心一下提了起来，悬得老高！这么多年，曾布从没为朝廷的事，在家里发这么大的脾气。遂暗自思忖：刚才他说了句"修改我起草之法"。当年王安石变法时，多数新法都出自曾布手，如《免役法》《保甲法》《方田均税法》《市易法》《义勇》《保甲》《养马条》等。是谁让他修改？又修改哪一部？

侍女重又沏了茶端过来。魏玩接过，复递给曾布，劝道："你也见惯风雨了，还有什么事想不开，值得这样动怒？"

曾布听得，头一下扭了过来，脸颊通红，眼睛里跳着两团火苗，鼻孔也一扩一扩："司马老儿令我修改《免役法》，你论论，可有这样侮辱人的？"

魏玩脑子里轰隆一响，又是《免役法》。曾布不知为它吃过多少苦头了。那法本由吕惠卿起草，原名《助役法》。吕惠卿丁忧时，曾布代他履职，征得官家和宰相同意，将《助役法》的内容做了修改，名也改成《免役法》后，推向全国实施。就因这，彻底得罪了吕惠卿，现在又要因它与新宰相不睦。得罪当朝宰相意味着什么？魏玩知道。

自丁忧到现在，魏玩与曾布没有分开过，心里已有了相依为命的感觉。但眼下风波又起，怎么做才能都兼顾住，可免再被派往府州？便焦急地问曾布道："有没有权宜之计？"

"要么改，要么不改，何来权宜？"曾布不满地看了她一眼，随后手往椅子扶手上"嘭"地一砸，"士可杀不可辱！随他！"说完昂着头，大步流星地走开了。

魏玩呆呆坐着。此刻，冷风裹着细雨，从洞开的房门蹿进来，直往人身上扑。她不由得将身子紧紧抱了。

一周后，诏书下。曾布以龙图阁学士知太原府，兼河东经略安抚使。张英也调到河南府任职。

曾肇听说后，急匆匆过来，进门便问曾布这次外任究竟为何。曾布示意他坐下后，泰然自若道："向日王介甫为相时，旧党之人络绎不绝地被贬出宫，今日旧党司马君实为相，我被贬，算得了什么？"魏玩便知已成定局，再不多言。

张英和似锦次日也来家里小坐。张英破口大骂："司马老儿，下手未免太毒！"曾布拍拍他的肩，哈哈一笑："我还是堂堂三品大员，你职务也未降，何谈'太毒'？况地方任职，远离朝堂是非，倒也自得其乐。"张英听了，脸红了一下："仁兄胸怀宽广，弟不及也。"

两个男人在前厅说话，魏玩带了似锦在院中赏花。似锦蹙着眉道："做个当官的娘子，一辈子，竟有半辈子耗在路上。这次我再也不去了……"魏玩逗她："他在外地娶小妾你也不管？"似锦叹口气道："随他折腾去。现如今哪个男人不这样，连曾翰林……"说到这儿，意识到说错了话，赶紧闭了嘴。曾布一个月前才新娶了小妾蒋氏，年方二十，本是宫廷马球队的女伎，极是青春靓丽。因犯了宫规被逐，司礼太监有心要巴结曾布，便悄悄送了来。

曾布纳妾，魏玩已习惯了。她自从将书稿交给陈掌柜后，对男女私情就看得淡了。听了这话，粲然一笑："原来我心里愤懑。总觉得男人们四处做官，还娶三妻四妾，一生热热闹闹，妇人只能困在家里生儿育女。后又想，宋朝举办教育，妇人一样读书识字，有才学的，吟诗作赋，甚至结集刻书，虽然也有人不屑，但那毕竟是少数，众人还是推崇的。这不比古人强了许多？还有好玩的，借了诗词，妇人可以不写美景，专一袒露自己的爱恨，岂不是很妙？"

似锦听了，点头道："虽是这个理儿，但见到那些贱人，免不了还是生恨。"顿了顿，又兴奋起来，拉着魏玩的手道，"是则也个。大宋一年这些个节日，并不限制妇人出游，确实比古人幸福许多。过几天就是挑菜节。咱们有好几年没聚了，何不趁此聚一下？"

魏玩亦是好久没有外出游玩了。听似锦一说，暗想一是可出去踏青，二则也算借此给曾布、张英送行，当即答应下来，又嘱咐似锦，这次不让她操心，只把张英、孩儿都带上即可，又约了碰面时间和地点。

曾布本来对外放不满，又有一个月的路假，倒没急着去上任。听了魏玩说挑菜节，又有恩培夫妻参加，便答应前去。

恩培姓向，黄胡子，高颧骨，白净面皮，一双大眼。他虽只是个从四品的鸿胪寺少卿，但门第颇高。他祖父向敏中曾任真宗朝宰相，堂姐又是神宗帝的皇后，所以在汴京也算是簪缨大户。他娘子姓甄名宝婵，鹅蛋脸、丹凤眼，长得十分标致。宝婵本与曾肇的娘子强氏相熟，一次在曾肇家中见到魏玩后，相投程度，倒在强氏之上，久而久之，与魏玩便成好友。

挑菜节很快到了，正在闰二月初二。这天，春风悠悠吹拂，吃过早饭，曾布夫妻带着季真、纤儿、季仪并丫鬟、乳娘，乘了三顶轿子，后面两个小厮挑了行具跟着，往东门而去。按照约定，三家在这里集合。他们到时，张英一家已经在含辉门外候着了，刚打完招呼，恩培一家也到了。大伙儿相互致意后，便浩浩荡荡往东郊进发。

季仪已经七岁了，出落得十分美丽，也爱讲话了。她见路上人头攒动，有的呼朋唤友，有的追猫逐狗，便兴奋得像飞出笼子的鸟雀，叽叽喳喳说个不停，把爹爹都惹笑了。

汴京东郊独乐冈一带，小丘耸立，地上花草无数。二月午暖还寒时节，上一季的花还没开败，这一季中性子急的已经吐了蕊，更多的正孕育着花蕾，空气中散发出一股泥土和青草混合的气息，是踏青、挑菜的上佳场所。

魏玩让下人觅了一块平地，把提前准备好的一大块毡布铺在上面，又让小厮从挑着的行具里拿下几个食盒，里面装的全是城里有名的吃食，一摞已经裁得方方正正的厚纸，俱拿出来在毡布上摆好，空气中顿时飘荡起一股甜香的味道。与此同时，另一个小厮手脚麻利地在毡布四周铺上十来块焦黄色的厚实麻布，权当凳子。魏玩请张英夫妻、恩培夫妻落座，可哪有人愿意坐，都兴致勃勃地寻野菜去了。

季真和纤儿大些，都在郊外过过挑菜节，认得些野菜，独有季仪，从未经历过。是故这次来到郊外，格外兴奋，乳娘便带了她一样一样去认。地里最先长出的，是荠菜，伸展着嫩黄的叶子；茵陈的叶片上面有一层白白的茸毛；茼蒿和茵陈长得像，同样嫩绿，但没有茸毛，干干净净；旅葵的秆子细瘦细瘦的；马齿苋的叶片又扁又厚，排列成马的牙齿的形状，上面暗绿，下面淡绿中带着暗红；面条棵又叫净瓶或香炉草，叶子是一对对儿生着的，椭圆披针的形状……季仪听着，不时脆声问她，一老一少专注的样子，很快吸引了众人。

因这汴京一带的野菜与各自家乡大不同，偏巧乳娘是本地乡下人，什么都识得。似锦几个虽也是汴京人，但全出自大户人家，哪有乳娘认得多？所以慢慢都朝她围了去；还有的在别处挑了，拿不准名字的，也过来找了她问。

一个时辰过去，每个人手上都抱着不少野菜。魏玩看到纤儿额头上密密一层晶亮的汗珠，脸颊上两块泥。再看季仪，小发髻松了，衣服也脏了，手上沾着土，脸上也糊了几块，成了个花脸，禁不住笑出声来。几个大人听到动静，忙过来看，见了野孩子一般的季仪，再看自家的孩儿和季仪也相差无几，都哈哈大笑起来。曾布道："宦海苦楚，还不如与稚子同游。"张英道："就是。"

魏玩见差不多了，便令他们去找水洗手，然后过来吃东西。乳娘便抽空把各种野菜挑了二十种，装在用厚纸折成的三角形袋子里，放在毡布上备用。待都吃过东西了，就让乳娘当裁判，"挑菜"正式开始。

纤儿抢着第一个认，认出十一种。魏玩掏出一支缀着金黄流苏的紫毫毛笔奖了。

张英家的两个孩儿和纤儿差不多大小，也认出十多种。魏玩同样是一人奖一支金黄流苏紫毫毛笔。几个小孩儿欢喜得直跳。

季仪见几个小哥哥都得了奖品，不甘落后，也认出好几种。魏玩拿出一个杭绣的布老虎奖了。纤儿见了，眼睛一眨不眨地看着老虎那栩栩如生的胡须，双手不由自主地伸了过来。魏玩忙拦住他的手，轻声道："她可是妹妹，哥哥不该让着点儿?"纤儿听了，便停下脚步，去玩自己的毛笔去了。

季真凡事从不与人争抢。待弟弟妹妹们都认完才上场，竟认出了十四种。在场的大人都不敢相信。魏玩要去拿奖品，宝婵早把自己戴的一块和田玉佩取下来，替季真挂了，笑眯眯地说："我们家的孩儿，还是我来发奖。这块玉，还是太后娘娘赐的哩!"季真听了，满脸绯红。原来，恩培夫妻早相中了季真，说要娶给他家子莘做娘子，只等季真办完笄礼就上门来提。曾布、魏玩见了，相视一笑。

小孩儿们猜完，轮着大人了。张英先上，一样一样地将野菜名报上，竟认出十六种。似锦一脸兴奋，嗔道："还以为你已经五谷不分了呢，未想到你还是乌龟有肉在肚子里。平日倒小觑你了。"

恩培、宝婵、似锦也都分别猜出十多种。魏玩送了每人一柄系着伽南香坠的金钉川扇。

以曾布平日的持重，魏玩原不指望他能参与。没想到似锦一猜完，曾布也兴致勃勃拿起了纸袋里的野菜。乳娘战战兢兢的，不敢正眼看他。但见曾布一样一报，二十种竟毫无差池，所有的人都吓了一跳。乳娘不断地瞟曾布，想笑却不敢笑，想说什么又不敢说，嘴巴微微颤抖。原来，依魏玩定下的规矩，今日的冠军，头上是要簪花的。

魏玩朝乳娘努了努嘴，乳娘赶紧将手里的一小束花递过来。魏玩从中间抽出几枝，招了手让季仪过来，在她头上插了，又对她耳语一番。季仪便拉着魏玩的手，走到曾布跟前，也学她娘刚才，悄悄耳语道："爹爹今日赢了，头上要戴花。"曾布早知这风俗，也不拒绝，任由母女俩在他的展脚幞头上忙碌。

不大会儿，母女闪开。众人见一向严肃的曾布，黑幞头上竟一左一右绑了花，已觉好笑，再见那迎春花，因刚吐蕊，正娇嫩得让人怜惜，偏又被满脸的褶子衬着，更觉滑稽。这当儿，季仪突然又叫了声"爹爹——"，然后踮起脚，用小手帮曾布把左边一朵扶好，再左右看看，拍着手道："真好看！真好看！"众人听了，再也忍不住，全都狂笑起来。

恩培极力忍住，过来拱手道："子宣兄真不愧当过司农长官。头上这朵花，可想见当日风流。"

曾布用手扶扶头上的花束，望着恩培，微笑道："是吗？"说完不等恩培回答，竟从地上一跃而起，唱起歌来：

"伊吕两衰翁。历遍穷通。一为钓叟一耕佣。若使当时身不遇，老了英雄……"

张英一听，呆了，脸上现出似喜似悲的神情，喃喃道："咿呀！这是王宰相当年填的，转眼已经十年了，仁兄竟还记得……"说到这时，眼泪流了出来，"想当年，我新党人物何等潇洒风流……"没说完，便和着曾布的节奏，一起唱道：

"……兴之只在笑谈中。直至如今千载后，谁与争功。"

因他二人平时皆不苟言笑，今日头上插了花不说，还放声唱起歌来，引得满场妇孺、仆众皆屏声敛气，把目光投向他俩。但见原野之上，一壮一瘦两个男子，均迈着方步，晃着身子，用那浑厚苍凉的嗓子，忽而望着远山，忽而又深情对望着一唱一和，全痴了。

魏玩却思绪飘忽着。她看着曾布幞头上的花，脑子里突然现出他一会儿在朝廷上忙活，一会儿贬到外地；一会儿对自己深情款款，一会儿又变成了对扶柳的画面……突然觉得，曾布和自己，还有这些花好有一比！无非曾布眷恋的是官家，自己眷念的是他，花眷念的是时节而已。虽然各自眷恋的对象不同，但他两个日常的遭遇、感受并无二致，无非是挚爱，冷落，嫌弃，凋零罢了。

她刚想到这儿，有人轻轻碰她。原来是季仪，正往她身上靠，便收回心思，将她的手牵了，继续听曾布两个唱歌。

第二十章
省　亲

过完挑菜节没几日，曾布就带着刘快活等人到太原去了，同时将扶柳母子、蒋氏俱带走，家里又只剩下魏玩和几个孩儿了。

自书稿被胖掌柜拿走后，魏玩心里便有了牵挂。因掌柜走时说，刻她那书，最多半年。魏玩算时间，陈掌柜是去年八月拿走的，那么二月底便能刻好。一想到二月底就能刻好，没几天就能见到自己的书，她既兴奋又忐忑。先是这是大宋首本女子词集，她又身份不同，不知将来外界如何议论；再又觉得自己诗词水平不高，羞于见人。于是有时就盼书肆尽快完工，丑媳妇早晚要见公婆；有时又后悔那日不该答应陈掌柜。这样心里纠结又焦灼，竟弄得茶饭不思了。

这就快到二月下旬了。限定的时间逼近。因白日想了一会儿书刻出后的样子，晚上就梦着了。两卷，封皮一淡黄一灰蓝，很是素雅。配了插图，有几幅竟是娘家襄州的风景，岘山的、汉水的、昭明台的、鏖战岗的……胖掌柜把书摆在他书肆临街的长条桌上，鼓着圆圆的腮帮，在那儿可着劲儿吆喝："大宋第一位女词家的作品啊——，火了火了——，卖火了啊——"她一下惊醒过来，再也睡不着，俟到天亮，便让柱子往书肆里去打探。

魏玩边在家回味着梦境，边焦急地等着消息。不过半个时辰，柱子逃命一样奔回家里，脸煞白，上面糊了好几处黑灰，幞头、衣服也到处都是，整个人好像从灰窝里爬出来一般。魏玩吃了一惊，心里升起不祥之感，忙问他如何这番光景。柱子捶着胸道，土围子昨夜里"走水"，半条街烧了，陈家书肆烧光了。

魏玩听了，眼前五颜六色一阵乱闪，人就跌坐在椅子上，眼睛也无力地闭了。下人忙围了过来，又叫唤，又拍背，又喂水，好一阵儿，终于缓过气来。

柱子见主子将眼睁了，就要扇自己的脸，说不该把主子吓成这样。魏玩止住他，颤声问他见到陈掌柜没有。柱子泣道，见到了，人已经疯了，识不得人了。

魏玩听了，险些再次晕倒。她本来心痛自己的书稿，问掌柜是想打听一下文稿有无存下，放在哪里。现在听说掌柜疯了，便知道自己的所想都是奢望。书稿，怕是永远找不回来了。

魏玩失魂落魄地坐在那儿，脑子里、心里、眼里全是熊熊的大火。那一篓子文稿是自己这么多年的心血，怎么偏就遇上失火了哩？她心里升起了一万个问号。要知道，大宋为防街头失火，有完善的救火制度，如城市四处高地有"望火台"，配有人数众多的"潜火队"，桶索、旗号、斧锯、灯笼、火背心等器具也一应俱全。土市子又在闹市，是一等防火重地，怎就烧了个精光？不至于呀……这样想着，心里重燃起一丝希望：雕版应该还在的。她听说很多书肆刻、售分开，刻坊并不在闹市。再则，就算烧了，还有雕版师傅，他既然一个字一个字地刻过，也许还记得一些！这样想着，心里就好受了一点儿，决定第二天到现场看看。

第二天早起后，吃过饭，魏玩便和柱子、雪梨往土市子去了。远远地，就闻到一股浓烈的焦煳味儿，及至走近，鳞次栉比的铺面间，陡然现出一大片空地，上面满是瓦砾和烧焦的木头，以及几堵垮掉一半的墙，皆因烟熏火燎，成了黑色。一大群人，正在空地上七嘴八舌地议论，街上也有不少行人探了头打量。

魏玩走近，听他们说道，得知这次失火共烧了五家，计一家书肆、一家药房、一家质库、一家旅舍、一家绸缎庄，俱损失惨重。失火原因系药房的丫鬟忙了一天，太辛苦，晚上随手把灯插在板壁上，一觉睡去，引起大火。

几个蓬头垢面的丐儿此时正在废墟上用木棍扒拉着什么，大概想翻寻些值钱的东西。柱子见了，也从地上拾起一根长棍，在陈家书肆的地基上扒拉，只见一片黑烟倏地腾起，盘旋而上，直往人身上扑。再拨，再腾，再扑。原来地上厚厚一层皆是烧毁的书籍，不知有多少本。

魏玩见了，心猛地坠下。这书势必已经刻好，但谁知它命运如此悲惨，如同那些短命的婴儿一般，还未睁开眼看一看世道和娘，便夭折了。思虑至此，心里一下子又想起了季书，当下全身竟自微微颤抖起来。

恰在这时，一个头发蓬乱、满脸污垢的黑胖大汉，裸着上身，穿了条粉红的亵裤，左脚上趿了一只鞋，疯疯癫癫地往废墟上来了。一俟走到，就从地上捡起根棍子，一下一下地扒拉着地上的灰烬，边扒拉嘴里边嗬嗬有声。魏玩看着怪异，不禁多看了几眼。这一看不打紧，全身竟如针扎了一般，寒毛都竖了起来。原来，正是书肆的陈掌柜。只见他边不断地自言自语"嗬！嗬！火了——"，边故意做出一副吓唬人的怪相来。

魏玩乍一认出他，一腔怒火就从心底蹿了出来。陈掌柜见魏玩看他，就偏过头，嘿嘿一笑，嘴里嗬嗬有声："嘿！火了，火了——"边嚷边双手一通乱比画。魏玩见他一身一脸的黑灰，指甲里也满是黑灰，平日的儒雅荡然无存，哪里还怒得起来？只觉得悲从中来，心痛难忍，便一刻不想待在这里，转身就走。到了家，勉强洗了手脸，换了衣服，往床上躺。头刚挨着枕头，眼前又浮现出陈掌柜疯癫的样子，久久不散，心里实在不忍，又唤了雪梨进来，吩咐封二十两银钱给他家送去。

众人都退下了，房中一时静寂无声。魏玩呆呆地坐着，恍惚间，眼前飘来飘去两卷《沁芳集》。一黄一蓝，上卷是词，下卷是诗，都是四十四首。胖掌柜跟在后面，躬身打拱："取事事如意之谐音。"她欢喜地起身，却什么也没有。原来是一场幻觉。

魏玩气恼地坐回凳子里，眼前又浮现出谢希孟、爹爹、曾巩和曾布。曾布乜斜着眼睛看着她，似笑非笑。又有无数声音在耳边响起：

"妇人刻书，匪夷所思。"

"大宋文豪辈出，哪轮得到一个闺阁里的娘子在那里聒噪！"

"可惜了。怎么着也是第一本妇人词集呀！"

…………

魏玩觉得脑袋要炸了，心里又有一股郁结之气，正在胸、腹、肋骨间肆意冲撞，全身痛得钻心，便霍地站了起来，反手扯下头上的银质珠花尖头簪子，向上一绾左胳膊的衣袖，用力在胳膊上扎了起来。每扎一下，她都倒吸一口凉气。但她忍着，一下一下地扎。胳膊很快肿了，鲜血淋漓。魏玩不顾，仍一下一下地扎。也不知扎了多少下，簪子的尖头已经钝了，全身痛得打起了寒战，她才拖着步子走到书案边，抓起一管毛笔，在桌上砚台里一汪黑得发蓝的墨汁里蘸了蘸，就往扎针的地方涂，蘸一次，涂一遍；再蘸一次，再涂一遍……直到那个地方被墨汁完全糊住，不再渗血出来，变成黑乎乎的一片，就再也忍不住剧痛，身子一软，朝地上倒去。

等她醒过来，人已干干净净地躺在了床上。左胳膊肿得大腿一样粗，上面"沁芳"两个刺青小字，面目狰狞。

自魏玩伤了胳膊，全家好几个月都战战兢兢。柱子责骂雪梨没好好伺候主子，雪梨有苦说不出，只好甩了自己几个耳刮子。两个小丫头更是吓得魂不附体。孩儿们也不敢惹娘生气，每日只跟着先生用功读书。

两个多月后，除了那个刺青赫然在目，魏玩的胳膊已恢复如初。但她再没看一眼诗词书，也再没作一首诗词。这期间，她把前前后后的事情想了个透彻。人之命，天注定。命中只有八粒米，走遍天下不满升。冥冥之中，自己大概只有词被传唱，而无更上一层楼的命。那一层楼上的风光那样典雅、诱人——刻成书，被人翻看，批阅，收藏，再传之后世……啊！想想就觉得销魂。可是，不管自己如何虔诚、谨慎，偏就被一把火烧个精光。这不是命吗？魏玩又想到魏泰。二人还真是亲姐弟，命运都那么相似。他身子一向强壮，偏春闱那天早上吃坏了肚子。一个家族、几代人、几十年的努力断送在一碟不洁的早餐上，不早不晚，就像有人掐指在算着。这不是命又是什么？罢罢罢！认命吧！再不奢望，不折腾了。

雪梨见主子这样，便将家里所有的诗词书籍都码到一处，用绢纱盖了。倒是柱子心里清楚，主子只是一时气急。就花了几两银子，私下里找了个勾栏里的乐师，请他们把各处传唱的魏玩写的词都找到，又挨着去了似锦几个家里，把散在她们那里的诗词也搜罗了一遍。这样半年下来，竟也积了四十多首。

魏玩自下了决心，就把所有的心思全用在孩儿身上了。奈何几个孩儿并不让她满意。要说，他们的教育没少花工夫。在抚州时，延聘的是当地最好的先生，自己还亲自上阵；到了汴京，官学里名师多，将他们都送去官学，放学回去，自己没少额外给他们讲些读书、作文之法。怎么读，又怎么作，都细细掰碎了讲给他们听。但讲得越多，她心中遗憾越多。自己和曾布二人，读书作文也算有些天分，怎么子女就平庸不显呢？四个男孩儿中，大郎曾綎、二郎曾缨，功课均一般，现一个二十有五，一个二十有一，都是靠恩荫入仕，一个在元符县谋了个九品的差事，一个在大理寺同样也是个九品的差事，看不出有多大前途。三郎曾缲还在读书，功课比两个哥哥略好些，但也难成气候。只有四郎曾纡，显得灵气，虽才十三岁，对诗书文章，已有独到见解，让她稍感宽慰了些。不过两个女儿，季真懂事，女红尤巧，季仪虽然话少，聪颖却超过姐姐，让她颇感省心。

一日，曾肇娘子强氏来玩。妯娌俩闲说了一会儿，强氏便向嫂嫂说起长子曾纵的亲事来。

"年前已与苏家定下了。原来还操心他家在外地，到时要到外地接亲，麻烦事多。这下好了，苏家兄弟都进京了！"

魏玩凝了双眉，不敢相信："苏子瞻进京我有耳闻，现在他弟弟也进京了？"

"可不是咋的！"强氏惊叹了一声，又朝魏玩靠了靠，压低声音道，"嫂嫂，听说苏学士是着七品服入京，还不到一年，就升了翰林学士、知制诰，可不就是常言说的一步登天嘛！现在，亲家翁也任了右司谏了。真是风水轮流转哩。"

魏玩听了，默不作声。她突然想起曾布说过的一些话来。说苏轼虽为旧党，但并不像司马光那样强烈反对新法，只是觉得王安石的变法推得太急了些。现在苏轼获重用，那么新旧党之间的斗争会不会缓和一些？但她下一瞬就意识到自己是妄想！曾布说苏学士本质上只是一个可以比照李白的文学泰斗，并不通权谋。且现在司马光为相，他才是真正的掌权派哩！想到这里，忍不住也叹了一口气。

强氏见魏玩眼中有道亮光倏地熄灭，知道是苏氏兄弟的境况触动了她敏感的神经。想着昔日风头不逊苏家兄弟的曾布、曾肇，现在一个在乡下漂着，一个还只是个起居舍人，不由得也伤感起来。

妯娌俩默默坐着，一时无话。这当儿，缥儿拿着一封信，急匆匆地朝娘走来。原来，舅舅魏泰来信，说外婆病重，想见女儿和外孙一面。

半个月后，正是元祐元年的六月初六。襄州邓城县治小井巷。

这日暴热。一早起来，太阳就白亮亮地悬在头顶，把房屋、街道晒得发烫。人们大多躲在家里，连狗儿也找了阴凉的地方躲着，蝉更不胜燥热，趴在街边的树叶上，"知了——知了——"地叫个不停。

魏玩坐在轿子里，紧赶慢赶，终于回到了邓城。大门徐徐推开，一件青色交领单褙的弟弟魏泰，正带着四五岁的儿子小虎在院子里撵鸡。鸡大概知道凶多吉少，扑棱着翅膀，咯咯叫着，四处逃命，身下带起一小团一小团的灰尘。魏泰一个箭步上前，就见到了正静静打量他的姐姐。

亲人相见，激动自不必说。魏泰见姐姐脸色不如过去白净，神情也憔悴，知道她是担心娘的身体，才在这五黄六月里长途跋涉，所以边简单地寒暄，边将姐姐往娘房里带去。

妙音身子虚弱，正躺在床上休息，听得外面说话声，心里有感，早竖了耳朵，又慢慢坐起来，靠在床头，看着门口。只见布帘一掀，儿媳先进来了，接着便是魏玩和雪梨两个。

妙音的眼珠子一下卡在眼眶里了。她勉力向床外探出身子，伸了双手，将魏玩揽在怀中，眼泪就扑簌簌地滚落下来。一屋子人见她这样，也都抹起眼泪来。倒是四岁的小虎，走到床边，扯扯祖母的衣袖，奶声奶气地责备："郎中说不能哭，奶奶不听话。不听话。"一句话让祖母破涕为笑。

魏玩服侍娘靠好，见娘瘦得厉害，忙问病因，却是夜间起来受凉，咳嗽不止，痰也渐多，已请邓城的郎中看过，药也吃了不少，总不见好，又在襄阳城请了郎中来看，重新开药煎了吃，这两日见着像是好些了。

魏玩略略放宽了心。问过时辰，即令下人把药煎了送来，自己亲自喂娘服完，又侍候娘睡了，方退出房中。

芦花鸡终于被抓住了。虎子欢天喜地跟着管家安子，将鸡送到厨房去。

魏玩来到院中，环视了一圈儿。刚才急着进来见母亲未注意，现在静下心来，才发觉家里的碗、碟、药罐，还有母亲床上的铺盖，主仆身上的穿戴，包括院中的陈设，都是积年的物件，更别提厅堂的几、柜、桌子了。她心里疑惑，但见自己的闺房里，也只简陋的一床一桌一椅，原来几件精致的雕花家具都没了踪影，方知家里有大事发生。

魏玩和弟媳喻氏多年前见过一面。那是魏泰"大闹"考场后的秋下。他知道科举无望，很快在老家娶了妻，又在婚后不久带着娘子前往汴京，一是拜见姐姐姐夫，二是卖他在小纸坊巷的那套宅子。

喻氏见魏玩留下自己问家里财务，还以为是责怪自己不会理家，委屈得脸通红，但一时又不知从何说起，嘴唇哆嗦了一阵儿，才愤愤道："都说魏家富裕，那是陈年往事了。自我嫁进来，没过过几天宽展日子。一家十几口人，除了几亩薄田，没有任何进项。一个该顶天立地的男人，整日游手好闲不说，还要硬充文豪。"

魏玩心里刮过一阵狂风。她上上下下打量着弟媳陈旧的衣裙，诧异道："几亩薄田？没什么进项？光汴京的宅子都卖了几千贯吧，钱呢？"

弟媳咬了咬嘴唇，欲言又止。

"到底怎么回事？你瞒着什么？"

弟媳急了："姐姐可知道辅喜欢收藏字画？汴京的宅子，卖了四千贯不假，可道辅都拿去买了古人字画。谁料到，全是赝品……"

"赝品？怎么可能？拿来看看！"魏玩惊得几乎尖叫起来。魏泰自小喜爱书画，有相当的鉴赏力，咋会上这种当？

"早被他一把火烧了……"

"烧了？"魏玩几乎是在喊了。

"他说不能留在世上害人……"

魏玩觉着心像被什么划拉了一下，惋惜消散，满是震惊了。她定了定神，问道："那家里的几百亩地……？"

"水淹，又卖，只剩下不到五十亩……"

喻氏刚说到这里，魏泰推门而入，听到半句，就向她叱道："胡呲些什么，惹姐姐生气！"

喻氏平日一向惧怕魏泰，但今日说到伤心处，也不怕了，又有姐姐在家，谅他不敢胡作非为，便高声嚷道："怎地？你能做我还不能说？"

魏泰听了，举拳就打，喻氏一闪避开。魏玩一见，不由得怒火万丈。他都四十的人了，还如此暴躁。当年不是他暴躁，功名早到手了；如果不是他急躁，怎么会上了赝品的当，家中又怎会落得今天这般？便断喝道："住手！"

魏泰大手劈了个空，见姐姐恼了，只得乖乖收回拳头，但仍不忘狠狠瞪了喻氏一眼。

魏玩令他坐下，又示意喻氏也坐下后，想要训斥他，却因心里有太多的话往外涌，一时反倒不知从哪儿说起了。只好挑眉瞪眼，愤怒地直视着魏泰。

这样过了好大一会儿。喻氏见自己一番话，惹得他姐弟两个不睦，心里也有些忐忑，便掩着嘴轻咳了两声，想要离开。魏玩开口了："……这么大的事啊，让我如何说你是好？全是赝品……为何不写信告诉我？报官没有？过得如此穷困潦倒，以后怎么办，有没有想过？"停了片刻，又道，"干脆去你姐夫帐下，谋件事做。弟媳以为如何？"说完扭头去看喻氏。

喻氏一听，忙点头。未料魏泰却一仰头，高声道："哪儿也不去。仰人鼻息，我才不乐意。况且娘现在也离不了人。我在家中，正在将经年的所见所闻，一一记述下来，若刊成书，就是珍贵的史料了。"说完朝随在他身边的安子挤挤眼，"你说是吧？"

安子是柱子的弟弟，从小在魏家长大，是魏泰的小厮。只见他将胸脯一挺："是的。主子常教导小的，古今圣贤全……哦不，皆……对，皆寂寞，唯有'书'，书写留其名。汉上丈人将来一定会史上留名的。"说完朝魏泰讨好地一笑。

魏玩听了，方知弟弟给自己取了个"汉上丈人"的号。汉上好理解，"丈人"二字，却让人摸不着头脑了。魏玩哭笑不得，想着他原来不想入仕的议论，知道他心意已定，多说再无益，便招招手，让小虎来到跟前，问他："小虎可愿意随姑姑到汴京去玩？"

魏泰听了，赶紧将虎子拉到自己怀里，摇着头道："使不得使不得。你家中孩儿已多，不能再给你添负担了。"

喻氏听了，急忙插话道："姐姐家里仆众成群，外甥们都各有乳母，哪里能累姐姐多少？汴京条件好，姐夫交往的又都是达官贵人，虎子要能去，怕对将来也好……"

魏玩点了点头。她正是此意。未想到魏泰烦躁起来，朝喻氏啐了一口，喝道："什么前途？你哪里明白！王介甫当年贵为宰相，最后呢？东坡名满全国，中间还受那样的磨难，更别说姐夫了……"说到这儿，觉得自己话太急，忙吭了两声，看了看姐姐，歉意道："主要是我膝下单薄，只虎子这点儿血脉。我离不开，娘也舍不得……"

魏玩听了，知道自己已不能再说什么，只有长叹一声。既叹弟弟命运不济，又叹自己找不到帮他的法子，心里真是沮丧至极。

或许是女儿回家，妙音心情好，病竟渐渐好转了，一家人欢喜不已。魏玩因还时时想着这家人的生活，一日，便趁母亲睡了，将弟弟两口子叫到自己房中，和他们商议："你们也受苦了。目前家里这些陈年的家具、用品、大人小孩儿衣物，都扔了，换成崭新的……"说着看了一眼雪梨。雪梨便从袖笼里取出两张面额五十的银票，放在桌上，轻声道："主子这次回来带得不多，舅娘先拿去救急……主子的意思，旧物件虽然也好，但家里太灰暗了，还是要换换，弄得喜庆一些。"

喻氏见了银票，眼睛一下亮了。姐姐到底是贵夫人，出手阔绰，不过这么多钱，魏泰不点头，她不敢，也不好意思拿。心里正着急，就听"嘭"的一声，房门被撞开，安子连滚带爬，一进来，就伏在地上号啕大哭起来。他额头上鼓起了个大包，脸上还有几道血痕。

魏泰见着，急了，叱道："找个摊位，怎么就与别人打起来了？"

安子抬起头，哭丧着脸："小官人，冤枉啊，对手是公差，我咋敢动手啊？"

魏玩听了，和雪梨对视一眼后，让安子别急，从头说来。原来，安子清早去街上摆摊，却被公差说是占道经营。他辩了几句，被对方在额头上敲了两个暴栗不说，还抽了几个耳光。

魏泰听了，连连跺脚："蠢货！蠢货！你没报上我的名号？"

"正是报了主子的名号才……"说到"才"时，安子猛觉不对，忙把头垂了，把话吞了。

魏玩纳闷，追问道："才怎么？"

安子头垂得更低了，犹豫了好大一会儿，支支吾吾道："那公差说……你家主子就是个乡……乡霸！当日仗他姐夫……姐夫的势……暴打主考官，被取……取消了考籍……还不知……错，还要……乡里占……占道……"

一旁的雪梨听她小叔子这样说，赶紧拦话："胡呓些什么？还不去拾掇你的脑壳去。"说完使劲瞪了安子一眼。安子瞥见，也知失言，偷偷打量了魏玩一眼，便想退下。

魏玩却继续追问："你摆的什么摊？又占的什么道？"

因嫂嫂在旁边又瞪眼又拦话，安子此时哪里还敢多嘴，只把头快扎到裤裆里去了。喻氏一直没言语，见状插话道："就是这城外过去有个官府的脚店，后来废了。道辅觉得那个地方行人多，想向官府求了来，让安子在那里做个小本生意，好挣些碎银子，官府未置可否。我们还只当他们默许了，哪想到今日竟动了手，还扯上姐夫。这与姐夫有什么关系？"

魏玩脑子里已嗡嗡一片了。魏泰生性暴躁，考试时他是觉得受辱才动怒，怎就成了仗姐夫的势？现在派下人去摆个摊，又成了随意占道？难道因为有个当官的姐夫，一举一动就都成了仗势？寻常人都不许有点性子？她着实愤慨，不经意扫了一眼魏泰，见他身子微微晃动，两个拳头攥了，正咔吧响，眉毛也倒八字竖着，当下身子一紧，害怕他又跑出去惹事，只得勉强把怒气压了，对弟媳道："从今日起，这个家再不许人出去摆摊。魏家还没落魄到那个地步！"说完将银票递到喻氏手上，叮嘱她，"道辅要做学问随他。只一条，拿这银子先买一批田回来，日后好收租子养家。"

又过了两日，妙音因自己身体已完全康复，魏玩在家也守了她二十多天，便嘱她去探望一下姑母、舅舅和姨母，魏玩一一照办，又让姐弟俩到长丰洲去祭奠爹爹和祖母。

长丰洲在汉江北岸。它本是块荒地，但自唐朝起，因襄州人烟繁盛，便有人在这里将亡人下葬，慢慢地，就形成了一块块官宦人家的家族墓地，最有名的数武则天当朝宰相张柬之家族。魏玩幼时随大人祭祀祖辈时，爹爹曾远远地指给她看过。那时魏玩不敢走近，只觉得阴森森的，让人害怕。

从邓城到长丰洲，要穿过鏖战岗，有大道也有小径。姐弟二人沿着一条已经干涸、不知名的古河汊走出鏖战岗后，再继续北行七八华里，就到了祖母和爹爹的坟前了。

这天在七月初，因在河边，柳树芭茅什么的长得茂密，不时有风悠悠吹过，是故虽走了这么远，并不觉得热。二人摆好祭品，跪了下来。魏玩想到祖母和爹爹，都是她至亲的骨肉，却一个未尽一天孝，一个连最后一面也没见着，人世的生离死别，残酷如此，心里不禁一阵悲凉，颤声叫着"祖母""爹爹",落泪不止。

祭奠完,二人移步往江边去。芦苇正在拔节,散发着青草的味道;汉江依旧浩渺,远看,那么温顺地流淌,走近,却能看见它在愤怒地冲击着沙洲,一刻也不停歇。魏玩突然记起,在祖茔的北边,即靠河边的地方,是张柬之家族的墓地。现在怎的不见了?

"汉江每年都把长丰洲吃进去一些,你看——"魏泰指着前面一丛丛人把高的茅草,"他家临着汉水的几十座坟,一年一年的,都冲跑了。剩下不到十座,暂时还在,不过早晚也有这一遭……"

魏玩听了,四处打量,慢慢忆起这地方原来的样子,也顿时有所觉悟:说汉水有摧枯拉朽之力怕也不为过。只说人的一生,光阴苦短,中间还时有坎坷,却不知连田地甚至坟茔的命运也一样。

魏玩端详着周遭的风光,郁郁芦苇、滔滔江水,景致和她记忆里大致不错。但细细玩味,却发现因为隔了二十多年的时光,又不太一样,多出了一些别的意味来。芦苇才绿,转瞬又枯黄,是"命若朝露";江水不舍昼夜,浩浩汤汤,是"逝者如斯"……就像祖母和爹爹,分明音犹在耳,却已是两抔黄土;自己上次来这里,还是个少女,今日也成了半老徐娘。如此想来,这世间万物,骨子里,俱刻着"悲苦"和"迅忽"两词了!

一只翠绿的小鸟从芦苇丛里飞出,振了振翅,朝江面射去。魏玩回过神来,看着那只正掠过江心的水鸟,复又想道:生命固然短暂,依然有人建功立业,青史留名,如张柬之,还比如孟浩然;也正是因为短暂,建功立业才显得重要,它证明自己来过人间一遭!想到这里,她的思路一下子开阔了:建功立业不仅限于科举及第,隐在乡间,埋头学问也是一条道。

魏玩心里升起一股温情。她扭头对魏泰道:"唉!人来世间,本无选择,又必归去,还不知何时,想来真正痛心。几十年间,倘若只为了填饱肚子忙碌，更对不住投胎一场。还是得有所建树，方能有些意义。提笔写字，著书立说，门类也有很多，先要找对适合自己的路。你立下写杂史的志向，甚好！人生短暂，千万不要半途而废……"魏玩越说越激动，到最后，声音竟然提高了许多，那话像是说给弟弟，又像是说给自己。就这样说着说着，她久在心中的一个朦朦胧胧的想法，渐渐有些清晰了。

魏泰听了姐姐这番话，知道周围情景又触动了她的神经。自己写杂史，原不为什么建树，只是喜好。喜回忆，好记述。但姐姐是苦心，他岂能反驳？况且她所言追求生命的意义也不错，便点了点头。

四周又静寂了。魏泰想让姐姐轻松一些，就换了话题："张家的墓，尚存六座，上面的石碑，皆是当时高人所撰所刻，可谓书家精品。姐姐想不想瞻仰一番？"魏玩一听，倒也有趣儿，便和下人随着他往那片墓地而去。

魏泰像是来过多次，轻车熟路不一会儿就到了那里。几座墓早已不复昔日的雄壮，塌得厉害，也难怪魏玩刚才看不清楚。魏泰带着她，一座座看，有些碑文模糊不清，就随手扯一把青草，弯着腰将上面的尘土擦了，一一辨认了念给她听，分别是唐故太中大夫守新定郡太守张公胐、唐故河南府参军张君轸、唐故秀士张君典、唐故文贞公曾孙故谷城县令张公曛、唐故处士张君景之、唐孝廉张君庆之六人的墓。

魏玩见魏泰如此熟悉，诧异："你常来？"

魏泰正了正幞头，腆笑道："爱这唐人的书法，之前和元章来拓过碑文，故熟悉些。"

"元章？什么时候见到的？他现在可好？"

"他爹爹前年在杭州去世后，他回襄州处理家里的田产，住了段时间。我们便一起来欣赏了几天。他如今正丁忧。"

魏玩脑子里又浮现出在长沙见到米芾的那一幕，一会儿是唯唯诺诺

暗夜中的怒放

的小官，一会儿是风流潇洒的大书家，不由得会心一笑，旋即又一脸郑重对魏泰道："我看元章，仕途不过如此。但书法成就，假以时日，定会有大气象。"

魏泰点点头："但愿元章弟能如姐姐所说。"

又过了几日，妙音已康复。临别在即，魏玩将自己身上的一支修翅玉鸾步摇、一只碧玉手镯、一块和田玉佩尽数解下，递到娘的手上。

妙音大惑不解："这是为何？"

魏玩抱着母亲，眼泪滚滚而下："我托生在魏家，爹娘把我养大，不知花了家中多少钱。后来又远嫁，一天都没尽孝不说，还让娘日日为我牵挂，大恩大德，女儿来世做犬马也不能报。这点银钱，权当是雇了人力，替女儿伺候娘罢了。说到底我还是在偷懒耍奸，还望娘念我膝下也是一堆儿女，不能长久在家……"

妙音听了，哽咽道："当日娘想把你嫁在近处，是你祖母非要……人生富贵没有头，哪如骨肉在一起实惠啊……"说完潸然泪下。

第二十一章
论　道

魏玩离京这段日子，强氏也忙得不可开交。她一家在汴京多年，因房价只涨不跌，曾肇的品级又不高，所以一直租着店宅务的房子在住。这下儿子要结婚，便咬了牙，拿出历年积攒下来的五千贯钱，在城北买了一处宅子。

强氏性情开朗，尤好交际，新宅到手，想要请些亲朋过来暖房，第一个想到的便是魏玩。听说嫂嫂从襄州回来了，忙赶了过来。先问了邓城的情况后，就把自己的打算托出："也是乔迁之喜，想邀至亲的人聚一下。"然后说了拟请的人，除嫂嫂外，另有苏辙夫妻、苏轼夫妻、她弟弟渊明夫妻。

魏玩自曾布二次被贬后，宴饮就减了不少。她实在不愿听到那些刺耳的议论。她知道，自变法开始，朝中官员就分成了新、旧两党。两党除了在朝政上相互攻讦外，日常生活亦深受影响。子衿离开金兰汇，文柔和灯影淡了来往，采薇丈夫反对她与姐妹们来往便是因此。

魏玩在家里纠结了好几日。强氏的弟弟渊明她见过，有些说不上来的感觉，又听说他一直着力攀附曾布的老对手、御史中丞刘挚，心里就好生别扭。但曾肇的乔迁之喜，她又怎能不去？再则，苏轼名满四海，与曾布私交甚好，自己对他也仰慕已久，何不趁此见上一面？想到这儿，就定了主意。

过了几天便是旬休日。魏玩正在家与邱家娘子说话。自那日邱家娘子痛哭一场后，啥事俱要到魏玩这里讨主意。魏玩也乐得帮她想些法子。强氏派了下人来接。邱家娘子告辞，魏玩便换上豆纱绿的夹裙，外罩深绿绲了白边撒花褙子，梳了个典雅的双蟠髻，带上玉笛去了。

曾肇的宅子在城北的封丘门外，临近广济河。魏玩透过轿帘，见这里虽是外城，但房舍整齐，街边遍植林木，是个清幽之地，也替曾肇高兴。曾肇为人谨慎，与娘子相反，不爱交际，变法之后，政见上始终保持中立。他选的这个地方，对他颇是适宜。

苏辙夫妻、渊明夫妻已先去了，强氏正带着他们参观新房。听说魏玩到了，两个娘子便随着强氏一起来迎她。相互见过，福了礼，渊明娘子半真半假道："听说姐姐要来，我一宿没睡哩。姐姐现在名气大了，也不和我们玩了。"

魏玩听了，头皮一阵阵发麻。她懒得细究，勉强笑道："我哪来的什么名气？该不会是骂名吧？"

正说笑，一个小丫鬟慌慌张张跑到强氏身边，道："苏……苏学士到了，苏学士到了。"

几个人一听，俱停了说话，理理衣襟，退至廊下站了。魏玩见曾肇兴冲冲地带着一对男女进来，边走边说笑，已知是苏轼和他的夫人了。只见苏轼着一件冰蓝色的锦衣，个头不高，脸形微长，五官标准，搭配适当。他每说话时，神情既坚毅又舒阔；每含笑时，既顽皮，又略带一丝温柔，看起来真是既潇洒又风流。他的夫人，个头娇小，衣着素雅，看着很是贤淑。

曾肇将众人带到前厅坐下，待侍女上完茶后，先把苏轼做了介绍，又把几个人介绍给他。苏轼一直含着笑，当介绍到魏玩时，他眼睛一眨，脸上现出一种快活的表情来，抱拳一揖，笑道："原来是子宣夫人。子宣近来可好？"说完，不待魏玩应声，接着道："子宣有福。大宋词学盛行，妇人千千万，虽也有能赋诗作词者，但仍属凤毛麟角，个中多数也只能应景儿，不成系统。唯夫人袒露心声，自成一派。且天下夫妇均有词者，唯子宣兄与夫人，真可称良匹也。"

魏玩自上次书稿被毁，下决心再不碰诗词已两年多，感觉对诗词的挚爱正逐渐变淡。哪料到今日竟听到这样一番话，且出自苏学士之口。苏学士是何等人也！"高山明月"都不足以形容他的分量，是位必将彪炳千古的人物，能对她这样称道，客气也罢，应酬也罢，她依然觉得心弦被拨响，接着便是一幕幕的往事：购书，读书，一首一首地写，细细地体味，品咂，和姐妹们交流，给孩儿讲授……全在脑海里重现出来，扰得她一阵阵心酸，差点要落下泪来。好在她立马意识到这是在曾肇家，还同着这么多客人，便脸上滚烫着，回了礼，轻声道："在学士面前，哪敢谈词作，不过妇人呓语罢了。"

苏轼却道："经年不见，夫人比原来发福了。"

魏玩一听，脸更烫了。她已四十有六，自然比过去丰腴些。但苏轼这话说得好生奇怪，让人听不懂。她从未见过他，发福不发福的，从何说起哩？

苏辙见魏玩一脸窘色，兼有茫然，忙打岔道："兄长爱说笑，夫人不要介意，不要介意。"说着朝曾肇看了一眼。

曾肇也知苏轼性情，见人就爱说笑，朝中大臣个个被他取有绰号，怕他继续说下去，让嫂嫂难为情，便想转移个话题。

不料苏辙的话音刚落，等曾肇开口，苏轼就不以为然道："咦，哪是说笑！"然后看着魏玩，一脸认真："夫人不记得了，十几年前我们有一面之缘……"

魏玩更诧异了。在座的也大惑不解。

苏轼左右看看，便撩一下长袍，站了起来。接着背了双手，微仰着头，踱起步来，边踱步边道："那天，某正任着开封府的推官。踏春时节，某在独乐岗上，见到一幅先晒华服后比赛投壶的绝世美景。女伎告诉我，第一个投壶的，是写了《好事近》的子宣夫人……"

魏玩听他这样说，一下记起往事。原来熙宁四年，和金兰汇众姐妹在独乐岗玩时，着青色幞头、灰色直裰，在一旁为她们叫好，还问要不要配乐的男人竟是苏学士！魏玩顿觉全身燥热起来，脸更烫得厉害。那日天热，她们个个薄衣薄衫，还虎虎叫着投壶，偏这些年过去了，还被他牢牢记着，着实有些难为情，想要嗔怪他，却找不到合适的词儿，只好脑子一转，问道："我记得学士有首词叫《踏青游》，上阕有'踏青游，拾翠惜……腰肢佩兰轻妙'的句子，可是那日所得？"

苏轼这词写于何时，连他自己都忘了。听魏玩这样说，知道她是要化去尴尬，心里佩服她机智，便打着哈哈道："夫人说是就是。"

他二人这一问一答，众人在旁边也听出个大概，不禁鼓起掌来。渊明奉承道："看来曾、苏兄弟缘分颇深啦！"

魏玩这次来，因久已不读诗词，生怕言谈间露了馅，临行前特意携了一卷苏轼的《眉山集》来。这部书在辽国燕京已被盗印，评价极高。此刻见学士兴致盎然，便示意侍女从包里取了出来，拿在手上，向苏轼道："苏学士的诗词文章全是神品。只是民妇愚钝，有一个问题想请教，不知可否？"

苏轼颔首微笑。

"自你的豪放词出世，便有人认为不协音律。不知学士怎么看？"

曾肇、曾肇娘子和渊明都懂诗词，现在见嫂嫂这么直截了当地发问，不禁有些担心。曾肇娘子拿眼睛扫了两眼曾肇，示意他若学士不快，赶紧解围。没想到苏轼哈哈一笑，顺顺胡须，一脸自负道："子瞻以为，诗既与乐府同源，则词须如诗一样，重真情而非声律。此真情，非男女之情，而是人格心志高远真淳之显示，此其一也。其二，如果作者欲跳出向来低吟浅唱的调门，写出胸中激荡的感情，也得摆脱原有的韵律格律，甚至词调句法的限制和约束，才能达成。"说到这里，他示意下人从魏玩手里将书接了过来，翻开，指着其中几行，"比如这首《水龙吟·次韵章质夫杨花词》，照词调应为五、四、四断句，我将它写成'细看来，不是杨花，点点是离人泪'。依凡理，确实破坏了格律，但是夫人细品，现在这阕和韵词的才情境界，是否皆在章楶的原唱之上？"

苏轼自科举及第始，就声名远播，几十年修炼下来，更如皓月当空，无人可及。但平素，除了弟弟苏辙和他亲近的几个人外，没几人能听到他如此细致地谈作文之法。此刻，都屏了呼吸，竖起耳朵去听。

苏轼一口气说完这些，已口干舌燥，便低头吃了两口茶。身边的小厮见茶已见盅底，趁他抬头，毕恭毕敬地倒入滚水，将茶续上。

苏轼停顿片刻，再环视一圈后，看着众人，坦诚道："但若不守音律，必得有澎湃之气，作豪放之作效果才好。有人说我的词，须关西大汉，铜琵琶，铁绰板，唱'大江东去'，我听了甚是受用。哈哈，我这算独辟蹊径否？"

魏玩听完，豁然开朗，施礼致谢："民妇受教了。"众人也都叹服不已。这当儿管家进来禀报，可以进餐了。曾肇便请苏轼、苏辙及渊明入席，让家里成年子侄相陪。夫人们带着女儿另开一桌。

席间，渊明娘子对魏玩道："魏姐姐真是女才子，换了我，一句话也对不上。"说到这儿，又望着强氏："姐姐今儿把大宋男女才子俱请到了家里，真是喜事。"魏玩听了，正色道："强夫人说笑了。苏学士是旷世才子，几百年出一个的人物，我只是碌碌民妇罢了，万不可相提并论。"

是晚，魏玩想着白日苏轼的一番话，想到他对自己的鼓励，埋藏在心底的那个愿望又浮现了。激动中，她坐到案前，也学苏轼，不协韵律填了一首《水调歌头》，又填了一首《永遇乐》，两首反复品读，觉得气度不够。那就罢了！甩开这些诱惑和干扰，潜心自己能轻松驾驭的，她的方向愈来愈明晰了。

潜心读书创作的时日，夜以继昼，昼以继夜，但作出来的词，却平常得如同一条直线。魏玩沮丧，又想到人们挂在嘴边的那些"妇人生活指南"，心里的那个愿望，就变得时隐时现了。

年关跟前，魏玩接到曾布家书，说事务繁重，又说蒋氏已有身孕，行走不便，不回汴京过年。魏玩因上次见到苏学士后，受到激励，把绝交了许久的诗词书籍重新放回案头，又陆陆续续地，把烧毁的诗词默写了一部分出来。柱子见状，也拿出自己搜罗来的十一首，魏玩喜出望外，重赏了他，每天读写得更起劲了，倒没有心思关注其他。知道曾布过年不回，也不在意，随手将信团成一团，拥进了纸篓。

向日婆母活着，曾肇一家租房住时，三十团年，都在曾布家。今年强氏搬了新居，她又好交际，便邀了嫂嫂全家到她家里欢聚。吃饭的时候，聊起大年初一干什么，强氏对魏玩道，明天我请嫂嫂去看妇人相扑。曾肇、曾绽几个听了，当即嘿嘿笑了起来。

魏玩早闻得妇人相扑大名，但太夫人在时，规矩重，从未看过。今日听强氏约，倒也心动。又想只她两个，怕不热闹，便问强氏，看宝婵愿意去否。强氏一听，拍手叫好，第二日便约了宝婵。到了初二，几个人便乘着小轿，在大相国寺东侧的瓦市前碰面了。

大相国寺一带是汴京最热闹的地儿，一年四季商贾辏集，货物骈阗，更别说春节了。诸般买卖都来赶集，更兼三十六行经纪，争扮社火，装成故事，看热闹的便摩肩接踵，挤攘不透。尤其相扑戏台前，更是人山人海，笑声雷动。几个人下了轿，下人在前面开路，正要往里进，忽听嚓儿一阵急响，接着人墙分开，里面的人皆往外走，脸上都挂着笑，知是这一场散了。

又有无数人往里面进，原来这相扑也是一场接一场。魏玩几个赶紧往前去找地方坐。众人一见她们几个的穿着、气派，知是官人娘子，默默让开了一条道。她们便走到前排坐了，见约有半人高的戏台上，铺着大红的毡子。左侧边站着一个精瘦的汉子，虽是冷天，却穿着单薄，只一件皂色的夹衣，一条乌色的阔裆裤，腰间一根乌绦带，一手拎一柄铜锣，一手执一根锣槌，正扫视着台下。

观众很快聚成了山。只听几声锣响，便从戏台两侧各走出来一位威风凛凛的妇人。魏玩一见，两人皆壮如胖熊，又穿得甚少，每走一步，衣衫里的肉便颤个不停，台下已有扑哧的笑声，脸顿时臊了起来。想看又不忍看，不忍看又想看，最后勉强去看，只见两位妇人先低压双髻，将头饰插牢，然后一挥粗臂，衫子脱下朝后台一扔，露出里面的紧身衣裤来。一个是橘黄肚兜配鹦哥绿短裤，一个茄紫的肚兜配胭脂红短裤，肥嘟嘟的乳房大半露在外面，看着甚是吓人。台下笑声又起。

静了一会儿。魏玩见两妇人将衣裳脱光后，正摇摆，左右捋那肉晃晃的胳膊时，猛听那汉子就着锣，大喝："着！"两个妇人立即定住脚步，弯下腰，再虎视眈眈地瞅对方。不过一瞬间，两人又扑在了一起，只见一个彩色的圆球，在台上滚来滚去，一会儿是鹦哥绿的两条胖腿朝天蹬着，一会是胭脂红的屁股朝天撅起，都露出白花花的肉，台下已是笑声连天。

二人在地上滚了一气，又爬了起来，退后几步，左右摇摆着身子，虎视眈眈地盯着对方。忽地，鹦哥绿一跃而起，朝胭脂红扑去。胭脂红仗着身形稍小，猛一退，倒叫鹦哥绿吃了一跌，跌在地上。胭脂红见状，饿虎扑食一般朝鹦哥绿扑来，冷不防鹦哥绿忽地从地上伸出双手，一把扯住胭脂红的腰带，用力一拉，胭脂红的短裤当即褪到肚脐眼下。台下顿时笑开了锅。胭脂红急了，用手去提那短裤，却被鹦哥绿瞅个空子，抱住她的一双腿杆，顺势揪翻，只听"嗵"的一声，胭脂红当即仰面倒在地上。

观众哄堂大笑。强氏兴奋介绍："这绿衣的外号小关索，红衣的叫念三娘，都是汴京的相扑名家哩。"

念三娘许是跌疼了，好久没有爬起来。台下此时有人抬着一个大箩筐，挨个讨赏钱。不知谁家的小厮，并没把钱丢进筐里，而是一边朝台上抛，一边得意地高喊："牛员外赏小关索啦——牛员外赏小关索啦——"

念三娘还躺在台沿上。魏玩估摸她伤得不轻，就示意侍女掏了银子放到她身旁。强氏几个见了，也纷纷掏了钱往那里放。

看相扑很快结束了。强氏对玩精通，又对魏玩和宝婵道："听到一阵阵笑声没？那是赫赫有名的伍灵儿夫妻在表演悬丝傀儡哩。听说他们把《莺莺传》里的祸水莺莺改成了有勇有谋的相府小姐，又自许婚事，又私奔情郎，不成体统。却勾引了无数人看，一天要演十几场，还场场爆满。不如咱们也去瞅瞅？"

两人听强氏这样说，兴致大发，就往那边去了。老远就看到一块竖着的木牌子，上面一张纸上书着"男舞女歌，妇唱夫随；各擅一时胜场，共树千秋盛名"几个字，顿觉有趣。自古以来，卖艺者被称为"伶""伎"，还从没人敢这样公然夸耀自己，这伍灵儿夫妻，真标新立异了。

三个人走近时，表演已经开始一会儿了。伍灵儿的十根手指上绑着不同颜色的丝线，每根线上牵动一个木雕傀儡，正在台上走来走去。魏玩看那些傀儡，崔生、莺莺、红娘、老夫人等，在伍灵儿的牵动下，你来我去，又做着不同的动作，偷偷相会的、进京赶考的、不忍分离的、朝思暮想的……多而不乱，一招一式，栩栩如生，不由暗暗赞叹。看到莺莺因思念崔生，辗转反侧，泪眼模糊时，就如自己亲眼所见，又如自己亲身经历一样，正替她伤感时，忽听一个高亢的女腔唱道："最恨多才情太浅，等闲不念离人怨……"歌喉婉转，清如山泉，幽如叹息，原来是伍灵儿外号"金嗓子"的浑家配合着剧情在唱鼓子词。

魏玩浑身一个激灵，面皮都在酥酥地麻着。"金嗓子"的高歌就是引信，将她心里的那团气点着，把她的心灼痛了。妇人太苦了！赤条条地来，赤条条地去，每一次伤感，每一次悲泣，皆因心里苦！且从古到今，这苦从未少过。好在生在大宋，文化繁荣，人们还可以借诗词、说书、唱曲儿把这苦写出来，说出来，唱出来，好歹强过古人泥胎一样沉默。魏玩脑子里闪现出了一张张痴情、伤心、无奈又麻木的脸，老年的、中年的、少年的，包括邱家娘子、似锦、自己……

魏玩悲愤起来。古往今来，痴情守望的妇人又有多少？然而，除了有几位妓女、女冠留下了几声呼号外，其他的，包括难以计数的后宫嫔妃，心中的幽怨、苦闷，又有几人知道？

这样想着，她更觉得不平起来，一股捎带了古往今来许多从未谋面的妇人的幽怨从心底喷薄而出，裹住她的全身。她觉着自己一会儿是那个生在襄州、嫁在抚州、活在汴京的魏玩，一会儿又变成了全然不识得的张氏、王氏、李氏、刘氏、付氏……既是秦朝的，又是大汉的，也是晋朝的……思绪飘忽，她有了激情，心里升起了一股凛凛浩气，那个愿望——自己将后的词，再不光写自己，更是要替妇人们发声。想到这里，一曲《菩萨蛮》已在她脑子里响起——

　　　　溪山掩映斜阳里。楼台影动鸳鸯起。隔岸两三家。出墙红杏花。
　　　　绿杨堤下路。早晚溪边去。三见柳绵飞。离人犹未归。

柳绵飞尽时，时节已到四月。这日，魏玩带着季仪在园中赏花。季仪已十岁，活泼开朗，出落得极是好看。这日她却很怪，花也不看，魏玩的话也不理，只静静地坐在小杌子上，眼珠一转不转地盯着地面，似有心思。魏玩心中有异，正要去问，却见一个下人慌慌地过来，说扶柳带着两个小相公回来了，由曾七管家陪着。

魏玩惊异！雪梨几个也相互看看，一脸茫然。曾布已知成德军，治在真定府，这三人也应在真定才是，怎的回汴京了？正疑惑，三人已进到园子里来。曾七一脸不屑。扶柳面容憔悴，比上次走时苍老了十岁不止。她一手牵着十五岁的曾约，一手牵着十三岁的曾绚。两个哥儿都比走时长高了一截，均穿着玉色的锦袍，见了魏玩，叫了声娘，伏身便拜。扶柳也颤声叫着姐姐，就在两个哥儿身后跪了下去，随即大哭起来。

魏玩一头雾水，让人去拉。两个孩儿听话地起身了，扶柳却任凭怎么拉也不起来，只将身子伏在地上，哭个不止。季仪已经好几年未见到亲娘，这时听见她哭，也瘪了嘴，眼泪跟那断了线的珍珠一般，啪嗒啪嗒滚落下来。

魏玩实在诧异！见扶柳哭得昏天暗地，想要喝住她，又碍着几个孩儿的面，只得让下人带着几个孩儿散去，只留了雪梨、长媳卢氏和曾七在场。正要叫扶柳起来，她却已软软地滚在地上，没了声息。

雪梨大叫不好，赶紧伏上去掐她人中，又叫了人来将她抬到房中去，这边着人去请郎中。曾七一脸嫌弃地在一边看着。

曾七自曾布任怀仁令，就一直随着主子在外。几十年下来，已历练得懂分寸，知进退。今日却活活一个异数。魏玩安置好扶柳后，便问曾七回京为何。这一问不打紧，方知扶柳身上藏了个惊人的秘密。

原来今年三月初曾布知成德军后，知州冯文简一日忽对他说，当地有个王姓的乡绅，听说曾布来此，多次上门托情求见。曾布应允，一日，主宾相见，王老汉就泪流满面，说他的亡儿，也曾为官，在荆南任期满后，乘船回老家，在船上遇到一个貌美的离异妇人，两人苟合几日，离异妇人竟有了身孕。老汉后来打听到妇人入曾府为妾，便想问问孩儿的下落，说如果尚在，已十岁有五了。曾布心中震惊，令人把曾约唤来席间，那老汉一见，抱头大恸，说面貌与其亡儿一模一样。

魏玩听曾七说完，惊得半晌方平静下来。虽然她早对约儿的身世有疑，第一次见扶柳时，就怀疑她与丁指挥有染，也暗示过婆母，婆母却未当回事。

"她不是丁指挥家的侍女吗？"

"当日她和那贱贼一起到了汴京。谁想那厮将人玩够了，就弃下她跑了。她没了活路，找牙人自售，被丁指挥买了，才有后来……"

魏玩颔首。曾七又道："因王老汉想要回五郎，主子大怒，令小的将六郎送回汴京，由主母抚养。至于五郎和她的去留，全听主母的。"

魏玩听完，未再言语。

过了半个多时辰，扶柳悠悠醒来，喝了几口稀粥后，便又强撑着身体，来到魏玩房中，扑通跪下。魏玩知她素来体弱，让下人扶她，她却坚辞不起，流着泪一遍遍道："我负了姐姐的信任，也负了姐姐的善待！负了姐姐啊……负了姐姐啊……"

魏玩无奈，只得由她："你曾是寡妇？当日你夫家因何不容你？"

"说……说奴婢成婚三年未……未孕……"

"王老汉既在真定，约儿还给他即可，为何又带到汴京？"

扶柳原一直伏在地上，听得魏玩这话，将头猛一抬了起来，瞪圆双眼，银牙紧咬，一字一顿道："妹妹斗胆认为，约儿虽是王家的骨血，但自他爹一去不回，他与王家就没半文钱的关系。约儿生在曾家，养在曾家，曾家对他，恩重如山。奴婢虽识不得几个字，也晓得羊羔跪乳、乌鸦反哺的道理。奴婢已与王家老汉讲明，曾约的去留，既然翰林有话，现在我就回汴京听主母的裁度……"

魏玩听她说得在理，又斩钉截铁，已知她外表柔弱，骨子里却牛犟。正要回她，疏帘走了进来，悄声道："婶娘来了，在亭子里候着。"魏玩听了，便让扶柳回房歇息，自己随疏帘往园子里去，见强氏一身翠绿斜坐在美人榻上，旁边卢氏和几个婆子围着。

强氏见魏玩走来，忙起身拉着她的手坐了，又让婆子们都退下。得知魏玩欲将扶柳母子留下，卢氏小脸通红，柳眉倒竖："贱人，轰走算了！不告官府定她个欺辱主家罪已便宜她了。"

强氏也将双眉拧了，道："既有人上门讨要，把五郎，不，那个孩儿还与人家，姨娘也卖掉便是了。嫂嫂为何还准备双双留下？不妥不妥。"

魏玩缓缓起身，眼睛停在湖面上，恰见一尾鱼浮上水面鼓了几个泡泡，便激起了涟漪，又一圈圈向外扩散，久久不绝。遂长叹一声，道："我先也气恼。现在仔细想想，一者，她毕竟为曾家生了几个孩儿，绚儿和季仪皆已懂事，将来长大了，未免不想亲娘。到时我如何面对？二者，扶柳是个有骨气的，即便被逐出曾家，也绝不会到王家求食。一旦流落街头，众人皆知道她是曾家小妾，难免说曾家不仁。若再被一些别有用心的胁迫，弄出些对子宣不利的话来，必将因小失大。"说到这里，她回过身来，见强氏二人俱认真听着，脸上若有所思，便接着往下，"最要紧的是，虽然她骗过曾家，但事出有因，也是无奈。妇人之苦，我们这样的家庭都难免，何况在那生死线上挣扎的？我祖母生前常讲，救人一命，胜造七级浮屠。还是留下她好。"

二人听了，哑口无言。扶柳和约儿自此留了下来。魏玩告诫下人，谁也不许在她母子面前提这事，违者逐出家门。又写了长信，令曾七回真定后交给官人。

扶柳经过这一遭，对魏玩心存感激，侍奉起来更加尽心。二人做做家务，聊聊闲话，插插花，关系日渐亲密。

扶柳本是良家女子，少时也读过书。如今在主母身边，见家里书籍堆满案头，便也想学赋诗作词。魏玩便找了些入门的书给她看，有时也给她讲些技巧，不出半年，扶柳已能浅吟几句了，魏玩暗喜。

一日，扶柳在房里读书。魏玩过去看她，见她蹙着眉头在读一卷

《花间集》。扶柳见魏玩进来，忙起身福礼，又沏了茶端上，等主母吃了两口，就请教说："姐姐给我的书，我先看的是那些写山水，写日月，写花草的，读了心里极舒畅，好像自己看到了那景儿一般。我也因此以为诗词都是写景的。但看了这本，大多是写妇人的。为何他们要写妇人？妇人和山水、日月、花草是一样的吗？这些都是好诗词吗？"

魏玩听了这话，浑身一震。扶柳不过才专心读了年把的书，就已经开始提问了，还是这样一个沉重的问题。魏玩将茶盏放下，思索良久，方道："写妇人，本质上是把妇人当成了玩赏对象。在天下许多男子眼里，妇人和田地、牛马、车辆没什么两样，不过是个活物罢了。否则，怎么可以随意送来送去？"

扶柳听了，身子晃了晃，又坐正，一双秀目怔怔地看着魏玩。

魏玩知道这话触动了她，不想再说下去，就吃了口茶，伸手将那书拿了过来，随意翻了翻，道："这都算不得佳作。艳词罢了。"

"作者不都是名人吗？还刻成了书呀！"

"并不是名人的诗词都好，更别提艳词了。譬如这位晚唐诗人韩偓，某日偶见一位丽人的背影，就欲火中烧，梦牵魂绕，夜不成寐，写了这首《偶见背面是夕兼梦》诗。这诗从丽人的脖颈、肩胛向下伸延，落在她酥油般白皙的背脊上，不仅如此，还透过丽人的衣服，写了她白莲一般的躯体。你以为他写得如何？你心里喜不喜欢？"

扶柳张了张嘴，想说什么，却没发出声。

魏玩将书翻了两页，接着道："再比如唐代诗人李群玉有首《醉后赠冯姬》，这样写：黄昏歌舞促琼筵，银烛台西见小莲。二寸横波回慢水，一双纤手语香弦。桂形浅拂梁家黛，瓜字初分碧玉年。愿托襄王云雨梦，阳台今夜降神仙。作者面对一位丽人，不是陶醉于她的演奏，而是想到与她欢会云雨。换句话，引起他注意的不是妇人的演奏技艺，而是色相。那么对这类男人来说，乐器才艺，是否只是妇人愉悦男人的手段呢？"

扶柳听完，重重地哦了一声，低头思忖片刻，又问道："自古以来，男人都这样吗？"

魏玩怜惜地看了她一眼，只觉得扶柳心思之细腻，性情之聪慧，在许多人之上，便循循道："妇人原来和男人平起平坐。周朝始，妇人的地位每况愈下，渐渐就变成男人们的财富了。战国时，楚人屈原、宋玉写的妇人，大多被香草、华服包裹，飘忽于山隅或云际，只偶尔与男性在幽梦中欢会，是一种娴静的神女。到了汉魏六朝，男人开始着眼于女性的腰肢、眉眼。唐朝则更加重了对妇人的触、闻、听的感觉。像韩偓所写，便是如此。有时甚至出现了妇人只着一袭轻纱，欲盖弥彰地暴露她们的肉体，由他们肆意狎昵玩赏的写法。"

扶柳的脸蛋涨红了，胸膛一起一伏。她猛地站了起来，又觉得唐突，羞赧而坐，看着魏玩，问道："那现在是个什么情状？"

"和唐朝差不多。"

"那……苏……苏学士的呢？"

魏玩愣了一下，思索片刻，道："苏学士是一代文坛豪杰，许多诗词大气磅礴，浑然天成。但也有些不能免俗之作。像那曲《减字木兰花》，'双鬟绿坠。娇眼横波眉黛翠。妙舞蹁跹。掌上身轻意态妍。曲穷力困。笑倚人旁香喘喷。老大逢欢。昏眼犹能仔细看'。人已老眼昏花，依然饶有兴趣地观赏美人妙舞，嗅闻美人气息，个中心思，你细品。"

扶柳听了，眼里涌出泪来，看是哭，又似笑。

魏玩更怜惜她，二人的关系就近了一层，每日里谈家务、谈诗词，只不谈曾布和他新娶的小妾蒋氏。她们皆以为蒋氏和曾布在太原过得快活，却不知一场危机正悄悄降临。

第二十二章
嫁　女

元祐五年，正值旧党人士权倾朝野，曾布的一笔旧账被御史翻了出来，遭到弹劾，连降三级，四月底时，令迁去任河阳县令。曾布羞愤交加，郁郁寡欢，勉强撑了三个月，突然一病不起，很快就奄奄一息了。

消息飞报入京。魏玩得知，眼前一黑，险些晕了过去。二话不说，带了扶柳及丫头小厮，日夜兼程往河阳赶。到了那里，见到曾布，脸如黄纸，形销骨立，一床锦被盖着，已看不出身形来了。

曾布看到她俩，眼珠转了一下，想说什么，终因无力，发不了声，只嘴巴微微翕动。

魏玩大恸，强忍着，退了出来，看着蒋氏，大怒："你平日是如何侍候的？"

蒋氏本是女伎出生，虽说嫁为人妇，也才二十出头，一向仗着曾布宠爱，整日里只张罗玩，并不懂得伺候人，现见主母大发雷霆，心里害怕，忙把一岁多的曾绰抱在怀中，跪在地上，战战兢兢道："一向是七管家在伺候官人，请了城中最好的医生，煎了药……"

曾七听蒋氏这样说，恨得牙痒。为啥？官人危在旦夕，河阳又没有好医生，他虽然贴身伺候，也无可奈何。见魏玩一脸威严，扑通一声跪下，带着哭腔道："官人已吃了快两个月的药了，小的也不知怎……怎的还不见好。莫非庸医捣……捣乱？直娘贼！我再去另请一个……"说完不等魏玩点头，兔子一样起身窜了。一个时辰不到，又领着个清瘦的郎中进来。

郎中五十开外，被人带到曾布床前坐下，先让人将曾布扶了半靠在床上，伸手翻翻眼皮，又令他张开嘴看了舌苔，再轻轻按了右手脉，细听半刻；又换过左手，再细听半刻后，轻轻放回，一言不发，走出卧室，到了前厅坐下。魏玩跟着，心里打鼓一般，咚咚直跳。

郎中问："向前吃的什么药？"

曾七忙将药单递了。郎中接过来，捋着胡子看完，摇摇头，又把方子推到桌边，道："我才疏学浅，蒙夫人不弃，叫来给官人看病，如今看了脉息，斗胆将病势讲一讲，开个方儿，可用不可用，夫人定夺。请夫人着人取了笔墨来。"

魏玩先见他摇头，心中已是不安，又听他说出一番谦辞，料是个有本事的人，心里已是暗喜。这当儿，扶柳早已将纸笔取来，递到郎中手上。蒋氏见了，朝天翻了个白眼。

郎中拿了纸笔在手，对魏玩道："凡人便血，无非有三。一是外感六淫；二是饮食不洁，过食油腻厚味，或饮酒过度，胃肠积热，湿热下注，导致下血；三是起居无时，过度疲倦，或醉饱行房，以致脾虚不能统血，营血失道，渗入大肠而致。"

郎中一口气讲了这些，打住，取了茶来吃。魏玩听到说醉饱行房时，心里烦恨，便狠狠地瞪了蒋氏一眼，见她双颊绯红，桃花一般，更是恼怒。

郎中吃了茶，接着道："凡治便血，首当分清外感还是内伤。其外感者，当先解散，外邪既去，然后随其虚实寒热而治之；其内伤者，多属虚寒，以补为宜。今闻官人已卧床月余，失血忒多，隐血大亏，应先养血滋阴。"口里说着，已将方子开出，递到曾七手中，道，"先煎了服着。我这些药，龙骨、牡蛎、黄参等，当地药铺大都有售，只是还须一味牵引……便是至亲身上的一两肉，外面找不到……"

魏玩见他说得头头是道，正频频点头，忽然冒出个"人肉"的药引子来，心却凉了半截。这算什么药，又哪里能弄得到？她正思忖，扶柳已伸手从墙上取下袖珍匕首，只一旋，便从左臂上剜下一块肉来。众人呆了。只见鲜血从她的胳膊上往外涌，很快就将衣衫、地面染红了。浓烈的血腥味儿也在房中迅速弥漫开来。

魏玩饶是见多识广，还是被眼前这血淋淋的一幕弄得心惊肉跳。扶柳向来文弱，没料到这时竟有这个勇气。郎中先被扶柳拿刀吓了一跳，转眼看清形势，镇定下来，坐回椅子，捻着胡须道："甚好！甚好！"其他人则一哄而上，替扶柳包扎的，将药引子拿走的，清扫地面的，乱成一片。

郎中走后，魏玩吩咐赶紧去买药，又遵了医嘱，合着扶柳的人肉药引子将药煎了，亲自端上，伺候曾布服下。哪想到三剂服完，仍无半点儿起色，病情还越发严重，忙让曾七去拿郎中，却是铁将军把门。再寻城里其他郎中，竟也一个不见，原来都吓得躲起来了。曾七急了，站在街头，一通腌臜泼才、老咬虫、畜生地跳脚乱骂。

魏玩无奈，只得重按第一张方儿煎药再服，更不济事，两日后，曾布全身已丝毫不能动弹了。蒋氏抢着喂药，大都顺嘴角流了，将颈上的围布滴得黄迹斑斑。一旁的下人见了，哭丧着脸，进出皆敛声屏气。

曾布危在旦夕，魏玩坐立不安。想象着往日这官署里谈笑风生的情景，脑子里突然跳出刘快活来——自来就忙乱，倒把他给忘了。遂叫来曾七，着他去找。

曾布每日里两服药换着吃，病情越来越重。属下听说了，都来探望，个个不敢言语。又过了几日，刘快活还没音信，曾布已粒米不进了，呼吸极微弱，每日里只是昏睡。下人中，胆小的，已偷偷哭过好几场了。

魏玩提心吊胆，算着又过去一日。正午时分，恍惚间，曾七带着一个白发飘飘的人疾步进来。定睛一看，正是刘快活。叫了一声，他答了，方知并不是梦，热泪当即夺眶而出。

刘快活到床前坐了，先伸手翻翻曾布的眼皮，又托住他下巴，看了舌苔，便让魏玩速着人取酒、苏合香丸各二两。拿来后，他将酒与香丸一起喂到曾布口中。说来也怪，曾布先前连汤药都灌不进去，这下竟晓得张嘴，并使力将它们咽了。

魏玩守在一旁，见着这些，正暗道怪哉，刘快活又吩咐她：“从现在始，我与官人共进密室，任何人休得打扰。夫人自去歇息，明早天交辰时，听我口令前来。”

魏玩将信将疑，但眼下已别无他法，只好任他摆布，由他二人进了密室，然后安排四个下人，两人一班，在密室外守候听令。

是夜，官邸静如深山，魏玩却难以入眠。她和衣躺在床上，翻来覆去，脑子里全是曾布，相亲时、新婚时、怀仁时、初进京时……这样辗转了半夜，干脆起身，在卧室里朝西跪下，双手合十，心里诵起“南无阿弥陀佛”来。

天边渐渐露出一丝鱼肚白了，继而天光大亮，密室那边仍没有动静。魏玩双腿已经跪麻了，试着站起来，竟滚到了地上。外间的侍女听到动静，推门进来，见状，忙将她往椅子上扶。魏玩竖起耳朵，觉着纸糊的窗户外，隐隐有细碎的脚步声，再听，却又一片死寂。正凝神，忽听“哈哈”两声大笑，接着有人高叫：“快活！真快活！”忙站了起来，拖着腿，往密室奔去。

曾布已好模好样地端坐在椅子上。

魏玩一眨不眨地端详着他，除了人消瘦得厉害外，已看不出其他大碍，连日来的忧惧，顿时化作眼泪，唰唰流了下来。刘快活见了，又哈哈大笑起来，口中连声道："快活，真快活。"说完，双手抱拳朝曾布一揖，嘻嘻笑道："过此更寿一纪。"说完扬长而去，留下夫妻二人相拥而泣。

转眼就到了十月初儿，再过几日，便是曾布的五十四岁生日了。魏玩有心要给他好好庆贺，征得他同意后，便悉心准备起来。

到了那日，正秋高气爽。府衙的后花园里，张灯结彩，铺毡熏香，摆了五桌吃一看十的筵席。中午时分，河阳大小官员、胥吏，穿着红袍吉服，依次前来，又按职位大小落了座。

一片鼓乐中，曾布身着簇新的官服，携着魏玩，走了进来，在中间席的两个上位坐了。茶毕，曾布起身，先举杯酬过天地后，又举杯向众僚属道："某流年不利，连遇祸事，今年又命悬一线，幸有夫人床前榻后，寻医求药，各位殷殷牵挂，早晚探视，布方祛除病魔，转危为安。古人云，大难不死，必有后福。某在阎罗面前走了一遭，阎罗说吾有后福，吾以为不是高官厚禄，而是今日在座的各位！"一席话说得众人欢喜不已，纷纷举杯庆贺，一时间，觥筹交错，好不喜庆。

上过头汤后，戏子上堂演戏。她们俱是曾布从州城里招来的官伎。先演了两段当地的风情舞蹈，接着便是唱曲儿。一个圆脸高髻的伎女，手抱琵琶，唱了一首《菩萨蛮·红楼斜倚连溪曲》，赢得满堂喝彩。

魏玩这两个月忙着照顾曾布，早累得七荤八素，连书都没看过一页，万没想到会在宴会上听到自己的词。她算了下时间，这首是十几年前写的，早就流传开去，令狐知州、二哥曾巩、张英都听到过，州城里的官伎会唱，也不足为奇。

众人边吃饭边观赏。舞伎上来献了一支舞后，一个身材窈窕的歌伎又唱起曲儿来，是魏玩的《减字木兰花·西楼明月》。魏玩诧异。这曲子是当年她在抚州所作，距今已有二十多年了。

暗夜中的怒放

知道这词是她作的，便有官员拱手过来贺，称长官夫妻恩爱，正是属下的楷模。魏玩笑笑。她心里明白，曾布这样安排，一打两就，既看着情深，又借此机会对自己表表感激罢了。但越这般，反倒越显着生疏。想到这儿，她心里的那团气又鼓胀起来——既已发了愿，有机会自然不能放过，干脆也来个一打两就。当即进屋填了首《卷珠帘》，递给扶柳，示意她交给伎女演奏。

一个簪黄花着绿衣的俏丽歌姬正往魏玩身上逡巡。她饶是机灵，一进场，就被魏玩的气韵吸引，知道她就是从汴京来的官人娘子，没事就偷偷朝这边打量。这时见到异动，忙迎向扶柳将纸接过，只一眼，喜得差点蹦起来。原来，歌伎们靠唱歌过活，为了多赚银钱，都愿意唱新歌。有时为了得到新词，在官人们宴饮时，甚至赖在官人身上不走。这次不费力得到，岂有不欢喜异常的？又是熟悉的调，当下抓紧排练起来。

两支舞后，绿衣歌伎上场了，只见她怀抱琵琶，轻启朱唇。众人听那词：

> 记得来时春未暮。执手攀花，袖染花梢露。暗卜春心共花语。争寻双朵争先去。
>
> 多情因甚相辜负。轻拆轻离，欲向谁分诉。泪湿海棠花枝处。东君空把奴分付。

真美丽、伤感至极。又听歌声哀婉凄切，全然发自肺腑，在诉说自身的哀怨一样，不禁个个叫好。

魏玩也被歌伎的深情演绎打动了，偷偷瞥了曾布一眼。他正盯着歌伎看，样子已有些痴了。

曾布大病一场的消息早经过各种渠道被汴京的亲友知晓。恩培两口子亦在其中。俟魏玩一回汴京，就上门问候。魏玩就将过程细细说了。宝婵聚精会神地听着，听到刘快活用酒和丹药喂曾布，又入密室一夜时，瞪大双眼，惊叫道："这算下蛊吗？"

恩培斜了娘子一眼，斥道："糊涂！这哪是蛊术，是道教精髓。"说完捋着胡须慨叹，"难怪太宗、真宗都那般敬奉道教……"

魏玩听了，点点头道："正是。我原不信，经这一遭，也有些信了。"

宝婵听了，也道："可让你说着了。什么道家、释家，我原来也不大信。后来听三圣庵的净颜师太讲法，一下子明白了许多，现在几日不去倒有些挂念了。改日一起去吧。"

按下此事，三人又聊起孩儿们的婚事。

季真的及笄礼早在前年就办了。那次，因朝廷一向提倡喜事简办，魏玩顾虑曾布遭贬在外，也想简办。没想到大儿媳卢氏说了一番话，倒让她纠结了。卢氏说："娘，朝廷提倡节俭好多年了，但官宦人家，遇到大事，又有几个真正节俭的？昔日王宰相家节俭，都有人作诗讥笑……"

魏玩当时听了，心里咯噔一下，没想到讥笑王安石的事一直流传，如今连小辈都知道了，就拿不定主意了。想想，干脆请了强氏来商量。

强氏也赞成简办："及笄礼这事不比婚礼，可大可小。听说公主的及笄礼，也只官家、皇后娘娘一二十至亲参加。况兄长这个情况……"

强氏一席话正说在魏玩的心坎上。魏玩赞道："我正是这个意思。我们这种人家，钱不钱的不论，行为举止，还是清雅些好。"

卢氏当时听了，红着脸对魏玩道："娘教导的是。若是简办，我倒有个想法。不如就请四司局打理。"

强氏听了，当即拊掌夸赞："这个提议甚好！到底年轻人，脑里、眼里全是新鲜事物。我也听说那四司局专门承接私人宴会，从椅桌陈设到器皿合盘，自有他们管赁。至于托盘、下请书、安排座次、尊前执事等各个方面，根本不用主家操心，现在正是风行。"

那是魏玩第一次知道四司局，果然办得节俭省事，让人满意。当时就想着，以后若再办喜事，还找四司局。现在想起这事，忽又想到嫁女儿，本无须女方忙，不禁抿嘴笑了起来。

宝婵道："原想着后年给子莘办事，又想到明年六月初六是太后寿辰。太后对晚辈一向挂念，到时子莘几个少不得要进宫祝寿，不若在太后生日前将他们的婚礼办了，到时季真也可随子莘一起进宫。"说到这儿，吃了口茶，看着魏玩："年下无日了。这样安排是有些仓促，但我想你会同意，就怕曾知州……"

恩培听了，捻捻胡须，一脸矜持："他怎会不同意？"

魏玩先听宝婵这样说，觉得有些牵强。太后是恩培的堂姐，听说每年都要招些命妇、外戚进宫看戏、赐宴，不在乎早一年晚一年。不过两个孩儿都不小了，早点结婚也不是不可。只是见恩培一脸的矜持，好像是他向家在赐婚一样，心里便有些不悦，也就沉默着。

宝婵早将魏玩的神色捕在眼里，见她不语，便瞪了恩培一眼。恩培一下醒悟，揉揉鼻头，不自在道："我也是好意，想着曾兄这些年不怎么顺，孩儿们的喜事还可以给他冲冲晦气，也好早点回京……"

魏玩听得，好受了一些。她虽敏感，又要强，但向家已不是外人，不用再说两家话。曾布自《市易法》得罪吕惠卿后，确实一直不顺。因大宋重京官轻地方官，他虽有官职，但转徙靡常，无异于江湖流落。现在年岁渐长，身体亦不如往常，回京乃全家所盼。只是朝臣职位，僧多粥少，哪里容易？也只有恩培这样的相门之后，又是皇亲国戚，只要参与政治不深，就能保朝臣官职不倒。想到这里，苦笑了一下，问他们可看好日子。

宝婵忙道："五月初八，日子极好。"

魏玩点头应允。恩培两口子相视一笑，起身告辞，魏玩将河阳特产，一对儿翠蓝釉绞花的胎瓷花瓶送给宝婵。

转眼到了次年五月，季真要出嫁了。曾布已从河阳改任青州。青州属京东东路，离汴京有千余里地。他带着曾七和几个随从日夜兼程赶回家中，已是五月初五晚上。家里灯火通明，仆人满脸喜色。大户人家，凡家里大喜，仆人们除了给新衣外，还能有赏钱，所以个个精神抖擞。

曾布看了向家送来的聘礼单子：和田玉如意一对、玲珑白玉盏一套、龙眼大小的夜明珠两颗、碧玉首饰一套、金丝红宝石头面一套、内府紫绒两匹、内府烟霞绢四匹、蜀锦十匹、密云龙茶五斤……便笑了笑，不看了，转向魏玩问起嫁妆来。听完，从带回的箱笼里取出两个一模一样的洋漆嵌螺钿小拜匣，里面各装有十个金元宝，交给魏玩，嘱她一个充作季真的嫁妆，一个替季仪收着。魏玩同他商量："向家预备大办，我虑着还是从简，以免太后不乐，也怕遭人议论。"

曾布听了，嘿嘿一笑："你写闺怨词的胆量呢？向家娶儿媳，轮不上我们说话。随人家。他家朝中有人，自有担当。"

三日后，婚期来临。婚礼系昏礼，于晚间举行。一俟申时，乐班吹打起来。少顷，迎亲的队伍逶迤而来，全副执事，又是一班细乐，八对纱灯，都用绿绸罩着，引着八乘轿子，随着笙箫之音，进了曾家。

曾家的前厅此刻正百烛齐燃，灯火辉煌；又高朋满座，皆华服丽裳。新郎官被人引着从打头的轿子里下来。他年只二十，本就生得英俊高挑，今儿一身华贵的大红喜服，更衬得仪表俊好。魏玩心里喜欢。马上有人请新郎坐上堂中放着的马鞍，再饮三杯酒，重复三次，是谓"上高座"。

因汴京人口众多，住宅普遍狭窄，是故红白喜事，多在街上的酒楼里宴请客人。嫁女儿的，只在家里摆两桌，款待迎亲和送亲的。其他人待送走新娘后一起往酒楼赴宴。

季真早已拜了祖宗和家堂。待吉时到，喝过别亲酒后，流了一脸泪，便出屋登车了。仆众却不肯起步，嘻嘻唱着"高楼珠帘挂玉钩，香车宝马到门头。花红利市多多赏，富贵荣华过百秋"，讨要钱物。笑着打发了，迎亲的队伍便潮水般涌出延和坊，又浩浩荡荡地漫过东十字大街、潘楼街，向东华门方向而去，惹得街上的行人纷纷驻足，看热闹的人万头攒动。

　　曾布回京嫁女儿，又有一些故友来访。张英那两日正巧在汴京，也来了。

　　平日里，家里客人来访，若夫人一起来的，魏玩便会陪着，聊些家常话。反之，则避开，任凭男人们议事。不过她长期困在家里，难免对他们的谈论感兴趣，有时也隐在屏风后壁听一下。就听张英用他那细细的声音道："啧啧！好风光。不过年余，就从九品到了二品，赐金鱼袋紫衣了，好个扶摇直上。"

　　曾布笑笑："听说还新获了一顶好风光的帽子。"

　　"帽子？"

　　"未听'川党领袖'横空出世？"

　　"哈哈哈哈，还是仁兄消息灵通。不过说到这儿，我倒是不解。苏子瞻本来出自韩魏公之门，怎么韩氏之党却攻击他为川党？"

　　"这祸实因苏子由而起。他连下七状，攻下右相韩缜。听说言辞激烈，什么'识暗性暴''才疏行污'等……"

　　"哼！这个苏子由也太自不量力了。韩缜是谁？那可是数代簪缨，父子弟兄相继为相的豪门。他也敢去撩！不过我听说谏官吕陶也弹劾韩缜专权，说他援引亲旧，分布要津，才致韩缜罢职。"

　　"正是。苏子瞻与吕陶原是同乡知旧，所以韩氏门徒迁怒苏子瞻，给他戴上一顶'川党领袖'的帽子。'川党'这一名称，到了洛党口中，又变成了'蜀党'。虽然子瞻本来出自韩魏公之门，到这个时候，就都无用了。然而不论名为川党还是蜀党，都只是气息相投的几人而已，岂能与出将入相的豪门或官场老辣的集团相抗衡？得罪韩家，等于得罪当朝多半的权贵。我看子瞻兄弟的孤危，已暴露无遗了。"

"诚然。他兄弟二人现在位置虽然高，但在朝中，根基并不深。政治变幻无常，一旦风向有变，只怕摔得惨……"

…………

魏玩听到这里，心里一沉。她那日与苏轼见了一面，已领略到他旷世的才华和率真的性情，心里对他仰慕至极，现在听到这话，仿佛看到苏子瞻正被御史围着弹劾，不免暗暗替他担心。她听说"乌台诗案"差点要了苏轼的命，那还只是几句诗。现在整日和其他朝臣耗在一起，哪会事事都处理得妥帖严整？若被人专意揪住不放，鸡蛋里挑骨头，岂不性命难保？她心里着急，刚想离开，又听张英问曾布道："我记得仁兄与他私交好。"

"我与他有同年之谊。子瞻也曾反对新法，不过君子坦荡荡，并不影响二人的私交。他曾向我求过上党、雁门一带的药材，也向我引荐过他的亲朋故交，我全都办妥。只是他……"

"只是什么？仁兄也被他取名号，讥讽过吗？"张英的声音陡然高了，也粗了些。

"倒不是那。我慕他文才，曾向他替父母求一篇《塔记》，还给他寄发愿文供参考，可整整五年了，竟一字没写。"

"好个苏子瞻，恁地不仗义！"

"他给我写信，说因职事如麻，静不下心，一直耽搁。我理解，中书舍人一职，确实诸事压头，无昼无夜。只是有些遗憾……越发觉得他骨子里是个率性的文人。"

…………

魏玩并不知曾布向苏子瞻求写文章的事。她早晚听文柔夸苏学士文如泉涌，出口成章，一顿宴席间，就能有诗词完成，怎么整整五年也没写好？真没时间？……魏玩心里忽然升起一丝因曾布被轻慢的恼羞，替苏轼提着的心当即放了下来，讥笑自己，真自作多情，杞人忧天也！

自结了向家这门亲，魏玩便早晚能听些宫里的消息了。元祐八年春节，曾布已是瀛洲知州，照旧在任上过年。正月十五，宝婵派了侍女过来，说请魏玩和强氏妯娌俩到她家品茶。

向家住皇城东华门以东的景明坊，离樊楼很近，是一处繁华之所。魏玩之前来过，今日再来，发现临街的门窗俱重新漆过，钉着金钉和铜兽环的大门更闪着幽光。听下人报客人到，宝婵率着媳妇婆子出来迎。她头上梳着简单的垂肩冠，一身淡雅的松花绿织锦便装，看着十分得体。季真和娘打过招呼，便将纤儿和季仪带到自己房里玩去了。

强氏已先魏玩一刻钟到，正在小偏厅里候她。魏玩一进来，就闻到一股淡淡的、从未闻过的茶香。抬眼去看，厅内左侧一具矮案上，一个风炉，上面一个提梁的铫子，旁边又有一盂，一石鼎，一水勺，一摞茶盏。一个童子端坐着，左手茶筅，正专心地煎茶。

"这也太过麻烦了。"强氏道。

宝婵笑道："难得闲适。外面进贡宫里的，有个富贵名儿，凤茶，太后赐了一饼，请姐妹们来尝尝。"

魏玩听了，恍然大悟。

三人在专供品茶的椅上坐了。立即有侍女给每人奉上一个漆茶盘来，上面放有一个影青的莲花纹茶盏，一柄同样刻着莲花的银茶匙。茶盏胎润瓷薄，青白可见。因茶刚煎好，还翻滚着，乳花蒙茸，衬得盏心刻着的莲叶及盛开的莲花活过来一般，微微摇曳。

强氏拿起茶匙，舀一勺，啜了一口，咂咂嘴，赞道："果然好味道，外面吃不到。"说完，又啜了一口，叹道，"要说这茶，也真是怪了。就是普通的一样植物，长得和其他植物并没什么两样，却被古人发现，做了饮品，让天下人离不得它。"

宝婵也啜了一口，笑道："可不是离不得嘛。那些文人的笔呀，早将它们写得神乎其神了。不知道玉汝觉得味道如何？"

魏玩才饮了一口，就觉得有股芬芳直抵肺腑，瞬间唇齿萦香，周身通泰，神清气爽，就忍不住还想再饮。听宝婵这样问，莞尔一笑："还用我说？看看这儿，石鼎拙拙，茶烟袅袅，器物古雅，韵味清疏。不吃已经醉了。"

宝婵听了，有些得意："你这一赞，我倒惭愧古得不够。须得两个苍髯老汉，盘石而坐，相对无言才好。"

魏玩、强氏同时笑了起来。旁边的侍女虽不解话意，但听到"老汉"二字，也咧着嘴傻笑。

宝婵又品了一口，道："茶还是煎吃着好。我看现在的点茶，尽在追求点拂后幻化出来的虫鱼花草，倒失了喝茶的本真了。"

魏玩道："正是这样。花团锦簇容易，删繁就简难。"

侍女又来添茶。宝婵又道："刚说起古意，我倒想起一次在太后宫里吃茶，用的是兔毫盏。听说是太皇太后赏的，敞口，深腹，暗色，好有古风。我却觉得还是太素了。不过太后后来也没再用，几次我见她使的都是定窑的银扣青白瓷斗笠盏，倒是清新。"

魏玩一下想起自己那次被一屋子的古色弄得病恹恹的往事，不禁乐不可支："正是这样。若泥古，满眼仿佛全是生命的流逝，会觉得压抑、沉闷，还是得稍稍融一些'新'进去才好。古铜瓶里插一枝梅，就都全活了。至于太皇太后，一切遵祖制，敬祖宗，喜欢的器物自然是古意盎然的。"

宝婵听到这，愣了一下，想起什么似的，扬手让下人全都退下后，压低声音对二人道："太皇太后又病了。"

魏玩轻笑了一声。太皇太后高滔滔是英宗的皇后，神宗的母亲，现

暗夜中的怒放

今官家的祖母，也即向太后的婆母。神宗赵顼殡天那年，赵煦年仅十岁，不能主持朝政，她便以太皇太后的身份在福宁殿垂帘听政，一晃已经八年了。许是年龄大了的缘故，这些年常有她重病的传言，不过像风一样，过一阵儿就没有了。

宝婵见魏玩不信，略提高了声音，手指指胸口："心病太重了。"叹口气，又把身子朝魏玩倾了倾，眨着她那双细长的眼睛，"朝里怕又要大换防了。"

魏玩全身顿时莫名烦躁起来。她明白宝婵这话的意思。曾布自熙宁七年外放州县，已经二十年了。他走那年，才四十岁，现在已经六十了。二十年里，官家的位置上，去了赵顼，来了赵煦。宰执们，王安石、韩绛、吴充、王圭、蔡确、司马光、文彦博、韩缜……也走马灯似的，来来往往。什么时候曾布才能重回朝廷，全家团聚呢？

宝婵又看了她一眼，轻声道："向来是一朝天子一朝臣……听说连苏学士都不愿在朝堂干了，几次缠着太皇太后要外放。"

魏玩听了，更觉烦躁，茶盏端起来又放下。若以党派论，苏学士算旧党。天下人都知道旧党是太皇太后极力支持的，苏学士要求外任，莫非……想到这里，她浑身一震，但转瞬又想到曾布中间也有两次短暂回京，最后都被言官弹劾出局，且弹劾他的那些言官，有旧党，也有新党，遂又泄了气。

宝婵见她眼中滑过一丝落寞，忙转了话题，说太后夸她的词了，特别赞了那首《卷珠帘》。魏玩听后，吃了一惊，倒把刚才的担心和不快忘了。她自书稿被火烧去，陆陆续续地，已默出大半，添了这几年新作的，又有上百首了。她现在虽淡了刻书的心，写出来不过拿给姐妹们传看一下，但心里对词的钟情，以及对自己才华的自矜，对男子写妇人的不服，却分毫未减。那首《卷珠帘》，是她发愿替天下有苦无处诉的女人所作，未必太后也感受到其中的意韵了？魏玩一颗心有些乱跳。她听曾布说过，神宗在世时并不爱太后，致使太后膝下无子。不过太后久居深宫，外边的东西，包括她才写的这首词，又如何知道？定是宝婵吹的风，想到这儿，不由得冲她感激地一笑。

　　　　　　　　暗夜中的怒放

第二十三章
重　逢

正月过完，一日，似锦来家里串门，恰宝婵也在。

似锦这几年和过去已判若两人。她本不信佛，但自元祐二年，张英受旧党排挤，提点河东刑狱，在五台山几番奇遇后，她受影响，信了不说，反比张英还痴迷许多。

那些奇遇，汴京及僧界已广为传说。魏玩曾听别人讲过。后来一次曾布回家，张英来，又亲口讲了一次。说他在五台山上三次见着团团祥云，祥云之中显现出金桥与金色相轮，忽大忽小，忽赤忽白，忽黄忽碧，忽分忽合，犹如红日浴海，又如大放光明的佛灯，至于菩萨仪仗队，虚空之中宝楼宝殿，宝山宝林，宝幢宝盖，宝台宝座，满天的天王罗汉，狮子大象，诸座佛身，更数不胜数……

张英讲得绘声绘色。讲毕，还用他尖细的声音，摇头晃脑地吟了一遍他作的偈：

> 圣凡路上绝纤痕，解脱文殊各自论。
> 东土西天无著处，佛光山下一龛存。

他吟完后，曾布哈哈大笑："贤弟聪明。既在官府，又入槛内。为官员时，黎民崇仰；护法时，释门弟子依赖。谁能与你争锋？将后再困厄，凭你在僧众、民众、士大夫之间的威望，无忧矣。"当时张英脸微微一红，说了句，仁兄取笑了。

因宝婵也信佛，似锦和宝婵见了面，客套几句后，便热烈讨论起《观音经》来。谈到信仰观音菩萨，可以刀枪不伤、行刑不死、兵匪难害、冤狱可出时，脸上皆焕出红光，又一致地将妖魔不侵、重症可治的故事讲给魏玩听。魏玩不忍扫兴，只微笑不语。二人越发高兴，约定四月初八佛生日那天，带她去三圣庵礼佛。说那天三圣庵既有高僧讲法，又有浴佛水分发，得水回来沐浴净身，便可祛晦除邪，万事顺心。

三圣庵就在小纸坊巷附近。过去，魏玩常从它门前过，却从未进去。一是它规模太小，二是城南有大相国寺，早把三圣庵的风头抢了。宝婵向她说起三圣庵如何脸小乾坤大，又洁净如洗时，她便又想起家乡的云居禅寺来。说来也怪！原来并没觉得二者有相似之处，今日细想，方意识到二者大门前，一左一右都是两棵高大的银杏树。初冬，银杏果落一地，她和莹莹还动手捡过。回到家里，洗净，晒干，烤熟，剥了壳来吃，让人想不到的是，那里面的果肉，竟碧绿如玉。

回想到这儿，魏玩顿觉时空倒错，恍惚间三圣庵成了云居禅寺，小纸坊巷成了邓城的街巷，陪宝婵也就成了与莹莹一道，心里不觉动了，便一口答应下来。

佛生日很快到了。两人按照约定，在寺门口碰了面。宝婵带着她，跟着在前面开路的家仆往里进。穿过正殿，经东边的长廊，到了设坛布水的地方。只见广庭之内，花木罗生，争相开放，里面已经挤满了等待佛法会的人，唯独最前排靠近讲坛的地方，用软罗围出了长长一溜雅座，落座者已经十之七八，原来都是特意给城里高门大户的女眷留的。因宝婵是这里的常客，仆众早去找了知客的尼姑。尼姑远远瞅见，急忙过来，将她们领到了预先就留好的位置，待几人坐定了，才恭恭敬敬合十离去。

魏玩端端正正地坐着。一群尼姑鱼贯而出，宝婵忙低声道："快看！净颜师太。"魏玩抬了头去看，见一个五十岁上下的姑子，灰布罩衣，双手合十，神色沉静，走在最前头。魏玩看了一眼，目光正要收回，突然心中一跳，觉得哪里不对，再看那师太，已带着众尼姑往远处去了。

魏玩心里突突跳着，暗想："这师太好生面熟，却想不起是谁。"又使劲想了一会儿，猛醒道："好似莹莹的模样，相貌神情着实相像，只是胖了些。她当日不是跌下山谷，死了吗？"又想道，"当日只说生不见人，死不见尸。并不肯定是亡了。"又觉得不对，"她如何到这里来？天下也有相貌相同的，恐未必是她。"但又想道，"天下事也料不定。我既能从抚州到汴京，安知她不能？且宝婵又说是新来的……须访问访问……"魏玩心里这般安慰自己，人早已坐不住了，恨不能追了师太问个究竟，但梵声骤起，信徒们都嗡嗡地去取圣水，拥成一团，她哪里迈得开步？踮着脚，眼看着水泄不通的人稍微少了一些，匆忙往圣水那里去，已不见了师太身影。

自这日起，魏玩便心烦意乱。当年，那个叫桐花的丫鬟说莹莹出事后，曾布替她分析，说多半是亡了。她哭了好几场后，就把想她的心渐渐淡了，后来进了京，家事渐多，也就将她忘了个干干净净。现在一下忆及，想起自己当日对她的誓言，真是追悔莫及。当年若是再想些办法，也许莹莹早已被救出，哪还会有下落不明一事？她又想起莹莹仰着小脸唱歌的样子，清清楚楚，仿佛就在眼前，更觉得自己罪孽深重，恨不能立即去三圣庵打听师太的身世。

魏玩心乱如麻，坐卧不安，将雪梨叫来商议。雪梨亦五十出头，梳着个管家婆子常见的巴巴髻，一身绸布衣衫，脸上趴着好多褶子。听魏玩道三圣庵的师太长相酷似莹莹，眼珠子几乎蹦出来，二话不说，转身就往外去，不过一个时辰，又打道回府，一脸的愤愤然。原来，她往三圣庵，门都没能进了。左右问了邻里，才知道，早在元祐四年，朝廷就根据大臣的奏请下了诏，汴京的士人家庭和平民家庭的妇女，不是开寺日，不能进入寺院游观，亦不能登门向高僧请教。这样算着日子，想进三圣庵，最近的只有登高节了。

二人只好强摁下焦急的心。魏玩时时回忆起过往的时光，娇笑的莹莹、悲伤的莹莹便交替在眼前浮现，思念之情愈觉炽烈，便提笔填了《点绛唇·偶遇》，轻轻哼唱了，越发觉得悲情难忍，只好又吟起苏轼的《水调歌头》，情绪才稍稍平缓了一些。

这样好容易挨到登高节。因这日只是普通日子，香客不多。魏玩主仆二人上完高香后，找了一个年轻尼姑打听。尼姑告诉她们，师太到普陀山去了。魏玩一颗心急速往下沉去，半晌，方想着问她何时回来。小尼姑道，怕要等到来年佛生日了。又问她师太年岁、俗家何方。尼姑本不想回答，但见魏玩衣着华丽，气度非凡，料是哪个大官的娘子，犹豫一下，告诉她师太年龄五十出头，俗家哪里不知，只听说最早在抚州的一个寺庙修行。

魏玩虽然觉得师太像莹莹，但心里并不能确定，也既盼又怕，此刻听姑子这样说，还是觉得如五雷轰顶，竟打了个趔趄，差点滚到地上。雪梨在她旁边，听了这番话，也吃惊不小，已忘了主子，只呆呆地站着发愣。

时光迅忽，转眼就是绍圣元年的早春了。牡丹、茉莉、芍药、海棠、杜鹃、木香……次第开放，汴京堆粉染绿，清香袭人。提着马头竹篮的卖花女也渐渐多了起来，大街小巷都可以听到她们甜糯、悠扬的吟唱声。

说来也怪，这卖花女们或许深谙花容与音妙之趣，凡开口叫唱的，声音或如空谷鸣琴，或如幽径落花，闻之大有感新愁、悬幽恨之魅力，成了与鲜花相互映衬的一景。

魏玩听得街上叫唱，不禁面露喜色，忙带着丫鬟出来，见几个邻里，正围着一个卖牡丹的、一个卖杏花的选花。卖牡丹的是个二十多岁的俏丽娘子，一篮红艳艳的牡丹，已卖出一多半；卖杏花的年岁尚小，一个半新不旧的马头篮里，素白的杏花还堆得老高。听见大门吱呀一响，接着出来位贵夫人，便仰着小脸，使劲唱了句：

"白净净的杏花卖哟——白净净的杏花卖哟——"

牡丹美貌，虽价格不菲，仍很俏销；杏花普通，屋前房后处处可见，虽一枝才卖五文钱，买的人也少。魏玩见杏花女眼巴巴地望着她，便让丫鬟取了钱，挑了十几枝。正拿在手上欣赏，一眼瞥见两顶小轿飞快过来，到了她家大门，竟自停下，一前一后下来两个人，却是似锦夫妻。

"唉呀呀，好恩爱的夫妻！"魏玩喜出望外，笑着迎了上去。张英腆着肚子，面色泛红，酒气扑鼻。似锦比走时清瘦了一些，穿了件素净的玄青通袖夹衣，银灰色素裙，头上也只一把样式简单的玉簪，看起来像是变了一个人。

进到屋里，坐定，下人奉上茶和果子。闲聊两句，似锦告诉魏玩，说张英已奉调回京。二人前天刚从淮南路回来。因刚到家，宴请不断，所以直到今日才来看她，万望勿怪。

张英年轻时曾有四个小妾，贬到外地时，竟没有一个愿意跟随。张英一下怒了，便卖的卖，送人的送人，加上他后来信佛，与似锦的感情倒比年轻时好了许多。似锦说完，娇嗔地看了张英一眼。

张英装着未见，问魏玩道："曾兄最近可有家书？他在江宁府可好？"

似锦含情脉脉地看了一眼张英，无可奈何地对魏玩道："瞧瞧，这两日就在酒里泡着，尽说些不着天不着地的醉话。什么江宁？曾翰林在瀛洲。江宁是弟弟。"

没想到张英将茶盅往桌上一蹾，冲似锦嗤道："你知道什么？最新邸报，他兄弟二人换防了！不信你问魏夫人，子宣兄那首诗是怎么写来着？"

魏玩听了，暗吃一惊。她原也以为是张英醉了酒，把曾布和曾肇任职的地方记岔了，未想却是真事，自己还不晓得！真恁尴尬，又不想被他两口子识破，便定了定神，悠悠道："多大点儿事，还写诗，惹人笑话。让人寻个破绽，又该弹劾了。"

张英听了，大不以为然，打了个酒嗝后，志满意得："噫——夫人此言差矣！今日之形势，再不比过去，新党之人出头的日子到了。不闻好多新党之人近期已陆续返京？"说完打了响亮的哈哈，酒气窜了一屋。

二人又坐了一会儿，留下两卷淮南路真州的贡纸告辞。曾纡待客人走后，向魏玩道："那事应是刚发生不久。新到一地，杂事最多，爹爹又是克己奉公之人，定是忙得未顾上。家书在路上也有可能。"魏玩听了，未置长短回房去了。

阁楼离地有五尺多高，站在窗户，能见到满园春色。魏玩却提不起兴致。窗户正对着的杳杳远方，正是瀛洲。她想起张英刚才说的，曾布将离开那里了。他在瀛洲干了三年，只写过一封家书，一半还是为了扶柳。

魏玩又想起了纡儿的安慰。纡儿心细，又善解人意，但他毕竟年轻，并不知晓凡男子，见异思迁与生俱来，偏世道还允许！还相互夸耀！走得远了，既政务繁忙，又有娇媚的女人在身边，哪里还记得远方的妻小？

魏玩不知道有多少娘子与丈夫这样分着。但她知道，大宋的官员是异地任用，而随夫游宦的，只是少数。如此算来，绝大部分的当官娘子和自己的处境一样。那么，百年千年之后，若有后人读到自己这类文字，便知大宋朝官员的娘子是怎样为情所困了。想到这里，激动起来，提笔写下一首《菩萨蛮》——

东风已绿瀛洲草。画楼帘卷清霜晓。清绝比湖梅。花开未满枝。长天音信断。又见南归雁。何处是离愁。长安明月楼。

写完，欲提笔下楼，又觉得未能尽兴。就站在那儿，任思绪飘忽。眼前就出现了半痴的德克、死去的芳树……激动消散，沉重感袭来。林花谢了春红，太匆匆。别时容易见时难。流水落花春去也，天上人间……心底那股浩气徐徐升起，一首《阮郎归》的旋律在她脑子里响起，复回到案边，提起笔。虽觉得这笔有千钧重，心中却有无限深情。但这深情并不是对夫君，而是对着无数个青丝等成白发的妇人：

夕阳楼外落花飞。晴空碧四垂。去帆回首已天涯。孤烟卷翠微。楼上客，鬓成丝。归来未有期。断魂不忍下危梯。桐阴月影移。

写罢，掷了笔，竟觉得手脚乏力，全身俱疲。好久没有这样了，魏玩定了定神，算算佛生日又要快到了，决定打起精神，做好准备，再往三圣庵寻莹莹去。

说话间，绍圣元年的春天就过完了。四月中旬，曾布突然回家了。这次回来，带回大大小小几十个箱笼不说，还把四个幕僚、六个长随、十多个下人、蒋氏及几个孩儿都带回来了。因曾约前几年已自己愿意归了王家，是故扶柳生的曾绚、曾绂，蒋氏生的曾耕、曾绰哥几个按年龄分别排序为五郎、六郎、七郎、八郎。魏玩年岁大了，稀罕孩子，虽然不待见蒋氏，但见了她生的两个双胞胎孩儿，还是喜欢。就令人腾了花园，让蒋氏和孩儿们住。

曾布这次回家，虽说只是例行的过京入对，心情明显有别于往常，精神十分抖擞，全不似六旬之人，也常来魏玩房中歇息，和她说些政坛风波、各地见闻，倒叫魏玩深感意外。

一晚，魏玩问及张英说的那首诗。曾布便让下人找了给她看。纸上写着：布作高阳台众乐园成，被命与金易地，兄弟代罪侍从，对更方面，实为私门之庆，走笔寄子开弟——

　　楼台丹碧照天涯，塞北江南未足夸。千里烟波方种柳，万株桃李未开花。

　　一麾同下西清路，两镇高迎上将牙。回首林塘莫留恋，风光还属阿连家。

魏玩看完，双眉蹙着。曾布不解，问她何故。魏玩道："有人传你这首诗，我还以为前些日子官员频繁调动，你有回京之意，在诗中有所透露。但今日读了，竟然淡定得很。未必你真无意回京？"

曾布一听，嘿嘿笑了，两道白眉也微微跳着。二十年的外任，他早成了一个老练的政治家。太皇太后头年九月驾崩后，没半年，十八岁的官家便宣布改国号为"绍圣"，何故也？无非昭示他要绍述他爹爹神宗的政治主张了。他看了一眼稿笺，悠悠道："何处秋风至？萧萧送雁群。朝来入庭树，孤客最先闻。没见我将家小全带回来了？静等佳音吧。"说罢往床上躺了，半闭着眼睛，嘴里哼起了曲儿，一条腿高高跷起，一上一下地打着节拍。

魏玩听他说"家小"二字，心里隐隐不快。但一转眼又看见他满脸的皱褶、半头的白发和一双白眉，不快也渐渐淡了，一个念头慢慢升起：改日去三圣庵时，一定祈求佛祖，保佑他不要再四处奔波了。

一切尽如曾布所料。官家赵煦有意要延续先皇的政治主张，一吐祖母垂帘听政压在他胸口的恶气，曾布是昔日变法主将，此时入对，岂不正中心意！于是先留为翰林学士，很快兼了侍读，到六月份，又拜了中大夫、同知枢密院事。仅仅两月，便由一个府官升为朝廷二品重臣，着紫服，佩金鱼袋，一时京城议论纷纷，众人羡慕。到次年九月，官家再行恩赐，赏曾布迁西府居住。

西府离皇城不远，就在乐台坊里。大宋立国以来，由于多年休养生息，汴京日渐繁华，人口急剧增长，导致住宅端的拥挤，很多朝臣都在外城居住。由于宰执分居各地，处理紧急文书十分不便，办事效率低，甚至发生过文书泄露。鉴于此，朝廷就在元丰初建了"东西府"八座官邸。东府四座供宰相和参知政事居住，西府四座供枢密使和枢密副使居住。可以想见，能被赐住东西府的，皆位极人臣。

魏玩在延和坊已住出了感情，对搬家兴趣不大。无奈家里人口成倍增长，两女八子、儿媳、孙儿，再加上幕僚、长随、众仆从，有百人之多，延和坊的宅子明显小了。便吩咐绖儿、则礼和柱子先去西府摸个底，再定搬家的日子。

过了几日，她正和雪梨盘算着搬家的事，却听急速的跑步声由远而近，到了她近跟前，小丫鬟喘着气对雪梨道："启禀管……管家奶奶，两个姨奶奶打……打起来了。"魏玩听了，板起脸，随了丫鬟就走。

扶柳和蒋氏都住在花园的小院子里。这院子里放有不少陶盆，种着月季、杜鹃和兰花，都开得正艳。魏玩还未走近，就见扶柳跌坐在一个花盆里，衣衫不整，披头散发。她正奋力起身去攀扯蒋氏，可蒋氏身高体壮，只一只手轻轻一搡，扶柳就又跌坐下去。盆中的兰花就遭了殃，花秆儿被坐断，花瓣儿散落，又被坐扁，有的沾衣裳带到地上，有的粘在扶柳的身上。

这些兰花都是魏玩素日最爱。一下被糟蹋成这样，不禁心疼，又见蒋氏叉着腰，凶神恶煞一般，见她来了既不招呼，也不住手，气极，手指着蒋氏，高声叫道：

"雪梨!"

"在!"

"替我教训这个没规矩的东西。"

雪梨听了，疾步向前，啪啪几个耳光甩过去，蒋氏的脸上顿时印上了几条红道。

扶柳见了，赶紧匍匐过来，跪在魏玩的面前，哭道："姐姐，只因我多说了一句'哪里就轮到你挑？'她便大打出手……我哪里是……"

原来，这蒋氏自进汴京，就嫌住的地方窄，又嫌魏玩规矩多，一听说要搬家，便动了心思，连日撺掇扶柳，让扶柳和她一起找曾布求情，不去新宅，就住在这里。扶柳老实，一向被她欺负，这次嫌烦她这主意，就撑了她几句，未想到竟被她暴打一顿。

魏玩听了，不由得对蒋氏更加厌恶。蒋氏只三十来岁，长得人高马大，尤其是一对乳房，耸出去老远，偏又爱裹那极低的抹胸，让妇人看了都脸红。扶柳已四十有余，身子柔弱，哪里是蒋氏对手？也不知这些天，受了她多少气！

魏玩有意要替扶柳出口气，就看着雪梨："将这小泼妇绑了，关进柴棚。没我的话不准放出来。"说完对地上的扶柳道："你也太不尊贵了。这个样子，让季仪如何叫你娘？还不起来。"说完，板着脸，扫了一眼挤在一旁看热闹的下人："你们是怎么伺候的？眼睁睁地看着打起来？下次再有这样的事，都卖了出去，先从蒋氏开始！"仆众见魏玩动了怒，一起跪倒在地，齐声道："再不敢了！再不敢了！"

魏玩回到自己房中，琢磨着扶柳刚才话中透露的信息。这宅子是魏泰牵线张罗的，买时还挪用了他在罗霄质库的不少本钱，是姐弟二人辛苦操持得来的，哪里容得了外人，尤其是半路来的女人们的玷污？她原本想让绖儿兄弟几个在这里住，他们都已成家，需要独立的空间。今天扶柳一说，倒提醒了她。蒋氏既已动这心思，仗着年轻，在曾布面前得宠，不把后路堵住，早晚会让她得逞。便改了主意，决定将魏泰全家接到汴京来住。因这房子的户头，至今还是魏泰的名字，任谁也说不出个不字。

家事方面，曾布对魏玩一向信赖，皆由她说了算，所以绑了蒋氏两日，又令她向扶柳道了歉，保证以后不再生事端，一大家人便往西府去了。

那日绽儿、则礼和柱子三人受命看了西府后，皆两眼发光，称西府宽敞、豪华世上少见。魏玩搬进后，才知他们所言不虚。有一百多间房，光书房就有五处。至于亭台楼阁、轩榭廊舫，更一应俱全，处处香气氤氲，锦花璀璨。全家人和众仆皆欢喜不止。魏玩相中了临着花园的那处书房。它是三间嵌套成的，里面摆满了博古架。魏玩便令人将这些年攒的书尽数摆了，平日里，遂就着花香读书了。

住了一段时日，新鲜劲儿过后，魏玩倒觉得不甚满意，继而心里也没那么踏实了。

先是周遭的环境。原来住在延和坊时，周围的邻居，富商多，官员少。他们敬曾布是封疆大吏，又慕魏玩有文化，所以还推举了两个能说会道之人，携了厚礼登门拜访，请求魏玩收他们几家的几个小娘子为徒，教授作文之法。魏玩自教过静姝后，也乐于开门收徒，所以答应下来。是故与邻里相处甚洽，邻里每次路过她家时，都不敢大声喧哗，唯恐扰了她的清静。但现在，左右邻居均是政要。平素里大门紧闭，从不往来。静谧倒是静谧，也几如荒郊孤宅了。

再就是家中的往来。曾布自回朝廷，可谓否极泰来。圣上赐他入住西府后还不够，又每隔一月，派内监来赐酒食果品，有时还送出御制篇什，要他依韵唱和，真可谓圣眷隆重，天恩浩荡。这般光景，早惹得众人羡慕，是故家里又恢复了当年门庭若市的盛况。送的礼，更是五花八门，竟还有人送了四对美艳家伎来，把魏玩弄得哭笑不得。想要回绝，宝婵劝她："罢了！既然送上门，面子还是要顾。台面也要摆起来。"纤儿现在已写得一首好诗词，想讨母亲开心，便令他新娶的娘子训练歌伎，多演唱母亲和家人写的词消遣。西府里便也美女如云，檀歌不息了。

西府离皇城近，曾布又得恩宠，朝臣中与他相厚的旧日新党成员，便常来家中走动。

一日晚上，张英几个又来了。魏玩对他们近日频繁来家中密谋，有些警惕，便悄悄立于壁间倾听。

先听到张英大声道："……愿章惇无忘汝州时，安焘无忘许州时，清臣和兄无忘河阳时！"

张英此时已任着左司谏。他说的"兄无忘河阳"，是那年曾布知太原府时，因手下将官被判有罪后自杀身亡，被御史中的旧党揪住不放，弹劾他"蔽于谗陷，不究下情"，被降至七品。也就是在那次，曾布险些送命。但这事已过去五年，现在重提，挑唆之意甚为明显。果然，便听曾布接腔道："往日的羞辱，岂能忘记？若非刘快活有回天之术，兄命早已休矣。既然不休，则必有动作。弟且观之。"

魏玩听了，心扑通扑通直跳。她在小报上看到，自太皇太后葬毕，元祐时的元老、朝阁便纷纷遭到贬谪，可见政局已经转向，但这样冤冤相报，何日才是尽头？

几个人的声音忽高忽低。魏玩平缓了一下情绪，凝神屏息，又听他们谈起了司马光。魏玩听曾布不屑道："誉光者乃闾巷小人耳，如王相公、臣兄巩皆有学识之士，臣自少时已闻两人议论，以为光不通经术，迂僻不知义理，其他士大夫有识者亦皆知之……"

魏玩心沉了下去。王宰相死后，司马光写的祭文她曾在小报上读到。那日，当她读到"不幸介甫谢世，反复之徒必诋毁百端，光意以谓朝廷宜优加厚礼，以振起浮薄之风"时，已彻底改变了对司马光的印象，对他的胸襟肃然起敬。他可是从始至终反对变法的。还想再听，心已经堵着，便悄悄去了。

又过了几日，张英没来，刘注却来了。魏玩听他们先相互恭维了几句，就听刘注用他那独特的沙哑的嗓音道："章惇欲把从元丰八年至元祐九年四月的臣僚章疏，及陈请事逐名编册，据此论罪……"

"如此甚好！等等，枢密院何不与三省一起编类元祐臣僚章疏？想那文彦博、刘挚、王存、王岩叟辈，皆诋訾先朝，去年施行的元祐之人，也多有漏网者……"曾布几乎是兴奋地高声叫着。

魏玩听得心惊肉跳。她曾听曾布说过，王安石当年变法时，对旧党之人虽调离关键岗位，却并未陷害，很多还给予了提举某处道观的官衔，虽是虚职，品级却高，因此世人都道王相公虽性格执拗，却是君子坦荡荡。为何他的继承人，皆这样心胸狭窄，擅长阴损暗算？甚至连曾布也……她因曾布似乎一夜之间，就位极人臣，心里早有不实之感，再听了他们接二连三的密谋，自然就多了几分担忧。

魏玩心中郁结，找了机会劝曾布。不奈曾布听不进去，还一脸厌烦之色。魏玩只好忍着，寻思着找机会再说。

魏玩自元祐元年回襄州探亲，转眼已经十年了。中间母亲又病了好几年，弟弟一直在床前尽孝。现在母亲早已辞世，弟弟也在安心著书，便在阖家搬进西府后，给道辅去了信，让他带全家来汴京团聚。不过月余，正值秋高气爽，道辅带着家小，风尘仆仆地来了，说是来与姐夫祝寿。

魏玩与道辅已十年不见，现见他脸上也有了褶子，蓄了胡须，头上戴着一顶新万字头巾，身穿一领新直缝宽衫，脚下丝鞋净袜，像是特地为进京新做，一举一动，比过去多了一丝拘谨，不由得大为心疼。弟媳挽着个垂向一边的高髻，上面插了把木质的小梳，也比十年前老了许多。三个孩儿，魏玩见过的虎子，已快齐他爹爹肩膀高了，另外两个五六岁的，都挽着双丫髻，姐姐鬓边攒了两朵小花，弟弟髻上一根淡蓝色的头绳，看着很是喜人。

道辅和娘子齐齐给魏玩致完礼后，就推孩儿给姑姑请安。三个孩儿倒不认生，眨巴着大眼睛，扑通一声跪到地上，用脆如银铃的声音道：

"给姑姑请安。"

"哎哟，快起来。"

魏玩疼爱地喊了一声，拉起他们，又将两个小的一把揽到怀里。细看侄女，凤眼，长睫毛，翘鼻子，长相和神情竟和自己有些相似，不禁更加疼爱，当即取下脖子上的玉坠，给她挂了。曾布回家后，卸去官服、官帽，换了一件居家便服，也来接受三个内侄的请安，又吩咐下人将别人送的礼物中，寻来两件景德镇进贡的细白瓷的孩儿枕，一人赏了一个。

魏泰吃过晚饭，便想回延和坊老宅子去住。魏玩听后，满口答应，但提出要把孩儿们俱留在府中。魏泰踟蹰不语，魏玩知道他舍不得孩儿，便故意馋他："好好的住在这边怎的就不行？先不说这里有人伺候，单就你说想写见闻录，现在这西府，人来人往，各路信息汇集，岂不有大见闻？"

魏泰听了，大腿一拍："要得！"一屋子仿佛见到了年轻时的他，都笑了起来。于是西府比往日又热闹了许多。

第二十四章
示　警

　　魏泰一家来，魏玩高兴自不必提，但又有一件心事萦上心头。那便是每日里一听到弟弟全家的乡音，不免又想起莹莹。她本来一直记挂着莹莹，无奈春上佛生日那天，恰曾布回家，耽误了没去三圣庵寻人，一晃又过去一年多。想着现在一切都安顿妥当，又有心替曾布发愿，便乘着上元节开寺，带着雪梨和一个小厮，往那里去了。

　　因魏玩这两年常来庵里布施，又气度不凡，庵里姑子大多已识得她，且知道她是为师太而来，是故这次她一进门，就有一个圆脸的中年尼姑迎了过来，先恭恭敬敬地陪她在大雄宝殿烧完香后，就将她带到藏经殿后的一个小跨院里，低声告诉她："师太今日在家。"

　　魏玩苦盼莹莹两年不得，这次终于等到，真有"梦里寻他千百度，蓦然回首，那人却在灯火阑珊处"的意味，心里竟生出不实之感。想着与她分别三十余载，乍要相见，人倒立即紧张起来，心怦怦直跳。

　　小跨院有讲经堂，另有十多间禅房。姑子带着魏玩主仆，走到最西侧角落的一间，轻轻将门推开后，双手合十，福了个礼，便转身走开了。魏玩先闻到一股极淡的檀香，然后见到一个着灰色袍子的背影——师太正低头坐在蒲团上，双手合十，口中念念有声。听到脚步，并不睁眼，只继续诵经。

魏玩进退两难。呆立片刻，索性轻轻移步进去，但只走了两步，就停了脚，探着身，眼珠儿半刻不错地打量起师太来。见她鼻梁直挺、眼皮双着、下巴微翘，脑子里就闪出莹莹的样子，同样是直挺的鼻梁、双眼皮的眼睛、微翘的下巴。只是眼前这张脸上堆了皱纹，面皮也不如莹莹的白里透红。魏玩脑子里的两张脸交替出现，眼睛慢慢就落在了师太的左耳垂上，那上面，一粒小小的黑痣，像只蚊虫落着。魏玩见了，泪水一下子就涌了出来。

屋里的时光仿佛静止了。半晌，师太终于停了诵经，缓缓抬起头，将目光投了过来。一刹那间，魏玩见师太先诧异，接着是一丝慌乱，但转眼又恢复了平静，双手合掌："阿弥陀佛！"

魏玩听得这声音依旧清脆，正是她熟悉的、藏在心底多年前的，不禁脱口叫道："莹莹！"

"阿弥陀佛！施主认错人了。"

魏玩听了，并不理会，只颤声问道："师太可还记得俗家生活？"

魏玩看见师太身子晃了一下，手腕微微颤着，但刹那间，她就又闭了眼睛，手里快速捻着佛珠，嘴里念念有声："凡所有相，皆属虚妄，一切有为法，如梦幻泡影，如露亦如电，应作如是观……"

魏玩明白过来。她定了定神，掏出帕子，将泪擦了，又抬眼四望，见房中干干净净，处处一尘不染，但摆设却极简朴。一张桌子、一副卧具，没有半点光泽，枕头打着补丁，墙壁也光秃秃的，只一张纸贴着，上面写着大大的"戒"字。这副光景，别说与富丽堂皇的大相国寺不能比，只怕连抚州的南台寺都赶不上。想她幼时锦衣玉食，帛衣绣袄，今日却一身破旧缁衣，不禁喃喃道："师太寒素了。"

雪梨也认出了莹莹。她在汴京生活了近三十年，虽是个仆人，却一直出入富贵之家，也过着锦衣玉食的生活，见不得这样素净的地方。听了主子的话，忙帮腔道："这地方太小了，师太不如换了大的寺庙去。"

"阿弥陀佛！多谢好意。沙门生活俭朴，有助于求道参禅。施主请回吧。"师太恢复了镇定，泰然作答。

魏玩听了，一时不敢相信莹莹就这样生生将她拒在门外，去看雪梨，也是一脸无奈。方知此言并不虚幻，只好悻悻告辞。

宋代的佛门之于俗世，一能保佑平安，二能满足请求，三能指点迷津，排遣苦闷。魏玩的祖母不太信佛，但娘却是个信徒，是故她对佛学亲近，但不迷信。而今，好友似锦、宝婵、文柔皆成信徒，受她们的影响，已信了一点，现在遇到莹莹，觉得和佛门更亲近了。便也学着诵经。圣庙每有法事，或升座说法，或春秋二祭，或年庆祈祷，或行善布施，都去参加。这样一晃一年就过去了。

师太也早认出了魏玩。她虽然竭力要忘却故人，几十年的往事，却常无缘由地从心底浮现。她知道当年魏玩竭力想搭救自己，但自己已入娼门，是父亲作孽的报应，哪里忍心继续和魏玩交往，玷污了姐妹的名声？便狠心拒绝了魏玩。但她又实在不甘心日日受辱，便趁着去寺里上香，跳下崖去。原以为一了百了，没想到身子被一根枯枝挂住，并没死，又遇到在山间采药的老尼，将自己救下，问清缘由，又问明心志后，替自己削去长发，赐名净颜，入了庵庙，潜心修行。后来就到了元丰二年，太皇太后重病，圣上诏部分僧尼为太皇太后祈祷禳灾，自己便来到汴京，一晃已经十多年……这些过往，任自己怎么诵经都驱赶不走，方知人非草木，哪能真正做到六根清净？

魏玩自那日被师太拒后，去得反而更坚定了，每法事必来不说，态度也越来越虔诚。师太冰雪聪明，知道魏玩自小并不信佛，现在这样，还不是因为自己？再想着姐妹二人，一个为了生存，无奈入了佛门，一个却是为了友情，也日日出入空门。自己修行，是为解脱今世、世人之苦，不想却让别人背上了苦，这实在与修行的本意不符，自己也于心不忍。她心知两人的人生已然如此，魏姐姐无非是想与她相认。但认，意味着她要向众尼承认自己不堪的娼门岁月。这个怎行？思来想去，没有周全的法子。只好随了性子，不乐意时，避她不见；乐意时，就同她讲讲经。

魏泰一家在汴京过完年，又过完正月。本来他是有意住在汴京，但来了一看，今日汴京再不是往日那个汴京。物价都往上涨了许多不说，他住在姐夫家，见到枢府的派头，早不是原来可比。奴仆成群，挥金如土，光每日消耗的，没有百十贯银子只怕拿不下来，不由得哀叹自己和平民的穷困。就托词无事可做，坚决要走。

曾綎哥儿几个不理解。在他们眼里，舅舅虽未中进士，但好歹也是一个举子，在汴京收徒授课完全可行，何况还有爹爹的人脉。但魏泰却婉转拒绝了。他对綎儿几个道，他已年近半百，古人讲究叶落归根，哪有老了老了还往外走的道理？其实这只是一个原因。还有一个在他心中，不好说出来。他自到汴京，见到姐夫威威赫赫，颇有熙宁变法初期的锐气，但时下整个环境却与当时大相径庭。熙宁变法，上有神宗雄才大略，下有王安石，虽然性格执拗，道德上却几近完人。眼下，圣上年幼，并无多少政治主张，只是一味地想继承父亲的政治抱负。新法之人便乘势而上，将他绑架，对旧党之人大肆贬谪不说，任何与旧党有关联的人都成为防范和打击的对象，连朝中官吏的升迁与任免的标准也从传统的品行、才能，转变为党派的分属，以党划人。他昔日的几个好友，徐禧阵亡不提；黄庭坚贬了涪州别驾，安置黔州；秦观出判杭州……此种情况，他冷眼旁观，哪能心安？不但不心安，反为姐夫也捏了一把汗。宦海处处是暗礁险滩，哪怕功高盖世，也不能善终，连累家门的，比比皆是。自己一寻常百姓，还是离远些安全。

且说曾布本来就是位能臣，又在全国各地历练了二十多年，真正经验、心思样样俱全。现在一旦有机会得圣上信赖，马上就展示出了过人的才干，很快站稳了脚跟不说，品级还不断攀升。到绍圣四年闰二月，已升了大中大夫，知枢密院事，独掌整个枢府。未过两个月，又被封了鲁国公，更贵不可言。门前越发人来人往，川流不息了。

三月间，曾布参与讨论当年的进士名次，得知了一个姓江名褒的太学生，才华出众，又品德端庄，便做主将季仪嫁给了他。因这门亲事也算"榜下捉婿"，按当时的习俗，榜下捉婿者，女方得给男方不菲的"系捉钱"。曾布倒也不是碍于习俗，而是确实爱他和季仪，所以在丰厚的嫁奁外，另给了两千贯钱。不料江褒一文不要，还拒绝了岳丈留他在汴京做官，欣然往润州任职，季仪也安心地陪他去了任上。绽儿兄弟和则礼皆觉得江褒不可理喻，独魏玩觉得这小两口不羡繁华，甘于淡泊，更加喜爱，临走时，嘱他俩务必常替自己去看望灯影。

灯影也在润州。还是头年年底，魏玩突然接到灯影的来信，信中说她与老鬼已回到润州，住在自家的宅子"梦溪园"里。说那里翠竹成林，郁郁葱葱，梦溪泉水，碧绿清澈。老鬼如今再不过问政事，只专心治学，正着手写一部书，拟名《梦溪笔谈》。

魏玩读着信，激动得简直有些不能自已。她和灯影已经十四年无任何联系。她只听说沈括那年进攻西夏兵败后，被贬到随州软禁起来，至于灯影的情况则一点儿不知。现在看完信，才知道随州几年，灯影陪沈括借住在当地的一个寺庙里，吃尽了苦头，直到神宗病逝，新皇大赦天下时，他们全家才离开随州去了秀州。沈括到秀州后，编制了一套地图集，名《天下州县图》，将它献给了朝廷。官家一高兴，解除了对他的人身限制，允许自行选择居住地。他两口子这才回到家乡。这次来信，除了说这些年的情况外，还邀魏玩到润州去玩。

魏玩一口气读完，眼前就现出了灯影当年的模样。那时她年轻，又爱意气行事，两个脸蛋儿早晚红扑扑的。如今她也该四十多了，胖了还是瘦了？又添孩儿了吗？过得如何？

在金兰汇众姐妹中，魏玩最牵挂的便是灯影。嫁给沈括非她所愿，又拗不过，性子便扭曲了，变得粗暴野蛮，时常平地起波澜，寻个由头就对丈夫大打出手，在汴京士人圈子里已沦为笑柄。但这十几年，她能一直陪着丈夫，且信中处处提到"老鬼"，看来性子平缓了，日子也融洽了，便将牵挂她的心放下。是晚，提笔给灯影回信，又准备了燕窝、人参等珍贵药材，再三叮嘱季仪代自己前去探望。

魏玩唏嘘着灯影的邀请，倒真想去看看。早在元祐八年，曾布向朝廷请旨，花钱修建了两座宝塔，并买田作为给牒度僧之资，以看管塔中香火，追荐先祖亡灵，这个地方就在润州金山寺。曾布看中的地方，她一直未去看过，原来是她独自在汴京，走不开，现在倒可以四处走走看看，身子却不允许了。

她自头年入冬，就添了头痛的毛病。每一两个月发作一次，发作前毫无征兆，说话、睡觉、吃饭时，都突然发作过。痛起来，如无数小虫子噬咬，又如锤子在捶打头骨，还伴着恶心、呕吐，实在难挨难忍。换着郎中请了看，煎过的草药渣子也堆成了小山，仍不奏效。就在年前，曾布还特地请宫里的韩太医来过。韩太医银白胡须，一副仙风道骨模样。他来后，拿了半日脉息，最后只说是风寒侵入脑子。开的药，十次也只一两次管用。家里人知道她得了这种难治的病，只能悉心照料。到哪里去，都两个婆子两个丫鬟两个小厮跟着。两个婆子皆粗通医理，两个小厮皆善奔走，备她一发病，能健步如飞地将郎中请到。身子这种状况，哪还能到外地去？

热热闹闹地过完了元符元年的春节。二月初七，外面飘着小雪，曾布照例上朝去了。吃过午饭，魏玩感觉头略略有些热，担心病要发作，便半靠在她屋子外间的美人榻上。这房里放了个青铜三足火盆，里面的火烧得正旺，整间屋子里暖融融的，十几个花团锦簇的丫鬟、婆子围着她，前前后后地忙活。魏玩懒洋洋地靠着，偶尔和婆子们说笑两句。这当儿，一个看门的小厮进来，报告雪梨，说有位姓胡的妇人要拜访主母。

柱子已是曾府的大管家，雪梨是管家娘子，又是魏玩亲信，自然管着一摊子事儿。每日来访的人多，她年龄也大了，一时没想起是谁。魏玩却不知怎的，脑子里突地跳出文柔来，便依样问小厮。小厮伏在地上，道："正是奶奶说的，高高瘦瘦，嘴角一颗美人痣。"魏玩听了，嘴里道："还不快快请进来！"同时手往前一伸，马上有两个侍女将她扶了起来。

文柔被丫鬟领着，进垂花门，经抄手游廊，过穿堂，再转过玉石屏风，眼前现出几间上房，皆雕梁画栋。掀帘进屋，浓香袭来，珠围翠绕的一屋子人，簇拥着端坐在美人榻的一个贵夫人，捶腿的捶腿，揉肩的揉肩。

魏玩慢慢站了起来，直直地看着迎面走来的文柔。见她如此慎重，除雪梨外，一屋子人都好奇起来，不知这位踏雪来访的妇人，和主母到底什么关系。

魏玩眼前浮现出两年前文柔向她告辞时的样子来。

那是元祐八年的春日，文柔说来辞行，当时自己还吃了一惊。文柔和灯影同龄，不过四十出头。她是富贵人家的千金，祖父历官两浙转运使、知制诰、翰林学士、枢密副使，爹爹又是翰林院大学士，所以几十年一直住在汴京，从未到过外地，现在却是要去哪里？答是定州。说苏轼已以端明殿学士、翰林侍读学士、充河北西路安抚使兼马步军都总管知定州，保荐了李之仪去签书判官厅公事，相当于幕僚。她已做通爹娘工作，也要随行了。

魏玩当时听了，吃惊不小。看来真如宝婵所料，太皇太后一崩逝，官员们就纷纷调整了，连官居高位的翰林学士兼知制诰都外放了。

魏玩因之前壁听曾布和张英谈话，已知苏轼性格率真，得罪人甚多，料想他日后恐有麻烦。朝廷斗争，残酷无情。那一串头衔，都是虚名，旦夕可以被夺走。且一人被弹劾，亲朋六眷门生，多数要受牵连。李之仪与苏轼亲密，只怕日后也少不了麻烦。曾布只一件事不慎，且还是秉了官家旨意，就遭贬黜二十年，她亦独守空房二十年，个中之苦，只怕文柔难以忍受。当务之急，得先打消她要跟着去的念头，就故作惊讶道："之仪真要去那遥远的边地？我看你还是别凑热闹，断了这个念头，你吃不了乡下那苦。"

文柔的眼里却跃着兴奋："之仪能跟随苏学士，是我俩的荣幸。远点苦点何惧？"

魏玩看着她一脸喜悦，心里暗叫不好。真是蜜糖罐儿里长大的人儿，哪里晓得官场争斗的残酷。自己和她姐妹一场，又怎忍心看着她将来落难，便忧心忡忡地看着她，直言道："妹妹，苏学士性情率真，得罪人不在少数。你可要想清楚。"

文柔却满不在乎。她吃了一口茶，站起身，学男人朝魏玩一抱拳，一正步，朗声道："谢姐姐厚意。我和之仪言定，若学士再蹈'乌台诗案'覆辙，我俩愿为他申冤。"说到这里，粲然一笑，伸手握了魏玩，"只是以后不能再与姐姐谈词了。"说罢，告辞去了。

魏玩还记得她那天穿的是件绣着梅花的玉色织锦上衣，一条白挑线裙子，外面一件宝石青绲银边的锦缎褙子，怀里拿着一枝开得正艳的山茶。整个人兴致勃勃，顾盼神飞。但眼前的她，一件式样普通的藕荷色短袄，一条普通的烟云百褶裙，外披一件半旧的银丝织锦披风，寒素得像逃难，脸上也没了往日飞扬的神采，皮肤也粗糙，看得见血丝，便知她这些年受了不少委屈，想起昔日自己嘱她的那番话，眼圈儿一下就湿了，两步上前，伸出双臂，抱着文柔就哭了起来。雪梨见了，也红着眼圈，挥手让屋里人都退下了。

二人哭了一阵儿，方才坐下。感慨了一番，吃了茶，魏玩向文柔打听近况，文柔告诉她，因苏轼在定州仅半年就遭贬迁去英州，之仪便离开他，到原州任了五年多通判，年前刚调回朝廷，却突然被御史弹劾，说曾为苏轼门客，已停职收审。

魏玩听了，心里一阵绞痛。她虽在闺中，也早知道，"绍述新政"刚一揭幕，那些见风使舵的言官，放下在京朝的执政大臣不论，第一个拿来开刀的，就是苏轼。但她没有想到，苏轼当日知定州，是他的学生、现今的圣上御批的，几个幕僚，也是圣上帮他圈定的，都挑的德才兼备之人。之仪当年从枢密院编修的职位上去定州，与苏轼也只共事半年，怎么就成了他的门人了哩？她又想起当年自己叮嘱文柔的话，不由长叹了一口气，问她下一步如何打算。

未想文柔放下自己不谈，倒就着苏轼被贬这个话题，大发感慨："姐姐知否？不过四年，新党已遍布朝廷。这倒也罢了，只要为国为民，黎民管什么新旧。但新党自贴标签，一下就把所谓旧党的关键人物全部流放到岭南的远恶军州。想当年，旧党可只是将新党的蔡确一人流放到了岭南！这不由得不让人警惕！人们皆说，放眼望去，故老、元辅、侍从、台省之臣，凡天下之所谓贤者，一日之间，布满岭海，自有宋以来，未之闻也，天下为之侧目也。"

魏玩听了，腾一下站了起来，脑子开始隐隐作痛，外面的情况比她知道的要严重许多。想当年，曾布虽被旧党掣肘，但最远也只到广东，且还有很高的职位，严格来说，还算不上贬谪。

雪梨一伸手将她扶住，问她要不要紧。魏玩摇摇头，缓缓坐下，让文柔再说些。

文柔见她反应如此强烈，怔了怔，欲言又止。

魏玩叹道："你我姐妹二十多年，难道还信不过我？妹妹难道忘记我曾也是一个受害者了？"

文柔听得，便端过茶杯，吃了一口茶，继续道："他们对旧党的打击已扩展到已故的元祐党人和他们的子孙身上，前宰相文彦博之子在老家丁忧，也被弹劾外调。听说还撺掇圣上要追夺司马光、富弼等人的赠官、谥号及所赐神道碑。皆今古未有也！"说到这时，文柔的情绪越发激动，眼泪通红，伸过双手握了魏玩，痛心疾首，"姐姐，人生短暂，这样专务报复，冤冤相报，何日是个尽头？"

魏玩感觉太阳穴一突一突跳得老高了。她心里清楚，文柔虽已离开汴京几年，但她是名门之后，家中叔伯、兄弟俱为高官，今日这些话，断不是她能说出，而是出自众人之口的。想到这里，复又想到魏泰临走所言，太阳穴更剧烈地跳了起来。文柔见她全身哆嗦了几下后，就一头倒在美人榻上，脸上现出痛苦之色，不由惊慌起来。倒是雪梨镇定，一声唤，候在外面的人便一拥而进，端水的、送药的、替她按摩头颈的、伏在身边唤她的……才知魏玩身子早不如往日，正后悔不该告诉她这些话，却见魏玩努力睁开眼睛，问了时辰，已过了下朝时间，忙示意雪梨替她将文柔从偏门送出去了。

几乎是文柔前脚走，曾布后脚就进门了。听说魏玩的头痛病又犯了，便过来瞧她。因吃了药，已平缓了一些，在床上昏昏沉沉地睡着。听见脚步声，她睁开眼，见是曾布进房，便勉强撑起身，靠在床头，凝视着他，欲言又止。

魏玩自与曾布结婚，因他先受宠后遭贬复又受宠，一波三折，过得提心吊胆。受宠时倒不觉得，总归是风光无限，一旦遭贬，幸灾乐祸的，落井下石的，当下门前冷落，人皆避之不及，那种感觉，刻骨铭心。她受够了！佛语有云：一念嗔心起，火烧功德林。俗话也说：平生莫做皱眉事，世上应无切齿人。她现在最大的愿望是曾布安稳，孩儿无病无灾。她早已洞悉这党争的奥秘。实则是因为天下之理，物稀则贵。朝廷倡导读书，以儒为荣，世人谁不期荣？期盼者众，则竞争起；竞争起，便妒忌生；妒忌生，则衰贬胜；贬胜，则仇怨作；仇怨作，则挤陷多；挤陷多，则不肖之心无所不至矣。这样往复循环，就没有尽头了。

曾布虽对魏玩已再无激情，但毕竟是结发夫妻，一同生活了近四十年，感情早融入骨头里了。见她一脸凝重，心有所感，便替她掖了掖被子，问她有啥话，只管说。

说来也怪，曾布自入枢府后，原来雪白的眉毛倒渐渐乌黑了。魏玩原以为是刘快活又炼出了什么丹药，后来才知是小妾绿蕊四处觅了染发的药水，替他拾掇的。绿蕊就是当年在河阳县首唱魏玩《卷珠帘》的歌伎，色艺俱佳，魏玩那年走后她就被曾布收了房，而今已大腹便便，又要生子了。

魏玩叹息了一声，隐去文柔的名字，将听到的新党受打击报复，外界如何差评的事说了。曾布听了，着实恼怒，竖起眉毛，斥道："哪里听来的胡言乱语！妇人休得谈论政事！"

魏玩才被头痛折磨得死去活来，听他这样说，也一下恼了，高声反问他："请问政事的目的是什么？"

曾布一愣，气红的脸又转白了。

"是不是富国安民？敢问枢相大人，绍圣新政已有五年。国富了没有？民安了没有？"

曾布的脸更白了。全身气得颤抖起来，下巴更是抖个不停。他本想呵斥魏玩一顿，但见她今日颇为反常，眼里冒着火，有点儿不管不顾的样子，便未再说什么，只是"哼"了一声，手一背，便要离开。

魏玩见他不理，竟呼地将被子掀了，只穿着亵衣，翻身下床，速度之快，竟不似六旬之人，连房中伺候的下人都没反应过来。她一把扯住曾布的衣袖，含着泪，哽咽着，盯着他，一迭声质问道："人生短暂，这样专务报复，冤冤相报，何日是尽头？先别说国富民安，只说新党这般行事，难道你不怕将后，你的几个孩儿也都被发配岭南，厚枷锁肩，铜镣绕脚，垢面蓬头，趔趄行步，还被押送的人怒骂毒打吗？"

曾布没防备会被魏玩拽扯了个跟跄，又这番连环炮般的质问，不禁气恼，将她的手一推。但还没怎么用力，却见魏玩嘴里已发不出半个音来，眼睛半闭着，一脸痛苦的表情，身子软软地往地上倒去，又慌忙将她一把抱住，大叫："来人——"

世上的事，很多时候，也应了那句"无巧不成书"。魏玩那日刚与曾布谎说做了孩儿俱被流放的梦，不过半年，曾布就遭了弹劾。原来，因三姐与安国的儿子、外甥王玗在京提举榷货务，台谏官便以"在京举辟处，不得举执政有服家"为由攻击曾布，并告发王玗系苏轼、苏辙门生。王玗无奈罢职。曾布气极，也要辞职。圣上坚决不允。

其实曾布自五年前复职后，品级渐升，已俨然新党党魁，在朝廷有众多支持者。外甥一事，可小可大，缘何此时被拿出来说事？却与魏玩有关。

自那日魏玩哭着怒问之后，曾布被惊出一身冷汗。几宿未睡，暗暗思忖，也觉得冤冤相报，确实会误国害民。以后再上朝论事评人，便态度有变，趋于中立，惹得新党疑惑和警惕，便拿了此事来敲打他。

祸事再次降临。七月，曾肇来西府辞行，强氏和大儿媳琴心也来了。琴心三十出头，知书达理，伺候婆母最得力，故颇受强氏喜爱。曾肇两年前已回汴京做官，任了集贤殿的修撰，不巧言官弹劾之前他参与修撰的《神宗实录》有讥讪言语，被降罪调任滁州，不日就要去了。

曾布兄弟六人，数曾肇谨严方正。曾布搬进西府后，他并不多来。这次来，张英恰在，便与则礼、綖儿、纤儿几个陪他说说话。曾肇沉吟不语。曾布宽慰他："事涉先皇，降调的也不止你一人，确实无话可说。只能先去避避风头。"

则礼此时已是曾布最得力的幕僚，听了这话，沉吟片刻道："叔父外放虽说事出有因，但与王玗的事联系起来看，却像是背后有人指使……"

曾布脸色一沉。则礼把话吞了，看了曾纮一眼。曾纮道："我听林世伯说，章惇章子厚几次提起，说向日爹爹主动提出参与编类元祐臣僚章疏，而今又拖延不办，到底是何意？"

林世伯即林希，是曾巩的亲家。他与章惇是福建老乡，一向亲密，与曾布也友善。他也算新党的中坚力量。

纡儿听哥哥这样说，插话道："我也听人说因爹爹反对章惇追夺司马君实几个人的恩例，又不断援引些旧党之人入宫，蔡卞在背后多次抱怨，说什么'三省所恶，西府必收之。真邪乎！'"

曾布脸色越发阴沉了。

魏玩将强氏婆媳带到后院。季真这日也在娘家，见堂嫂进屋后，一直眉头紧锁，神情忧郁，便插了个空儿，问她怎么了。琴心精神恍惚着，忽听季真一问，回过神来，哆嗦了一下，还未启唇，眼睛已涌出泪来。只好使劲捂了嘴，背过身去，薄薄的肩膀接着一耸一耸起来。

"还能怎么了？贬了又贬呗。前日才得到信，她伯父从雷州贬到海南，她爹爹赶去相送，见她伯父独自扶着一具空棺木正渡海哩。惨哦，惨哦，现在又轮到子固了，不晓得我们将来是不是也这样惨……"强氏接过季真的话，没好气地说道。

琴心听了这话，肩膀越发抖得厉害了，片刻，终于无法抑制地嘤嘤哭出声来。

魏玩听了，嗓子像被一只巨手死死捏住一般，难受得险要窒息。她思忖片刻，心一横，拉着强氏就往前厅走。到了门口，听见有人说话，便住了脚，是曾布："我已多次尽力替苏子瞻开脱。奈何他被太多人盯着，欲除之而后快。只能徐徐再图。子由只是受兄长牵连，处境不会太糟糕。"

一阵细细碎碎的声音，似乎在议论着什么。又听曾布大声道："斗争反复，偏向任何一方，均使家族遭殃，上污辱祖宗，累及亲友。唯有中立，方能泰然自若。"

魏玩听了曾布的话，心头一热。刚松了口气，又听到张英忧心忡忡道："仁兄所言不差。但向来政治，只有左右。中间者，面目不清。面目不清，只怕将来……"

魏玩未料会听到这番言论，心里又有了冲动，不想再偷听下去，便拉了强氏，径直走进前厅。

张英还正喋喋不休，突然见魏玩和强氏两个走到他面前，不知为何，大张着嘴，说不出话来。

魏玩却微微一笑，接过他的话道："张大人的担心，吾代全家谢过。三圣庵的净颜师太有句话：宁可清贫自乐，不作浊富多忧。不知张大人可听说过？"说完朝曾布一笑。

张英今日不知遇到何事，来时头上簪了一朵粉红的木槿，手里还拿了一束。来后，不由分说，给曾布几个也簪了。魏玩看着那朵木槿，没簪好不说，也已经蔫了，摇摇欲坠。她脑子里突然忆起挑菜节那次，自己没有理完的思绪。当时她觉得曾布、自己和花其实有一比，无非是眷念的对象不同罢了。现在经历了这许多事，特别是听了曾布刚才的话，突然发觉自己理解他了，也不怎么怨他了。不但不怨，反而同情起他来。人生不易，各有困局。人的容颜、处境、身份在不断变化，唯一不变的恰是这些不断的变化。她的脑子里升起一段旋律，忧伤的、无奈的，但又是悠远的《定风波》——

　　不是无心惜落花。落花无意恋春华。昨日盈盈枝上笑。谁道。今朝吹去落谁家。

　　把酒临风千种恨。难问。梦回云散见无涯。妙舞清歌谁是主。回顾。高城不见夕阳斜。

第二十五章
辞　世

大宋制度，官员的官阶到了哪个品级，或对朝廷有特殊贡献，便要对其母亲和妻子封赠。曾布绍圣四年被封鲁国公后，魏玩很快也被封"鲁国夫人"。

按照惯例，封了诰命的外命妇，须在元日、冬至、春节等几个日子进宫致谢并朝谒太后和皇后。但因绍圣三年，孟皇后被废，中宫虚位，所以宫里每次只在外命妇中挑选一些年龄稍长的，让她们随了几大王府的王妃，去觐见一下太后。不巧的是，魏玩受封后，头痛时常发作，所以封诰命已经一年多了，她还从未进过宫。

元符二年正月初一，又是例行进宫的日子。魏玩头几日精神尚好，这天便早早起了床，由丫鬟伺候着大妆后，往宫中赶去。天色尚早，虽然御道上有轿马同行，但并无人喧哗，只听到嗒嗒的马蹄声，以及轿夫粗重的出气声。因是第一次进宫，魏玩多少有些紧张。

西府离皇宫近，不大一会儿，魏玩坐的轿子就到了午门。已经有别的诰命夫人先到了，还有不断朝这儿赶的。向太后居住在慈德宫。须等觐见的夫人们这里聚齐后，由掌礼太监和宫女引着往那边去。

过了会儿，众人都到了。一个白脸的精瘦太监便领着大伙儿往慈德宫去。魏玩随着众人，偷偷打量四周，建筑庄严，人影闪现，却静谧无声，心里感慨到底是皇家处所。

向太后在暖阁里等着大伙儿。见到众夫人，不等她们行礼，就笑道："老身知道天冷，你们又一大早出门，都冻得够呛，所以就挤在这暖阁儿里说说话，免得口僵舌硬的，个个张不开嘴。"说完又给大伙儿赐座，房间的气氛顿时缓和下来。

魏玩悄悄打量了一眼太后，见她不过四十多岁的样子，身材中等，肤色红润，脸颊微丰，一副极和善的神态。戴了顶并不多见的珠冠，一件深红大袖的中宫常服，领口处微露一层黄缎中衣绲边，白色长裙平缓柔顺，无一丝多余的褶皱，全身上下，红、白、黄三种颜色，看着极简单脱俗。再看她的旁边，一溜侍立着的贤妃、婕妤和几个美人、才人，个个打扮得花枝招展，越发衬得她既端庄又高贵。

"可是写过《菩萨蛮》《江城子》的鲁国夫人？"魏玩刚要拜时，太后笑着问她。

魏玩忙应声。她正要跪，太后已示意她免礼，脸上还绽开了笑："快坐到我这里来。"说着手在炕上轻拍了两下，对她道："曾氏兄弟都是俊彦！曾巩文采出众，可惜英年早逝。曾布辅佐两代官家，对社稷有功啊！又出了你这个词人……"说到这儿，太后转向众人，一脸喜色，"老身今儿终于见到本朝的女词人了。大宋政治昌明，经济昌盛，不但男儿普遍受到教育，文化程度超过前朝，闺阁中读诗诵经也渐成风气，连女词人都有了，这可是前所未有啊！老身着实高兴哪。"

此时宫女已经搬了圈背椅过来放在太后炕边。魏玩坐下，听太后这样说，有些不安。自己的词，多是幽怨，哪配得上太后的夸奖，忙欠身答道："臣妾谢太后。都是些牢骚话，上不了台面，也当不得夸赞……"

太后听了，正色道："噫！鲁国夫人自谦了。我等身为妇人，限于闺阁，读经史赋诗词原不为功利，在于能寄感慨，悦性情。夫人写的虽说是儿女情长，但用的我朝时兴的文学体裁，就是我大宋文化培育出来的俊彦、女杰，万不可被一些流言蜚语灭了志气。古往今来，汉有蔡文姬著书，唐有公孙大娘舞剑，皆是妇人为男人以为不可为之事，而后世流芳也。"

魏玩听了，浑身一震。外面皆传向太后聪慧，看来不是虚言，遂拿了尊崇的眼神去看她。众夫人中，原也有不屑于她写词，以为是丢人现眼的，现听太后这样说，都转了弯，七嘴八舌地夸赞起魏玩来。

"谁说不是哩！文学发展到大宋，原来不起眼的词成了主流。鲁国夫人笔耕不辍，值得景仰。"

"鲁国夫人真道出了我们的心声。"

"咦！我新近听说秘书省校书郎李格非之女，名清照的，年方十四，已出口成章，颇有声名了。"

"哦？有这事？李格非是何许人？"太后眼睛发亮。

"太后，李格非是那位曾拜参知政的集贤殿大学士，人称'三旨宰相'的王珪的女婿。"胖胖的燕国夫人答道。

太后一听，扑哧一笑："原来是他家的孩儿啊！王珪学问扎实，后代学养自然不差，出个天才也有可能。"说到这儿，她又将头扭向魏玩，眼里闪着兴奋，"江山代有才人出。我大宋女子作词这块儿，或将月耀千古！鲁国夫人，你为我闺阁女子开了个好头啊！"

…………

魏玩听大伙这番夸赞，只好不停地致谢。太后见她脸色有些发黄，又问："鲁国夫人最近身子可好些了？听说你去年一直不清静？"

魏玩赶紧站起来，致了礼："回太后的话，只是有些偏头痛，老毛病了，并无大碍。"

向太后认真听完，又叮嘱了两句，便与别的命妇说起话来。魏玩松了口气，规规矩矩地坐着，余光却发现一个刚从外面进来的女官不时偷偷地看自己，不觉有些意外，便也多看了她两眼。对方四十来岁的模样，眉眼周正美丽，气质端庄沉静，好似在哪里见过。

魏玩才一想到这里，心就咚咚跳开了，再也顾不得太后，抬眼去看女官，差点没张口喊了出来。你道女官是谁？正是她昔日的学生静姝。看来静姝早已将自己认出，此刻已泪光莹莹。

太后接见命妇，一个时辰就结束了。众人带着太后的赏赐，陆陆续续往外走。魏玩随众人离开，一个疑问却在心里悬着，脚上也似扎了刺，迈不开步。看那样子，静姝进宫有些年头了，为何从未联系自己？这样边走边想，不意就落在了最后面。

忽然，身后窸窸窣窣一阵轻响，原来静姝悄悄尾随了出来。此刻见四周无人，疾步走到魏玩面前，含泪叫了声"恩师"，磕在地上拜了两拜，将情况简单说了。原来，当年静姝随爹爹回去，没过几年，就遇上朝廷到民间选秀女，她被选中，派在神宗的一位李姓侧妃身边，现在已是四品秉笔女官了。

魏玩听了，再也顾不得许多，伸手将她揽了。当年她爹爹洒泪相托、怀仁江边送别，静姝读书，逛街……往事一幕幕从脑子里闪过，心里一阵感慨。静姝能进宫，又是秉笔女官，是她本人的福分，也不枉自己苦心教育多年了。

静姝由着老师抱了一下，就挣脱了出来，再抬眼看看四周，又含泪解释，刚来头几年，宫中规矩多，也不敢随便外出。过了两年，等各处情况熟悉些了，就去小纸坊巷打听，哪里还有故人呢？连宅子都改了姓。后来又辗转打听到曾布在各州县外放，只当恩师也随着一起去了。没想到今日替李太妃给向太后房中送东西，竟碰着了。

魏玩听得，心中的疑问一下就消散了。俗话说，宫门一入深似海。朝廷有规矩，后宫不能与大臣联系。她跟在李侧妃身边，李侧妃又不受先皇宠爱，她宫里的人，深居简出，不知道大臣的情况是正常的。她定定地看着静妹，见她已是中年，浑身上下，有一种说不出的沉静和高贵，便想起她儿时的模样，不禁有时空倒错之感。又感慨唏嘘了一阵，方才依依惜别。

自那日觐见了太后，魏玩便知"大宋第一女词人"的帽子，自己算是戴定了。一念及此，不禁既兴奋又不安。其实她对自己的词不太满意，一是有些仍陷在前人的窠臼里，再就是近年来也懒了，特别自曾布回京后，她写得越发少了。她细细回味过去写闺怨词时的心境，皆因与丈夫长期分离，心里既有皮与肉被生生分开的痛，又郁结着被他忽略的怨。至于后来，替天下女子发愿，也因全家团聚而消失了灵感。如果曾布再外放，自己还能写出闺怨词来吗？魏玩暗暗问自己。当然没问题，或许还会更胜一筹。但她刚念及此，就吓了一跳！怎么会生出这样的想法？真太自私了！自己受够了离别之苦，宁愿写不出好词，也不想一家人好几处分着。

魏玩没敢想太后给了自己这么高的评价。天下写诗词的女人不在少数，特别是贵夫人中。但太后关注自己，魏玩寻思着，这大概与两个人有关：一是子宣。太后是神宗的皇后，当年熙宁变法时，曾布受官家器重，没日没夜，太后一定知道子宣，也知道自个儿；二是有赖宝婵的进言。但魏玩品咂着太后那句"我大宋文化培育出来的妇人俊彦"，似又与子宣和宝婵无关。那完全是太后自己的认可！

这样一想，魏玩又兴奋起来，往日的记忆也慢慢浮现：新婚，子宣诧异她作的词；怀仁，张监酒对她的认可；樊楼，一群太学生的漫谈；曾巩信中的肯定；金兰汇众姐妹的评价……一幕幕，像院墙枝头上的一朵朵迎春花，正迎着日头绽放。

她突然又有了刻书的愿望。

魏玩本来早已死了心。但自那日与苏学士一番交谈后，又萌动了刻书的想法。只是这几年，她受党争影响，觉得曾布现在又处在了风口浪尖上，自己不给他添乱最好——毕竟，还有些大臣不提倡妇人公开写诗作词。现在，太后的话让她再无顾忌！曾布是曾布，她是她；曾布是政治家，她是词人。各是各！况且，那么多人鼓励过她，她的词还被很多人记着，为何不刻成书向他们致意？知道魏泰在写一部见闻录，她就那样高兴，支持他，鼓励他，为何自己不也刻一本呢？

还有，曾家"一门六进士"已是美谈，将来后人都会知道曾家兄弟，但说起曾布的夫人，怕是面目模糊呢！自己何不与弟弟联袂，让魏家将来也后世流芳呢？更主要的，自己已发愿替天下被情所困的妇人代言，为何不刻成书，让后人知道，在大宋熙宁至元祐年间，已有妇人在大声疾呼了！

想到这里，魏玩浑身有了力气。她到自己的小书房里，把一个栗色的箧子找出来，又叫来纤儿媳妇，让她帮自己整理了一遍，总共一百二十七首。依陈掌柜所说，刻两卷也够了。

纤儿心细，晚上听娘子说了白日帮娘整理文稿的事，第二日一早请安时，便关心起娘来：

"娘，你那批文稿，准备做何用？"

纤儿是魏玩几个孩儿中，最具才华的一个。平日魏玩一向疼爱他，便大大方方把自己的想法说了。

纤儿一听，眼睛瞪得溜圆："太好了！儿子赞同娘这样做。我原来以为那年书肆失火，娘的诗词都烧没了，谁想到又攒了这么多！"

"要不然说娘是大宋第一女词人哩！"纤儿娘子接嘴道。

"娘，可想好了到哪里去刻吗？我认识一家书肆，掌柜姓郭，书刻得极好，有时还承办些官府的活儿。娘如果乐意，我先约他谈谈。"

魏玩听了，大喜过望。自陈掌柜疯后，魏玩再也没去过任何书肆，凡需要书，都是安排下人去购。现在临要刻，她正不知道找谁呢。

两日后，纤儿带了个白白净净、着灰色长衫的中年男子回家了。然后到母亲房中禀报，说真缘书肆的掌柜来了。

魏玩听了，忙换了衣裳去见客人。到了偏厅，一抬眼，竟如大白天里见到鬼一般，当即愣在了那里，半步也迈不动！这不是陈掌柜吗？不对，是二十年前的陈掌柜！他不是疯了吗？

纤儿见母亲惊讶至极，还以为是见了书肆老板心里激动，忙起身过来扶了母亲坐下，又为双方做了介绍。原来来人姓郭名丰，是城里书肆的老板。

魏玩知自己失了态，忙坐下，请客人也坐了，自己端了茶，故作镇定地吃了起来。但她心里装着疑问，就一边吃茶一边不住地去看这掌柜，见他除了比陈掌柜高一个头外，白白净净的模样、脸上的神情，简直和陈掌柜一样！犹豫再三，实在忍不住，就先问起他来：

"你们这一行的，二十年前在土市子一带，有个陈家书肆，挺有名气。不知掌柜听说过没有？"

郭丰四十出头，正是年富力强的年龄，又在生意场上多年，早练得眼观六路，耳听八方。他适才一打眼，就看出这位贵夫人的异常，心里不禁好奇起来。现又听她开口打听，便将茶杯放下，不动声色地问道："汴京的私人书肆，大小三百多家，不知夫人为何独独记得陈家？"

"我娘过去一直在陈家书肆购书，和老掌柜熟。"纤儿插嘴道。

郭丰一听，忙恭恭敬敬地站了起来，朝魏玩鞠了一躬，一脸肃穆："原来遇着舅舅故交了！晚辈有福，舅舅也有福，还有人记得他。"

魏玩听了他这番话，方知遇着了陈掌柜的后人，心中的疑问一下子解开了。难怪那么像，原来是舅甥！顿时觉得他亲近了许多，忙又问陈掌柜现状。郭丰告诉她，陈家书肆失火后，家财尽失不说，外面还欠着债。舅娘想来想去，别的营生也不熟，开书肆多少知道些路数，但他们膝下无子，便把自己从临安叫来汴京，重新开张，只不过改了名字，叫

"真缘书肆"，地点也不在土市子了，而在城南，租了大相国寺的一间空房子，也没本钱立即刻书，先做倒手的买卖。这样十几年下来，总算慢慢恢复了元气。

魏玩听得，感慨良久。此刻她脑子里已满是当年陈掌柜和她侃侃而谈的样子，便悄悄抚了抚左臂，问郭丰他舅舅现在病可好了。郭丰道，失火后舅舅疯了，以后时好时坏。重新开了店后，他倒是安静多了，再不出去疯癫，每日里只是抚摸着图书，也不说话，只一遍一遍抚摸。

魏玩听着，又想起陈掌柜帮她取书名，及最后一次见到他的样子，眼睛里不由得浮上泪来。

郭丰见魏玩着实关心舅舅，便也拱了手："夫人问起舅舅身体，倒让我突然想起一件事来。舅舅病好时，时常念叨，沁芳，沁芳。有时又拿笔在纸上一遍遍写，沁芳集，沁芳集。我不解。问他，啥也不说，仍是不停地念叨，不停地写。我猜这沁芳应该是一个妇人的名字，沁芳集若是本书，怕也是依了人名起的。舅舅天天念叨，这个人一定和舅舅关系特殊，但我留心查了许多，既没打听到叫沁芳的人，也没查到这样一本书。夫人既与舅舅是故交，可听说过，或者知道些什么？"

魏玩还未等他说完，泪水已经止不住涌出来。郭丰见了，大感惊异，正不知所措，纤儿笑着站了起来，拍拍他肩："那是我娘早年准备在陈家书肆刻的书，后来失火烧掉了。"

郭丰听了，腾一下站起来："敢问您就是那位写了《菩萨蛮》《江城子》《好事近》的魏夫人？哎呀呀！晚辈有眼无珠，冒犯夫人了！"说完伏身就拜。

魏玩已激动得不能说话了。她没想到，陈掌柜人虽疯了，却还念念不忘当年自己对他的委托。当下将文稿全部拿出来交给郭丰，确定了排版样式，也确定了书名，仍叫《沁芳集》。

自元符二年开年以来，曾纡两口子一直在筹办母亲的生日。这年魏玩将满六十。六十是极重要的寿辰。人到了六十，就算过了一个花甲，也算得上高寿，值得庆贺。曾家欲广宴亲友，因魏玩是诰命夫人，曾布奏请了官家。官家传下话来，允许宴请，还遣太监送了礼来。

魏玩的生日在四月十三日。曾家兄弟恐筵席排不开，便议定于四月九日起至四月十四日止，在西府里大开筵席。西府大小房间有一百二十余间，辟出俊茂堂单请男客，修雅堂单请女客，也列了逐日要宴请的客人。上至皇亲、王公，远至各地亲友，下至本族老小，无不细致完备。又提前一个月，将西府收拾得焕然一新。不光黑漆大门上的铜钉、铜兽环光彩炫目，连大门口一对石狮子颈上也系了红绸绣球，显得喜气洋洋。府内更不用说，处处悬灯结彩，照得晚间也恍若白昼。因是初夏，本已繁花似锦，纡儿几个仍嫌不够，着人用轻绢和薄纱，制成许多鸟虫花朵，放在花园的树枝上，更添几分绚烂和热闹。魏玩原不想这么麻烦，但思忖着身子一日不如一日，也不想拂了孩儿的美意，便由着他们安排去了。

自魏玩寿辰的消息传出来，四月上旬，送寿礼者便络绎不绝了，从奇珍异玩到名马美玉，天下宝物，要有尽来，一日就摆满一间屋。

十三日这天是正生，天刚交巳牌，就有客人陆续到了。门官连带家里总管、长随及一大堆仆人，在门口满脸堆笑地将宾客迎至府中。魏玩率众人按品大妆迎接。主宾见过，先请入府内茶毕更衣后，方拜寿入席。修雅堂这边，上面一席是位太妃，下面一席是豫章王妃与平原王妃，左边下手一席，陪客的是陈国夫人和魏国夫人。右边下手一席，才是魏玩主位。主位下面，另有四桌副席，俱是朝中和曾布相厚的大臣们的夫人。强氏、扶柳带着卢氏、丁氏及族中几个媳妇，两溜雁翅，在客人身后立着。雪梨、青杏带领众媳妇，都在外面，侍候上菜上酒。

先是长子曾綖夫妻红袍玉带，双双奉酒过来拜了四拜。接着是缨儿、缲儿、纡儿共七兄弟及季雅、季真夫妻，依次拜过。静姝既是学生，又算晚辈，此刻也奉觞执盏，走到魏玩座前拜寿。

二人还是那日在宫里见过。那天临别时，静姝对老师道："出宫一次不易，只有等恩师生日再来问候了。"这次，静姝获李太后同意，一身华服，代表诸位学生，当场献出精妙的诗作。全场喝彩，其乐融融。

吃完饭，又上了茶，武太妃略吃了两口，说身体不适，便要告辞。魏玩听说，也不便强留，大家又让了一回，送至大门，太妃坐轿而去。接着豫章王妃和平原王妃略坐一坐，也告辞了。余者有的终席了，有的留在这里热闹。

吹唱的奏乐上场，住了鼓乐，开场做戏了。只听锣鼓齐鸣，一队手执檀板的歌伎登场，引吭高歌了一阕《国香慢》的寿词。接着该是曼舞了。可羯鼓一通、二通，均不见舞伎的身影，直到三通、四通，宾客个个翘首以盼时，八名舞伎才踏着碎步，翩然而出。她们不断地变换队形，相互穿插，又不断地变换着舞姿，忽而单袂飞行，忽而双袖齐扬，或又耸身纵跃，轻盈得好似剪开柔波、掠着水面低飞的燕子，把观众看得眼花缭乱。

这个舞蹈，是曾纡夫妻特令舞伎们排练的《玉兰花开》。领舞的扮演"玉兰"，舞伴饰"绿叶"。领舞的着粉色的轻绡舞衣，左鬓上簪一朵绢制玉兰花，带着众舞伎，应着节拍，投手，挪步，摆腰，转身，展现着玉兰抽芽、苗叶、含苞、初放，一直到盛开。最后，在急遽的旋转中，领舞者飘起她的轻绡舞裙，飘成一朵绽放的玉兰，台下的人皆不自禁地击节称赞起来。

这之后又是清歌。绿蕊上场，唱了一首《菩萨蛮·东风已绿》。这是魏玩几年前的作品。以绿蕊的身份，已不便在这种场合表演。但她当年是靠唱魏玩《菩萨蛮》走红的，自进曾家，又早晚被蒋氏欺负，多亏魏玩给她撑腰，故一直心里感激。她的音色果然了得，唱完《菩萨蛮》，又唱了一首《系裙腰》，皆有穿云裂石之妙。宾客间还有人记得当年沈括与《系裙腰》的掌故的，又提了起来，惹得好多人都嘿嘿直笑。魏玩眼前浮现出灯影的样子，不由得也笑了。

此次魏玩生日，家里人担心她的身体，怕累着后发病，便点滴事都不让她插手。这个法子看来奏效，好几个月清净无事。这就到了冬月二十一日，一早起来，天开始下雪。因家里头日才办了曾缍长女玉卓的及笄礼。卓儿是长孙女，魏玩素来看得心肝一样，这次及笄礼少不得操了不少心。雪越下越大，打着旋儿往下落，不大会儿，地上就莹白了。魏玩披了件裘皮紫斗篷，正兴致盎然在院子里赏雪，头痛突然又发作了。炸裂般难受，须猛掐太阳穴才好受一些。下人们忙碌起来，将她扶至房里，又跑去煎了镇痛、安神的药，伺候她服了，又折腾了一会儿，才勉强睡去，一夜昏昏沉沉地痛。

第二日早饭时，魏玩觉得疼痛虽消失了，全身却像被扒了一层皮似的，轻了许多，走路发飘。因心里还装着事，便强撑着，将及笄礼剩下的事细细问过，发现安排不到位的，再重新安排下去。又念着下人们这几日都辛苦了，吩咐雪梨都打赏一遍。

这样断断续续忙到午时，还没吃上饭，头痛又发作了。这次比哪一次都猛，全身控制不住地颤抖着，人恨不得缩成一团，嘴里也呻吟不止。季真见了，感觉不妙。她也四十有余，经历过相当多的人事，忙吩咐柱子亲往枢密院禀报。

曾布这是几十年来第一次公务时家里有急事来报，知道非同小可，带着则礼匆匆赶回。只不过一天一夜，魏玩已瘦了一圈儿。虽然眼珠还在转动，但分明缓慢了许多，面皮也泛了黄。曾布当下着急起来，边高声催则礼去请太医，边大骂下人怎么还不将药煎了送上。众人见他这样，知大事不好，均不敢吭声，只手脚麻利地各行其是。西府里一时脚步匆匆，气氛压抑。

镇痛的药中有麻醉的成分，魏玩每次喝完，总能睡上一会儿，只是睡着的时间越来越短了。这次醒来，时值傍晚，天色渐暗，曾布、儿女、婆子、丫鬟二十余人围在她身边，见她醒来，都舒了口气。

魏玩无力地睁开眼睛，先看见曾布，将目光驻了。曾布知她有话要说，忙在床边坐下，将耳朵贴过去。只听魏玩断断续续道："邓城一见，恍若隔世……我……进曾家……四十余年，不……求有功，但求……但求无过……因……因为你，那些词……"说到这儿，眼睛有了泪，说不下去了，便慢慢闭了眼睛，片刻，又睁开，"书……纤儿……纤儿……书……"

曾布听魏玩这番话，已是临别之言，哪里还控制得住眼泪？但先要宽慰她，只好边抹泪边道："你这是老毛病，过几日就好了，休得胡思乱想。"

纤儿在一旁，见娘气息奄奄，早难过得全身发抖。现听娘问书，愣了一下，来不及向父亲解释，撒腿就往外跑。众人一脸不解。

魏玩闭上眼睛攒了一丝力气，再睁眼打量四周，见众儿女都在她床边守着，唯独不见季仪夫妻，便又断断续续道："仪儿夫妻，生性……淡……淡泊……曾家……今虽富贵齐……齐天，他并不来求……以后也万勿撩他，以全他们志向……也备……不……不时之需……"说完直直地看着曾布。

众人听了魏玩这话，均丈二和尚摸不着头脑。曾布也似懂非懂。他曾多次给江褒写信，要荐他入朝做官。但江褒古怪至极，一口回绝不说，还说季仪愿意和他远离汴京，过自在日子。为这，他失望至极，曾找扶柳骂过。现在听魏玩这话，颇有赞赏他俩之意，不免有些窝火。但此种情势下，哪里还能再多说什么，也只好频频点头。

却说雪梨，自魏玩倒床后，便一步未离。她二人同龄，六岁就在一起，一同生活了五十余年，那份情，实比亲姐妹不差。现在听得魏玩所言，尽是身后事，早已肝肠寸断。但事已至此，还不到落泪的时候，将她的生前事安排妥帖，才是正道，便趁主子服了药，勉强睡着，将净颜师太的事禀了曾布，欲征得曾布意见，让师太过来见上一面。

曾布听完，吃了一惊，方明白魏玩为何这几年老往三圣庵去了。他在怀仁做县令那年，就听说过莹莹，以为她早已亡故，没想到也到了汴京，就在眼皮子下过着空门日子。他自己受母亲影响，对佛教颇为亲近，且汴京士人及家眷临终前，请僧尼陪在一侧的也不在少数，忙令她带人去请。

勉强睡了大半个时辰，魏玩再睁开眼，床前已多了位缁衣师太。她眼睛一亮，嘴张了一下，却发不出声来，但那口形，分明就是"莹莹"。

师太全身不易觉察地颤了一下，但马上强压着，诵起经来："一切众生，临命终时。若得闻一佛名，一菩萨名。或大乘经典，一句一偈。我观如是辈人，除五无间，杀害之罪。小小恶业，合堕恶趣者，寻即解脱……"

魏玩眼睛有了泪，身子努力向上，手朝衣柜指了指，像要找什么。曾布将她扶起。她艰难地半靠着，望望师太，又望望雪梨，嘴唇翕动，分明有话要说。众人不解其意。雪梨试问了几样，她都摇头，脸上一片痛苦、焦急之色。

在这当儿，纤儿拿着一个银灰色的绢布包袱飞奔进来。众人这才想起，他自昨天离开，到现在已过去十几个时辰了。只见他挤到母亲床前，先用衣袖揩了把额上的汗，便抖着手，将布包解开，一股浓郁的墨香顿时四散开来。

曾布也将身子往前倾了倾，见纤儿的手上，赫然两卷新书，蝴蝶装，一尺见方，三寸厚，淡黄的封皮，绿绫装背，封皮上"沁芳集"三个大字。整个看起来很是精致，并不比国子监刻的书差。

魏玩头天起已口不能言，此刻见到纤儿手中的书，竟然有了力气，颤巍巍地往外探出手。纤儿赶紧凑上前去，将书递到娘面前，又帮着她把书托着，大声道："娘，书加班制好了。您看！"众人听他这样说，才明白他这十几个时辰都干什么去了。

魏玩眼睛里有了亮光，手也能拿得住书了。纤儿赶紧在娘床头坐下，帮她将书一页一页地翻开。曾布几个近跟前的，随着魏玩和纤儿的翻书，看清这两卷书共刻有诗词八十五首，其中，词五十首、诗歌三十五首，全部选用欧阳询的字，平正中见险绝，正好与她的诗词搭配。那几首让她暴得大名的《江城子》《卷珠帘》《菩萨蛮》《好事近》《减字木兰花》放在最前面。第二卷的最后一页上，印有出版人、刻工、刻书日期及一个半圆的图案。纸中间还印着两行共十六个字：开封郭舍人宅进行，已申上司，不许复板。

魏玩嘴角往上一咧，目光转向曾布，微微一笑，同时双手松开，书噗地一下落到被褥上。众人意料到不好，急忙唤她。

魏玩看书这当儿，雪梨终于明白了主子手指衣柜为何了，忙从那里面拿出一个绿绸小口袋，又手忙脚乱地从中取出一个式样陈旧、颜色暗红的缠丝玛瑙手镯，递给师太。

因刚才魏玩看到了书，突然有了精神，师太便停了诵经，热切地看着她。现在突然见到手镯，便再也控制不住，头使劲抵着床边，泣不成声："姐姐，你是不是要……要丢下莹莹？让……让莹莹一个人，孤单单地活着？"

魏玩的嘴角又往上扯了一下，脸上现出笑，口中喃喃，似在道："莹莹，能见到你，我知足了。给我诵诵经吧……"说这话时，她表情异乎寻常的平和。莹莹见了，泪更如雨下，勉强坐正，双手合十："莲生承足，宝盖驻顶，地狱门破，菩提道开，其莲如飞至极乐界，一切种智自然显发，乐说无穷，位在补处。……"在莹莹的诵经声中，魏玩的气息越来越小，到最后几不可闻。

此是元符二年冬月二十二日酉时，西府院中的玉兰花正兀自怒放。

2021 年 10 月 13 日，完稿于襄阳岘北山房